KB025722

괜찮아 사랑이야 1

괜찮아 사랑이야 1

초판 1쇄 발행 2014년 9월 11일
초판 14쇄 발행 2023년 7월 3일

지은이 | 노희경
펴낸이 | 金湞珉
펴낸곳 | 북로그컴퍼니
주소 | 서울시 마포구 와우산로 44 (상수동), 3층
전화 | 02-738-0214
팩스 | 02-738-1030
등록 | 제2010-000174호

사진 제공 | 지티엔터테인먼트, CJ E&M

Copyright ©노희경, 2014

ISBN 978-89-94197-66-1 04810
978-89-94197-65-4 04810(세트)

※ 잘못된 책은 구입하신 곳에서 바꿔드립니다.
※ 이 책은 북로그컴퍼니가 저작권자와의 계약에 따라 발행한 책입니다. 저작권법에 의해 보호받는 저작물이므로, 출판사와 저자의 허락 없이는 어떠한 형태로도 이 책의 내용을 이용할 수 없습니다.

노희경 대본집

괜찮아 사랑이야 1

북로그컴퍼니

이번 글을 쓰며 내 맘을 가장 아프게 한 지적은 '사람들을 참 많이 불편하게 하는 작가'라는 말이다. 사실 이 지적은 20년 전 〈세상에서 가장 아름다운 이별〉을 쓸 때부터 들어왔던 말이다. 주인공 인희(나문희 분)의 말기 암을 수술하기 위한 수술실에서 의사 남편 정철이 고작 한 일이라곤 배를 가르고 난 후, '그냥 덮어라'였고, 아내가 피를 토하며 변기를 잡고 울며, '여보, 나 왜 이래?' 할 때도 기껏 안아주는 일뿐이었다. 사람들은 그 장면을 잔인하다 했고, 나는 대놓고 변명했다. 그게 내가 본 인생이에요. 다행이죠, 무너질 기대는 별로 없으니. 다시 한 번 그 변명을 하고 만다.

이번에도 본 대로(과장은 드라마라 자위하고) 썼다. 절대 낮잠을 안 자는데, 글 쓰다 순간이라도 낮잠을 자면 정확히 10분 후, 가위에 눌려 불규칙한 심장박동과 호흡곤란을 동반하며 깨는 내 별스런 신경증, 몇 달 전 급작스레 생긴 언니의 불안증, 친구들의 우울증과 알코홀릭, 수면장애와 식사장애, 공황장애, 방어기제로 인한 인간관계 부적응, 마더 콤플렉스, 가정 폭력과 유년 시절의 트라우마로 인한 갖가지 인격장애, 가족을 잃은 후의 분리불안, 퇴직을 눈앞에 둔 남자들의 공포에 가까운 남성 갱년기 우울증, 여자로서의 인생을 마감하고 새로운 정체성의 혼란을 겪는 여성 갱년기 증후군 등등……. 내 주변은 그렇게 환자와 환자가 모여 떠드는 세상이다. 그리고 그건 상대는 미쳤고, 자신만이 언제나 정상이라고 우기며 충돌하는 세상보다 지극히 덜 위험하고 통쾌하고 감동적이고 재밌다. 환자임을 아니, 치료(굳이 병원을 말하는 건 아니다, 위안받을 수 있는 곳이면, 산이든 바다든 절이든 집이든 성당이든 교회든 학교든 상관없다)받길 당연시하고, 지적받길 당연시한다. 물론, 나를 비롯해 주변인들도 순간순간은 미쳐서(?) 자신들의 병증을 인정 못하고 나는 정상이라며 발악을 할 때도 있지만, 우린 그게 치유 과정임을 알기에 큰 흉을 잡진 않는다.

나는 이 드라마를 쓰며 많은 사람들이 제 상처와 남의 상처를 관대하고 자유롭게 보길 바랐다. 우리가 진짜 경계하고 멀리해야 할 대상은 드라마 속의 환자가 아니라, 자신이 늘 정상이라고 말하는 사람, 자신도 남도 다 안다고 말하는 사람, 상처받은 인간을 나약한 자라고 말하는 사람, 약자를 짓밟고 번번이 승자만이 되려는 사람이 아닐까.

드라마 쓴 지 20년. 작품 쓸 때마다 늘 새로운 걸 추구하는 창작가이지만, 늘 새로울 거 없는 원점이다. 당연하다 싶다. 삶이란 게, 부모님의 임종 직전 마지막 말처럼 진짜 별스러울 것 없는 것일 테니까. 임종 순간 어머니의 마지막 말은 가족 모두를 '사랑한다'였고, 아버지의 마지막 말은 '행복했다, 여한 없다'였다.

우여곡절 속에서도 결국 사랑하고, 행복하면, 인생은 끝나버려도 좋은 것이다.

원망과 질투, 야망과 자격지심과 자책, 교만과 상처는 괜한 감정임을 두 분은 일깨워 주셨다. 나는 그분들보다 좀 더 배웠으니까, 글줄이나마 쓰고, 철학도 종교도 공부하는 작가니까, 그분들보다 더 많은, 깊은, 인생의 다른 목적, 비밀을 알게 되겠지 하며 긴 시간 나름 삶을 치열히 버티고 파고 뒹굴었는데, 오십 나이에 고작 그분들만큼만 안다. 인생은, 사랑하면 되고, 행복하면, 더는 다른 목적 없이 끝나도 좋은 것. 쓰는 내내, 여타의 일을 하는 모든 사람들처럼 당연히 중간중간 고통도 불행도 찾아왔지만, 결국엔 사랑했고 종국엔 행복했다.

〈괜찮아, 사랑이야〉를 함께 만든 나의 모든 동료들에게 이 책을 바친다.

정신과에 대해, 무지하고 무식한 작가를 아무 보상 없이 바쁘신 와중에도 시작부터 끝까지 만나자면 만나주고, 메일과 전화로 귀찮게 해도 늘 너그럽고 따뜻하고 진지하게 이끌어주신 명지대학병원 국소담 교수님과 이재원 선생님께 머리 숙여 감사드리고, 전공도 아닌 걸 공부해가며 후배를 도와준 신영섭 선배님과 성함을 밝히는 게 누가 될까 밝히지 못하지만, 만나주고, 조언해주신 여러 정신과 선생님들께도 감사드린다.

작가 노희경

살면서 평생 가슴에 새기고 싶은 말이 두 개 있습니다.

"모두 지나간다."

짜릿한 순간도, 아픔의 순간도, 잡고 싶고 머물고 싶은 순간도, 1초가 두려운 고통의 순간도, 결국엔 '모두 지나간다'. 그간 힘드셨던 순간들, 이제 다 지나갔습니다. 참 다행입니다.

"오직 모를 뿐."

살면서 가장 받아들이기 힘들었던 말입니다. 가족과 오해가 생길 때, 주변과 마찰이 날 때, 나는 상대의 맘을 다 알고, 진심을 다 알고, 노고를 다 알지만, 그래도 내가 화낼 이유 충분히 있다고 착각합니다. 그래서 내 식대로, 다 안다는 생각으로 결국엔 상대가 말하는 진심을 노고를 폄하하고 상처 주고, 내 맘도 결코 편해지지 않습니다. 작품을 끝내며, 나에게 묻습니다. 너는 정말, 동료들의 노고를 아느냐고?

수년간 별난 작가의 파트너로서, 전체 팀의 수장으로서, 무거운 책임감에 시달리면서도 단 한번 힘들다 내색 않는 김규태 감독님의 노고를, 모두의 안쓰러운 열정을 담아내고 빛내주고 들려주려 사방이 시끄러운 환경에서 묵묵히 입을 닫고 카메라 앞에, 조명 곁에, 녹음기 옆에 서 계신 아버지 같은, 엄마 같은 김천석·박환·구본경 감독님 들의 노고를, 너는 정말 감히 안다고 할 수 있느냐고?

매 순간 자신의 한계를 넘으려 스스로를 다그치는 조인성. 그의 뜨거운 연기에 대한 열정과 투혼, 동료에 대한 의리, 단 한 순간도 이기적이지 못해서, 스태프처럼 생각하고 스태프처럼 움직이는 배려와 성실, 인내심을, 너는 정말 감사해하고 있느냐고?

큰 사고 후 3, 4일 만에 해외로 날아가 부서지고 피 흘리는 팔에 깁스를 하고, 인대가 끊어진 다리로 카메라 앞에 서던 기특한 공효진. 그녀의 투지와 지금도 진정되지 않는 몸과 마음의 상처들을, 너는 정말 안다고 할 수 있느냐고?

질문하면 할수록 입이 다물어집니다. 모르면 입을 다물 수 있는데, 늘 안다고 해서 남을 상처 줍니다. 혹여, 내가 여러분들의 노고를 순간이라도 폄하하고 상처 준 적이 있다면, 성품이 사나워 그런 거니, 너그러이 무시하여주십시오.

시작부터 끝까지 든든한 버팀목이 되어주신 성동일 선생님. 정말 많이 의지하고, 덕분에 많이 웃었습니다. 차화연 선생님과 김미경 선생님. 두 분 연기 보며 참 뭉클하고 행복했네요.

순수하면서도, 진지하게 작품에 임해준 진경 씨, 이제 진짜 배우처럼 보이는 우리 광수 씨, 어려도 진지한 경수, 만나서 즐거웠네요. 늘 날 것 같아 반가웠던 양익준 씨, 푸근한 최승경 씨, 귀여운 태항호 씨, 성실한 도상우 씨, 예쁜 이성경 씨, 맛깔나는 한정현 씨, 공효진의 분신 역할을 해준 참 고마운 최성은 씨, 좋은 배우로 성장해가길 빌고 싶은 명종환 씨, 정지원 씨, 이서준 씨, 최문경 씨, 백승도 그리고 박수영 선생님 모두 반가웠습니다.

늘 뒤에서 우리 전체를 지켜준 김향숙 편집 기사님과 최성권 음악감독님, 미술감독 서

명혜 님, 소품 신성선 님, 모두의 오른팔 왼팔 같은 장양호·이효선 조감독님과 늘 사랑스런 노수환 씨, 마스코트 박은빈 씨. 정말 고마웠습니다.

그리고 늘 안쓰럽고 미안한 나의 어린 동료, 현장 스태프분들. 어쩌다 현장에 나가면, 그대들에게 너무 미안하고 고마워, 눈도 못 마주치고 고갤 떨구고 맙니다. 건방져 그런 게 아니니, 오해 없으시길 바랍니다. 많이 사랑하고, 많이 고맙습니다.

제작사의 동규 씨, 원우 씨, 종병 씨, 정도 씨, 성민 씨, 정묵 씨, 보조 작가 성희 씨, 그리고 심영 씨 굳이 여러 말 안 해도 내 맘 알 거 같은 분들, 참 많이 든든했네요. 매니저분들, 배우가 존재하는 건 당신들이 있기 때문입니다. 수고 많으셨습니다.

김영섭 국장님, 최진희 상무님, 박지영 국장님, 부족한 작가 채근 않고 봐주셔서 고맙습니다.

훗날 모든 분들을 어디서든 다시 뵐 때, 부끄럽지 않은 작가, 기분 좋은 작가로 만나기 위해, 늘 공부하고, 행복하겠습니다. 모두 몸도 마음도 건강하십시오.

노희경 올림

일러두기

1. 이 책의 편집은 노희경 작가의 드라마 대본 집필 형식을 최대한 따랐습니다.
2. 드라마 대사는 글말이 아닌 입말임을 감안하여, 한글맞춤법과 다른 부분이라 해도 그 표현을 살렸습니다.
3. 말줄임표는 두 개, 세 개, 네 개 등으로 다양하게 표현되어 있습니다. 이는 대사 시 호흡의 양을 다양하게 표현하고자 한 작가의 의도를 반영한 결과입니다.
4. 쉼표, 마침표 등과 같은 구두점도 작가의 의도를 따랐습니다.
5. 드라마에서 장면을 나타내는 '씬'의 경우, 표준국어대사전에는 '신'으로 등록되어 있지만 여기서는 작가의 집필 형식에 따라 '씬'으로 사용했습니다.
6. 이 책은 작가의 최종 대본으로, 방송되지 않은 부분이 포함되어 있습니다.

차례

우리가 인생에서 반드시 만나야 할 단 한 사람, 세상에서 가장 아름다운 바로 나 자신

단 한 번도 다뤄지지 않았던 정신과 의학 드라마

우리는 살면서 수시로 병원에 간다. 감기, 몸살, 눈병, 입병, 하다못해 무좀, 위장장애, 소소한 외상과 때론 인생을 뒤흔드는 암과 같은 혹독한 병마와 싸우기 위해 검진을 받고, 치료를 하고, 예방에 힘쓴다. 몸에 대한 우리의 관심은 거의 집착증에 가깝다. 그런데, 마음에 대한 우리의 관심은 어떠한가? 마음이 감기에 걸리고, 마음이 암에 걸리고, 마음이 당뇨와 고혈압에 걸린다고 한 번이라도 생각해본 적 있는가? 누구나 행복을 원하면서, 행복의 열쇠를 쥐고 있는 마음에 대해선 얼마나 많은 편견을 가지고 방치하고 함부로 대하고 있나?

지금까지 정신과 이야기는 과학적 근거 없이, 극단적인 일부의 사례를 바탕으로, 스릴러물의 대명사이거나, 나와 내 주변에선 절대로 일어나지 말아야 할 무시무시하고 괴이한 이야깃거리로 인식되어왔다. 그래서 수많은 의학 드라마에서도 정신과는 단 한 번도 다뤄지지 않았다. 그렇다면 인구의 80퍼센트가 다양한 신경증(뉴로시스)을 앓고, 나머지 20퍼센트가 인격장애(정신과 의사들은 현재 국내외 드라마, 소설 기타 예술 장르에 표현된 인물들이 대부분 이 장애를 앓고 있다고 말한다)를 앓는 현실은 어떻게 할 것인가?

이 드라마는 우리가 그간 쓸데없이 숨겨왔던, 다 안다고 하지만 사실은 잘 모르는, 우리 마음의 상처, 마음의 병에 관한 이야기다.

외로움이 만든 현대병, 편견과 소통에 대한 감동적인 이야기

우리가 정신과에 가길 꺼리는 이유는 수많은 종교적·사회적 편견 때문이다. 정신분열

(스키조프레니아, 또는 조현병)을 귀신 씌었다, 마귀에 씌었다고 하며 방치할 뿐 아니라, 세상에 대한 미움으로 불을 지르고 사람을 해치는 반인격장애·반사회적 성격의 범죄자와 마음의 상처를 가진 정신과 환자를 구분 못해 싸잡아 혐오하는 어리석음을 우리가, 우리 사회가 저지르고 있는 것이다. 사람들의 이러한 편견을 사례를 통해 과학적으로 쉽게 보여줌으로써, 우리가 외면했지만 궁금했던 마음에 관한 이야기를 해보려 한다.

이 드라마에 나오는 숱한 사례(드라마적으로 각색하겠지만) — 버스나 전철을 타지 못해 학교에 못 가는 학생, 특별한 숫자에 집착하는 남자, 자폐 아이를 즐겁게 키우지만 사실은 모든 걸 버리고 혼자 떠나고 싶어하는 엄마, 남녀의 성기에 집착하는 남학생, 명문 고등학교에 입학했지만 원인 모를 편두통에 시달리는 여학생, 수십 번의 암 치료로 우울증을 앓는 엄마, 변태 성욕자로 오인받는 남자, 정신분열을 앓는 아내와 함께 아이를 임신하기 위해 애쓰는 남자와 그를 돕는 여의사 등등 — 를 보며 시청자는 첨엔 다만 웃기고, 황당하고, 기이하게 느끼며 수다를 떨 것이다. 그러다 종내는, 수많은 정신과 의사들의 증언처럼 '환자, 상담자를 통해 내 상처가 치유되었다, 환자와 의사, 상담자와 피상담자의 구분은 얼마나 유치하고 어리석은가'를 말하게 될 것이라, 확신한다.

나만 힘든 게 아니다, 너도 힘들었구나, 나만 외로운 게 아니었구나, 사람이란 게 원래 그렇게 외로운 것이었구나, 죽고 싶은 게 아니라 살고 싶었던 것이구나, 나도 너도 알고 보니 참 괜찮은 사람이었구나, 내가 이상한 게 아니라 조금 특별했구나를 노래하는 즐겁고 따뜻한 이야기가 될 것이다.

사랑이 전부가 아니라면 무엇이 우리의 전부가 될 수 있을까?

돈이 없는 상대를 우리가 사랑하게 된다면? 몸이 아픈 상대를 우리가 사랑하게 된다면? 성격이 불같은, 모난 상대를 우리가 사랑하게 된다면? 정신증을 앓는 상대를 우리가 사랑하게 된다면? 대부분의 사람들은, 그들에게 이렇게 말할 것이다. 사랑에 눈이 멀었군요. 그러나, 사랑이 돈이 있어야 하는 거라면, 몸이 건강하고 정신이 완벽해야만, 마음이 아프지 않아야만 가능한 거라면, 사랑이 뭐 그리 대단한 것이겠는가?

주인공 장재열은, 자신이 멀쩡하다 여긴다. 지나간 상처를 완벽히 이겨냈다 자신하며, 누가 봐도 잘 살고 있다. 그러나, 그는 자신도 알지 못하는 죄책감과 밝혀져선 안 될 진실을 숨기려, 루게릭의 통증에 갇히게 된다. 뇌의 이상은 없으나, 통증은 그대로 느끼는(예, 상상임신, 스트레스성 위장장애처럼) 마음의 병을 앓는 것이다. 결국, 그는 자신이 알지 못하는, 그러나 스스로에 의해 죽음으로 내몰리게 된다.

어느 날, 사랑하는 남자가 정신적 병증을 갖고 있음을 인정하며, 범인이란 오류에 꽁꽁 갇힌 장재열을 과학적이고도 치밀하게 치료해내는 정신과 의사 지해수를 통해, 사랑에 대한, 인간에 대한 아름답고도 찬란한 드라마를 쓰고 싶다. 내가 살면서 반드시 사랑해내야 할 단 사람, 누구보다 나 자신. 나를 찾아 떠나는 주인공의 아름답고도 격한 질주에 동행하는, 무더운 한여름의 소낙비 같은 인간애 깊은 정신과 여의사를 통해, 우리 모두가 치유받길 간절히 바라본다.

장재열_남, 30대 초반, 인기 추리소설 작가, 라디오 DJ

침대나 방에서 자지 못하고, 반드시 화장실에서 자야 편하고, 몇몇 색깔에 집착하는 강박증이 있지만, 사회생활엔 전혀(?) 무리 없다. 성인이 되어 처음 사랑한 여자가 공동 화장실에 처박혀 자는 그를 보고, '니가 이상해'라는 문자 하날 남기고, 말도 없이 연락을 두절한 후, 다시 몇몇 여자가 그를 떠났지만, 뭐 그 정도야 싶다. 양태용과 출판사 공동 대표이며 해수와 동민이 살고 있는 건물의 공동 소유주다. 지적이고, 열정적이고, 유머러스하고, 부드럽고 강하고, 잘생긴 외모와 달리, 뜨거운 에로 표현과 잔인한 추리소설 작가로 유명한 그는 그 명성으로 인기 시간대 고정 라디오 DJ로도 활약하면서, 누가 봐도 멋있고 로맨틱한 남자의 표상으로 자리 잡았다.

16살, 의붓아버지의 사고사로 인해 포악한 친형(당시 19세, 폭력 전과 2범)이 중형 11년형을 받았을 때 형은 끝까지 그를 살인자로 지목했다. 출소 후에도 그를 죽이겠다고 덤벼들다 30개월형. 평소에도 수시로 전화를 해 협박을 일삼는다. 하지만 그는 두렵지 않다. 이제 그는 어릴 때처럼 맞고만 있을 만큼 나약하지 않다. 아마 맞장을 뜬다 해도 이길 것이다.

근데, 이건 뭐야? 그의 팬이라는 강우 놈이, 어느 날 보기 싫은데도 굳이굳이 봐달라며 내민 소설에, 그의 과거사가 고스란히 쓰여 있는 게 아닌가. 그러며 범인이 형이 아닌 나, 장재열이란다. 이건 무슨 개소린가? 근데, 개소리는 개소리로 취급하면 그뿐인데, 이 여자 지해수는 또 뭔가? 끝없이 내 성질을 살살 긁는 이 여자, 간만에 만만찮은 여잘 만나니, 살짝 흥분이 된다. 그는, 기꺼이 그녀의 홈메이트가 되기로 하는데…….

지해수_여, 30대 초반, 대학병원 정신과 펠로우 1년차

정신과 의사로서 인자한 페르소나를 쓰는 게 사기라고 믿으며, 제멋대로 자유분방하게 살면서도 환자에게 괜찮은 의사 소릴 듣는 조동민을 닮고 싶다. 한때 그 동경을 사랑이라 여긴 적도 있다. 쿨하고, 시크하고, 빽하면 화를 내 동료들에겐 위험한 의사로 통하지만, 타고난 통찰력이 있다 평가받는다. 환자에게 공감하는 공감 능력은 글쎄지만. 슈퍼바이저 조동민은 그녀를 최고의 정신과의가 될 거라 곧잘 말한다. 그녀가 의사보단 환자에 가까워 시간이 가면 환자를 더더욱 깊이 이해할 거라나 뭐라나, 웃기는 소리!

7살 때, 아빠가 자동차 사고로 전신마비에 지능이 두어 살이 되어버렸다. 그녀는 그 아빠를 귀여워라 하는 생활력 강한 엄마와 동생이라면 한없이 이뻐라 하는 착하고 긍정적인 언니 곁에서 모범생으로 자랐다. 그런데 그녀가 8살 때 아빠가 사고당한 지 1년째 되던 해, 엄마가 아빠 친구 김 사장과 바람이 났다. 그 연유 때문인지 확실친 않지만, 현재 그녀는 불안장애와 관계기피증을 겪고 있다.

그녀가 정신과를 선택한 이유는 의대에서 제법 선망의 과이기도 했고, 이상한 본인의 성격을 고칠 수 있을 거라는 기대감도 있었다. 게다가, 인간의 심리는 재밌고, 정신의 세계는 공부하면 할수록 신기했다. 근데 이즈음 그녀는 머리가 멍하다. 내가 과연 정신과 의사로서 적합한가? 정답이 없는 문제지를 푸는 기분이 들고, 대학병원에 펠로우로 있으면서 MRI 뇌 연구나 할까 싶어지는 것이다. 아니면 차라리 다시 공부해 외과로 가버려?

그러던 어느 날, 추리작가와 정신과 의사의 만남이란 말도 안 되는 주제로 열린 토크쇼에서 장재열(그녀는 그의 이름도 모른다고 했지만, 사실 그의 팬이었던 적도 있다)을 만났다. 재수덩어리에 자기애성 인격장애자! 앞으로 볼 일도 없을 것이기에, 자근자근 밟아주었다.

그런데, 이게 뭐야? 며칠 후, 새로운 홈메이트라고 들어온 인간이 바로 장재열이 아닌가? 오 마이 갓!

조동민_남, 40대 초반, 정신과 개업의

해수의 첫사랑. 해수가 다니는 대학병원의 정신과 의사인 이영진과 결혼해 3개월 살

고 성격 차이로 이혼, 첫사랑인 지금의 아내와 결혼해, 딸 하나를 낳았다. 아내와 딸은 현재 미국에서 공부 중이라 기러기 아빠다. 해수와 홈메이트. 원래, 건물주(형이 결혼 때 준 것)였으나, 아내와 딸 공부 뒷바라지와 길거리 애들한테 쓰느라, 현재는 병원과 집을 양태용에게 매각(장재열과 공동 명의)하고 전세로 들어와 살고 있다. 그 전셋집의 홈메이트가 해수와 수광이다(이들에게 월세를 받음). 학부 때부터 초지일관 똘끼 총집합이란 별명답게 괴팍하기 이를 데 없는 의사다. 생각이 멈추지 않는 환자에게 괴로운 생각이 올 때마다 제 머리통을 치라는 처방을 주고, 편두통에 시달리는 여학생에게 소화제를 주고, 퇴직을 앞두고 괴로운 남자에게 위로는커녕 불쑥 '그동안 잘 먹고 사셨잖아요' 하며 면박을 주고, 진료 때 전화를 받는 등 제멋대로 해, 대학병원 재직 당시 퇴사 권유를 받고 개업의가 되었다. 그런데, 같은 의사들은 고갤 젓는 이 사람을, 환자들은 죽어라 좋아한다.

그의 아버지는 그룹의 회장이다. 힘들게 살았던 어린 시절 때문에 돈에 집착하는 아버지의 상황은 이해하지만, 세상을 대하는 아버지의 처사는 용납되어선 안 된다고 생각한다. 그는 자신에게 유산 상속을 하지 않는 아버지를 법정에 세워, 현재 법정 투쟁 중이다. 반드시 받아내, 그 돈을 좋은 일에 쓸 생각이다. 자신이 번 돈의 대부분을 길거리 청소년들에게 쓰고 있고 소년 범죄를 저질러 교도소에 간 아이들에게 무료 상담도 진행 중이다. 그러던 중, 장재범(재열의 형)을 만나게 된다.

박수광_남, 20대 후반, 카페 종업원, 뚜렛증후군을 앓고 있으며 조동민과 홈메이트

긍정적인 성격에, 시크한 매력이 꿈이다. 그의 뚜렛증후군은 7살 때 처음 발병되었다. 초등학교 첫 등교 날, 줄을 서서 번호를 말하는데, 갑자기 이유 없이, 그도 인지하지 못한 상황에서 "썅, 598, 킁킁(코를 킁킁), 악" 등 연관 없는 소릴 연달아 내며 몸을 떤 것이다. 평범한 회사원인 아빠는 그가 남자답지 못하고 머리가 모자라 그런다며 죽게 패고, 엄마는 다음 날 그를 병원에 데려갔다. 의사는 약을 먹이라 했지만, 엄마는 괜히 병을 만든다며 그에게 약을 먹이지 않았다.

이후 자라면서 자연스레 없어질 수도 있는 병이라는 사실을 뒤늦게 알고, 몇 년 전 조동민의 병원을 제 발로 찾아가, 약을 먹고, 조동민 병원의 집단치료도 게을리하지 않았다. 그의 노력에 감복한 조동민이, 홈메이트를 제안해서 현재 같이 살고 있다.

밝은 성격인 그에게도 한 가지 고민이 있다. 바로 여자 문제다. 사실, 1년 동안 짝사랑하고 있는 소녀 때문에 남모르게 가슴앓이를 많이 했다. 품행장애에 양다리를 제안하는 소녀……. 과연 그는 소녀와 순탄하게 사랑할 수 있을까?

이영진_여, 40대 초반, 대학병원 정신과 의사(교수), 동민의 전처

엄마같이 인자한, 전형적인 모범 정신과 의사다. 따뜻하고, 남의 말 잘 들어주고, 객관성보다는 공감이 우선되어 환자를 치료해야 한다고 생각한다. 남들은 조동민을 의사로서 위험하다 하지만, 그는 조동민처럼 자유롭고 싶은 게 사실이다. 그래서 결혼했는데, 그녀는 자신의 한계성을 보았다. 그는 멋대로인 조동민을 참을 수 없었다. 그래서 이혼했다. 조동민은 쿨하게 그날로 짐을 싸 나가더니, 6개월 만에 첫사랑과 재혼했다. 그녀는 괜찮다 괜찮다를 연발했지만, 그 배신감으로 슈퍼바이저를 찾아가 2년 동안 상담받았다. 지금은 정말 괜찮은 수준이다. 조동민이 의사로서 자길 성숙시켰다 믿는다(나중에 안 사실이지만, 조동민은 그녀를 사랑하게 되면서 헤어질 때까지 슈퍼바이저에게 상담을 받았다고 했다. 그도 아팠던 것이다. 자신이란 인간을 사랑하기가). 해수가 조동민을 닮은 게 좋다. 자유롭고 가볍고, 무엇보다 상처가 깊은 게 싫지 않다. 상처가 깊으면 깊을수록 남을 이해하는 폭도 넓으니까. 해수의 건강성을 믿고 있다. 환자에 대한 사랑이 깊다. 사실, 그녀는 요즘 좀 혼란스럽다. 13년이 지나고도 조동민이 놓아지지 않는 것을 알아버렸다.

오소녀_여, 19세, 카페 알바생

누가 봐도 문제 학생이다. 뻑하면 학교 안 가고, 애들 삥 뜯고, 그러다 전학생이 친한 척하며 자꾸 집 나간 엄마랑 연락하냐고 묻기에, 말하기 싫어, 몇 대 줘패버렸는데, 그 일로 학교(그러나 맘 좋은 선생이 자퇴 처리)를 퇴학당해, 지 맘대로 산다. 아빠는 학교

를 그만뒀다 해도, 그랬냐 하며 쓰레기만 줍는다(고물상을 한다). 세상 무서울 게 없다. 길거리에서 재열에게 담배를 사달라고 하며 5천 원을 주면서 "나머지 돈은 심부름값이에요." 했는데, 이 인간이 사다준 건 담배가 아니라 우유만 잔뜩이다. 이 아저씨 좀 괜찮다. 재열이 좋아, 그냥 그 집에 들어가, 앉았는데, 해수가 뭔가 멋있단 생각이 든다. 손가락도 길고, 엄마 냄새도 난다. 해수는, 이 꼬맹이 땜에 돌 지경이다. 하지만, 그건 그녀의 사정이다. 난 이 집에 물주(?) 박수광도 있고 학교에 강연 와서 품행장애라는 근사한 병명까지 선물해준 조 박사님도 있고, 뭣보다 재밌어서 좋다. 자꾸 그들 앞에 얼씬거리다가 알바 자리도 얻고 해수가 화장품에 밥까지 사준다. 놀려먹기 좋은 박수광이 자꾸 눈에 가슴에 거슬리긴 하지만, 왜 껌딱지처럼 이 집 사람들 근처에 들러붙고 싶은 것일까?

한강우_남, 18세, 고등학생, 소설가 지망생, 미스터리한 인물

소심하고 심약하고, 그러나 미소년처럼 맑은 웃음을 가졌다. 장터에서 국밥을 파는 엄마와 술주정뱅이 아빠와 서울 외곽에서 살고 있다. 장재열의 열혈 팬이다. 처음 장재열이 그를 만난 건, 파티장에서였다. 그때, 장재열의 형, 재범이 재열을 칼로 찌르는 걸 똑똑히 보았다. 안쓰러운 장재열. 그는 그때 첨으로 장재열의 과거사를 알게 되었다. 그리고 팬심이 더 커졌다. 불운한 과거를 딛고, 최고의 작가가 된 사람. 그는 장재열을 닮고 싶었다. 그래서 번번이 편질 쓰고, 그에게 전화를 걸었다. 소심해서, '안녕하세요'만 하고, 장재열이 바쁘다 전활 끊어도 그는 기분이 좋았다. 그는 자신이 쓴 소설이 베스트셀러가 되어, 엄마에게 기쁨을 주고 싶다. 근데 소설이 영 안 된다. 싫다는 장재열을 졸라 소설을 보여줬지만, 가망이 없단다. 너무 순수만 하단다. 그럼, 자극적인 걸 써봐? 그는 장재열의 얘길 소설로 쓰기 시작하는데, 그만 그 일로 장재열에게 미움만 샀다. 그리고, 몇 대 맞기까지. 그건 다 참을 수 있다. 근데 장재열이 전화도 안 받는다. 그는 속이 타는데, 그날 아버지가 술을 마시고, 집에 불을 지른다 하는 게 아닌가? 그는 아버지와 몸싸움을 벌이다가 그를 한 대 친다. 이상한 쾌감을 느낀다. 작가님! 제가 아빠를 때렸어요……! 걱정스런 얼굴로 달려온 장재열을 본다. 이런 날 이해해줄 사람은 작가님뿐이라는 걸 알고 계세요……?

최호_남, 30대 초반, 방송국 PD

해수의 애인, 현재 만난 지 300일째 되어가고 있다. 우유부단하고 따뜻한 듯 보이지만, 출세욕이 강하다. 성공이라면 뒤도 안 돌아보고 달리는 아버지를 싫어했는데, 그도 그런 성향이 있나보다. 잘나가는 여자에게만 관심이 쏠린다. 해수를 만나며 별 문제도 없는데, 방송국 사장 딸이 조연출로 오자, 그 여자를 꼬셔 현재 양다리다. 그런데, 해수와 300일 되는 날 기념으로 집에서 지인들(조연출을 포함해, 모든 홈메이트)과 함께 첼시 경기를 보던 중, 홈메이트 재열의 발설로 양다리가 폭로되고 만다. 토크쇼 하던 날(이 프로 담당이 최호였다), 재열이 무대 뒤에서 키스하는 그와 조연출을 본 것이다. 그 일로 해수에게 차인다. 차이면서 알았다, 나는 정말 해수를 사랑하는구나. 이후, 해수의 애매한(?) 친구로 남았다. 그러던 어느 날, 동민을 통해 장재범의 사례를 듣고 동민과 함께 하는 청소년 범죄자 심리 프로젝트에 그를 넣자고 제안한다. 그리하여 장재범을 만나고, 장재범을 취재하던 과정에서 그가 재열의 형이란 사실을 알게 되는데…….

양태용_남, 30대 초반, 출판사 사장

재열의 유일한 친구. 모태 솔로. 재열과 공동 대표로 있는 출판사의 대표다. 풀잎에 대한 사랑은 지고지순하다. 그래서, 재열의 원고를 풀잎에게 넘겼다. 표절을 도운 것이다. 보험회사에서 일하는 그를 지금의 출판사 사장까지 만들어준 재열에게, 반드시 빚을 갚으리라, 풀잎에게 원고를 넘기던 날, 그는 재열에 대한 의리를 그렇게 속으로 다짐했다. 어려서 재열의 동네 고아원에서 자란 그는, 재열의 엄마를 친엄마처럼 따르고, 말썽꾸러기 재범 형을 우상처럼 여겼다. 형은, 고아라고 놀리는 애들을 늘 패주고, 먹을 걸 주고, 그에게 자신을 닮지 말라, 말해주었다. 근데, 형이 살인을 저지른 것이다. 에고, 속이 상한다. 근데 일은 거기서 안 끝나고, 형은 자꾸 동생 재열이가 범인이란다. 엄마도 아니라 하고, 판사도 아니라는데, 이게 다 무슨 소린지. 그는, 엄마에 대한 의리, 형에 대한 의리로 매달 재범을 면회한다. 그때마다 형은 나가기만 하면, 엄마도 재열이도 가만 안 둔단다. 그러며 3년 전엔 진짜로 출소해, 포크로 재범의 어깰 찍어버린 것이다. 그리고 다시 수감. 이제 다시 나올 날이, 두 달 안팎으로 남았다. 그는 형의 정신 상태가 의심스럽고, 어떻게든 형의 잘못된 정신 상탤 고쳐주고 싶다. 그래서, 재범 형의 면담을 조동민에게 부탁하는데…….

지윤수_여, 30대 중반, 카페 매니저

해수의 친언니. 술을 좋아하지만 착하고 사람 좋은 남편(엄마의 가게 일을 도와주고 있다)과 아들 하나를 두고 있다. 밝고, 긍정적이고 대차다. 아버진 아프고, 동생이 의대를 원하자, 전문대학을 겨우 졸업하고, 알바를 전전하다, 몇 년 전부터 카페 매니저로 일하게 됐다. 현재의 생활이 나름 만족스럽다 생각이 든다. 어려서 엄마의 불륜을 보고 방황했지만, 지금은 제법 이해가 간다(지금도 엄마는 아빠 친구와 내연 관계). 결혼해 살아보니, 30대 중반 남편이 교통사고를 당하고, 식물인간인데 애들은 키워야 하고, 엄마는 달리 살 방법이 없었으리라. 그리고 엄마가 아빠를 사랑하는 걸 안다. 아, 복잡한 인생이다. 근데, 착하고 자랑스런 내 동생이 불안한 남자에 올인 하고, 가끔 사고는 치지만 나를 때리지도 않는, 내 남편이 알코홀릭이란다. 도대체 나더러 어쩌란 말인가!

해수 모_여, 50대 후반

식당 운영, 죽어라 사는 데 억척이다. 거침없고 밝다. 세상에서 자식보다 애 아빠가 좋다. 내가 가끔 구박해도, 나만 보면 늘 웃는 사람. 말도 못하고 애기처럼 나만 바라보며 웃는 사람. 안 아플 때는 아빠 같고 엄마 같던 사람. 어린 시절, 절 버리고 딴 남자 만나다 상처받아서 온 날 품어준 사람. 근데, 그녀는 그를 침대에 뉘어놓고 애 아빠 친구 김 사장과 바람을 피웠다. 먹고살라고 그런 것도 있었지만 솔직히 여자로서 사랑도 했다. 지금은 김 사장 아내가 암에 걸렸다며, 이젠 아내에게 전념하겠다며 떠나겠단다. 아프지 않다. 그러던 어느 날, 해수가 종주먹을 들이댄다. 딸과의 빗나간 사랑에 해수를 찾아갔다. 이 엄마가 너한테 뭐냐고? 니가 정신과 의사면 나를 진단해봐라, 나 지금까지 산다고 살았는데 딸년한테 이 대접 받고는 못 살겠으니, 내가 우울증이면 약을 주고, 내가 미친년이면 고쳐줘.

장재범_남, 30대 중반, 재열의 형, 수감 중

겉보긴 포악하고, 야비해 보여 극 중반까지는 그가 이 드라마의 주적처럼 보이지만, 극 후반, 가장 안쓰러운 인물이다. 어려서 사건 발생 전엔 마냥 삐뚠 아이였지만, 그는 살인사건이 날 때 모든 두려움을 이기고, 자신이 범인이라 위증을 해, 동생을 감싼다. 살면서, 그가 가장 잘한 일은 그것이다. 그리고 살면서 그가 가장 잘못한 일도 그 일이다. 동생도 동생이지만, 엄마가 밉다. 엄마는 분명 피 묻은 동생 손을 봤다. 내가 칼을 뺀 걸 봤다손 치더라도(동생이 찌르고 기절한 걸 내가 뺀 것), 엄마라면 내가 죽이지 않았다는 걸 믿었어야 한다. 내가 사람을 팼다고, 삥을 뜯었다고, 금은방을 털었다고 사람까지 죽였다 믿는 건 용서할 수 없는 일이다.

그러며 나를 찾아와 따듯한 얼굴로 형을 살고 나오면 엄마랑 둘이 잘 살아보잔다. 하늘이 무너진다. 나도 자식인데. 그는, 매주 엄마가 와도, 만나주지 않았다. 3년 전 클럽에서, 춤을 추고 있는 재열을 봤을 때, 그는 죽이고 싶었다. 나는 감방에서 사는데, 너는 춤을 추며 사는구나. 그러나 그 일로 다시 재수감되었다. 그는 동료들에게도 뻑하면 감방을 나가, 동생도 엄마도 가만두지 않을 거라 말한다. 물론, 교도관은 모르게 한다. 모범수가 되어야만 전화 통화를 할 수 있고, 전화 통화를 해야만 재열에게 전화해 협박할 수 있기 때문이다. 근데, 조동민이란 의사가 자길 상담하고 싶다며, 계속 들락날락거린다. 그러며 자신에게 아무도 못 죽일 거라 말한다. 실제는 착한 사람이다, 다만 맘이 아픈, 환자일 뿐이라는 별 시답잖은 소릴 한다. 근데 이 인간이, 나를 믿는단다. 내가 범인이 아니란 걸. 괜한 환심을 사려는 게 아닌 거 같다. 세상에 내 말을 믿는 인간이 있다니, 놀라운 일이다. 그러던 중, 그는 출소를 하게 되고, 재열과 만나기로 하는데…….

재열 모_여, 50대 후반

따뜻하고, 말수가 적다. 재범이가 감방에 가고 나서부터, 늘 집 안의 문을 열어놓고, 겨울에도 찬 방 모서리에서 담요 한쪽을 덮고 잔다. 폭력적인 재혼남으로 인해 지옥 같은 가정생활이 끝이 나고 큰아들은 살인범으로 수감까지 됐다. 그리고 출소 후 친동생 상해 건으로 현재 복역 중이다. 일찍이 죽고 싶었지만, 재범이가 죽으면 정말 가만 안 둔다는 말 때문에 참았다. 매일 큰아들 재범이 오면 할 첫마디를 진심을 담아 따뜻하게 연

습한다. "재범아, 엄마가 미안해, 동생은 잘못 없어, 갠 기억을 못하잖니? 정말 미안하다." 그리고 밥 한 상을 차려 아들내미에게 줄 수 있다면 더는 바랄 게 없다 생각한다. 놈이 나에 대한 원망으로 칼을 들어도 할 수 없다. 기쁘게 맞을 생각이다. 재범이가 나온단다. 그 소식을 들은 날, 그녀는 첨으로 방에서 잠을 잤다. 근데, 그 살인 사건 현장에 불은 누가 냈을까? 그녀는 못내 궁금한데…….

오도득_남, 30대 후반, 지윤수의 남편

지해수의 형부. 사람 좋고, 인정 많고, 재밌다. 아내를 세상에서 젤로 사랑하고, 자식은 두 번째다. 근데 술이 웬수다. 원래 그는 소심하고 수줍은 성격이었다. 그런데 술만 마시면 용기가 생긴다. 그래서, 괜히 술자리에서 친구 사업 보증을 서고, 친구가 부탁한 보험을 잔뜩 들고, 술집 여자랑 잠자릴 가져, 아내에게 성병을 옮겼다. 아내는 나를 죽게 패더니, 감사하게도 용서해주고 이해해주었다. 정말 왜 이런지 모르겠다, 나란 인간. 근데, 처제가 어찌 알았는지, 나를 찾아와 술을 안 끊을 거면 이혼을 하란다. 이해심 없는 처제 같으니라고! 근데, 처제는 한다면 하는 성격이다. 근데, 나는 정말 알코홀릭이 아니다. 머리가 복잡한데, 동민이 형이 말한다. 금주 모임에 가라! 알코홀릭은 상담하지 않는단다. 내가 혐오하는, 길거리 술주정뱅이와 한 끗발 차이라고?

이풀잎_여, 20대 후반, 잡지사 기자

재열의 팬으로, 취재차 만나 현재의 애인이 되었다. 작가의 꿈이 있다. 그녀는 잠자리에서 재열의 이야기를 듣고, 그의 이야기에 심취했다. 그의 재능을 훔치고 싶단 생각에 양태용에게 초고를 빼돌려달라 하고, 그로부터 초고를 받아, 코믹 버전으로 바꿔 표절을 했다. 그녀는 이제 이용 가치가 없어진 태용을 버리려 하고…….

그 외 여러분, 병원 관계자, 상담자(환자), 출판사 직원 등.

씬 장면(Scene)이라는 의미. 같은 장소, 같은 시간 내에서 이루어지는 일련의 행동이나 대사가 한 씬을 구성한다.

(O. L) 오버랩(Overlap). 현재의 화면이 사라지면서 뒤의 화면으로 바뀌는 기법이다. 대사에서 O. L은 앞사람의 말을 끊고 틈 없이 말을 할 때 쓰인다.

(E) 대사와 음악을 제외한 효과음(Effect)을 뜻하며, 보통 등장인물은 보이지 않고 소리만 나는 경우에 사용한다.

점프컷 연속성이 없는 두 장면을 붙이는 편집 방식이다.

플래시컷 화면과 화면 사이에 들어가는 순간적인 장면. 극적인 인상이나 충격 효과를 주기 위해 삽입되는 매우 짧은 화면을 지칭한다.

플래시백 회상을 나타내는 장면. 지금 일어나고 있는 사건의 인과를 설명할 때 쓰이기도 하고, 인물의 성격을 설명하기 위해 쓰이기도 한다.

DIS. 디졸브(Dissolve). 앞의 장면이 사라지는 동안 새 장면이 페이드인 되는 것으로 기능은 오버랩과 거의 같다. 차이가 있다면 두 화면을 깊게 겹친 것이 오버랩이고 얕게 겹친 것이 디졸브이다. 디졸브는 보다 짧은 시간의 경과나 보다 가까운 장소의 이동을 나타낼 경우에 많이 쓰인다.

풀 샷 원근에 구애받지 않고 목표 피사체 전체를, 사람의 경우 전신을 카메라 앵글에 담는 촬영 방법이다.

인서트 화면의 특정 동작이나 상황을 강조하기 위해 삽입한 화면. 인서트 화면이 없어도 장면을 이해하는 데에는 별다른 지장이 없으나 인서트를 삽입함으로써 상황이 명확해지는 한편 스토리가 강조된다. 인서트 화면으로는 대개 클로즈업을 사용한다.

몽타주 따로따로 편집된 장면들을 짧게 끊어서 붙인 화면을 말한다.

F. I. 페이드인(Fade-In)을 의미한다. 어두웠던 화면이 점차 밝아지는 상태를 말한다.

(N) 내레이션을 지칭하는 용어로, 장면 밖에서 들려오는 목소리를 나타낸다.

1부

여기엔, 모두 죽는다란 말이 적혀 있습니다.
근데 적군은 포로에게 거짓말을 하죠. 이 중 하나는 산다다,
산다를 골라라, 그럼 살려주겠다. 뭘 선택하실래요?

그, 답 찾으면 전화해도 돼요?

씬 1. 프롤로그

1, 강가, 낮.

재열과 태용, 각자 보트(운전자, 풀잎과 편집장(여, 다혈질에 재미난 성격이다))에 수상스키를 매달고, 물살을 가르며, 타며, 신나는 함성과 함께, 경쟁을 펼치고 있다, "빨리빨리, 쫒아, 쫒아, 죽여, 죽여"를 외치며 서로 경쟁을 펼치는, 카메라, 강 건너편으로 가면, 재열의 팬들(여자들이 많은, 친구들도 섞인)이 음악을 틀어놓고, 바비큐를 구우며 "장재열 이겨라, 장 작가님 홧팅!" 하며 손 흔들고 응원하는, 재열, 신이 난, "속력 높여!" 하면, 풀잎, 속력을 높이고, 그 바람에 스키가 하늘로 튀어 오르는, 재열, 신이 나, '악!' 소릴 지르며 물 위에서 튀어 오르는,

수인들 (E, 연호하는) 장재범, 장재범, 장재범,

교도관 (E) 1587 장재범 석방이다. 나와.

2, 교도소 내 복도, 낮.

수인들, 문 닫힌 방 안에서 '장재범'을 연호하는, 교도관, 문을 열면, 재범(머리가 희고, 수염도 흰, 웃음 띤, 기분이 약간 흥분된), 방에서 나오는, 감방의 모든 수인들 모두 함성을 지르는, 재범, 웃으며, 손을 흔들어주고, 그러다, 큰 철창문 앞에 멈춰 서, 기분 좋게 웃통을 벗어 던지며, "악!" 하고, 소릴 지

르고 나가는, 뒤에선 여전히 환성을 지르며, "재범아, 사식 넣어줘, 놀러 와라, 잘 가!" 하는 소리가 들리는,

3, 강가, 낮.
스키 타던, 재열, 태용을 이기면서, 물에 빠지는, 태용도 물에 빠지고, 재열, 수영을 해, 풀잎에게 가, 기분 좋아, 풀잎을 물에 빠뜨리곤, 서로 물을 먹이면서 웃으며 장난치는, 태용도 그런 재열을 보며, 깔깔대고 웃지만, 이내 풀잎 때문에 맘이 썩 편치 않다, 그때, 전화벨이 울리고, 보트 안의 편집장이 전화를 집어, 태용에게 건네는, 태용, 전화를 무심히 받으며, 눈길은 여전히 재열과 풀잎에게 가 있는,

태 용　(눈은 재열과 풀잎을 보며, 아무 일 없는 듯, 편하게) 네.. 납니다, 근데, 누구?
재 범　(F) 야, 니가 준 전화기 좋다.
태 용　(긴장한, 놀란) ...재범이.. 형? (하고, 재열 보는)

4, 강가 + 택시 안(교차씬), 낮.
재범, 택시 안에서 기분 좋게 전화하는,

재 범　낄낄.. 태용아, 형 지금 막 출소했다. 너 어딨냐?

태용, 순간 멍한, 한쪽을 보면, 편집장, 전화 받는, 직원이 전화한 듯한, "오는 중이야? 어디야, 지금? 네비 안 된다니까, 여긴!" 재열과 풀잎, 서로의 머릴 수건으로 털어주며, 장난치며 기분 좋게, 별장 쪽으로 가는 모습 보이고, 친구들, "야, 샤워하고 빨리 나와, 우리 배고파, 들어가서 딴짓 말고" 하고, 재열, 웃으며, 농담조 "너 걔들 말 들었지, 딴짓하면 안 된다?", "내가 뭘?" 하며 장난치며 둘은 별장으로 가는,

재 범　(편하게) 태용아, 태용아?
태 용　(이상한) 형, 형 나오는 날, 낼모레 아니었어?
재 범　빵에서 귀찮다고 빨리 나가라네. 히히.

태 용　(어색하게 웃으며) 아, 그랬어, 근데, 형, 그게 오늘 재열이 생일 (아차 싶다, 그때 밴드 음악소리 듣고) 야, 좀 조용! (하지만, 밴드들 못 듣고, 태용, 자리 옮기며) ..아니, 그러니까, 형, 내가 (생각난) 지, 지금.. 별안간 (문득 생각난) 지, 지방 출장 와갖고,

재 범　(웃지만, 굳은, 음악소릴 들으며) 그.. 래서?

편집장　(버럭, 전화기에 대고) 몇 번을 말해, 양수리 쪽이라고! 국도 끝나는 데서 강가 좌측! 귀먹었니?!

태 용　(옆의 편집장에게 버럭) 조용히 좀 해!

재 범　(전화기로 위치에 관한 내용을 다 들은, 사태가 파악되는)

태 용　(사람들 안 듣게, 걸어가며) 형, 일단, 청담동 하루호텔로 가, 거기서 사우나 하고 있으면 내가.. 죽자고 달려갈게.

재 범　(말꼬리 끊으며, 웃음 띤, 담담히) 관둬라.

태 용　(조심스런) 왜?

태용, 화면 사라지고,

재 범　(이것들 봐라 싶지만, 편하게 웃으며) 너 일 보고 낼 봐. 아냐, 너, 출장 중이라며... (웃으며) 됐어. 낼 보자. 연락할게. (하고, 끊고, 웃으며) 지 형은 지 때문에 억울하게 11년이나 빵에서 살다 나왔는데, 지는 지 생일 파티라..? (고개 젓고 웃으며) 우리 재열이가... 간이 붰네. (하고, 차 창문 밖으로 침을 탁 뱉고)

기 사　(룸미러로 재범 보면)

재 범　(지지 않고 보며) 양수리.. 국도변 끝.

5, 강가, 별장 마당, 낮.
재열, 어느새 나와, 디제잉을 하며, 사람들 흥을 돋우는, 친구들이며, 팬들, 신이 난, 편집장 맥주를 마시다, 재열을 심란하게 보다 차로 가는 태용을 보며 말 거는,

편집장　어디 가요?

태 용　재열이 형, 재범 형이 출소했다.

편집장 (놀라, 술이 목에 걸려, 캑캑대며, 태용 보는)

태 용 재열이한텐 파티 끝내고 알려, 난 재열이 엄마 모시러 간다. (하고, 차 타며) 돌겠네..

6, 국도변, 저녁.

재범, 택시 뒷좌석에 타고 가는, 창문 열고 밖을 보며, 바람 맞고 가고, 그때, 태용의 차, 택시를 지나쳐 가는, 태용, 많이 걱정되는 얼굴이다, 서로가 서롤 못 본 상황이다,

7, 강가, 별장, 밤.

재열, 불타는 장작에 양주를 뿜고 그 바람에 불길이 치솟고, 음악이 터지듯 나오고, 친구들 '악!' 하며 폭죽을 터뜨리며 탄성을 지르고, 풀잎, 재열의 얼굴을 잡아 돌려세워 입에 기습 키스하면, 친구들, 들떠서, '악!' 하고 탄성을 지르는,

＊점프컷 》

카메라, 사람 없는 곳으로 가면, 누군가(재범 얼굴 안 보이는), 파티장의 테이블 위에서 포크를 집어 음식을 찍어 먹고, 포크를 주머니에 넣고, 재열이 있는 무리 쪽으로 가는,

＊점프컷 》

풀잎, 재열에게서 입술 떼면, 이번엔 재열이가 웃으며, 풀잎을 번쩍 들어, 테이블에 앉히고, 다들 소리 지르는데, 재열, 웃으며, 풀잎에게 키슬 하려는데, 그때, 누군가 재열의 어깰 툭 치는, 재열, 풀잎 보며 '누가 날 쳐' 하는 아쉽단 표정 지으며 웃고, 친구들 '누구세요?' 하는 말 들리는데, 그제야, 재열, 고갤 어깨 친 사람(재범) 쪽으로 돌리고, 순간, 어깨 친 사람이 붕 뜨더니, 손에 든 포크로 재열의 어깰 있는 힘껏 내리찍는, 풀잎과 친구들의 '악!' 하는 비명소리가 나는, 재열, 순간 무릎이 꺾이고, 제 어깰 보면, 포크가 꽂혀 있는, 피가 많이 나는, 재범, 다시 포클 뽑아, 재열의 다친 어깨에 다시 내리꽂은 후, 그런 재열을 보고, 작게 비웃고, 발로 재열의 얼굴을 차면, 재열, 뒤로 피를 토하고 넘어가는데, 느린 그림(음악과 함께 보여지는), 친구들 '악!' 하며 피하거나, 재

범을 돌려세워 때리고, 풀잎은 재열의 머릴 안고, 소리치며 '119 불러!' 하고, 누구는 119에 전화해, 구급차를 부르고, 112에 전화해, 사건 신고를 하는, 강우(교복 입은), 사람들 사일 비집고 나오며 재열의 앞에 앉아, 재열일 보며, 걱정스런 '작가님, 작가님!...' 소리치는,
재범, 친구들을 불붙은 장작을 휘둘러 패고, 다른 포크 들어 친구들을 찍고, 그러다, 한 친구가 의자로, 재범의 머릴 치면, 쓰러지고, 친구들, 재범의 등에 올라타, 재범을 치는, 재범, 재열을 보며, 악에 받쳐 "내가 저 새끼 죽여버릴 거야!" 소리치는,

재 열　(가물가물, 어이없고, 눈가 붉어, 서글프지만, 웃음 띤, 재범 쪽 보며) 형?.. ... 아.. 이 꼴통.. 진짜... (하고, 기절하는)

씬 2. 동민의 집 거실, 아침.

1, TV 화면, 자료화면이 나오는, 영화 행사장, 밤.
재열, 선글라스를 쓰고, 여배우와 레드카펫을 밟으며 환하게 웃으며, 주변에 웃음을 짓고 걸어가는, 플래시 터지는, 느린 그림.

앵 커　(E) 서정적인 사랑 이야기를 독특한 추리소설로 풀어내, 나오는 작품마다 영화화되면서, 대박 흥행을 이어온, 이 시대 최고의 베스트셀러 작가 장재열 씨 피습 사건 최종 판결이 오늘 서초 법정에서 있었습니다.

* 점프컷 》
해수, 정장 차림(오늘 이사 온)으로 부엌(개수대에 씻지 않은 그릇이 산더미다, 그중 그릇 하날 아무렇지 않게 집어서, 수돗물에 휙 씻고) 냉장고에서 우유 꺼내 그릇에 담고, 시리얼을 넣고, 숟가락으로 먹으며, TV로 가는, 화면 보는, 주변에 해수 가방이 서너 개 있는,

2, TV 자료화면, 재열의 책과, 북콘서트를 하며 웃는 재열의 모습이 찍힌,

앵 커 (E) 범죄자 형과 베스트셀러 작가인 동생의 악연은, 11년 전, 의붓아버지 살해 사건으로 거슬러 올라가는데요.

3, TV 화면 자료, 플래시컷.
어린 재열(16세), 증인석에 앉아 있고,
어린 재범(19세), 독기 어려 수갑 찬 채, 경찰에게 끌려 나가는 사진,
재열 모, 방청석에서 얼굴을 두 손으로 가리고 우는 모습,
어린 재범, '내가 안 죽였어요! 재열이가 죽였어요, 엄마, 재열아' 하며 소리치는 사진,

앵 커 (E) 당시 세간을 떠들썩하게 했던 이 사건은, 비정의 패륜아 형이란 헤드라인으로 언론을 뜨겁게 달구었습니다. 의붓아버지를 살해하고, 증거 인멸을 위해 방화를 서슴지 않았을 뿐만 아니라, 처음엔 자신이 범인이다 자백했지만, 이후, 자백을 번복하며 어린 동생에게 죄를 뒤집어씌우려 했던 이 사건에 당시, 모든 국민은 경악을 금치 못했습니다. 그런데 최근, 그 형이 다시 동생을 피습하는 사건이 벌어진 것입니다.

4, TV 자료화면, 법정 앞.
재열, 맘 아프게, 법정 앞 계단을 내려오고, 기자들 사진을 찍으며,

기 자 형이 이번에도 중형을 받았는데, 지금 심경이 어떠신지요?

재열, 태용의 에스코트를 받으며, 차에 타 가는,

앵 커 (E) 법정에서 장재열 작가는 오랜 수감 생활을 한 형의 불안한 심리를 이해해 달라며 선처를 요구했지만, 법원은 상해를 입은 사람이 동생만이 아니라, 다수의 사람들이고,

*점프컷 》
해수, 시리얼 먹으며, 구시렁,

해 수 (별 느낌 없이, 재열 보고, 시리얼 먹으며) 연예인이야, 작가야? 생긴 게 반질반질 (웃음 띤) ..얼굴값 좀 하겠다? (하며, 시리얼 먹고)

5, TV 자료화면, 플래시컷.
재범, 수갑 찬 채, 경찰차에 오르는, 웃는,

앵 커 (E) 죄를 뉘우치지 않는다는 이유로 반사회적 성격의 장재범을 사회에서 격리시켜야 한다며 중형 30개월을 선고했습니다. 장재범 씨의 변호사 측은 악성 여론이 고조된 상태에서, 항소는 의미 없다며 항소 포기 의사를 밝혔습니다.

6, TV 자료화면 앞의 씬, 화려한 재열의 모습이 다시 이어지는,

앵 커 (E) 최근 신작을 쓰고 있던 장재열 작가는 당분간 집필 활동을 중단하겠다는 말을 남겨, 많은 팬들의 안타까움을 자아내고 있습니다. 장재열 작가가 아픔을 잊고, 빠른 시일 내 다시 집필 활동을 하길 바라봅니다.

7, TV 자료화면,
환하게 웃는 재열의 모습이 화면에 비치는,

*점프컷 》
TV 화면 꺼지는, 해수, 리모컨 던지며,

해 수 (O. L) 아, 짜증나.. 뭐야, 그래서, 이번에 신간이 안 나온단 얘기야? 몇 달을 기다렸는데.. 얘.. 독자에 대한 예의가 없네, 얘가?

하고, 옆의 사과를 씹어 무는데,
누군가, 뺏는, 해수, 보면, 동민(사각팬티 차림, 잠자다 깬), 서 있는,

동 민 (사과 먹으며) 넌 뭐야? 새벽부터 뭔 이사를 온다고, 아침부터 사람 잠도 못 자게 티브이를 귀가 떨어져 나가게 켜고.... 새끼가 인간이 덜 됐어.
해 수 (사과 뺏으며, 웃음 띤) 그러게, 내가 그렇지? (하고, 먹고 가는)

동 민 (가는, 해수 보며, 시리얼 그릇을 보며) 야, 시리얼 그릇을 왜 여기 놔! 나보고 갖다 놔라고 여기 놔! 내가 니 홈메이트고 선배지, 시다바리냐, 새끼야! 너 혼자 사는 것처럼 이 집 개난장 해놓음, 아주 죽여버릴 거야, 이누무 새끼! (하고, 해수가 먹던 시리얼을 마시는)

해 수 (수광 방으로 올라가며) 이 집은 이미 개집구석이야, 수광아, 누나 왔어, 밖에 짐 좀 옮겨!

동 민 (우유를 뿜으며) 야야야, 갠 좀 놔둬, 실연당해, 사흘을 운다고, 내가 어제 너한테 부디 선철 바란다고... 가지 말어, 기집애야! 해수야!

해 수 (아랑곳없이, 수광 방으로 가며) 수광아!

씬 3. 이층, 수광의 방 앞 + 방 안, 아침.

해수, 사과 먹으며, "야, 너 내 말 안 들려" 하며 무심히 문을 여는,

＊점프컷, 수광의 방 안 》

조각 퍼즐이 무지 많은(온통 여자 그림 퍼즐이다, 퍼즐광이란 설정), 음악 흐르고, 수광, 침대에 얼굴이 안 보이게 이불을 동동 말고 누워 있는, 얼굴 안 보이고, 맨다리만 보이는, 해수, 수광 보고, 미간 찡그리며 사과 씹으며 컴을 보면, 컴 화면엔 수광의 애인의 환한 모습이 화면 전체에 있는, 그림이 바뀌며, 음악이 흐르는, 애인과 수광의 행복하고 익살스런 사진이 흘러가는, 해수, 짜증나는 시선을 바닥으로 내리면 코 푼 휴지가 널린, 어느새, 동민, 해수 뒤에서,

동 민 (무심히) 코 푼 거야. 내가 봤어, 진짜. 위로만 푸는 거.

해 수 (어이없이 동민을 꼬나보는)

동 민 (코 푸는 시늉) 흥.

해 수 (어이없게 보면)

동 민 조용히 살자, 행복하게... 사랑이 되면 사랑까지.

해 수 (방 쾅 닫고, 가고)

동 민 (놀라고, 다시 문 열고, 바닥 보고, 수광 아들처럼 머리 만져주고, 보고, 책

보면, 재열의 책이다) 이 책 읽으며 그렇게 휴지가 많이 필요했냐?

수 광 (아무렇지 않게, 졸린 듯 보며) 보면 알걸?

씬 4. 재열의 오피스텔 전경 + 안, 낮.

오피스텔 주변에 큰 공사가 있어, 공사장 소리와 샤워 소리, 음악소리가 뒤범벅이다, 침대에 풀잎이 누워 눈 감고 있는, 베개가 풀잎이 것만 있는, 침대 맡 스탠드에 양키스 모자가 있는, 바닥에 널브러진 풀잎의 옷들,

자막, 〈26개월 후〉

씬 5. 재열의 욕실 안, 낮.

재열, 샤워한 채, 나시를 입고(어깨의 포크 상처가 보이는, 꿰매지 않아, 좀 거친 상처다), 수건으로 머릴 털고, 수건을 세탁바구니에 넣고, 다른 수건을 찾기 위해, 수건장을 열면, 흰색, 파란색, 노란색, 빨간색, 검은색 계열의 톤으로 이뤄진 수건이 즐비한, 수건 꺼내고 닫으면, 욕실 내부도 같은 색 톤이다, 나가려다, 욕조의 커튼을 치고 나가는, 다른 집 욕실들과 다른 느낌의 욕실 내부, 너무도 정갈한 모습을 보여주는, 욕조에 쳐진 커튼이 이상한(?) 것 보여주고,

씬 6. 재열의 집 안, 낮.

재열, 나오면, 욕실의 버튼 키 잠기는,

풀 잎 (담담한, 옷 입으며) 태용 씨, 전화 왔는데, 자기 집 알아보고 있대.

재 열 (풀잎 보면) ?!

풀 잎 말했어, 이번 주에 집 안 구하면 태용 씨 집 쳐들어갈 거니까, 알아서 하라고.

재 열 (웃고, 공사장이 내다보이는 창문을 닫는)

풀 잎 다음에.. 나 깨울 땐 손으로 깨워, 음악 틀고, 창문 열고, 시끄럽게 하지 말고..

재 열 (웃으며, 머리만 털며) 그럴게.

풀 잎 가란 소리구나... 대답이 짧아지는 거 보니까.

재 열 (웃으며, 뒤로 풀잎을 안고, 음악을 들으며, 몸을 흔들며, 별로 풀잎의 기분은 생각 않는) 토크쇼 가야 돼. (하고, 이마에 입 살짝 맞추고, 옷 입으러 드레스 룸으로 가는)

풀 잎 (차가운, 전화 걸어 말하는) 내... 책은?

씬 7. 인쇄소 앞, 낮.

태용, 초조하게 다른 출판사 직원들이 책 싣는 차를 보며, 걸어가며,

태 용 서점 배포 중이야.. 곧 전국에 깔릴 거야.

씬 8. 대학병원 병실 안, 낮.

해수, 환자의 침대 커튼을 확 치는, 그 옆에 외과의, 정신과 레지던트1, 레지던트2(이후, 레지), 인턴 있는,
여 환자, 얼굴이 두들겨 맞아, 엄청 붓고, 멍이 들고, 다리도 깁스 상태다, 링거 맞으며, 자고 있는,
레지1, 레지2, 인턴, 얼굴을 찡그리는, 순간, 남자1, 병실로 들어와, 여자가 덮고 있는 이불을 들추고, 머릴 탁탁 치며, 악에 받쳐 소리치는,

남자1 인나, 이 개새끼야! 의사 왔잖아! 안 인나!

외과의 (남자 팔 잡고, 버럭) 뭐하는 짓입니까?!

남자1 (아랑곳없이, 기절한 듯 자는 여자의 멱살을 잡으며, 버럭) 너 안 인나!

외과의 (남자1을 밀치고) 이봐요!

남자1　이 새끼가 지금 쇼하는 거라니까요, 자지도 않으면서, 미친 새끼 이거! 집안 망신을 줘도 유분수지, 사내새끼가 아랫도릴 자르고, 미친 또라이 새끼, 안 인나! (하고, 다가가려 하면)

외과의　(막아서며, 버럭) 이 사람이 진짜!

남자1　의사 선생, 이 새낀 여기 있을 놈이 아니라니까, 남잔데 지가 여자라고 아랫도릴 잘랐다고, 남잔데 남잘 좋아한다고, 이게! 정신과 의사 데고 와! 이 새끼 정신병동 감금시키게 정신과 의사 데고 와!

해　수　(남자1, 어이없고 화나 보며, 까칠한) 왔네요, 여기, 지금!

남자1　(해수 보며) 뭐?

해　수　(어이없는, 담담히, 그러나 눈빛이 강한) 지금 누구한테 반말이에요?

남자1　?

해　수　외과 치료받고, 정신과 진료 신청하세요. (하고, 나가는)

남자1　진료는 무슨! 정신병원 감금시켜, 지금 당장!

씬 9. 대학병원 복도, 낮.

해수, 외과의, 레지1, 레지2, 인턴 걸어가는,

외과의　(속상한) 3년 전 수술한 트랜스젠던데, 나한테 오기 시작한 건 2년 전부터야, 첨엔 식구들이 미쳤다고 무당 불러 귀신 쫓는다며 패고, 그담엔 마귀 씌었다고 안수기도 가서 맞고, 이번엔 친인척 (하며, 복도에 한 무리의 사람들을 턱으로 가리키며) 스무 명이 돌아가면서 팼단다. 저러다 사람 죽겠어, 어떻게 해야 돼?

해　수　(멈춰 서며) 당장 정신과 독방 병실로 옮기자, 외과에서 정신과 컨설트 오더(Consult Order; 협진 요청) 내면 우리 과로 트랜스퍼(Transfer; 다른 과로 옮기거나 또는 병원을 옮기는 것) 받을게. 여깄다, 저 여자 맞아 죽어.

외과의　그러자.. (하고, 가고)

해　수　(인턴에게) 환자 인계받으면, 어떻게 해야 돼?

인　턴　(긴장해서, 모르겠는) 히스토리 테이킹(History Taking; 병력 청취) 해서... 특히 소아기 청소년기 젠더 롤(Gender Role; 성 역할)에 관한 패스트 히스토리(Past History; 과거력) 알아보고 다른 내과 질환과 디디엑스(DDx: Differential Diagnosis; 감별진단)...

해 수 (화난, 말꼬리 끊으며) 인턴 티내니, 얘야? 그게 맞아? (레지1 보며) 넌 생각이 뭐야?

레지1 (짜증난) 그냥 보내요! 저 여자가 무슨 죄야? 성전환 수술할 때 이미 젠더 아이덴티티(Gender Identity Disorder; 성 정체성 장애) 외에 다른 정신과 문제 없다, 내려졌을 건데, 괜찮으니까, 수술한 거겠죠?

해 수 (어이없게 보는)

레지1 정신과 치료 받아야 할 사람은 누워 있는 저 여자가 아니라, 저 여잘 두들겨 팬 가족이에요! 사람을 어떻게 저렇게 개 패듯이!

레지2 맞아요! 동성앤 정신증이 아니라, 취향의 문제다, 전 세계 정신과 의사들이 결론 내고 병증에서 삭제한 지 오래잖아요!

해 수 (말꼬리 자르며, 차트로 머리 치며, 버럭) 나는 니들만큼 몰라서, 지금 검사하고 상담 잡으래?!

레지1, 2 ?!

해 수 사람이 개 패듯 맞았으면, 누가 봐도 도망가는 게 상책이야, 근데 저 여잔 계속 맞아. 문제 있어, 없어? 아무 반응도, 의욕도, 희망도 없이 시체처럼 누워 있어! 디프레션(Depression; 우울장애) 가능성 있어, 없어?

레지들, 인턴 ....이, 있습니다.

해 수 그럼 상담해야 돼, 말아야 돼?

레지들, 인턴 해야.. 합니다.

해 수 알았으면 꺼지지 뭐하니?! (제 갈 길 가며, 전화하는, 어이없는 듯 웃으며) 조 선배님, 아까 보낸 문자 뭐니? (사이) 토크쇼 내가 왜 나가? (가며)

동 민 (E) 그게 해수야, 내가 오늘 집단치료가 잡혀서,

해 수 (어이없는 웃음 짓고) 선배님.. 넌 집단치료를 환자들이랑 침대에 누워 하니?

씬 10. 동민의 방 안, 낮.

동민, 아내, 침대에 슬립 차림으로 누워, 동민을 보는,

동 민 (시침 떼고, 답답한 듯) 얘가 얘가.. 내가 무슨 집단치료를 침대에 환자랑 누워 해, 병원서 앉아 하지, 얘는?

씬 11. 대학병원 일각, 낮.

해 수 (어이없는, 담담히) 지금 전화 뭐 들고 하세요?

씬 12. 동민의 방 안, 낮.

동민, 순간 전화를 보면, 집 전화다, 눈살 찌푸리는,

동 민 해수야, 봐주라 좀, 기러기 아빠로 살다 2년 만에 만난 마누라가 두 시간 후면 비행기 타는데, 내가, 인정상 그냥 보낼 수가 없잖냐?

씬 13. 대학병원 일각, 낮.

해 수 (전화하며, 에스컬레이터를 타며) 니 토크쇼, 니가 나가세요. (하고, 끊고, 가는데, 멀리서 보호사들 소리치며 뛰어나오는 모습 보는)

보호사들 양수빈 씨, 양수빈 씨!

해수, 그 소리에 한쪽 보면,

* 점프컷 》

유리문으로 보면, 건물 밖에 멀리, 택시정류장에 여자 우울증 환자와 환자 모가 스카프를 쓰고, 택시에 오르는 게 보이는, 해수, 놀라, 뛰어가며 보호사들보다 빨리 택시로 가서 잡으려 하며,

해 수 양수빈 씨, 양수빈 씨!

씬 14. 동민의 방 안, 낮.

동민, 전화기 놓고, 침대에서 아내를 안으며,

동 민 여보..

아 내 토크쇼 안 가?

동 민 해수가 간대.. (하고, 이불 뒤집어쓰며, 둘이 몸부림치며, 낄낄대는)

그때, "형님" 하며 수광, 문 열다, 두 사람 작탤 보고, 서로 놀라고, 수광, 놀라, 이말 치며, 발작하는,

수 광 4469, 709, 에, 난 못 봤어, 핫! 왜 대낮에 지랄.. (888, 욱, 아.. 669, 죽여, 530 등이 계속되는)

동민, 놀라 멍한 아내를 진정시키듯, 따뜻하게 어깨에 손을 올리고, 답답하고, 기운 빠져 수광을 보는, 발작이 끝나기를 웃음 띤 채 기다려주며,

동 민 (아내의 귀에 따뜻하게) 뚜렛증후군(Tourette's Disorder; 비정상적 움직임과 소리를 내는 중증 복합 틱장애)이야, 강도 높은 틱장애라고 생각함 돼. 1분만 참아. (작게 구시렁) 밖에 나가서 해도 될걸.. 굳이 벽을 보고 서서...

씬 15. 대학병원 건물 앞, 낮.

해 수 (뛰어가며) 양수빈 씨!

환자 모 (속상한) 죄송해요, 선생님, 우리 애가 입원은 죽어도 싫대요! (하고, 타는)

해 수 (사람들 밀치고, 뛰어가며) 안 돼요! 위험해! (뛰어가며, 가는 택시를 탁탁 치며) 딸 죽일려고 작정했어요! (하고, 택시를 치지만, 이내 택시는 떠나버리는, 속상한, 머리 쓸어 올리며 가다, 전화 받으며 가는, 답답한) 어, 자기야.

씬 16. 방송국 안, 무대, 낮.

최호, 전화하는,

최 호　(답답한, 전화하는) 동민이 형님 전화 안 받어, 수광이가 그러는데 형수랑 쇼핑하고, 공항 간댔대. 내 전환 완전 쌩까고. 해수야, 도와주라, 사랑해, 너 나 사랑 안 해?

씬 17. 대학병원 복도, 낮.

해수, 답답한, 전화 받으며 걸어가고 있는,

해 수　사랑하면 다 되니? 내가 무슨 정신과 대표의로 토크숍 나가! 가뜩이나 요즘 정신과가 적성에 안 맞는 거 같아서, 펠로우(Fellow; 전임의) 생활 접고, 외과 전공 다시 할까, 딜레마에 빠졌는데...

＊점프컷, 교차 》

최 호　야, 나 좀 살려줘라, 녹화도 아니고 생방이야. 무대 다 설치해놓고, 방청객까지 왕창 불렀는데..

해 수　(눈 감고, 화나는, 간신히 참고) ..

최 호　(E) 해수야, 해수야, 지해수! 야, 지해수!

해 수　(멈춰 서서, 눈 감은 채 심호흡하는) ... (깊게 한숨, 가볍게 말하는) 후.. 진짜 내가 사랑하니까, 해준다.. 어디로.. 가면 돼? (사이) 알았어. (하고, 가며, 동민에게 전화하는데) 어쭈구리, 피해.. 이 개다리.

그때, 영진, 지나가며,

영 진　오늘 동문회 늦지 마라, 명령이다.

해 수　(보고, 가며) 말마다, 명령이야..

씬 18. 방송국 안, 무대 앞 + 무대 뒤, 낮.

최호, 웃으며, 가는데, 조연출(여), 오며,

조연출 어떻게 됐어?
최 호 (가며, 좋은) 온대.
조연출 (좋은, 최호를 무대 뒤로 끌며) 잘됐다.

하고는, 무대 앞에 무대 꾸미는 사람들 상관없이, 최호의 입을 맞추는, 최호, 놀라 피하려 하며 '안 돼, 급해' 하지만, 조연출, 입을 맞추며, '그러니까, 빨리 하고 가' 하며 진하게 키슬 하는데, 그때, 두 사람의 얼굴에 조명이 비치는,
두 사람, 입 맞추다 놀라, 빛을 반사적으로 보면,
재열, 핸드폰 플래시로 두 사람을 보며, 재밌단 듯 웃으며,

재 열 이런..
최 호 (조연출 밀치며, 빛 때문에 안 보이는) 누구.. 세요?

조연출, 민망해, '어머!' 하며 뒤돌아 나가고,
재열, 웃음 띤 채, 가는 조연출을 플래시로 비추고(반바지 입은, 다리를 비추는) 보다, 최호에게 프래실 이동하며,

재 열 (웃으며) 죄송합니다, 길을 잘못 들어서서.. (하고, 길에 플래시 비추며, 가는)
최 호 (무전기 들고 나가며, 버럭) 뒤 세트 벌어진 데 있어, 다들 뭐하는 거야, 생방 한 시간 전에!
재 열 (그 소리 들으며, 가는)

씬 19. 몽타주, 낮.

1, 분장실. 재열, 분장 받으며, 팬들에게 사인하는,
2, 방송국 로비. 해수, 방송국 안으로 서둘러 들어오면, 조연출 와서, '언니' 하

며 해수 반기고 데리고 가며,

조연출　언니, 장재열 작가 알지?

해 수　(편하게) 옛날에 팬, 지금은 아니고.

조연출　왜?

해 수　요즘 걔가 쓰는 게 소설이니? 3년 전부터 완전 악랄한 스릴러만 들입다 써대고, 사람을 뜯어 먹고 톱으로 자르고, 땅에 묻고, 걔 살짝 맛 갔어, 분명해.

조연출　최 선배가 언니, 섹스 혐오증이라 그러더니, 남자 혐오증도 있나보다?

해 수　(멈춰 서서 보며, 편하게 농담조) 내 정확한 병증은, 불안장애랑 관계기피증이야.

조연출　(웃으며) 근데, 진짜 보면 다를걸, 생긴 게 진짜 쩔어?! (웃으며, 팔 잡고, 엉기는)

해 수　(팔 뿌리치며, 웃으며) 엉기지 마. (하고, 가며) 근데 걔 정말 잘생겼니?

조연출　땡기지?

해 수　(웃으며, 기대에 찬) 살짝?

해수, 조연출, 낄낄거리고 '기대해', '키는 커?' 등등 말하며 가는,
3, 무대. 최호, 무대를 통솔하는, 사회자 나와서, 마이크를 점검하는,
4, 분장실 앞. 조연출, 재열의 룸 노크하고, 문 여는, 해수, 그 옆에서 답답한, 조연출, "언니" 하며 해수 팔을 이끌고, 안으로 들어가는,

조연출　(재열(책 보고 있는)에게 소개하는) 안녕하세요, 조연출이에요. 오늘 함께 토크쇼 하실 정신과 전문의 지해수 선생님이세요.

재 열　(분장 받으며, 눈만 들어, 조연출 보며, 순간 키스하던 여자네 싶은, 웃으며, 해수 보면)

해 수　(재열에게 눈인사를 하며, 호감 어리게 보는, 편안한, 웃음 띤) 안녕하세요, 지해숩니다. 잘 부탁드릴게요.

재 열　(웃으며) 제가 부탁드려야죠.

그때, 일반 여자 팬 들어오며,

여자 팬　(재열에게) 선생님, 저 사인 좀..
조연출　(막아서며) 여기 들어오심 안 되는데?
여자 팬　(애원조) 한 장만요, 딱 한 장만,
재　열　죄송합니다, 지금 대화 중이니까, 프로그램 끝나고, 죄송해요.
조연출　가세요. (하며, 데리고 나가고)
재　열　(해수에게, 웃으며) 죄송합니다. 근데, 남자분이라고 들었는데?
해　수　(웃으며, 편하게, 떠보듯) 실망하신 거 아니죠?
재　열　(웃지만, 약간의 비웃음이 섞인) 조금요.
해　수　(웃음기 가신, 뭐야 싶다) ?!
재　열　(맘에 없는 말처럼, 기를 죽이자 싶은) 불꽃 튀는 토론을 기대했는데, 너무 이쁘셔서, 방해될 거 같네요.
해　수　??
조연출　(어느새 와 재열 보고, 웃고, 나가려 하며) 작가님 그럼 30분 후에 무대서 뵙겠습니다. (해수에게) 언니, 가자.
해　수　(어색하게 웃지만, 짜증난) 조금 있다 뵐게요.
재　열　(말꼬리 자르며, 거울 보며, 분장사의 가슴에 시선을 고정하고) 젤 너무 바르지 마세요.

해수, 재열이 분장사의 가슴(앞이 유난히 터진 옷) 보는 걸, 어이없어하며 보는데, 조연출, 해수를 당겨 나가며, 문 닫고,

씬 20. 분장실 앞, 낮.

해수와 조연출, 걸어가며, 얘기하는,

해　수　(어이없는, 이것 봐라 싶은, 웃으며, 가며) 쟤, 여자 밝히지?
조연출　(웃으며) 인터넷엔.. 지 소설을 원작으로 한 영화에 출연한 여배우하고 썸씽 있었다드라? 근데, 언니, 저 인간 성적 긴장감 만빵이지? 디제이 할 때도 분위기 완전 쩔어, 들어봤어?
해　수　오늘 주인공이 쟤야? 난 들러리고?

조연출 아니야, 둘 다 주인공, 긴장감 있게 해. 맘껏.
해 수 (멈춰 서서 조연출 보고, 웃으며) 너 그 말 책임져라. 나, 오늘 좀 돈다? (하고, 가며, 자신만만한 웃음 띤) 죽었어, 자식.

씬 21. 토크쇼장 안, 밤.

〈추리작가와 정신과 의사의 만남 – 대중문화 속에 숨겨진 인간의 심리〉란 플래카드가 걸린, 박수소리 나면, 사회자, '오늘 진행을 맡은, 손수일입니다' 하고 인사하는 게 보이고, 무대 끝에서(객석엔 안 보이는), 재열(여유로운 웃음 짓고 있는), 해수(입술을 이로 씹으며, 팔짱 끼고, 긴장한) 서 있는,

재 열 (해수 보고, 좀 전과 달리, 여유롭게, 웃으며) 떨리세요?
해 수 (입술을 이로 씹으며, 안 웃고, 꼬나보는)
재 열 (웃으며) 크게 호흡하시면.. 도움이 되는데? 들숨은 코로 짧게, 날숨은 입으로 길게.. (시늉하며) 후...
해 수 (꼬나보며, 웃으며) 그쪽이나.. 신경 쓰세요? (하고, 앞 보는)
재 열 (귀엽네 하는 표정으로, 웃으며) 내가 뭐 잘못했어요?
해 수 (보면) ?
재 열 그랬다면 사과할라고.. 너무 까칠하셔서.
해 수 (보면)
재 열 (웃고, 후 하며, 숨 고르고, 앞을 보는)
해 수 (짜증나는, 앞만 보는)

＊점프컷 》
사회자 그럼 오늘의 초대 손님, 장재열 작가님과 지해수 선생님을 소개드립니다.

객석, 환호하고, 박수를 치면,
해수, 나가려다, 카펫에 구두가 걸려 움찔하고, 재열, 손잡아주고, 해수를 끌고, 무대로 나가, 인사하는, 해수, 얼결에 인사하며 사람들 보고 웃는, 재열, 해수 보고 웃고, 자리도 빼주는, 해수, 앉으며, 어색하게 인사하고, 재열, 윙

크하고, 자리로 가서 앉는, 해수, 어이없는 웃음 작게 짓고, 구시렁대는,

해 수　아주.. 깐족, 깐족.. 사람을 들었다 놨다..

＊점프컷 》

객석과 무대가 분리된, 재열(여유롭게 웃음 띤)과 해수(진지하면서도, 따뜻한 웃음을 짓고 있지만, 내심 긴장한), 사회자를 사이에 두고, 앉아 있고, 토크쇼가 한창 진행 중인,

해 수　(답답하지만 웃으며) 처벌만이 능사는 아니죠, 성도착증은 분명히 정신과적으로 병증,

재 열　(말꼬리 자르며, 객석 보며) 병증을 가장한 범죄죠. 제 작품의 성폭행범은 자신이 했던 방식대로 타인에게 죽어갑니다. 여자를 갈기갈기 찢었듯, 자신도 그렇게.

해 수　(갈기갈기란 말이 싫은) 그건 또 다른 범죄일 뿐 아닌가요?

재 열　(말꼬리 자르며) 범죈지, 응징인진 판사가 판단할 일이죠. 다만, 작가인 저는, 그 응징이 전혀 과하다 생각하지 않습니다.

해 수　(꼬나보면) ?

재 열　지해수 선생님, 성폭행범에 대한 인정을 베푸시기 전에 성폭행 피해자에 대한, 인정을 베풀어주심 더 좋을 거 같은데... 어떠세요?

객 석　야호! (박수 치며, 동조하는)

해 수　(객석을 보면, 어린 학생들이 박수를 치는 게 맘에 걸리는, 카메라 강우(사복 입은)도 잡는, 웃음 띠었지만, 답답한, 물 마시는)

＊점프컷 》

재 열　이번 제 소설은 트라우마(Trauma; 정신적 외상)를 지어내 살인을 하는, 살인자의 애깁니다. 그는, 정신과 의사로부터 우울증을 진단받고, 그걸 법정에서 이용해,

해 수　(어이없는, 못 참겠는, 물을 조금 한 모금 마시는)

재 열　무죄를 선고받습니다. 제가 이번 작품에서 말하고 싶은 건, 인간이 얼마나 악해질 수 있나, 그래서 우리에게 선은 얼마나 필요한가를 역설적으로 말해

주는, 인간성 치유에 대한 이야기입니다.

사회자 (해수에게) 근데, 궁금한 게 정신과 의사에게 우울증을 속일 수 있나요, 선생님?

해 수 네, 단, 저 같은, 면허증 있는, 정신과 의사한테 걸리지 않는다면요.

사회자 (재밌는) 아, 그게 어려운가보죠? (하고, 재열 보면)

재 열 (해수 보며, 웃으며, 미간을 긁는(나름의 긴장을 감추기 위해서)) 만약 저처럼 머리가 좋다면요? (웃으며) 제가 선생님 환자라면, 전 선생님을 속일 수 있을 거 같은데? 도핑테스틀 피해가는 일부 운동선수들처럼, 혈액검사나 뇌파검사 정돈 피해갈 수 있을 거 같은데?

해 수 (웃지만, 가시 있는) 정신과 의살 물로 보시나봐요, 아님 저만?

씬 22. 달리는 택시 안, 밤.

동민, 수광 핸드폰으로 TV를 보며, 서로 중계 보듯 긴장해, 낄낄대는,

동 민 그렇지, 잘한다, 가시내,

수 광 역시, 지해수!

사회자, 객석 (저돌적인, 해수의 말들에 '와우' 하며 웃고)

동 민 이제 요 새끼가 어떻게 나오나 보자.. 요놈,

수 광 얘 뺀질뺀질 진짜 재수 없게 생겼다, 그죠, 형님?

아래의 TV 속의 사회자와 말이 겹치는,

*점프컷 》

사회자 (웃으며, E) 장 작가님 말조심하셔야겠네요. 의사협회를 상대로,

재 열 (보다, 웃으며) 졌네요, 감히 제가 정신과 의사 선생님을... 그냥 이 자리에선 일개 추리작가인 제가 무시당하는 걸로 하죠. 대한민국 정신과 의사 선생님들, 저는 의학적으로 무식한 일개 작갑니다. 양해 바랍니다. (하고, 니가 이겼다는 식으로, 해수에게 박술 치며, 다릴 꼬고, 미간을 긁으며, 해술 빤히 보는)

*점프컷 》

동민, 수광 (서로 마주 보며, 동시에) 요놈 요거 완전 미꾸라지네, 요거.

씬 23. 토크쇼장 안, 밤.

객석, 웃고,
해수, 어이없는,

사회자 (해수 보며) 선한 의지가 인간의 보편성이냐, (재열 보며) 폭력성이 인간의 보편성이냐, 오늘 팽팽한 이 주젤 단적으로 증명해주실 순 없나요?

재 열 (해수를 빤히 보며, 재밌네 싶다, 미간을 긁으며) 있죠. (관객 보며) 나는, 살면서, 단 한 번이라도 사람을 해치고 싶었던 적이 있었다. (손들고) 때리고, 싶거나, 욕하고 싶거나, 죽이고 싶거나.

사회자 이런..

관객들, 다들 손드는, 한쪽에서 강우도 번쩍 들고,
재열, 웃고, 윙크해주는, 강우, 기분 좋은, 손을 더 번쩍 드는,

재 열 (해수 보며) 어떠세요?

해 수 (담담히, 웃음 띤 채) 지금 손드신 분 중에, 실제로 누굴 미워서 두들겨 팬 적이 있는 분만 일어나주실까요?

꽤 많은 수의 사람들 일어나고, 웅성이고,

재 열 많네..

해 수 (웃으며) 그럼 다시, 장재열 작가님 작품의 주인공처럼 사람을 도끼로 두개골을 쳐, 죽이신 분만 남고, 다른 분은 앉아주세요.

관객들, 웃긴, 친구에게 '앉아' 하고, 웃으며, 박수 치고, 다들 앉는,

재 열 ?

해 수 (보고, 웃으며) 저는 이게 보편성이라고 보는 거죠. 한번 더 해볼까요? 장 작가님이 좋아하시는 성적 흥분을 예로 들어서?

재 열 (관객 보며) 남자분들 중, 지나가는 여자, 낯선 여자, 옆집 여자에게 성적 흥분을 느꼈다, 얼굴 가리시고 일어나셔도 좋습니다.

관객들, 웃고, 서로 일어나라 하고, 대다수의 남자와 강우가 일어나는,

재 열 (웃고, 해수 보며, 작게) 이건 제가 이긴 거 같은데?

해 수 (관객 보며) 그래서, 지나가는 여자, 낯선 여자, 옆집 여자를 장 작가님의 주인공처럼 잔인하게 성폭행하신 분만 서 계셔주세요.

씬 24. 달리는 택시 안, 밤.

수광, 동민, 서로 아나운서 권투 중계하듯,

수 광 (웃으며, 박수 치며) 아주, 잘해요, 지해수, 지금 들어온 훅 아주 죽이는 훅이었어요!

동 민 거의 피니시 훅이라고 봐도 무방하죠! 이제 결정적인 마무리 어퍼컷 한 방이면, 저기 작가 놈은,

수광, 동민 (보며, 신난) 제대로 디져요! 그죠!

씬 25. 토크쇼장 안, 밤.

관객들, '와우!' 하며, 더러 박수 치며, '앉아, 앉아' 하며 웃으며 앉는,
최호, 재밌단 표시를 해수에게 하는,

해 수 (웃지만, 힘 있게 재열 보며, 지지 않는) 우리는 누구나 무서운, 상상이나 생각은 할 수 있습니다. 하지만, 그걸 행동으로 옮기진 않죠. 조금 전 객석에서

증명됐듯, 우리 안의 선한 의지 때문에.

재 열 (웃으며) 그럼 제 소설은 전혀 문제가 없네요?

해 수 ?!

재 열 지금 증명됐잖아요. 생각은 죄가 아니라, 보편성이다. 따라서 제 소설은, 일개 작가의 생각 나부랭일 주워 담은 소설이니까, 별 문제가 없다?

해 수 ?

재 열 (해수 보며, 웃으며) 제 글을 하도 위험하다, 잔인하다, 사회악처럼 염려하셔서... (객석 보며) 곧 신간이 출간됩니다. 여러분의 성원 부탁드립니다.

객석, '와' 하며 함성 지르는,
사회자, 웃는, 해수, 물 마시는, 재열 보며, 이것 봐라 싶은,

씬 26. 달리는 택시 안, 밤.

수 광 (이상한, 동민 보며) 이건 뭐죠? 조 선생님, 지금 장 작가가 날린 이건 무슨 훅이죠?

동 민 지해수가 한 방에 디지는 훅이죠. (하고, TV 끄며) 기집애. 지고 지랄이야! (수광에게) 넌 어디서 내려?

씬 27. 토크쇼장 안, 밤.

재 열 하지만, 오늘 단칼에 제 안의 선한 보편성을 찾아주신, 정신과 전문의 지해수 선생님껜 감사의 박술 안 드릴 수가 없네요. (하고, 맘 넓은 듯, 박수 치며 (객석도 박수), 편하게, 해수 귀에 대고, 별 뜻 없이) 감사합니다, 덕분에 제 책이 많이 나가겠네요?

해 수 (재열 웃고 보며, 물 마시며, 구시렁) 니가 작가냐, 책장사지. (하고, 관객에게 공손히 인사하며) 장 작가님 책은 재미로 보시고, 여러분 내면의 아름다움을 믿으시길 바랍니다. 그리고, 마지막으로 제가 문제 하나 내죠.

*점프컷 》
종이 두 개를 접어 들고,

해 수　여기엔, 모두 죽는다란 말이 적혀 있습니다. 근데 적군은 포로에게 거짓말을 하죠. 이 중 하나는 산다다, 산다를 골라라, 그럼 살려주겠다.

사회자　니가 선택해, 그러면요?

해 수　안 되죠. 반드시, 살려는 자가 선택해라가 전제거든요. (종이 두 갤 재열에게 보이며) 뭘 선택하실래요?

재 열　(웃으며) 그, 답 찾으면 전화해도 돼요?

사회자, 관객 웃고, 객석 두어 명 '사겨요!'를 말하는,

해 수　(재열 보며, 비웃고, 두 개의 쪽질 관객에게 보이며) 결론은, 포로는 살았습니다. 삶이 우릴 힘들게 할 때, 우린 세상에 내가 살 방법은 전혀 없다고 생각합니다. 지금 이 답을 모르는 여러분처럼요. 정신과 의사인 저는 단연코 아니라고 말할 겁니다. 희망은 극한 순간에도 늘 있습니다. 장 작가님의 책 주인공처럼 편협한 사고(재열을 보며)를 갖지 않고,

재 열　(이것 봐라 싶다, 웃음 띤)

해 수　(재열 팽팽히 보다, 관객 보며) 다양한 사고를 갖는다면. 마음이 아플 때, 마음에 감기가 들 때, 정신과를 찾아오시는 것도 희망차게 사는 방법 중 하나일 겁니다. 감사합니다.

사회자　국민 정신건강을 책임지는, 정신과 의사 지해수 선생님과 시대의 베스트셀러 작가 장재열 작가님에게 박수 부탁드립니다.

해 수　(수줍게, 일어나 공손히 인사하고)

재 열　(일어나, 인사하고, 해수 보며, 박수를 치는, 사람들에게 해수에게 박수 치라 권유하는, 해수가 재밌네 싶다, 호기심 가는, 승부욕도 함께 이는)

*점프컷 》
무대 위로, 객석의 사람들, 올라와 재열에게 사인을 받으려 난리다,
해수, 사회자와 인사를 하고, 강우와 사람들, 해수에게 사인을 부탁하면,
해수, '죄송해요, 전 사인 없어요' 하고 가는, 사인 받으려 서 있던 강우 뻘쭘

한, 재열, 사인하며,

재 열 (해수에게) 지해수 선생님,

해 수 (돌아보며) ?!

재 열 (팬들에게, 사인하며) 저 좀 보죠.

＊점프컷 》

해 수 (가며, 어이없어, 웃는)

최 호 (그 옆에서 가며, 신난) 오늘 잘했어, 죽였어! 너 토크쇼 체질이다, 한번 더 할래?

해 수 나랑 만나는 게 지루해, 싸울래?

최 호 (웃고) 커피숍 갈까?

해 수 (핸드폰 확인하며) 못 가, 동문회 오라고 문자가 난리야.

최 호 장 작가가 기다리래잖아.

해 수 (어이없는) 나, 기다린다고 안 그랬는데? (가는)

최 호 (뒤에서, 신난) 아싸..!!

씬 28. 방송국 앞, 밤.

해수, 최호 나오는,

해수, 택시를 잡으려 손 흔드는,

최 호 그냥 갈 거야?

해 수 그럼?

최 호 (웃으며, 해수 볼에 살짝 입 맞추려 하면)

해 수 (밀며) 뭐해, 길에서? (하고, 두리번거리는)

최 호 (웃으며, 해수 귀에 대고) 우리 300일 되는 날, 알지? 호텔 잡았다, 그날은 못 피해간다, 약속한 거 기억하지? (하고, 웃으며, 뒷걸음치며, 손 흔드는)

해 수 (웃고, 최호 보다, 이내 택시 보며) 택시!

＊점프컷 》
재열, 방송국 문 열고, 해수 보며, '저기, 저기, 저기!'
해수, 택시 안에서 그런 재열을 재수 없게 보며, 기사에게 '가죠!' 하고 가는,

재 열 (어이없게 웃으며, 가는 해수 보고, 최호에게) 최 피디님, 저 여자 전화번호 좀 알려줘요?

최 호 날 죽일걸요. 그리고, 저 여자 애인 있어요.

재 열 (웃음 띤) 절대 아닐걸요?

최 호 ?

재 열 저 여잔 사랑할 때 나오는 옥시토신이 단 한 번도 분비된 적이 없는 여자예요, 넘 뾰족하잖아, 장담해. (하고, 웃으며, 가는)

최 호 (짜증난) 뭐야..

씬 29. 택시 안, 밤.

해 수 (가며, 룸미러로 방송국 안으로 들어가는 재열 보고, 껌을 씹으며) 태양이 지를 중심으로 돈다고 생각하는 자기애성 인격장애자.

씬 30. 방송국 화장실 안, 밤.

강우, 재열 소변 보고 있는, 강우, 수줍게 웃으며, 재열의 것과 제 것을 번갈아 보며 웃고 있는,

재 열 (강우의 것 보고, 농담조) 털고 감 마. 나오지도 않는데 서 있지 말고.

강 우 (수줍지만 밝게 웃고, 세면대로 가서 손 씻으며, 웃으며) 소설 곧 탈고해요, 진짜 재밌어요, 죽여요, 한번 봐주세요.

재 열 (이내, 세면대로 와 손 닦으며) 니가 써봤자지, 됐고, 너, 아까 그 여의사가 낸 문제의 답 알아? 넌센스 같은데?

강 우 알아요.

재 열 뭐야?
강 우 제 소설 봐주세요.
재 열 (잠시 생각하다) 답 말하면, 봐줄게?
강 우 ..
재 열 뭐야, 답이?
강 우 (웃으며, 미안한) 몰라요.
재 열 아우, 콱! (하고, 때릴 듯하고, 강우가 움찔하면, 웃으며, 머리 흩뜨리고, 편하게) 쫄긴... 요즘도 니 아버지 너 패냐?
강 우 작가님 말씀 듣고, 저 운동해요. 피할라고. (하고, 권투 폼 잡는)
재 열 (권투를 하며, 잠시 놀아주고, 낄낄대고, 웃으며, 귀여운) 소설 일단 보내봐. 근데 리뷰, 이번이 진짜진짜 마지막이다.
강 우 (좋아 소리치는) 와우!
재 열 (웃으며) 지루함 읽다 쓰레기통에 널 거야, 그런 줄 알아. (하고, 강우 머리 흩뜨리고, 가는)

씬 31. 방송국 복도, 밤.

재 열 (생각하는) 죽는다가 두 개 쓰인 종이... 그중, 하나를 반드시.. 선택... 산다를 골라야 하는 상황... (웃음 띤) 답이.. 뭐야...

씬 32. 룸살롱 전경, 밤.

임 박 (E, 깔깔대고 웃으며) 내가 없는 말 했냐? 니가 나한테 그랬잖아.

씬 33. 룸살롱 안, 밤.

동민, 영진, 해수, 그 외 비번인 레지던트, 인턴들과 여러 과의 의사들과의 술자리다, 동민, 술 마시며 웃으며 임박을 보고 있고, 임박, 말하고 있는,

임 박 (울상, 쇼를 하는) 호걸아. 난 수술대가 무서워.. 그래서, 수술실에서 피 안 묻히고, 주둥아리로 먹고살라고 정신과 선택한다.. 너는 위대하다, 호걸아! 대단하다, 호걸아, 엉엉엉..

후배들, 동기들 (다 웃는)

동 민 (웃으며) 자식 별걸 다 기억하고 자빠졌네. 이제 고만해..

임 박 (웃음 가득한) 뭘 고만해, 새끼야? 이제 시작인데! 새끼..

동기들, '술 고만해', 임박, '놔' 하는 소리 들리고,

영 진 (해수 귀에 대고) 니가 좀 나서라. 조동민 저러다 호걸이한테 크게 물어 뜯긴다.

해 수 내가 왜요? 호걸 선배가 안 물어뜯음 조동민 저 인간 내가 물어뜯을 작정이야. (물어뜯는 시늉) 아웅!

영 진 (순간 술을 푸하하 하며 웃는)

해 수 (낄낄대고 웃으며, 영진 귀에 대고) 선배님도 아웅 하고 싶구나?

둘이 낄낄대고 웃는,

동 민 (웃으며, 옆의 여 후배에게) 반가워요, 후배님들... 전공, 반드시 정신과 선택하고.. (잔 부딪치며) 아자!

임 박 (술 마시고) 야, 후배들 니들 그거 모르지? (영진 가리키며) 얘랑 (동민 가리키며) 얘랑 둘이 이혼한 사이다!

동민, 해수, 영진 (임박 보는, 어이없는)

후배들 (어는) ??

동기들 (웃으며) 야야야, 도가 넘쳐, 너..

임 박 (무시하고, 후배들에게) 얘들 살 때 싸우는 걸 니들이 한번 봤어야 하는데, 정신과 의사 놈들이 병원 한복판에서 야, 이 개또라이야! 너 정신병자야! 하면서, 삿대질을 하고, 악을 쓰고,

후배들 (얼음 되어 영진과 동민 보면)

영진, 동민 (웃고, 농담조로 노래하듯) 우리가.. 그땐 그랬지... (하며, 농담조로 서로 잔 부딪치고)

해 수　(웃으며, 술만 마시는)

임 박　애들 그 일로 교수님, 슈퍼바이저한테 불려가, 각각 정신과 상담 1년씩 했잖냐? 그때 이것들 교수님 왈, 이 새끼들이 정신병자 고치라고 의사 시켜놨더니, 니들이 미쳐 날뛰냐? (하고, 깔깔대는)

순간, 임박의 웃는 얼굴에 맥주가 확 부어지는,
모두, 놀라, 술 부은, 동민 보면,

동 민　(답답한 얼굴로 일어나며) 새끼, 고만하라니까,

해 수　(영진 손을 꽉 잡아주고) 매번 보는 거라 식상하다, 먼저 가요.

씬 34. 룸살롱 복도, 밤.

해 수　(전화하며) 우리 수광이, 어디니?

씬 35. 룸살롱 안, 밤.

임 박　(굳어서, 일어나며) 니가 인나면? 날 칠 거냐?

동 민　(보며) 그래, 나 맘 아픈 환자들 고치는 놈이, 맘 아퍼, 상담받았다, 어쩔래? 니들 외과는 암 환자 고친다고, 암 안 걸려? (동기 가리키며) 야, 내과! 너, 감기 환자 고친다고 감기 안 걸려? (다른 과 가리키며) 야, 너 신경외과, 뇌종양 안 걸릴 자신 있어!

동기들　고만해, 동민아, 얘, 요즘 좀 맘이 안 좋아.

동 민　(말꼬리 자르며, 임박 보며, 영진 가리키며) 얘랑 나랑 이혼한 거 상처야 임마! 남 상처 건드리며, 낄낄거리면 재밌냐! 내가 너 암 걸렸는데, 외과의가 암 걸렸다 비웃음 넌 좋아!

동 기　(답답한) 야, 얘 위암이야.

모두들　(싸한)

임 박　(술병 던지며) 새끼, 진짜... (하고, 나가는)

동 민 (순간 기죽은) 아, 난... 몰랐지... (가며, 따뜻하게) 호걸아.. 호걸아..

영 진 (어느새, 마이크 잡고) 후배님들, 니들 선배님들 늘 이러고 논다, 분위기 바꿔서, 자자자자, 가자! (하고, 테이블 올라가, 신나는 뽕짝을 부르고, 춤추고, 다들 신난)

씬 36. 룸살롱 앞, 밤.

계단에 임박, 앉아 있고, 동민, 어디선가 물병을 들고 나와, 임박에게 따 주며,

동 민 (편하게) 암 걸린 놈이 술은,

임 박 맥주 한잔 마셨다 임마.

동 민 전이됐어?

임 박 정기검진에서 운 좋게 잡아 깨알만 해, 케모(Chemotherapy; 항암 화학요법) 없이 수술만 하면 무사통과. 위치도 좋고.

동 민 (뒤통술 탁 치며) 새끼, 진짜.. 간 떨어질 뻔했네. (물 뺏으며) 내놔, (하고, 물을 벌컥이는)

임 박 마누라가 이혼하잔다.

동 민 (아차 싶다, 물병 다시 주며) 마셔라.

씬 37. 클럽 안, 밤.

재열, 시끄러운 홀로 들어와, 바에 앉아, 전화하고 있는,
그때, 클럽 직원 춤을 추며, 샴페인을 가져다놓고, 재열에게 한잔 주며,

클럽 직원 작가님 책 나온대서? 특별히...

재 열 (전화 끊으며) 고마워... 근데, 우리 출판사 애들 안 왔어?

여자들 오며, '작가님! 어우, 넘 반갑다, 이런 데서!'

재 열 (여자들 보며, 눈인사하고) 안녕하세요…

여자들 잠깐 앉아도 되죠? 작가님 팬이에요. 근데 어떻게 책을 그렇게 잘 써요? 얜 작가님 라디오 프로 광팬!

재 열 (눈인사하며, 직원에게 눈짓하면)

직 원 (술을 따라, 여자들에게 주며) 작가님이 드리는 겁니다.

여자들 어머…

재열, 술잔을 받아, 눈인사하고, 홀을 구경하는, 여자들을 쭉 훑어보는, 웃는 여자, 많이 벗은 여자, 술 취한 여자가 보이고, 수광, 여자들의 무리 속에서 만난 지 얼마 안 된 애인과 춤추는 게 보이고, 재열, 무심히, 술 마시며 여자들을 탐색하다, 뭔가 이상해, 한쪽을 보면, 해수, 맥주병을 들고, 벽을 보며, 심취해, 혼자, 춤을 추고 있는,

재 열 (순간, 조금 놀란, 반가운, 웃음기가 입가에 만연한, 그러다, 치즈 한쪽을 집어 입에 넣다가, 해수의 문제의 답을 찾은, 어이없고, 시원한) 아… 아.. 아… (하고, 해수를 웃으며, 보는)

씬 38. 앞과 다른 인쇄소 안(재열 책이 나오는 곳), 밤.

태용, 직원, 담담하게 한쪽에 서 있고, 뒤로 재열 신간이 쌓여 있는,
편집장, 책을 펴 보는, 풀잎의 책에 빨간 부분으로 그어진 부분을 확인하는,
직원, 옆에서 말 걸고, 태용, 심란하게 서서 생각하는,

직 원 명백한, 표절이에요. 캐릭터 남녀 성별 바꾸고, 주변 상황 바꾸고, 정통 스릴럴, 코믹 스릴러로 바꾸고,

편집장 (놀라고, 어이없는, 울상 짓고, 책 던지며) 이풀잎, 이게 미쳤나! 지 애인 책을 어떻게, 이렇게 악랄히 베껴!

태 용 (편집장에게) 변호사 부르고, 재열이한테도 알려. (하고, 가는데, 재열에게 미안한)

직 원 (태용 보며) 책 배포해요?!

편집장 배포해, 맞장 떠!

씬 39. 클럽 안, 밤.

해수, 벽을 잡고, 느낌 살려 춤을 추다, 무심히 돌아서다, 눈빛이 조금 변하는, 이건 뭐지 싶은 얼굴이다, 남자(재열)가 내민 맥주병을 보고, 계속 춤추며, 눈을 아래에서 위로 훑어가면, 재열, 물을 마시며, 음악에 고갤 까닥거리며, 눈빛으로 해수에게 맥주병을 받으라 하는, 해수, 재열을 별 느낌 없이 빤히 보며, 춤을 추다, 그냥 지나쳐 제 맥주를 한 모금 마시며 홀을 가로질러가다, 청년(범석)을 스쳐 지나가는, 재열, 이것 봐라, 만만찮아, 더 재밌네 하는 표정이다, 경직되지 않고, 편안하게 음악에 따라 몸을 움직이며 따라가다, 바에 맥주병 놓고, 물병을 들고 나가는,

* 점프컷 》
범석, 춤추다, 가는 해수를 보며, 더욱 큰 모션으로 춤을 추는데, 땀이 나는, 친구들 '이리 와', 하는데도 못 듣고, 해수만 보는,

씬 40. 클럽 복도 + 밖, 밤.

해수, 복도에 가득한 음악소릴 들으며, 밖으로 나가려는데, 재열, 해수의 팔을 잡아 부드럽게 벽에 밀치고, 해수, 뭐야, 싶게, 그닥 놀라지 않고, 재열을 보면,

재 열 (웃음 띤 채, 벽에 기대, 주머니에서, 네모난 작은 사탕 두 개를 꺼내, 손바닥에 놓고, 손바닥 위의 사탕 두 갤 가리키며, 웃음 띤) 둘 다 죽는다. 근데 적군은 하나는 산다라고 거짓말을 하면서, 무엇을 고를 거냐, 선택을 요구한다. 내 선택은... (그중 하날 먹는, 손가락으로 입을 가리키며) 이거!.. 만약 (손바닥에 남은 사탕을 가리키며) 이게 죽는다면, 내 입안의 쪽지의 답은.. 당연히, 산다? 속임수가 있는 게임은, 속임수로 답한다?

해 수　(그런 재열을 보고, 어이없단 듯 웃으며, 빤히 보며, 별 긴장감 없이) 빙고. (하고, 가는데)

재 열　(웃고, 해수를 잡아 돌려세우는) 이렇게 가면 서운하죠.. (하다, 해수가 잡힌 자기의 팔을 보면, 풀고, 두 손을 보이며) 미안..

해 수　(웃음 띤) 뭐, 그 정도야...

그때, 홀 저쪽에서 '야, 마귀 같은 년! 죽여버릴 거야!' 하는 소리 들리고, 둘 다 소리 난 쪽으로 돌아보면, 범석, 미친 듯이 달려와 이단옆차기로 해수(달려오는 남자의 얼굴을 알겠는, '범석 씨!' 하는)의 얼굴을 날려버리는, 해수, 붕 뜨며, 한쪽에 놓인, 쓰레기더미로 떨어져, 한쪽 어깨를 바닥에 쿵 하고 찧는, 재열, 놀라고, 범석, 넘어져, '날 지옥에 넣을라고, 죽어, 죽어!' 하며 이내 다시 옆의 철제 쓰레기통을 들어, 해수를 찍으려 하면, 재열, 놀라, 그를 돌려세워, 주먹을 날리고, 다시 넘어진 그의 멱살을 잡아, 치려 하면, 어느새 해수, '하지 마요, 하지 마' 하며 옆의 화분을 들어, 재열의 뒤통술 찍는, 재열, 그 바람에 무릎이 툭 꺾이고, 그때, 범석의 친구들(여자도 있는) 나오며, '범석아!' 하고, 범석, 그들을 보고 '다신 병원 안 가! 다, 죽여버릴 거야!'를 외치며, 큰길로 내달리는, 해수, 재열에게 '괜찮아요?' 하다, 재열이 정신없어 머릴 털면, 해수, 됐다 싶어, '병원 가요' 하며 이내 범석을 뒤쫓아 가며, '범석 씨!' 하며 달려가는,
재열, 정신이 없는, 고갤 젓다가, 머리 뒤쪽을 만지면, 피가 묻어나는(많지는 않은), 재열, 정신 차리기 위해, 눈을 깜박이곤, 화가 나, '이 여자가!' 하며 벌떡 일어나 죽어라 해수를 쫓는, 그때, 클럽의 직원, '장 작가님!' 하고 부르면, 재열, 화가 나, 죽어라 해수를 쫓으며 직원에게 말하는 '내 차 가지고 쫓아와!'

*점프컷 》
범석, 울상으로 죽어라 4차선을 횡단하는, 해수도, '범석 씨, 거기 서요! (친구들에게) 왜 병원 안 가고 여깄어요, 저 사람이.. 참 난 범석 씨 주치의였어요!' 하며 따라 뛰고, 친구들, 4차선 못 넘고, 소리치는,

친구들　일주일 외박 나왔어요!

해수, 구두 벗어 들고 뛰며, '가족들한테 연락해요!' 하며 달리는, 재열, '이봐!' 하면서 해수를 쫓는,

＊점프컷 》

범석, 죽어라 뛰어가다, 편의점 앞에 문이 열린 채 서 있는 택시에 타서, 택시 몰고 가고,

＊점프컷 》

택시 운전사, 우유 먹으며 편의점에서 나오다, 그걸 보며, '야, 내 차! 내 차, 세워!' 하며 쫓아가고,

＊점프컷 》

클럽 직원, 재열의 차를 몰고, 달리는 재열 앞에 서서, 내리면, 재열, 운전석에 타며,

재 열　나중에 보자. (하며, 차 타고, 해수 옆으로 차를 몰고 가며) 당신, 뭐니?

해 수　(뛰며, 재열 보고) 차 세워요!

재 열　(세우면)

해 수　(얼른 차에 타고, 안전벨트 하며) 아까 택시 탄 사람 쫓아요!

재 열　(어이없는) 내가 왜?

해 수　(백에서 전화기 찾으며) 그 사람, 조현증.. 정신분열증 환자야! 저러다 사고 나면 여럿 죽어요, (보며, 버럭) 살면서, 좋은 일 좀 하지!

재 열　(어이없이 보고, 웃고, 기어 넣고, 달리며) 당신은 정상이야?

해 수　(흔들리는 몸을 바로 하기 위해, 손잡이 잡고) 뭐요?

재 열　(기가 막히게 운전해 여러 차를 따돌리고, 택시를 시야에 두고) 저 사람이 정신분열이면, 당신은 정상이냐고?

해 수　(핸드폰으로 119에 전화하며) 그렇게 믿는 게 맘 편하지 않겠어요?

1 1 9　(E) 119입니다.

해 수　저는 한국대 병원 정신과의 지해수라고 합니다. 확인하시구요... 지금 스키조(Schizophrenia; 조현병 또는 정신분열병)... 정신분열증 환자가 택시를 강탈해서 도로 질주를 하고 있어요, 제가 쫓고 있고요, 택시 넘버는,

* 점프컷 》

달리는 택시, 피하는 차들,

* 점프컷 》

재 열 근데 정신분열증이 왜 저렇게 운전을 잘해? 완전, 레이서네, 레이서!

해 수 (계속 전화하는) 아, 애인이 전화했어요? 예, 제 전화번호 알려주시구요, 112도 연계해주시구요. (하고, 끊고, 전화하며) 어, 김 선생(레지 1), 응급이야. 내 환자였던 김범석 씨, 기억하지? (사이) 어, 경련으로 도로 질주 중인 걸 쫓고 있는데, 할로페리돌(Haloperidol; 항정신병 약물)이나 로라제팜(Lorazepam; 항불안제) 오더 내서,

* 점프컷 》

택시, 국도변으로 빠지는,

* 점프컷 》

재 열 저 차, 경기도로 빠지는데,

해 수 (재열에게) 빠져야죠, 우리도? (전화하며) 경기도 국도 65번으로 와줘. 가족한테 연락해, 응급상황 설명하고. 그래.

재 열 (달리며, 웃긴) 야, 뻔뻔하다, 부탁이야 명령이야. 근데, 저 남자 당신 환자였다며 당신을 왜 패, 원수졌어?

해 수 다른 이유 없고, 정신분열. (가방에서 음주단속기를 꺼내기 위해 뒤적이며) 더는 묻지 말아요, 의료법에 걸려요, 환자 보호 차원. (음주단속기 꺼내, 재열 입에 대고) 불어요.

재 열 (보고, 어이없게 웃으며, 후 불면)

해 수 (음주단속기 확인하고, 가방에 넣으며) 술 먹는 걸 봐서..

재 열 (어이없단 듯, 고개 젓고) 저 남자 잡고, 우리 길게 얘기 좀 합시다, 어?

해 수 (재열의 뒤통수를 슬쩍 보면, 피가 옷깃에 묻은, 답답한, 아무렇지 않게, 재열 눈을 빤히 보며, 손가락 네 개를 펴 보이며) 몇 개?

재 열 왜, 나도 환자 같아?

해 수 몇 개?

재 열 뚜렷하게, 네 개면 어쩔래?

해 수 반말 마시고, 시야 흐려지면 말해요. (하고, 전화 오면 받는, 톤을 바꿔, 인자하게) 아, 네, 범석 씨 애인이시구나. 근데 약을 복용하지 않았나요? 약 먹으면... 이런 문젠.. 없을 건데.. 아.. 섹스가 힘들어서... (구시렁, 작게) 좀만 참으면 맘껏 할걸.. 그누무 섹스..

재 열 (보며) 왜, 누가 섹스가 안 된대?

해 수 (재열 보고, 무시하고, 전화하며) 약 복용 언제부터 안 했어요?

*점프컷, 국도변 》

도로, 경찰차와 구급차들, 서로 '정신분열증 환자 차 쫓아라', 무선 주고받고, 교통통제실에서, 택시를 보고, 구급차(레지1이 탄, 간호사가 탄)에게 알려주는,

*점프컷, 다른 국도변, 희뿌연 새벽 》

재열, 죽어라, 운전하는, 재열의 뒤에 구급차와 경찰차 서너 대가 따라오는, 호수를 사이에 두고, 택시가 돌면, 재열, 순간 반대편으로 차를 끽 하고, 돌려 가는, 택시와 정면으로 부딪칠 듯이 가는,

해 수 뭐하는 짓이에요?

재 열 기름도 없고, 너무 피곤해서, 안 되겠어, 정면승부... (하고, 차를 받으려는 듯, 속력을 내는)

해 수 (놀라) 이봐요!

재 열 (얼굴 돌려 보며) 보면, 뭐?

해 수 ?

재 열 (고개 돌려, 무시하고, 기어를 더 움직여, 다시 앞 보고, 전력 질주하는) 가자!

*점프컷 》

그때 택시, 달려오다, 재열의 차, 휙 하고, 피하면, 택시 속력을 못 이기고, 한쪽 호숫가에 처박히는,

*점프컷, 재열의 차 안 》

해 수 미쳤어, 당신!

재 열 (보며) 내가 이렇게 안 했으면, 직진만 하는 저 차, 벼랑에서 날렸어.

해 수 벼랑이 무슨,

재열, 해수, 턱 잡아 돌려, 벼랑을 보게 하는,
해수, 확인하고, 제 턱 잡은 재열의 손 탁 치고, 나가는,

씬 41. 국도변, 어스름한 새벽.

차들에서 경찰이며, 119 요원들 나와, 레지1, 간호사도 서둘러 나오는, 어느새, 발버둥치는, 범석을 끌어내, 힘들게 사지를 잡는, 간호사, 팔 오금 부위에 주사를 놓으려 팔을 올리면, 양팔에 모두 검은 문신이 있어서, 정맥이 안 보이는,

간호사 (어린 간호사, 미안한, 해수에게) 혈관이.. 어딨지, 어떡해, 안 보여요,

범 석 (도망가려, 요동치고, 경련하는)

해 수 (오며) 로라제팜 4미리예요?

레지1 네.

해 수 (간호사 주사기 뺏으며, 차분한) 환자 뒤집어요.

재열, 차에서 나와 그 모습 보면,
사람들, '괜찮습니다, 괜찮습니다' 하며 범석을 힘들게 뒤집는(경련하며 울며 소리치는, '뱀이.. 날아, 소는.. 울고.. 엄마는 없는데.. 마귀가 득시글..') 해수, 아랑곳없이, 뻗대는 범석의 바지를 확 내려, 엉덩이에 그대로 주사를 꽂는(두 손을 다 사용하는데, 한 팔을 아파하는), 재열, 물 마시며 재밌고, 놀라는, 해수, '후' 하고 바질 올려주고, 힘들어하는 범석의 등을 쓸어주며,

해 수 범석 씨, (따뜻하게) 괜찮아요, 괜찮아... 곧 편해질 거예요. (레지1에게) 병원으로 옮기고, 가족들한테 연락해. 바이탈 모니터링(Vital Monitoring; 생체 징후인 혈압, 맥박, 호흡, 체온을 측정하는 것)하고.. (구급 요원, 경찰에게) 수고

하셨습니다.

*점프컷》
재열, 물병 들고 와, 해수 옆에 같이 주저앉고, 해수에게 물병을 주는, 해수, 물을 마시고,

해 수 (전화하는) 예, 보호자분이시죠? 네, 만났어요, 안전하게 병원으로 이동 중이에요..

진정된 범석과 구급차, 경찰차 사라지고, DIS.

*점프컷》
재열, 차로 가기 위해, 물을 다 마시고, 오르막길을 힘들게 오르는 해수(이미 팔이 빠지고, 식은땀이 나는)를 보고, 앞으로 가, 손을 내미는, 해수, 편하게 손을 주고, 재열, 웃으며, 끌어올리고, 손을 놓고, 차에 기대, 웃음 띤 채, 해수 보며,

재 열 병원차 타고 안 가네? 나 때문에?
해 수 구급차 규정 인원이 넘어서. (하고, 재열 차 타는데, 힘이 든)
재 열 (바지 내리는 시늉하고, 터프하게 주사 꽂는 해수 흉낼 내며) 남자 바질 확, 팍! 아우! (차 탄 해수를 보며) 못 가요.
해 수 ?
재 열 기름 없어요. 40킬로 전부터 빨간불. 가다, 멈춰.
해 수 (체념한 듯, 재열 옆에 서서, 힘든, 숨을 쉬고, 재열의 목덜미를 보는, 피가 등 짝 뒤로 흥건하다, 혀 차는) 쯔쯧.. (전화기 들고) 119죠?
재 열 ?
해 수 머리에 타박상 입은 출혈 환자요. 국도 65번 호수 지점. (하고, 전화기 내리는)
재 열 뻥 잘 치네. 히치하이킹을 그렇게 해, 당신은?
해 수 뻥은... 진짠데.. 눈 감아봐요.
재 열 눈?
해 수 (제 눈을 감는) 이렇게,

재 열　뭐야.. (하고, 웃으며, 눈을 감고) 근데, 이윤?

해 수　(뒤돌아, 한 손으로 와이셔츠 벗고, 런닝을 벗고, 다시 와이셔츠 입으며) 곧 알게 될 거예요.

재 열　(웃음 띤, 농담조) 좀 뜬금없지만, 나 그쪽 살짝 맘에 드는데... 어쩌지?

해 수　(편하게) 어쩌긴요, 곧 맘에 안 드실 거예요. (하고, 이로 런닝을 찢으며) 눈 떠요.

재 열　(보고) ?

해 수　주저앉아봐요.

재 열　뭐야? (보고, 재밌단 듯, 웃으며, 그냥 주룩 하고 앉아버리면)

해 수　(재열의 앞에 서서, 재열의 머릴 제 배에 대게 하는)

재 열　(어이없지만, 해수가 민망하지 않게) 무슨 시추에이션?

해 수　(재열의 머리를 살피며) 간단한 두부 외상이에요. 1센티미터?

재 열　(순간 고갤 들어, 해술 보고, 등이 축축해 놀란, 윗옷을 훌렁 벗으면 피가 낭자한, 어이없고 놀라, 다시 해수 보는, 뭐 이런 게 있나 싶은) ?!

해 수　내가 화분으로 친 게... 죽을 사람 살리려다, 구타한 건 법으로도 보호받는다는 거 상식적으로 아시죠?

재 열　(화를 참고, 숨을 고르고 보는) ?!

해 수　그럼 다시.. (하고, 무릎 꿇고 앉아, 백에서, 낱개 포장한 인공눈물 꺼내, 이로 열려다가, 참고, 재열에게) 열어줘요.

재 열　(화나고, 열 받는 거 참고, 열어주며) 야... 진짜... 웃기네, 이 여자... 당신 나 다친 거 언제부터 알았어?

해 수　(재열의 머릴 안고, 인공눈물 한 방울 제 눈에 넣고, 나머지 인공눈물을 머리에 부으며, 힘들어도 안 그런 척하고) 생각해보니, 첨부터..

재 열　(쓰린) 아......

해 수　(찢은 런닝으로 상처를 이와 한 팔로만 묶으려 하며) 좀만 참아요.

재 열　(치료하게 놔두고, 화나는, 참는) ...

해 수　무슨 생각해요?

재 열　어떻게 복수할까...

해 수　(웃고) 덜 아프구나. (하고, 다시 런닝을 묶으려 하는)

재 열　(해수가 이상한, 눈을 떠보면, 해수의 한 팔이 덜렁대는, 이상한, 팔 툭 치면, 다시 덜렁대고) 잠깐. (하고, 해수를 보며) 팔이 왜 이래?

해 수　(땀이 범벅인, 정신없는) 아까 환자가.. 이단옆차기로.. 치는 바람에.. (정신 차리려, 눈 깜박이며) 괜찮아요, 다시, 아까처럼 해봐('요' 하고, 재열의 품에 기절해버리는)

재 열　지, 지해수 씨, 지해수 씨..

해수, 기절한,

재열, 손으로, 해수의 얼굴을 들어, 보는, 코에 귀를 가져다 대면, 숨소리가 들리는, 안심하고, 해수를 번쩍 들어 안고, 일어나 다시 해술 보는데, 해수의 셔츠 앞섶이 벌어져 가슴이 보이는, 잠시, 숨 고르고, 다시 무릎을 꿇고 앉아, 해수를 안다시피 하고, 주변을 살피고, 가슴의 단추를 두 개 정도 여며주며,

재 열　(구시렁) 내가 이런 매너남인 걸, 지구상의 모든 여자가 알아야 할 건데.. (하고, 다시 해수를 들쳐 안고, 가며, 구시렁대는) 그 팔을 하고 독하다......

* 점프컷 》

강우, 멀리서 재열을 보며, 환하게 웃고 있는,

* 점프컷 》

재 열　(해수 내려다보고, 웃으며) 햇빛 아래서 보니까, 제법 귀엽게 생겼네. (하고, 웃으며 편하게 가는)

그런 두 사람의 모습에서 엔딩.

2부

내가.. 한 번은, 어디서든, 꼭, 반드시, 만나자고.. 했었는데..
기억하나 모르겠네?

오 마이.. 갓?

씬 1. 국도변, 낮. (1부 엔딩 연결)

재 열　지, 지해수 씨, 지해수 씨..

해수, 기절한,
재열, 손으로, 해수의 얼굴을 들어, 보는, 코에 귀를 가져다 대면, 숨소리가 들리는, 안심하고, 해수를 번쩍 들어 안고, 일어나 다시 해술 보는데, 해수의 셔츠 앞섶이 벌어져 가슴이 보이는, 잠시, 숨 고르고, 다시 무릎을 꿇고 앉아, 해수를 안다시피 하고, 주변을 살피고, 가슴의 단추를 두 개 정도 여며주며,

재 열　(구시렁) 내가 이런 매너남인 걸, 지구상의 모든 여자가 알아야 할 건데.. (하고, 다시 해수를 들쳐 안고, 가며, 구시렁대는) 그 팔을 하고 독하다...

*점프컷》
강우, 편하고 환하게 재열을 보고 웃는,

*점프컷》
재 열　(해수 내려다보고, 웃으며) 햇빛 아래서 보니까, 제법 귀엽게 생겼네. (하고, 웃으며 편하게 가는)

＊점프컷, 시간 경과 》
재열, 해수를 안고, 걸어가는데, 땀이 삐질삐질 난다.

재 열　근데, 구급차는 왜 안 오고.. 여긴 대체.. 어딘.. 거야?

그때, 구급차 오는 소리 들리고,

재 열　(정신이 멍한, 해수 보고 웃으며) 이렇게 가는 것도 괜찮았는데, 그.. 지?... (하며, 그냥 앞으로 고꾸라지는)

씬 2. 산동네, 낮.

앞의 우울증 환자 모, 슬리퍼 차림으로 '수빈아, 수빈아, (동네 사람에게) 우리 애 못 봤어요, 밤새 없어졌네' 하며 여 환자를 찾아 나서서, 길이며, 이층 상가를 두리번거리다, 이층 상가를 잠옷 차림으로 달리는 수빈을 보고, 동네 사람들, '수빈이, 저깄네!' 하면, 수빈 모, 그 소리에 이층 쪽을 보고, 수빈, 이층 상가 길을 전력 질주해 달리다, 이층 유리창을 뚫고, 뛰어내려 떨어지는, 사람들, '악!' 하고,
수빈 모, 놀라, 풀썩 주저앉고,

씬 3. 시골병원 앞, 낮.

재열, 어이없는 웃음 지으며 나오는, 머리에 깨끗한 붕대 한,

간호사　(E) 환자분이 링거 맞고 주무시는 동안, 깨어나서 가셨어요, 이 쪽지만, 주고.
재 열　(종이 펴보면)
해 수　(E) 여기 적힌 전화번호로 계좌번호 알려주세요, 위로금 보낼게요.
재 열　(어이없어, 황당한 웃음 짓다가, 종이 구겨 버리려다, 생각하고, 종이 보고 전화하는) 지해수 씨? 나, 장재열.

씬 4. 대학병원 앞, 낮.

해수, 팔에 붕대를 묶은 채, 택시에서 내려 전화 받으며, 급하고 답답한 얼굴로 뛰어가며,

해 수 근데요?

씬 5. 시골병원 앞, 낮.

재 열 (어이없어, 반문) 근.. 데요?

씬 6. 대학병원 로비, 낮.

해 수 (빠르게 가며) 용건 말해요. 없어요? 끊어요?

씬 7. 시골병원 앞, 낮.

재 열 (어이없는, 웃으며, 붕대 풀며 버리며) 지해수 씨, 우리 죽기 전에 꼭 어디서든 꼭, 한 번은, 반드시 한 번은 다시 봅시다. 어? ..그때까지 별일 없이, 잘 살기. (하고, 끊고, 어이없단 듯, 웃으며) 싸가지.. (하는데, 전화 오는) 어, 편집장 어디냐?

씬 8. 대학병원, 응급실 가는 길, 낮.

해 수 뭐야, 돈 받기 싫어? 말어라. (하고 뛰어가는)

씬 9. 대학병원 응급실 안, 낮.

해수, 들어서면, 레지1, 2, 인턴들, 인사하고, 해수, 화난, 속상한,

해 수 어딨어?

인 턴 (걱정스런, 고갯짓으로 한쪽 가리키면)

수빈, 기절해 외과 치료 받고 있는(여기저기 유리조각에 다친 상처 있는), 수빈 모, 숨을 할딱이며, 울고 있는,

외과의 다행히, 우측 앵클 프랙처(Ankle Fracture; 발목 골절)하고 작은 창상과 떨어지면서 입은 찰과상 정도예요.

해 수 (수빈 보고, 수빈 모에게, 버럭) 그러게 내가 뭐랬어요?! 딸 죽인다고 했죠! 이제 맘 편해!

수빈 모 (울며, 몸을 떨며 미안한) 다신 안 그런다고 했는데...

그때, 영진 어느새 와서, 수빈 모의 입에 봉지를 대주고,

영 진 (따뜻하게) 천천히 숨 쉬어요.. 천천히.. (하고, 말투 바꿔, 화나, 해수에게) 나가서, 기다려!

해 수 (영진 보다, 인턴에게) 양수빈 씨, 정신과로 입원시키고, 오에스(Orthopedic Surgery; 정형외과) 컨설트 부탁해! (나가는)

영 진 (수빈 모에게) 울지 마요, 딸 살았는데, 왜 울어? (하고, 등 쓸어주며, 웃으며) 아우, 놀라셨네. 놀라셨어..

씬 10. 동민의 진료실, 낮.

동민, 코를 파며 전화하는, 뭐라 그러는지 모르겠는,

동 민 야, 이영진, 지해수 상담을 내가 왜 해? (사이, 전화 끊기는) 여보세요? 여보

세요? (전화 끊으며) 까라면 까지요.

하며, 코를 파 탁자 밑에 문지르고, 코 판 손 냄새 맡는데, 순간, 남자(50대, 분노형 타입, 아들에게 엄마와 이혼하든지, 상담을 받든지 하라고 요구당한 사람) 화나서 들어오자마자, 갑자기 동민의 멱살을 잡아채며,

남 자 니가 숨겼지? 니가 숨겼지? 이 새끼야, 내 아들놈하고 마누라 어딨어, 니가 숨겼지, 이 개새끼야! 내가 널 오늘 죽여버릴 거다.

동민, 순간, 남자의 멱살을 잡으면, 남자, 놀라지만, 아랑곳없이 벽에 밀치는, 동민 일부러 멈추지 않고, 괜히 마구 남자에게 밀리는 것처럼 이리저리 멱살을 잡고 돌아다니는, 순간, 남자가 동민의 다릴 걸어, 넘어뜨리면, 동민, 재빠르게, 몸을 돌려 남자 배 위에 올라타, 주먹으로 남잘 확 치려고 하는,

남 자 (두렵고, 놀란) 뭐야, 너너너, 이.. 이.. 새,

동 민 (무서운 얼굴로 남자의 얼굴에 주먹을 든 채, 노려보는) 의살 또 새끼라고 부를라고? 불러봐?

남 자 ..나나나는.... 여기 오는 화, 환잔데.. (두려운, 기죽어) 서, 서, 선생님?

동 민 (멱살 놓고, 주먹 내리고, 웃으며) 이장석 씨, 지금 기분이 어때요?

남 자 (두려운, 눈가 붉은) ..

동 민 (웃으며) 지금 기분이... 아주 엿 같죠?

남 자 ...

동 민 그 기분 잊지 마세요.

남 자 ?

동 민 당신이 성질난다고, 매일 수시로 부인을 때릴 때마다, 당신 부인과 자식이 매일 느꼈을.. 그 더러운, 기분..

남 자 (두려운, 참담한)

동 민 당신한텐 두 가지 선택의 기회가 있어. 계속 상담을 받을 수 있고, 아내한테 이혼당하고, 진료 방해로 조용히 감방에 갈 수 있고. 둘 중 뭘 선택하실래?

씬 11. 대학병원 일각, 낮.

해수, 성큼성큼 가는 영진의 팔을 잡으면, 영진, 뿌리치고 보는,

해 수　(화난) 상담 안 받아! 그 엄마 때문에 딸이 죽을 뻔했는데, 내가 소리 좀 친 게 뭐 그렇게 대수예요!

영 진　(화나, 보는) ?

해 수　병원에 의사가 몇인데, 일시 과호흡을 문제 삼아 나보고, 상담을 받으라는 게 말이 돼요!

영 진　(보며, 버럭) 이번엔 딸, 담번엔 엄마가 정신과 오는 꼴 볼래! 그게 의사가 할 짓이야! (차분히, 강하게) 만약 환자가 죽는다면 넌 1년 동안 만나는 수천 명의 환자 중 하날 잃는 거고, 환자의 부모는 전불 잃는 거야, 근데 니가 더 괴로운 거처럼 (버럭) 소릴 쳐, 지금?!

해 수　(속상하지만, 인정도 되는) ?!

영 진　(해수 꼬나보며) 정신과 의사로서 가장 중요시되는 사리분별 제로. 환자 가족들도 환자처럼 조심스럽게 대해야 하는 정신사회심리학적 치료의 기본 원칙 (버럭) 무시! 강제 상담 조건 충분하지? 내 논문 참여에서 빠지고, 의사 자격 박탈까지 한번, 가봐?

해 수　(속상한, 종이컵 구겨 멀리 휴지통에 던지고 가면)

영 진　따라와! (하고, 가는)

해 수　(멈춰 서서, 돌아서, 따라가며, 구시렁) 빽하면 남의 환잘 가로채고, 남잔 잘 버리더니, 왜 환자는 집착해.

씬 12. 대학병원 병실 안, 낮.

환자들, 책을 읽거나 자거나 하고,
환희(남, 16세), 간호사의 얼굴을 보며, 그림을 그리고 있는, 그 옆에서 환희 모 울고 있는, 해수, 영진, 환희를 보고 있는,

영 진　(환희만 보며, 아무렇지 않은) 본드 흡입으로 학교 운동장에서 기절해서 그

저께 응급실로 들어왔어. MRI(Magnetic Resonance Imaging; 자기공명영상) 검사를 했는데, 뇌엔 아무 문제 없어, 같이 온 친구들한테 물어보니까, 본드 흡입은 서너 번... 단발성인 거지.

해 수　다행이네요. 훈계해서 내보내요. (하고, 가려 하면)

영 진　(잡으며) 근데, 하루 종일 저 자세로 앉아, 보호사, 간호사, 나까지... 온통 지가 보는 사람마다 그 사람들의 성기만 그려. 아주아주 디테일하게. 털 한 올, 한 올, 점액까지.

해 수　(설마) ?! (영진의 아랠 보면)

영 진　(웃으며) 맞아, 페니스 앤, 여자.. 거기.

해 수　(싫은, 가려 하면) ?

영 진　(잡으며) 그림 그리는 종일 뺏으면 우울해지고, 잠을 못 자. 처방을 해야겠지? 저 엄마를 봐서라도 반드시? (차트에서 그림 꺼내 주며) 니가 맡아. (하고, 윙크하고, 가고)

해 수　(어이없고, 그림을 보다, 얼굴이 일그러지는, 환희 보고, 환희 모 보고, 답답한, 창가에 이말 대고, 한숨을 푹 쉬는)

씬 13. 서점 앞, 낮.

편집장 차, 서면, 재열(옷을 차 안에서 갈아입은 설정)과 내리는, 재열, 건물에 걸린 현수막을 보는, 담담히, 이것 봐라 싶게 보는,

＊점프컷, 현수막 》

재열의 사진과 책, '뜨거운 여름, 차가운 심장을 가진 장재열 작가가 돌아왔다, 〈육식레시피〉'란 플래카드가 걸린, 그 옆에, 풀잎의 사진과, '장재열 작가의 스릴러를 능가하는 코믹 스릴러. 정통 스릴러는 가라, 코믹 스릴러가 대세다. 〈살인해도 될까요?〉'란 플래카드가 걸린,

편집장　설정만 베낀 게 아냐, 군데군데 왕창, 풀잎이랑 간신히 통화했는데, 그년 왈, 자기가 지 책 베꼈댄다?

재 열　(어이없이 웃지만, 차가운) 이 사태가 조금 슬플라 그랬는데, 갑자기 한판 붙

고 싶네.

편집장 그러게, 풀잎이 그년이랑 잠자리에서 잠만 자지, 뭐하러 소설 얘길 해!

재 열 원래, 잠자리에선 별말을 다 하는 거거든. 그런 거 모르니까, 혼자 살어. (가며) 소송해. 출판사 문 닫고 싶지 않으면 변호사 잘 고르고. (하고, 서점 안으로 들어서며, 팬들 보며, 아무렇지 않은 듯 웃음 띤 채 인사하는) 안녕하세요?

사인회, 줄이 엄청 긴, 강우도 있는, 재열이 웃고, 강우(사복 입은)의 손을 살짝 쳐주고, 사람들 사일 비집고 들어가고, 편집장, '죄송합니다, 작가님 가실게요, 길 좀 부탁드립니다.'

씬 14. 팬사인회장, 낮.

재열, 사인을 하고 있고, 기자들, 플래시를 터뜨리고, 그중 한 명의 기자, 말하는,

기 자 장 작가님, 이풀잎 씨 책 보셨나요?

출판사 직원 (짜증) 그걸 왜 봐요?

재 열 (사인하며) 사인회 끝나면 얘기하시죠? (하고, 웃고, 팬이라고 떠드는 사람에게 다시 사인을 하는데)

기 자 오늘 이풀잎 씨 측에서 장 작가님이 자기 책을 표절했다고, 장 작가님 책 판매 중지 가처분 신청 냈던데, 알고 계세요?

재 열 (사인하다, 고개 들어, 어이없게 보는) ?!

씬 15. 재열의 출판사 전경 + 사무실, 낮.

직원들, 변호사, 한쪽에서 회의하고 있는,

＊점프컷, 인터넷 내용 》

〈장재열의 정통 스릴러, 이풀잎의 코믹 스릴러, 같은 작품, 다른 느낌, 서로

가 표절 주장?〉, 〈장재열의 '육식레시피' 표절 시비로 영화화 무기한 연기〉 등등의 기사가 컴에 보이고, 기사를 재열, 태용, 편집장이 보는, 재열, 기사를 보며, 골똘히 생각하다, 전원 꺼버리는, 사무실 전화 오는, 편집장과 태용, 재열 눈치 보며, 벌떡 일어나, 사무실의 전화 코드를 뽑는,

태 용　(재열 눈치 보며) 변호사 말이 소송 근건 충분하대. 근데, 내 생각엔 소송이.. 괜히 그쪽 노이즈마케팅 효과만 주는 거 아닌지,

재 열　(진지하게 꼬나보며, 전투적으로) 그래서?

태 용　(눈치 보며) 그래선 뭐가 그래서.. 소송해야지. 그쪽 판매 중지 가처분 신청 낼게.

재 열　파일 넘긴 놈 잡아.

태 용　누가 파일을 넘겨, 니가 잠자리에서,

재 열　(말이 안 된단 듯 보며, 진지한) 내가 잠자리에서 소설을 줄줄 읊으면, 걔가지 머릿속에 명사, 부사, 형용사, 조사까지 토씨 하나 안 틀리고, 고스란히, 그걸 기억했다가 책으로 썼다?

편집장　자기 집 컴퓨터..

재 열　(꼬나보면)

편집장　(기죽어, 생각난 듯) 맞다, 자긴 외장하드 쓰고, 컴퓨터 온오프 할 때마다, 패스워드 바꾸지... 그럼 어떻게 된 거지? (하고, 태용 보면)

태 용　너, 나 의심해?

편집장　나는 아니니까,

재 열　(둘을 보며) 니들은 적 찾을 때 내부에서부터 먼저 찾아? 의리 없이?

태용, 편집장　?!

재 열　인쇄소랑 표지 디자인 사무실, 일러스트 사무실, 변호사한테 증거 압류하라 그래. (하고, 사장실로 들어가는)

편집장　(벌떡 일어나, 변호사에게 가며) 변호사님, 증거 압류 어떻게 하지?

태 용　(편집장 보고, 재열 따라 들어가는)

씬 16. 사장실 안, 낮.

재 열 (가방 챙기는)

태 용 (눈치 보며) 너.. 기분 많이 안 좋지?

재 열 (웃지만, 오기 어린) 전의가 불타는 정도? 낫밷 그만그만.

태 용 역시, (하고, 주먹 보이면)

재 열 (제 주먹으로 태용의 주먹 치며, 담담히) 집은?

태 용 그게... 집이.. 아무리 구해도 없어, 야, 월세 두 달을 누가 줘?! 니가 원하는 대로 화장실 공사까지 해가면서. 돈으로 발라도 없어! 야, 홍대 집 가자. 우리가 전세 준 집이라, 니네 집 앞 공사 밀려도 맘도 편하고..

재 열 거기, 나만 써?

태 용 아니, 홈메이트 인원이 너 말고 셋.

재 열 (일어나 가려 하면)

태 용 (막아서며) 서초동 집 못 가, 니 컴 가지러 내가 갔다 왔잖아, 기자들 바글바글. 오래된 연인, 표절 시비로 한판 붙다! 걔들 거기 잠복하며 신났어!

재 열 (가려 하면)

태 용 (막아서며, 책 읽듯, 진지하게) 양들의 침묵의 렉터를 능가하는, 또라이보다 더 또라이 같은 골 때리는 캐릭터 정신과 의사 둘, 보도 듣도 못한 뚜렛증후군 환자. 그리고, 추리작가의 만남! 새 소설로 딱이지? (하고, 핸드폰을 꺼내 동영상을 찾는)

재 열 ?!

태 용 (동영상을 찾아, 얼굴 앞에 디미는)

재 열 ?! (동영상의 해수 보고, 태용 보는)

태 용 (웃으며) 기억하지? 토크쇼에서 너한테 끝까지 안 밝힌 여자. 우리가 전세 준 홍대 집의 홈메이트.

재 열 (무심히, 전화기 뺏어, 동영상을 돌리면)

*인서트, 동영상 》

해수, 술 먹고, 깔깔대고, 웃으며, 수광, 동민과 셀카 찍자고 하면서, 그들을 데리고, 온갖 표정을 짓는,

재 열　(해수 보고, 뭐야 싶어, 웃는데)

태 용　(뺏으며) 여기까지. 옆에 늙은 남자는 내가 존경하는 형님 조동민, 그 형님 생일 파티에서 지해수가 내 폰을 지 폰인 줄 알고, 찍었지.

재 열　(웃음 띤 채, 태용 보면)

태 용　땡기지? 죽이는 소설 하나 나오겠지?

재 열　(보며) 풀잎이한테 전화해.

태 용　(보며, 버버대는) 저, 전화.. 안 되는데?

재 열　되게 해. 봐야겠어. (하고, 나가는)

태 용　야, 풀잎이가 전활 받아야 연락을 하지, 나 걔 집도 모르는데, 재열아..

재 열　(바로, 들어와, 태용 보는)

태 용　(순간 놀란) ?

재 열　홍대 집 가자.

태 용　호, 호, 홍대 집? (기대에 찬) 새, 새 작품 나오는 거냐?

재 열　새 작품이 나올지, 새 여잘 만날진, (윙크하며) 아직 나도 잘 모르지? 뭐가 됐든, 갑자기 기분은 괜찮네. (하고, 웃으며, 나가는)

태 용　홧팅, 장재열!

재 열　(다시 문 열고) 니 차 키 줘라, 내 차 우리 집에 갖다놨다며?

태 용　(키 주며) 아씨, 택시 타지.

재 열　(웃고, 열쇠꾸러미 받으며) 호텔 가, 자. 당분간 니 집은 내가 접수한다. (하고, 태용 머리 툭 치고 가는)

씬 17. 재열의 출판사 일각, 낮.

재열, 태용의 차에 오르는,

씬 18. 태용의 차 안, 낮.

재열, 차 키로 시동 걸고, 네비에 최신 주소록을 골라 누르면, 방배동** 주소가 뜨는, 이상한,

재 열 ?!

*점프컷, 회상 》

태 용 야, 풀잎이가 전활 받아야 연락을 하지, 나 걔 집도 모르는데, 재열아..

*점프컷 》

재 열 (혼잣말, 이상한, 진지해지는) 풀잎이 주소.. 이건 뭐냐, 태용아...

씬 19. 동민의 집 재열의 방 앞, 낮.

공사 소리, 시끄러운, 수광(일복 입은), 김밥 길게 들고, 문에 귀 대고 소리 듣다가, 몰래 열면, 인부가 화장실 문에 버튼 키를 다는 게 보이는, 수광, 이상한, 그때, 인부, 수광 보고, 문을 쾅 닫는,

수 광 (구시렁) 뭐야? (하며, 김밥 먹으며, 내려가는)

씬 20. 마당, 낮.

수광, 주방에서 물잔 들고 김밥 먹으며 마당으로 나가는,

수 광 (의자에 앉으며) 왜, 멀쩡한 방을 몇 날 며칠 뜯어고친다고 난리야.
동 민 (신문 보며) 돈이 썩어난대.
수 광 날 더운데 왜 문을 닫고 공사해요?
동 민 들어올 사람이, 절대 욕실은 남한테 보여주지 말랬대.
수 광 이상하다, 그죠?
동 민 (신문 놓고, 체조하며) 이 집에 누가 오시든, 현재 이 집에 사는 우리들만큼이야 이상하겠니?
수 광 (웃으며) 낄낄낄. 태용이 형 친구라며요?
동 민 어. 태용이랑 이 건물 공동 소유주. 커피숍, 내 병원, 내 집까지! 돈 많은 새

낀 거지! 두 달 월셀 푸지게 준대. 이유 불문 오케이지, 뭐.

해 수 (퇴근해 오는, 마당으로 오며, 한쪽에 놓인, 과일 씹으며) 나 상담 안 받는다?

동 민 (옆의 핸드폰으로 전화하며, 영진에게) 영진아, 해수 니 병원 관둔댄다.

해 수 (뺏으며) 미쳤어?

동 민 (일어나며) 상담, 매주 수욜 여덟 시다. 총 5회. (하고, 과일을 우적이며 가며, 팬티 위로 손가락 넣어, 항문 긁고)

해 수 안, 빼!

동 민 (안 빼고, 해수 보는)

해 수 (꼬나보며) 고만!

동 민 (아무렇지 않게, 빼서, 손가락 냄새 맡고 가는)

해 수 (싫은) 아… (수광 보며) 이사 누가 온대?

수 광 (먹으며, 춤추며) 이 춤 추다, 엊그제 여자 만났다, 낼모레, 키스 날릴 거야. (춤추며) 춤 죽이지?

해 수 사람이, 무슨 말을 하면 말귀 알아 처먹어야지, 원.. (하고, 집으로 가는)

씬 21. 몽타주.

1, 라디오 방송국, 밤.

재 열 그럼 저는 오늘 밤은 여기서, 인사드리죠. 별이 좋네요, 이 노래 들으시면서, 고개 들어 별 한번 보시고, 굿나잇, 나의 친구들!

음악 흐르고, 재열, 창가 보며, 전화하는,

재 열 (따뜻한) 옥자 씨, 뭐해?

2, 재열 모의 집 안, 밤.

재열 모, 텔레비전을 보며 온 창을 열어두고(커튼이 펄럭이는), 과일 먹으며, 편한, 전화 받고 있는,

재열 모　(웃으며, 텔레비전만 보며) 테레비 봐. 수목극. 여자가 첫사랑 남자랑 헤어졌어.

3, 라디오 방송국, 밤.

재　열　(애인에게 하듯, 웃으며) 순수한 여자가 곧 이 남자 저 남자 만나며 섹시해지겠군. 여긴, 별이 이뻐.... (별 보며, 웃고) 내가 사랑한다고 말한 적 있나?

4, 재열 모의 집 안, 밤.

재열 모　(장난) 밥은?

5, 라디오 방송국 안, 밤.

재　열　(편하게) 사랑해. (웃고, 핸드폰으로 음악을 들려주는)

재열 모, 웃으며, 듣는,

6, 도로, 낮.

재열, 짐을 싣고 기분 좋게 오픈카 타고, 운전해 가는,

씬 22. 동민의 집 전경 + 해수의 욕실, 낮.

해수, 반바지에 런닝 차림으로 세면대에서 머릴 감고 있는,

그때, 초인종 소리 나는, 해수, 머리에 거품을 일으키며,

해　수　수광아! 수광아! 야! 문 열어! 너 없어! (하다, 머리에 수건을 쓰고, 나가는)

씬 23. 동민의 집 이층 앞, 낮.

해수, 머리 감다 나와, 아래층에 소리치는,

해 수　인터폰 울리잖아!

동 민　(제 방문 열고, 나오며) 니가 나가.

해 수　이 꼴로?

동 민　(말꼬리 자르며) 내 꼴 보단 낫고, 현재 수광인 발작 중, 난 치료 중이야. (하고, 들어가는)

해 수　(짜증나는)

해수, 뛰어내려와, 인터폰을 누르는데, 고장 난,

해 수　아우! (초인종 소리 나면, 눈 따가운) 잠깐만요! 나가요! 누구세요!

재 열　(E) 새로운 홈메이튼데요.

해 수　(혼잣말) 뭐야, 오늘이야? 미쳐... (크게) 나가요.. (하고, 문으로 가서, 문 열고, 무심히) 안녕하세..?!

재 열　(입가에 미소 띤 채, 서 있는) ..

해 수　?!

재 열　내가.. 한 번은, 어디서든, 꼭, 반드시, 만나자고.. 했었는데.. 기억하나 모르겠네?

해 수　(가만 보다, 자기도 모르게, 구시렁, 작게) 오 마이.. 갓?

재 열　(깔깔대고, 웃음 띤 채, 귀엽단 듯) 이런 많이 놀라셨나보네?

해 수　(아무렇지 않게 보며) 찾아오신 집이,

재 열　(눈만 보며) 169-1번지.

해 수　(아무렇지 않게, 수광의 방 가리키며) 저 방. (하고, 가는)

재 열　(가는 해수 등을 보며, 웃고, 수광의 방으로 가, 방문을 여는데)

씬 24. 수광의 방 안, 낮.

수광(O. L), 울며 서서, 애써, 손가락을 코에 대고, 숨을 쉬며, 호흡을 하고, 동민, 같은 자세로 호흡하다, 문 열린 쪽 보면,

재 열　?

수 광 (다시 울며, 발작하는, 손으로 이마 치며) 악! ..738, 욱.. 8753, 09.. 핫..!

동 민 (수광 얼굴을 제 쪽으로 돌리고, 손가락을 코밑에 대고, 자기 따라 하라고 하는) 후 후..

재 열 ?

씬 25. 동민의 집 안 일각, 낮.

해 수 (웃으며, 고소하단 듯, 혀 내밀고, 가는)

씬 26. 수광의 방 안, 낮.

수 광 (동민을 따라, 호흡하려 하지만, 안 되는, 재열 보고) 뭘 봐, 개 썅!.. 죽여, (하며, 새끼손가락을 들고, 재열에게 쌈할 듯, 달려들며 발작하는) 콱.. 73, 팔, 987, 개씨*

재 열 (순간, 자기한테 욕하나 싶어, 들어가며, 열 받는, 새끼손가락 들어 보이며) 봤냐, 니가? 손가락 내려, 뭐라 그랬냐, 너?

동 민 (재열과 수광 사이에서, 둘을 막고, 재열에게) 잠깐만, 진정! (하고, 수광에게 호흡을 하라고 눈으로 재촉하는)

재 열 (다 뭐야, 싫은) ?!

씬 27. 재열의 방 욕실 안, 낮.

재열(O. L), 욕실 문 여는,
오피스텔과 같은 구조다, 재열, 욕조의 커튼을 확 여는(욕조 안은 화면엔 안 보이는), 그리고, 닫고, 나가는,

씬 28. 재열의 방 안(오피스텔과 같은 구조), 낮.

재열, 가방을 여는데,
수광, 문 벌컥 열고 들어와, 벽에 서서,

수 광 (속상해, 퉁명스레 말하는) 난 박수광. 나이, 이십팔. 남자.

동 민 (들어와, 웃으며) 지 소개하는 중이에요.

재 열 ?

수 광 (동민 보고, 재열 보고 손 내밀며)

재 열 (화나지만, 손잡으면)

수 광 (속상해, 화나, 꽉 잡고)

재 열 (이것 봐라 싶어, 꽉 잡는)

수 광 아! (하고, 손 빼고, 아파하는)

동 민 (재열 손잡고) 난 조동민. 이 건물에 있는 정신과, 전문의.

재 열 (기분 별로 안 좋지만, 담담히) 장재열입니다.

동 민 (웃으며) 유명 작가님을 우리 집에 모시고... 영광입니다.

재 열 (말꼬리 끊으며, 짐 챙기는) 소개 끝났으면 나가세요.

동 민 (자존심 상하는, 수광 툭 치면)

수 광 (속상하지만, 퉁명스레, 책 읽듯) 전, 뚜렛증후군을 앓고 있어요.

재 열 (보는) ?

수 광 (재열 보며, 속상한) 7세 때 첨으로 발작 시작, 하루 열두 번 발작 나, 아빠한테 또라이라 개무시당하고, 쥐맞으며 살다가, 조 박사님 만나 약 먹고, 행동치료(손으로 이마 치고), 이완요법(코에 손 대고 숨 쉬고) 치료 후, 이제는 어쩌다 발작. 발작 때 내가 하는 말과 행동은, 아무 뜻이 없어요, 자세한 건, 인터넷 참조. (속상한, 나가는)

재 열 ?

동 민 (웃으며) 그냥.. 순간, 뇌의 오작동? 이유 없이 그냥 툭, 재채기처럼 일어나는 경련. 전문용어론 에피소드. 스트레스에 약한데, 어제 사흘 만난 여자랑 키스하다, 발작 나 헤어졌어.. 그래서 그래. 장애를 가진 사람을 이해 못 하고 어머 싫어라 하는 소인밴 아닌 걸로 뵈는데? (눈치 보며) 내가 틀렸나요?

재 열 (이해되는, 미안하지만, 진지하고, 깔끔하게) 태용이한테 말은 들었는데, 뚜렛을 첨 봐서. 아깐, 제가 당황했네요.

동 민　그대의 축하연, 내일 저녁?

재 열　이 집 구성원으로 반드시 알아야 할 규칙이 있나요?

동 민　생활비는 두당 오십. 수광이만, 이십만 원. 그것만이 절대규칙이고, 다른 규칙은 개나 주라지요. 규칙의 홍수 속에서, 우리 홈만이라도 자유. 맘껏 살아요.

재 열　그래도 규칙이 있어야,

동 민　(무시하고) 아, 방 다시 잘 꾸미셨네. (하고, 훑어보는)

재 열　(차가운) 나가주심 좋겠는데?

동 민　(웃음 가신, 거만하게, 돌아보며) 까칠하시네. 나도 그런데. (하고, 나가며, 구시렁) 새끼..

재 열　(보고, 짐 챙기는데, 노크소리에 문 쪽 보면)

해 수　(출근할 차림이다, 문 열고, 과일 먹으며, 방을 휙 보는) 어,

순간, 집 전체의 흰색, 파란색, 노란색, 빨간색, 검은색 계열의 톤이 눈에 확확 들어오는,

해 수　(보며) 흰, 파란, 노란, 빨간, 검은.. (재열 보며) 옷 칼라도 그러네? 혹시, 강박?

재 열　(안 웃고, 편하게) 아마, 강박? 근데, 그쪽 방은?

해 수　? (무심히) 이층 끝?

재 열　(나가는)

씬 29. 복도 + 해수의 방 안, 낮.

재열, 해술 밀치고, 나와 해수의 방문을 확 여는,
해수, 놀라는,

＊인서트 ≫
개판인 방 안이 확 보이는, 벽에 휴양지의 평온한 배경 사진이 보이는,

재 열　(구경하고)

해 수　(어느새 와 문 쾅 닫으며) 뭐예요?

재 열　(편하게) 방 좀 치우지?

해 수　(과일 먹으며, 뭐야, 싶게 보면)

재 열　(웃으며) 이 집엔 규칙이 없대서? 내 규칙을 쓰는 중. 받은 만큼 준다. 상대가 웃어주면, 웃어주고, 엿 먹이면 나도 엿 먹이고. 당신이 내 방에 불쑥 하면, 나도 당신 방에 불쑥. 내일 입성 파티에서 봅시다?

해 수　(웃으며, 칼 주는) 근데, 누가, 표절이에요?

재 열　(화나는, 뭐야 싶어, 돌아보면)

해 수　(과일 먹으며) 둘이 애인이었대며요? 인터넷이 난리버거지라... (재열을 빤히 보며, 깐족) 표절, 그쪽 맞지? (하고, 웃는데, 이에 사과 껍질이 낀)

재열, 어이없어, 웃고, 해수 손가락을 잡아, 해수의 이의 껍질을 긁어주고, 놀란 해수에게 손가락에 낀 걸 보여주고 웃는,

해 수　(당황하지만, 얼버무리며 웃는) 아... (하고, 손가락에 낀 껍질을 먹고, 아무렇지 않게, 사과 먹고 가며, 작게 구시렁) 눈도 밝어.

재 열　(웃고) 반가워요.

해 수　(돌아보면)

재 열　맘에 들어, 여기. (하고, 웃으며, 방에 들어가면)

해 수　(거실로 가서, 동민과 마주치고) 내가 말 안 했어, 토크쇼에서 쟤 만나 별로였다고?

동 민　우리가 그런 세세한 말까지 주고받을 정도로 친했냐? (하고, 가면)

해 수　(가는 동민 보며) 그러게, 나한테 좀 잘해주지, 친해지게! 10년을 봐도 오늘 첨 본 사람처럼, 정이 안 가. (하고, 사과 먹으며 가는)

씬 30. 병원 진료실, 낮.

해수, 환희(말없이, 그림만 그리는), 앉아 있는,

해 수　(차트 보고, 아무것도 없는 게 짜증나는, 내려놓으며, 애써 밝게) 인턴 선생님하고 면담할 때, 아무 말도 안 했네? 약도 거부하고, 왜 그래?
환 희　(들리지 않는 듯, 그림만 그리는)
해 수　병원에서 빨리 안 나가고 싶어?
환 희　(그림만 그리고, 해수를 주는)
해 수　(보면, 자기의 성기 그림이다, 화나는, 확 덮고, 화나 보면)
환 희　(비웃으며) 선생님 건데, 맘에 안 드세요? 좀 더 크게 그려드릴까요? (하고, 나가는)
해 수　(길게 한숨 쉬며, 머릴 박박 긁고, 문 쪽 보며) 야, 쎄네, 저 자식, 저거!

씬 31. 동민의 집 일각, 낮.

해수, 걸어서, 카페 안으로 들어가는,

씬 32. 카페 안, 낮.

해수, 들어와 테이블 치우던 수광 보고, 서로 늘 하던 듯, 하이파이브를 하고, 카운터로 가는, 윤수, 커피를 만들고, 접시에 슈크림빵을 놓고, 번호 누르려고 하면, 해수, 슈를 집어 한입 베어 무는,

윤 수　손님 거야, 기집애야.
해 수　(입술에 묻은 슈크림 혀로 핥고는, 윤수 볼에 입 맞추고, 피곤한) 사랑해, 언니. (하고, 나가는)
윤 수　근데 왜 이렇게 일찍 왔어?
해 수　(가며) 조동민 씨랑, 데이트 있어!
윤 수　데이튼 무슨.. 너 또 혼나니! (웃고, 새 슈를 접시에 놓으며) 엄마가 집에 한번 오래.

씬 33. 동민의 진료실, 밤.

동민, 해수 보며,

동 민　(앞과 다르게, 따뜻하고, 진지한) ..이번에도 엄마에 걸렸네.

해 수　(벽시계만 보는)

동 민　환자든, 보호자든, 상담자든, 피상담자든… 그 대상이 엄마면, 넌 여지없이 화를 내고 공감하지 않아.

해 수　(아무렇지 않은 듯, 가볍게) 알어. 난 성적 트라우마가 있고, 엄마가 엄마다워야 한다는 편견을 갖고 있지. (웃으며) 이 얘기 재미없다, 그지? 내 환자 얘기하자?

동 민　8살 그때, 얘기 다시 해볼까, 대학 때 집단치료 받았을 때 했던 그 얘기? 엄마가 김 사장 아저씨랑 입 맞추던 그때,

해 수　(말꼬리 자르며, 아무렇지 않게) 16살 남자앤데 성기에 집착해, 왜 그런 거 같애? 엄마는 계속 울지만, 이율 모르는 거 같고,

동 민　니 얘기나 하자. 지금 시간은,

해 수　(말꼬리 자르며) 땡! (시계 가리키고) 다음 주에도 이렇게 아무 의미 없이 또 만나자, 선배. (하고, 나가는)

동 민　(웃고, 전화하며) 영진아, 관두자, 해수, 안 돼. 야, 환자 보는 덴 별 문제 없잖아?

씬 34. 집 안 복도, 밤.

해수, 들어와 계단을 오르다가, 내려오는, 재열 보고, 아무것도 못 본 양 가며, 재열을 툭 치고, 가는, 재열, 그 바람에 잠깐 휘청하다, 가는 해수 보며, 웃는데, 해수, 핸드폰 알람 울리고, 재열 다시 보면, 해수, 핸드폰 알람 끄고, 양초를 갈고, 묵념하듯 잠시 서 있다, 제 방에 들어가는,

재 열　뭐야, 저 짓은? (하고, 내려가, 물을 따르면)

수 광　(와서, 재열의 물잔 집어서 먹으며 가는)

재 열 (어이없게 보는데, 문자 오면 보면)
태 용 (E) 풀잎이 이번 주 내 프로모션 한대. 지방 팬사인회 줄줄이라 너 못 만난대.. 이번 주말에 보재.

재열, 문자 접고, 생각이 많은, 다시 물을 따라, 마시려는데, 동민이 와서 낚아채 마시고, 트림하며 빈 잔 주며,

동 민 어우, 시원해. (하고, 가는)
재 열 (어이없게 보고, 웃는, 뭐야 싶은)
태 용 (E) 재열인 내 말 믿으니까, 이번 주까진 너 안 찾을 거야.

씬 35. 풀잎의 집 안, 낮.

풀잎(일상복), 태용(외출복), 차 마시는,

태 용 프로모션 모레까지 하고, 이번 주 미국으로 떠나. 소송은 걱정 마, 판결까지, 최소 1년은 더 걸려. 중간에 포기하게 만들게.
풀 잎 (차 마시며, 편히) 나 가도 돼?
태 용 (웃으며) 난 너 안 사겨. 그냥 이대로.. (차 마시고) 준비해. 같이 나가자. (하고, 차 마시는)
풀 잎 (미안하게 보다, 차 마시고, 방으로 가는데, 현관문 키가 열리고, 문을 열려고 하는 소리 들린 후, 내부 걸쇠에 걸리는) ?!
태 용 (놀란) ?

씬 36. 풀잎의 주택 앞, 낮.

재열, 문을 잡고 서서, 열어보려 하지만, 걸쇠 때문에 안 되는,

재 열 풀잎아.

씬 37. 풀잎의 거실 + 집 밖, 낮.

태용, 놀라, 옷 입고 나오는 풀잎에게 가, 손으로 입을 틀어막고,

태 용　(울상, 작게) 재열이..

*점프컷, 집 밖 》

재 열　(담담한) 문이 안에서 잠겼네, 사람 불러, 이 문 뜯을까, 안에 있는 니가 열래?

*점프컷, 집 안 》

풀 잎　(울상) 어떡해?

태 용　(울상) 왜 내 말을 안 믿었지, 나, 나, 수, 숨을 데..?

풀 잎　(두리번거리다) 차, 창가, 베란다.

태 용　시, 시, 신발.. (하고는, 서두르다, 엎어지고, 아프단 말도 못 하고, 긴 막대 찾아, 현관 앞의 제 신발을 끄는)

*점프컷 》

재열, 신발 끌리는 소리에 안을 보려 하지만 안 되는,

재 열　?

*점프컷 》

태용, 신발 안아 들고, 조심스럽지만, 서둘러, 창문 열다가, 다시 테이블로 와, 제 찻잔을 입에 물고, 베란다로 나가, 가스관을 타고 매달린,

*점프컷 》

재열, 체념하고, 전화를 거는,

그때, 풀잎 문을 열고, 들어오라고 하는,

재열, 담담히 보며, 들어가는,

씬 38. 해수의 진료실 안, 낮.

해수, 트랜스젠더(세라, 아직도 다리 깁스를 하고, 눈에 피멍 든, 휠체어 탄 채)와 마주하고 있는,

해 수 (차트를 보는)

세 라 (차분히, 보는) 전 문제없어요. 퇴원시켜주세요.

해 수 (세라를 날카롭게 보는) ?!

세 라 (차분한) 부모님을 이해해요, 아들이 갑자기 여자가 되겠다고 수술을 하고, 남잘 사랑한다고 하고.. 형제들도 당황했을 거예요. 우울감 정도는 약으로도 가능하지 않나요?

해 수 (말꼬리 자르며, 단호한) 퇴원 못 해요.

세 라 (놀란) ?!

해 수 의사가 보는 입장에서 세라 씬 , 아주 위험해요. 강제 입원이 필요할 만큼.

세 라 ?!

해 수 (일어나, 세라의 휠체어를 전신거울 쪽으로 돌려, 세라가 자신을 보게 하고, 그 뒤에서 세라 보며) 한 여자가 맞았어요.

세 라 (가슴 아픈, 거울 속의 자신을 보는)

해 수 (거울 보는 세라를 보며) 부모 형제에게.... 집단으로..

세 라 (거울 속의 자길 보는데, 눈, 깁스, 멍든 걸 보며, 너무 끔찍하고, 안된, 눈가 붉어지는)

해 수 (담담하고도, 따뜻한) 이유는 단 한 가지.. 자신을 이해하지 못하는 사람들에게 이해받기 위해... 얼굴에 피멍이 들고, 다리가 부러졌는데.. 이 여잔 때린 그들을 이해한다며... 다시 집으로 돌아가겠다고 말해요... 이번에 집에 들어가면... 맞다가, 머리가 깨질지도 모르는데, 다리가 아니라 허리가 꺾일지도 모르는데, 괜찮다고, 부모 형제니까... 맞는 게 당연하다고, 그러니, 좀 더 맞겠다고...

세 라 (거울을 보며, 두 손으로 얼굴 가리고, 흐느껴, 우는)

해 수 (가만 보는, 맘 짠한, 어깨에 손을 올려, 살포시 잡아주며, 담담히) 세라 씨가 반드시 이해할 사람은 부모님보다 먼저.. 자기 자신이에요. 도망가요. 그게 의사로서 내 처방이에요. 안 그러면 맞아 죽겠다는 당신을 난 강제 입원시킬

수밖에 없어요. 수단과 방법을 안 가리고 환잘 살리는 게, 의사인 내 목적이니까.

세 라　(어깨에 올린 해수 손을 잡고, 계속 우는)

씬 39. 풀잎의 집 안, 낮.

재열, 말없이 주방으로 가서, 커피를 따라 마시다, 옆의 설탕통 보고는,

재 열　(커피 마시고, 거실로 가며, 무심히) 너.. 설탕 먹나?

풀 잎　(당당한, 보며) 왜 적반하장이야, 표절한 건 너잖아?

재 열　(의자에 앉으며, 웃음 띤) 우리가 언제 끝나나 했는데, 이렇게 끝나네? (하고, 두 개의 찻잔 받침을 보고는, 날카롭게, 풀잎을 보는)

＊점프컷, 풀잎의 집 베란다 밖 》

태용, 땀나는, 매달린 채, 죽겠는,

씬 40. 대학병원 일각, 낮.

해수, 기분 좋게 영진을 보는, 자만감에 찬 표정인,

영진, 해수를 가만 보는, 해수, 고개 돌려, 한쪽을 보면, 수빈 모, 걸어오다가, 해수를 보고 인사하고, 가는,

해 수　(수빈 모에게 정중히 눈인사하고, 영진 보면)

영 진　(해수 눈만 빤히 보며) 수빈 씨 어머니가 니가 좋대. 수빈 씨에게 애정이 있다며.

해 수　(웃으며, 비아냥) 편견이 하나 깨지셨겠네요. 화를 내는 게 반드시 나쁜 건 아니다. 가끔 누구는, 화를 사랑으로 이해한다. (웃고, 가는)

영 진　양수빈 씨, 상담 거부 상태야, 치료 어떡할 거야?

해 수　(돌아서서 보며) E,C,T(Electroconvulsive Therapy; 전기경련요법-두개골에

약한 전기 자극으로 경련을 유발하여 정신질환 특히 우울증을 완화시키는 치료법)! 전기치료(전기 오른 듯, 치를 떨며)가 최고지, 이 경운!

영 진　(가며) 전기치료가 교만을 고친단 사례가 있음, 저걸 그냥.. 마취 없이 맨바닥에 눕히고, 확..

해 수　(영진 보고, 가며, 신나 주먹을 흔들며, 춤추며) 예스, 예스! (하다, 한쪽에서 그림 그리는 환희 보며, 가다가) 뭐하니?

환 희　(힐끗 보고, 그림 그리며, 비아냥) 선생님 거 크게 그리는 중이에요.

해 수　(화난, 차갑게 굳은) 니네 엄마, 미혼모라며?

환 희　(화나, 보는) !

해 수　(화난, 차갑게 굳은) 니네 엄마 안 불쌍해? 혼자서 청소부 해서 번 돈 니 병원비로 다 쓰고,

환 희　(말꼬리 자르며) 그건 엄마 사정이죠. (하고, 가는)

해 수　(답답한, 한숨 쉬며) 뭐야, 쟤? (하고, 가며) 죽고 살 일도 아닌데, 저런 환자 확 포기하고 싶다, 진짜.

씬 41. 풀잎의 집 안, 낮.

재열, 풀잎 마주 앉은,

재 열　(빤히 보지만, 작게 웃음 띤, 날카로운)

풀 잎　여자 캐릭터는 내가 만들었어, 살인에 대한 죄책감을 이겨내는 심리적 배경도 내가 만들고.

재 열　(담담히) 뻔뻔함을 자신감으로 잘도 위장했네, 나도 속겠다. (차 마시며, 안방 쪽을 보면, 문이 닫히다 만, 그걸 보며, 차 마시는)

풀 잎　내 첫 소설이야, 난 한 문장 한 문장, 내가 쓴 모든 걸 기억해.

재 열　(방 쪽 보며) 자신 있나보네, 왜.. 벌써 책을 다 외워놨어, 이런 사탤 대비해?

풀 잎　..

재 열　(고개 돌려 보며) 146쪽 세 번째 단락은?

풀 잎　?

재 열　나의 첫 질문은 늘 정중했다. 한낮의 대로변에서, (풀잎에게 눈짓하며, 말해

보라 하는)

풀 잎 (당황하는) ?

재 열 그의 동공은 흔들렸고, (눈짓하면)

풀 잎 ?

재 열 피로감이 역력했다. 내가 너무 오래 기다리게 한 것이 틀림없다. (하고, 일어나, 베란다, 반대편 쪽 창가로 가, 아랠 보면, 태용의 차가 있는, 차가워지는, 풀잎의 손을 잡아, 끌어, 차를 보게 하는, 맘 아픈, 참고, 책 내용을 말하는) 간절함이 뼛속까지 전해졌다. (하고, 당황감을 애써 숨기는 풀잎을 보며) 이제, 그를 빨리 고통 속에서 자유롭게 해주는 게 나의 최선이리라.

*** 점프컷, 풀잎의 집 베란다 밖 》**

벽에 매달린, 태용, 재열의 목소리가 들리는, 죽겠는, 재열은 태용이 방에 있다 생각해서 이 상황을 모르는,

재 열 (E, 나지막이) 이건 차마 외울 시간이 없었겠지? 최종 수정한 문장이라, 인쇄소에서 막판에 재인쇄를 했거든, 그때, 내가 파일을 넘긴 사람은.. 태용이.

*** 점프컷, 집 안 》**

재 열 너에게 파일을 넘긴 사람 역시 태용이. (하고, 열린 방문 쪽을 턱으로 가리키는, 작게) 책 출간하고, 프로모션이 바쁘셔서, 외울 시간이 없으셨나봐?

풀 잎 ...니가 내가 쓴 소설을 제대로 단 한 번만 읽어줬어도 이런 일 없었어. 내가 글을 주면, 늘 소파에 던지며, 나중에 읽자, 나중에!

재 열 (보며, 화 참고, 애써 담담히) 너무 베끼시니까, 넌? 내가 아니면, 더글라스.. 최형우.. 너무 베끼잖아, 넌. 이 말을 안 한 건, 너에 대한 예의였고.

풀 잎 (모멸감에 찬) 예의? 우리 만나는 3년 동안 내가 널 본 건 고작 두 달도 채 안 돼. 넌 늘 글 썼잖아? 난, 가끔 너 글 안 쓸 때 만나는, 섹스파트너였고.

재 열 (보며) 니가 나한테 뭔가? 나는 너한테 뭔가? 나는 아직 정리가 안 됐는데, 한칼에 정리하네. 섹스파트너! 근데 섹스파트너 사이에도 넘지 말아야 할 선은 있지 않나? ..죽마고운 (턱으로 방을 가리키고, 풀잎 보며) ..건드리는 게 아니지.

풀 잎 (참담한)

재 열　니 친구들 술 마시고, 나한테 찾아와 옷 벗고 덤볐을 때, 난 눈 감고 그 방 나왔다. (하고, 나가는)

풀 잎　(답답한, 창가로 가는데, 갑자기 뭔가 부수는 소리가 나는, 소리 난 쪽으로 달려가면)

*점프컷 》

재열, 풀잎의 집 앞에 있는 태용의 차를 몽둥이로 마구 두들겨 패는,

풀 잎　?

재 열　(부수다, 멈추고, 몽둥이 던지고, 풀잎에게 전화하는) 태용이한텐 동네 애들이 그런 거 같다 그래. 둘 사이, 나는 모르는 걸로.. (하다, 순간, 무심히 고개 들면, 가스관에서 죽상 하고 매달린 태용을 보는)

태 용　(울상, 눈을 피하다, 다시 보며, 작게) 미.. 안해.

재 열　(전화기 내리며, 눈가 붉어, 무섭게 차가운 목소리로 말하는) 입 닥쳐, 새끼야. (하고, 전화 끊고, 편집장에게 전화하며, 화 참고) 편집장, 소송 포기해, 내 책 다 회수하고, 새 작품에 몰두한다, 기사 내. (하고, 끊고 차 타고 가는)

태 용　(가는 재열을 미안하게 보며) 재열아, 재열아!

씬 42. 달리는 재열의 차, 저녁 무렵.

재열, 답답한, 속상해, 음악을 틀고 가는, 그러다, 멀리 강우가 자전거 옆에서서 걱정스레 보고 있는 게 보이는, 그냥 스쳐가는, 강우, 걱정스레 자전거 타고 따라가며, '작가님, 작가님' 하지만, 그냥 가는, 카메라, 풀 샷으로 빠지면, 강우가 없는,

씬 43. 해수 모의 아파트, 밤.

해 수　(E) 맵긴, 뭐가 매워?

씬 44. 해수 모의 거실 안, 밤.

큰 다라이에 해수 부(뇌출혈로, 못 움직이고, 몸이 뒤틀린, 말도 잘 못하고, 지적 나이도 3, 4살) 누워 웃고 있고, 해수, 윤수, 거품 타월로 씻기고 있는,

해수 부 (웃으며, 얼굴에 묻은, 거품을 피하고, 물을 해수에게 튕기는) 매.. 워..

해 수 왜 이렇게 떼를 쓸까, 가만있지?

해수 모 (주방에서 나물 무치며, 윤수 애기 업은, 웃으며) 맨날 저리 떼쓴다 야!

윤 수 (씻기며) 엄마가 너무 받아줬네, 너무.

해 수 (웃으며) 이제 그만하자. (하고, 수건으로 머릴 닦이면)

해수 부 (입을 내밀면)

해 수 아우, 귀염을 떨긴.. (하고, 입에 입 맞추고, 윤수에게) 언니 들 수 있지?

윤 수 (팔운동을 하며) 해보자.

해 수 (해수 부 들려다, 놓고) 누워서, 살만 피둥피둥... 엄마, 아빠 이렇게 먹임 안 돼!

해수 부 (울상, 해수 모 보면)

해수 모 (웃으며) 저 눈 보고 어떻게 안 줘. 니 아빠가 아주 여시야, 여시. (하다, 전화 오면 받으며) 네.. (하다, 조심히 웃으며) 어, 왜요? (하고, 베란다 쪽으로 가는)

해 수 (해수 모를 보며) 누구?

해수 모 (아무렇지 않게) 아빠 친구, 김 사장 아저씨.. (하고, 나가, 베란다 문 닫는)

해 수 (해수 모를 눈길로 따라가고)

윤 수 (걱정스레 해수 보는데)

그때, 도득, 웃으며 '장모님, 장인어른 저 왔어요' 하고,

윤 수 (도득에게) 당신 뭐야?

도 득 알바가 안 오잖아. 미안 미안.

윤 수 또 술 먹었지?

도 득 맥주 한 병, 딱 맥주 한 병.

해 수 (엄마를 보다, 도득 보며) 형부 아직도 매일 술 먹어?

도 득　(웃고, 해수 부 들며) 아이고, 우리 아버님 추우시겠네, 들자, 들자.

도득, 윤수, 해수 부를 들려 하고, 해수, 도우면서도 신경은 온통 베란다에서 웃으며 전화하는 해수 모에게 가 있는,

씬 45. 버스 안, 밤.

도득(애기 안고, 웃는, 앞좌석에 타고), 해수, 윤수, 뒷좌석에서 가는, 둘 다 생각 많은,

＊인서트, 회상, 놀이터, 밤 》
해수 모, 김 사장과 키스를 하는 게 보이는, 어린 해수(8살) 보고 있는데, 어린 윤수(10살), 손잡으며,

어린 윤수　해수야, 우리 ..뽑기 먹으러 가자?
어린 해수　(억지웃음) 그래. (하고, 끌려가며, 엄마를 보면, 입을 떼고, 두 손으로 김 사장 얼굴 잡고 보며, 환하게 행복하게 웃는, 느린 그림)

＊점프컷 》
해 수　언니,
윤 수　(보면)
해 수　(말하려다, 말고, 도득에게) 형부, 애기 나 줘. (하고, 아기 안으며, 아기 보고) 이모 해봐, 이모?! (아기 웃으면) 아고, 이뻐, 아고.. (볼에 입 맞추고, 귀여워라 하는)
윤 수　(그런 해수 보고, 웃고)

씬 46. 동민의 집 안, 밤.

조연출, 레지1, 레지2, 인턴, 과자를 뜯고, 파티 준비를 하는, 수광, 화초에

물을 주고 있고, TV 스포츠 채널에서 축구하는, 조연출 돌리려 하면,

수 광 안 돼?! (하는)

조연출 광고하잖아.

수 광 가! (하고, 리모컨 뺏어 돌리는)

＊점프컷, 주방 》

영진, 샐러드 준비하고, 동민 거드는,

동 민 (영진에게) 셀러리 안 샀어?

영 진 (동민에게) 내가 자기 마누라냐, 요구가 많아?

동 민 내가 너 이래서 헤어졌어! (하고, 전화 오면 전화 받으며) 어, 태용 씨? 왜 안 와? 어.. 일 있구나.. (사이) 부탁? 뭔 부탁?

최 호 (와서, 동민 보는)

씬 47. 재열 모의 집 안, 밤.

태용, 밀대로 바닥을 밀고 청소하며,

태 용 (진심으로) 알죠, 저도. 형님이 교도소 무료 상담은 청소년만 하는 거, 근데 제가 신세 진 분이라.. 동생도, 어머니도.. 제가 빚 갚을 일이 있어서..

재열 모 (과일 깎아 와, 태용의 입에 넣어주고, 가서 TV를 트는)

태 용 (받아먹고, 재열 모 안쓰레 보며, 청소하며, 소리 안 나게 한쪽으로 가서, 전화하는) 형님, 부탁합니다, 네?

씬 48. 동민의 집 주방 안, 밤.

동 민 호기심은 가네.. 19살부터 빵에서, 십수 년 산 남자면... 동생이 안 죽였는데.. 죽였다 그래? 아.. 그래, 날짜 잡아 만나보자. 어.. (하고, 끊고)

최 호　뭐예요?
동 민　우리 상담 프로젝트에 도움 될 만한 사람은 아냐, 어른. (하고, 가면)
최 호　재밌는 사례면, 우리 프로젝트에 넣어요! (하고, 웃고, 전화하는) 해수야, 뭐해, 아직도 안 오고, 우리 전부 다 와서, 기다리는데?

씬 49. 거리, 밤.

해 수　(걸어가며) 다 와가.

씬 50. 동민의 집 마당, 밤.

최 호　오늘 밤, 300일.. 기념.. 엠피아이호텔 7012호다.

씬 51. 거리, 밤.

해 수　(어색한, 웃음) 그래... 축구 보고, 가자. 어.. (하고, 끊고) 이 세상에 섹스가 과제인 애가 나 말고 또 있을까? (웃으며, 손을 심장에 대고) 진짜 최호랑 인연인가, 잠자릴 상상해도 불안장애가 발동을 안 하네?
재 열　(말꼬리 끊으며, 순간, 경적 울리는)
해 수　(깜짝 놀라, 버럭) 어머! (하고, 몸을 떨고, 가방 던지며, 넘어져, 보면)
재 열　(웃으며, 운전 천천히 하며) 타요.
해 수　(어이없게 보면)
재 열　싫어?
해 수　?
재 열　말어, 그럼. (하고, 가는)
해 수　(가방 주우며) 아... 재.. 뭐니?

씬 52. 동민의 집 앞, 밤.

해수, 오는데, 재열, 기다리고 서 있는, 안에선, 벌써 경기를 하는지, 시끄러운, '죽여, 넣어, 뛰어, 뛰어! 아우!' 등 난리가 난,

재 열 (해수 보며) 집 안에 무슨 일이 났는지, 난리예요.
해 수 내 애인이랑 친구들 왔어요.
재 열 애.. 인?
해 수 왜, 없어 보여요?
재 열 오늘 내 입성 파티 아닌가?
해 수 (웃으며) 아뇨, 첼시 경기하는 날일 뿐인데. (하고, 들어가는)
재 열 (좀 서운한, 구시렁) 뭐야.. 이 사람들..

씬 53. 동민의 집 안, 밤.

해수, 들어서며, '자기야' 하면, TV 보던 최호, 뛰어와, 해수 안고 돌리며, 볼에 뽀뽀하는, 재열, 그 모습 보고, 멍한,

최 호 (해수 놓고) 어, 장 작가님이 왜?
해 수 우리 집 새로 온 홈메이트. (하고, 조연출 옆으로 가고)
조연출 (해수 안고) 언니, 언니, 언니.
해 수 (조연출 안고, 좋아하며) 그래, 그래, 그래.

동민 외, '야, 조용히 해, 축구하잖아!'

최 호 (웃으며, 멍한 재열에게) 들어오세요.
재 열 (이상한, 해수와 웃는 조연출 보고, 최호가 해수의 어깨에 손 두르고, 볼에 입 맞추는 걸 보고) ?!

*플래시컷 》

최호, 조연출 키스하던,

*점프컷》

재 열　(이상한, 갸웃) 뭐야.. 이 관계들은?

*점프컷》

재열, 음식을 만들고 있고, 모두들, '죽여', '넣어!', '(축구선수 이름)야, 패스 패스' 하며 신난, 해수, 냉장고에서 술을 꺼내는데, 최호, 해술 뒤에서 안는, 해수, '어머' 하고 놀라고, 그 소리에 재열, 돌아보면,

최 호　(키를 해수의 주머니에 넣으며, 해수 귀에 대고) 호텔 키. (가려다, 재열을 보면)

재 열　(둘을 보다, 얼른 음식 만드는)

최 호　우리 오늘 300일 되는 날이라, 축하할라고요. (하고, 가는)

해 수　(최호 보고, 어깨에 손 두르고, 가며, 웃으며) 비밀스럽게 좀 하자, 우리.

재 열　(그 둘을 보는)

그때, 수광, 오며, 재열, 툭툭 치고,

재 열　(수광 보며) 장애 가졌다고 차별대우 안 할 테니, 특별대우도 바라지 마.

수 광　(손가락으로, 영진과 동민 가리키며, 대뜸) 저 둘은 전에 부부.

재 열　?!

수 광　(레지1 가리키며) 저 인간은 해수 누나가 첫사랑. (동민 가리키며) 저 형님은 해수 누나의 첫사랑. 해수 누나가 술김에 첫 키스한 사람.

재 열　?

수 광　(조연출 가리키며) 저 누난, 최호가 첫사랑. (해수 가리키며) 해수 누난, 내 첫 키스 상대. (최호와 해수 가리키며) 저들은 곧 부부. (뻐기듯) 내가 누나, 양보.

재 열　(아주 헷갈리는, 이상한, 수광 보며, 진지한) 여긴.. 다들 막 서로 키슬 하고, 막 그냥 살고, 꼭, 막, 뭐 그래야.. 같이 노나?

수 광　(이상한) 뭔 개소리야? (하고, 가는)

재 열 (이해 안 간다는 듯, 고개 젓고, 요리를 접시에 담는데)
해 수 (와서) 아, 배고파. (하며, 손가락으로 음식을 집어 먹으며) 와우, 괜찮다. 이 집 식사 당번해요?
재 열 (웃으며, 편히 보며) 몰랐네, 프리섹슬 지향하는지?
해 수 (손가락 빨다, 뭔 소리야, 싶은) ?!
재 열 저기 조연출하고, 당신? 최호 피디 둘이 공유?
해 수 (조연출과 최호 보다, 재열 보며) 뭘.. 공유?
재 열 (생각하다) ...몸?
해 수 (어이없이, 웃으며) 걔들 그냥.. 선후배.
재 열 (무심히) 무슨 소리. 내가 그날 봤는데.. 토크쇼 하는 날, 무대 뒤에서 (손가락으로 최호와 조연출 가리키며) 둘이 딥 키스. 근데, 여기선 당신이랑 최호 피디랑....
해 수 (굳은 채, 그냥 가는)
재 열 ?

그때, 골이 들어간, 동민 외 모두 '악!' 소리치고, 난리가 난,

해 수 (축제 분위기의 사람들 아랑곳없이 TV를 끄는)
동민 외 다들 뭐야!
해 수 (조연출 보며) 너, 최호랑 딥 키스했니?
재 열 ?
동 민 (웃으며) 미쳤니, 넌?
조연출 (당황한, 웃으며) 언, 언니... 그게 무슨 말이야.
해 수 토크쇼 때 무대 뒤.
최 호 해, 해수야, 무.. 무슨 소리야,
해 수 저기, 장재열 씨가 봤대.
재 열 (이제야, 아차 싶은) ?!
최 호 (재열 보고, 해수 보며) 저기, 해수야, 그게 그게...
동 민 (옆의 쿠션으로 최호 치며) 이게 했네, 했어! 버버대면 인정이지! (하고, 인턴들에게, 버럭) 뭐하니, 집에 안 가고!

영진, 가방 챙기며, '왜 나만 끼면 일이 생겨' 하며, 조연출에게 '할 말 없음, 그냥 토껴!' 하고, 가고, 조연출, 울상 돼서 가며, '언니, 나 최호 좋아해!' 하면, 영진 조연출 때리고 끌며, '뭐하러 솔직해져, 이제 와서.. 불난 데, 기름 붓니!' 하고 가고, 동민, 레지들, 인턴 때리며, '집에 가, 집에 가, 눈치 없이 먹지 말고' 하는, 후배들, '가요' 하며 가고, 수광, 화나, 최호의 멱살 잡아 패고, 동민, '야야야야' 하고, 말리고, 해수, 화나 방으로 가는, 재열, 그런 해수 보며 미안한데, 동민, '재열 씨, 수광이 좀 말려!' 하는, 재열, 와서, 최호 치는 수광이 팔을 잡으면, 수광, 다리로 재열, 심벌을 차고, 재열, 죽겠는, 최호, 수광(맞아, 아파하고) 패고, 얼결에 동민 패고, 동민, 눈 맞고, 방을 휘적이며, '아이고' 하는데, 자신을 잡는, 재열을 다시 주먹으로 날리는, 재열, 맞고, 이번엔, 최호의 멱살 잡아, 주먹으로 치려는데,

동 민　(아프지만) 그만해!
최 호　(재열, 속상하고, 화나 보면)
재 열　(차갑게 보며, 주먹 내리며) 그만합시다. 그리고, 미안. 당신이 양다린지 몰랐(어)
최 호　(말꼬리 자르고, 재열의 멱살 잡고, 주먹으로 패고)
재 열　(고개 돌아갔다, 이내, 최호의 멱살 잡아, 주먹으로 날리면)
최 호　(넘어져, 피 터져 보면)
재 열　담엔 양다리 걸치지 마. (하고, 방으로 가는)

최호, 속상해 가고, 재열, 아파하는 수광의 등을 쳐주고 '그만 일어나' 하고 가는,

씬 54. 몽타주.

1, 마당, 아침.
해수, 수광, 간편한 차림으로 일광욕하며, 호흡을 하며, 누워 있는,
재열, 일상복 차림으로 나와, 그 옆에 앉으면,
해수, 수광, 둘 다 일어나 가는, 재열, 멋쩍지만, 일광욕하는,

2, 거실, 밤.
해수, 동민, 수광, 웃으며 깔깔대며 TV를 보는,
재열, 들어서서, 자리에 앉으면,
해수, 수광, 웃다, 벌떡 일어나, 이층으로 가는,
동민, 재열 보고, 웃는데, 수광, 와서 동민을 끌고 가는,
재열, 웃고, TV 끄고, 전화 오면 받는, 편한,

재 열 어, 형. 어떻긴 좋지, 형이 나오는데, 출소할 날, 이제 한 100일 남았나?

씬 55. 교도소 전화 부스 안, 밤.

재 범 (웃으며) 정확히, 114일. 낄낄. 재열아, 이번에 형이 나감 포크로 어깨가 아니라, 모가질 찔러줄라는데... 어때, 기분이? 니가 한 살인, 형한테 덮어씌우고, 그간 재미나게 살았음 억울한 일은 아니지, 그지? 동생아?

씬 56. 동민의 집 거실, 밤.

재 열 (웃으며, 어이없는) 내가 누굴 죽여?... (어이없이 웃으며, 답답한, 타이르듯) 그리고, 내가 아직도 형한테 줘맞아도, 꿈쩍 못할 등신으로 보여?

씬 57. 회상, 낮.

어린 재열(이미, 얼굴이 맞아, 퉁퉁 부은), 부엌에서 쌀을 씻고 있는데, 어린 재범이, 쌀그릇을 뺏어, 어린 재열의 머릴 마구 치며 '이 새끼, 또 처맞았네, 내가 이 새끼야, 내가 꼰대가 때림 힘없음 악으로 물어뜯기라도 하랬지!', 어린 재열, 기죽어 코너에 몰리면, 어린 재범, 발로 짓밟는, '이, 형 말도 안 듣는 새끼, 너 나 무시해서 내 말 안 듣지, 이 새끼!' 하며 마구 짓밟는, 어린 재열, 울지도 못하고, 맞는,

재 열 (E) 옛날 생각 하지 마라. 이젠 맞장 떠도 이겨.

씬 58. 동민의 거실, 밤.

재 열 (편하게, 웃으며) 잘 있다 무사히 나와서, 이번엔 밤새 같이 술이나 한잔하자. 보고 싶다. (하고, 전화 끊는데, 다시 전화 와 보면, 태용이다, 전화 끄고, 가는)

씬 59. 교도소 전화 부스 안, 밤.

재 범 (가며, 웃으며) 술이나 한잔 ..하자? 보고 싶다? 야, 멋있어졌네, 우리 재열이가.. 낄낄...

씬 60. 교도소 면회실 안, 낮.

동민, 앉아서 기다리면, 재범, 들어와 앉는,

동 민 (손 내밀며, 웃으며) 정신과 전문의 조동민입니다.
재 범 (웃고, 손 내밀며, 겁주듯) 난, 살인 장기 복역수 장재범이요.

＊인서트, 회상 》
어린 재열(16세), 의붓아버지를 칼로 찌르는, 눈이 벌겋고, 땀이 나는, 두려운, 그 뒤에 멍하니 선, 어린 재범, 놀라, '재열아' 하는,

＊점프컷 》
동민과 재범(동민을 같잖게 보는 게 역력한), 마주하고 앉은,

씬 61. 해수의 진료실 안, 낮.

해수, 수빈 모와 수빈(멍한)에게 책을 보이며 전기치료를 설명하는,

수빈 모 (놀라는) 전기치료요?

수 빈 (의욕 없는, 멍한)

해 수 (편하게, 웃으며) 아주 간단하고, 아프지도 않아요. 수빈 씨 같은 경우의 우울증엔 효과가 아주 탁월하죠.

씬 62. 치료실 안, 낮.

해수, 수빈을 전기치료 하는, 마취제 넣고,

해 수 (E) 일단 수면마취 할 거예요, 위내시경 때처럼 간단한.

*점프컷 》

해수, 전기충격 주는 장면까지 보여주는, 해수, 치료 다 하고, 따뜻하게 손을 잡아주고, 보고, 일어나는,

해 수 (E) 뇌에서 스트레스로 발생된 물질들을 전기충격으로 정리하는 거예요. 2, 3주 후면, 어머니랑 의사소통이 훨씬 편해질 거예요. 애인을 잃은 슬픔도 이겨내게 될 거구요.. 엄마가 많이 도와주셔야겠지만.

씬 63. 대학병원 복도, 낮.

해수, 가고, 인턴, 말하는,

인 턴 환희가 오늘도 상담 거부예요. 어쩌죠? 계속 그림만 그려요, 아침엔 환자 성기까지 그려서, 병원이 난리가 났었어요.

해 수　알았어. 가. (하고, 가는데)

한쪽에 있던, 최호, 해수를 뒤따라가며, 속상한,

최 호　해수야.. 해수야..
해 수　(아무렇지 않게, 비상구로 나가는)

씬 64. 대학병원 비상구 안 + 복도, 낮.

해수, 들어오면, 최호, 따라 들어오는데, 해수, 갑자기 돌아서서, 차트로 최호를 때리는, 눈가 붉은, 최호, 속상한, 맞아주는, 최호, 진심으로 '잘못했어' 하는데, 해수, 분이 안 풀려 눈가 그렁해, 구두 벗어, 이를 앙다물고, 최호를 때리려 하면, 최호, 피하고, 그 바람에 벽 쳐서 뒷굽 나가고, 최호, 미안해, 해수 안으려 하면 해수, 밀고, 최호, 속상해 앉아 우는, 해수, 눈가 그렁해, 신발 신는데, 구두 뒷굽이 부러진, 아랑곳없이 신고, 복도를 뒤뚱거리며 가며, 눈물 닦고, 속상한, 그래도 눈물이 흐르는,

씬 65. 해수의 방 앞 + 안, 밤.

재열, 손에 와인병 들고, 잔 두 개 들고, 방에서 나와, 해수의 방으로 가, 노크하는, 해수, 나와, 재열 보고,

해 수　뭐?
재 열　말이 짧네요.
해 수　(어이없게 보며) 용건이, 무엇이옵니까?
재 열　(웃고, 병 보이고) 위로주?
해 수　뭐, 위로주? 병 주고 약 주니? (어이없어, 웃다가, 문을 닫으려 하면)
재 열　(문 잡고, 지지 않고 보며, 담백하게) 나도.. 그쪽이랑 동병상련.
해 수　(화 참고, 어이없이 보는) ?

재 열　20년 죽마고우 배신에, 3년 만난 애인이.. 표절에... 어때, (술병 보이며) 내 소장품인데?

해 수　(가만 보다, 재열의 손에 든, 잔 하나 뺏어, 앞에 디밀면)

재 열　복도에서? .. (둘러보고) 좋다, 여기도... (하고, 잔에 술을 따라주면)

해 수　가득. 만땅.

재 열　(가득 따르면)

해 수　(잔을 들어, 입에 살짝 대다, 술을 재열 얼굴에 뿌려버리는)

재 열　?!

해 수　내가 만만하니? (문 쾅 닫고, 문에 기대, 문 쪽 보며 혼잣말) 너 내가 낼 당장 내보낸다, 두고 봐, 니가 이 집에서 살든, 내가 여길 나가든, 낼부터 전쟁이다, 어디서 어디서 감히.. 개방구 날라리 같은 게.. (하는데, 노크소리 나면, 화나) 어쭈.. 또? (문 열며, 버럭) 왜?!

재 열　(문 열면 동시에 해수의 얼굴에 술 뿌리고, 보는, 담담한)

해 수　(입에 술 들어와, 콜록대고, 놀라, 보면)

재 열　(담담히) 말했을 텐데? 받은 대로 준다고. 엿 먹이면 엿. 홈메이트로서, 충고 하나 할게. 성질이 그러니까, 남자한테 차여. (하고, 웃고, 제 방으로 가고)

해 수　(기막혀, 버럭) 야!

재 열　(돌아보며, 작게 웃음 띤 채, 편히) 왜? (술병 들어 보이며) 이제야 술이 땡겨?

해수, 어이없고, 재열, 웃는 데서, 엔딩.

3부

진짜 사랑하는 사람을 만나면,
기막힌 사랑을 하게 될지도 모르지. 기대 중이야.

뭘 그걸 상상하고 상상하고, 다짐하고 다짐해.
그냥 하면 되지, 가볍게.

씬 1. 복도, 밤. (2부 연결)

해 수 가득. 만땅.

재 열 (가득 따르면)

해 수 (잔을 들어, 입에 살짝 대고, 술을 얼굴에 부어버리고)

재 열 ?!

해 수 내가 만만하니? (문 쾅 닫고, 문에 기대, 문 쪽 보며 혼잣말) 너 내가 낼 당장 내보낸다, 두고 봐, 니가 이 집에서 살든, 내가 여길 나가든, 낼부터 전쟁이다, 어디서 어디서 감히.. 개방구 날라리 같은 게.. (하는데, 노크소리 나면, 화나) 어쭈.. 또? (문 열며, 버럭) 왜?!

재 열 (문 열면 동시에 해수의 얼굴에 술 붓고, 보는, 담담한)

해 수 (입에 술 들어와, 콜록대고, 놀라, 보면)

재 열 (담담히) 말했을 텐데, 받은 대로 준다고. 엿 먹이면 엿. 홈메이트로서, 충고 하나 할게. 성질이 그러니까, 남자한테 차여. (하고, 웃고, 제 방으로 가고)

해 수 (기막혀, 버럭) 야!

재 열 (돌아보며, 작게 웃음 띤 채, 편히) 왜? (술병 들어 보이며) 이제야 술이 땡겨?

해 수 (뭐 이런 게 있나 싶은, 화나, 어이없어 보는) ?!

재 열 근데, 이번엔 내가 별로네. (하고, 그냥 돌아서서, 방으로 들어가는)

해 수 (화가 나, 허리에 팔을 올리고, 숨을 고르고, 방에 문을 쾅 소리 나게 닫고,

들어가는)

씬 2. 해수의 방 안, 밤.

해수, 화나, 씩씩대고 숨을 고르며, 애써 참으며, 구시렁대는,

해 수 내가 참자.. 그래도 내가 정신을 다루는 정신과 의산데.. 내가.. 참는 게 낫지.. (하고, 옷을 벗다가, 집어던지며, 돌변하는, 소리치는) 참긴 개뿔! 내가 너까짓 걸 왜 이해해! 죽었어, 너! (하고, 다른 티를 입고, 바질 서둘러 입다 넘어지는, 머리가 부딪치는) 악!

씬 3. 재열의 방 안, 밤.

재열, 아이디어 칠판(그 옆에 아이디어 포스트잇 판도 있는, 일목요연하게 자신만 알아보게 글귀가 적힌)에 뭔가 쓰는데, 순간 경적소리가 빵 하고 나, 놀라는, 문 쪽 보는,

씬 4. 복도, 밤.

해수, 한쪽에 붙어 있는 비상벨을 누르는, '빵!' 하는 자동차 경적음 같은 게 시끄럽게 나는, 해수, 화나, 단발적으로 빵 소리가 나게 주먹으로 벨을 치는,

씬 5. 몽타주.

***빠르게 점프컷들로 보여주는,**

1, 복도에서 벨을 빵빵 누르는 해수.

2, 마당, 밤.

동민, 팬티 바람에 앞치마 하고 빨래를 널다가, 소리에 깜짝 놀라, '엄마야' 하고 몸서리치는,

3, 카페 안, 밤.

수광, 커피 내리다, 빵 소리에 놀라, 손을 데고, 펄쩍펄쩍 뛰고,

윤 수 뭔 일이야, 또, 장사하는데.. (놀란 손님들에게) 죄송합니다, 아마 근처에 차가.. (수광에게, 눈치 주며) 야, 빨리 가봐. 집에 뭔 일 났나보다.

수 광 어.. 어.. (하고, 데인 손을 아파하며 가는)

4, 재열의 방 안, 밤.

재열, 소리가 싫지만, 인상 찡그리며 칠판에 메모를 하는,

동 민 (E, 버럭) 야, 그만해, 시끄러! 말로 해!

그때, 해수, 문 벌컥 여는,

재열, 화나서 보면,

해수, 화나 칠판을 보는,

＊점프컷 》

칠판에 〈Head Doctors 정신과 의사들〉, 〈지해수, 30세, 악랄한 성격의 정신과 여의사〉, 〈호흡.. 후..(해수에게 숨 쉬라고 하던 무대 뒤 토크쇼 전 상황 그림)〉, 〈뚜렛(Tourette), (수광이 발작하던 장면)〉, 〈남자의 배신? 여자의 믿음?(화난 해수, 최호, 버버대다, 동민에게 맞던 그림)〉, 〈남자의 배려? 내가 만만하니?(술 줄 때 그림)〉, 〈왜, 이제야 술이 땡겨?〉, 〈아, 섹스가 안 되시는구나?(1부, 달리는 차 안)〉, 〈스키조, 확 팍, 아우!(해수, 분열증 환자 주사 놓던 그림)〉, 〈어쩌긴, 곧 맘에 안 드시게 될 거예요?(1부 엔딩씬 그림)〉, 〈둘이 딥키스했니?(2부 거실 그림)〉 등등, 둘 사이에 오간 것들이 적힌 글귀와 그림(지난 회의 그림 컷컷)이 번갈아가며 눈에 확확 들어오는,

재 열 (해수를 보는데, 결코 지지 않고, 당황하지 않는)

해 수 (화를 삭이며) 너 ..정체가 뭐야?

재 열　(별스럽지 않게) 왜, 궁금해? 한번 천천히 서로에 대해 알아가볼까?

해 수　너, 이 집에서 나가라.

재 열　?!

그때, 동민, 수광 '무슨 일이야? 무슨 일이야, 누나!' 하며 오는,

해 수　(동민 보며) 장재열 씨, 이 집에서 내보내. 반대하는 사람?

동 민　(어이없게, 재열의 옷을 보며) 자초지종을 얘기해야지, 다짜고짜 비상벨 눌러 사람 놀라게 하고.. (해수 바지 보며) 바지는 거꾸로 입고.. (재열 보며) 넌, 옷이 왜 그래? 둘이 뭔 일이야?

재 열　(지지 않고 보며) 반말하지 마세요.

동 민　(어이없는) 너도 반말해, 그럼 됐지? 자식이.. (해수 보며) 까탈스런 저 성격 땜에 그래? 야, 살 맞대고 살 것도 아닌데, 참아, 천천히 시간 갖고 길들이면 되지. 우리 전문분야 아니냐?

해 수　거수나 해.

수 광　(손 올리고, 재열 꼬나보며) 난 무조건 찬성.

해 수　(재열 보며) 그럼 나가는 거네, 규칙 없는 이 집의 절대규칙 하나가, 민주주의, 다수결 원칙이거든. 2대 1. 잘 가요. (하고, 나가려 하면)

재 열　(손목 잡아, 해수를 한쪽으로 휙 잡아끌어, 서 있게 하고, 손 놓고) 이유는 말해줘야지? (하고, 동민 보며) 나가요. (수광 보며) 너도 나가고.

수광, 동민, 아랑곳없이 의자에 앉는,

동 민　(아무렇지 않게) 있는 데서 말해.

수 광　있는 데서 말해... 요.

재 열　(지지 않고, 수광 보며) 내 의자야, 서. (동민 보고) 서요.

수 광　(동민 눈치 보면)

동 민　(서며) 뭘 봐? 의자 주인이 서래잖어. 쩨쩨하게.. (하고, 서며, 팔짱 끼고, 재열 보며) 말해.

수 광　(일어나, 서는)

재 열　(해수 보고) 내가 내 돈 주고 이 집 와서, 그쪽 때문에 나가야 하는 이유가 뭐야?

해 수 (재열 눈 보며, 밀리지 않고) 그쪽 같은 인간 유형이 싫어, 나는.

재 열 (눈 보며) 내 느낌에도 그쪽이 날 좋아하는 거 같진 않아?

해 수 (지지 않고 보며, 또박또박) 내가 첨부터 그쪽한테 재수 없게 한 거 기억나?

재 열 기억하지! 정신분열 환자 잡으러 갈 때, 내 머리 깨지게 하고, 이후에, 도움 받고 나서도, 미안하다, 고맙단 단 한마디 말없이 문자만 달랑. 싸가지 없이, 위로금 널 계좌 보내요, 한 거.

동민, 수광 (둘을 관찰하듯 보는)

해 수 (재열만 보며) 보통사람은 있잖아, 그 정도면, 앗 뜨거라 하고, 상대와의 관곌 끝내. 나는 그걸 바래서 더 그런 거고. 근데 당신은 보통사람이 아냐?

재 열 (어이없게 보는) ?

해 수 어느 날 문득, 사냥꾼이 먹잇감을 발견하듯, 그쪽 머리에 어떤 여자든 여자 하나가 꽂히면, 기어이, 반드시, 기필코, 그 여잘, (침대 보며)

재열, 동민, 수광 (침대 보고, 해수 보면)

해 수 저 침대에 눕혀야, 끝이 나지, 당신 같은 자기애성 인격장애잔!

재 열 (어이없어, 웃으며, 보면) 그 말은, 그쪽이 내 머리에 꽂혔다? 그쪽이 그렇게 매력 있어?

동 민 (재밌는, 혀로 입술을 핥고, 관찰하는)

수 광 (심각한)

해 수 (재열만 보며) 사냥꾼이 먹이 쫓을 때 매력 찾아? 먹는 게 목적이지?

재 열 (말꼬리 자르며) 내가 그 정도로 배가 고프진 않아?

해 수 (동민 보며) 이거 성희롱이지?

동 민 니가 먼저 시작했다.

수 광 그건 맞는 말 같은데.

해 수 (수광 허릴 팔꿈치로 찌르고, 수광 아파해도 아랑곳없이, 재열 보며, 다시 담담히) 난 (침대를 턱으로 가리키며) 난 저기, 안 누워. 돈 많죠? 딴 집 얻어, 나가. (하고, 나가려 하면)

재 열 눕지 마.

해 수 (돌아보면)

재 열 내가 눕히려고 해도 안 누우면 되잖아. 왜.. 스스로 (해수의 발을 보고) 그 두 발로.. (해수 보며) 내 침대에 걸어 들어올까봐, 겁나?

해 수 (어이없는)

동민(웃긴), 수광(심각한) …

재 열 애인 잃은 건 미안.. 근데 괜히 나한테 시비 붙진 마. 난 정말 그때 몰랐어. 실순지도 모르고 말한 거라고,

해 수 (속상한) 모르고? 토크쇼에선 그렇게 모든 걸 다 아는 것처럼 사람 잘근잘근 씹어놓곤, 그건 몰랐어? 그쪽이 그렇게 둔하고, 눈치가 없어?

재 열 (진지하게, 해수 눈 보며) 미안한데, 그렇게 안 보여서 믿지 않겠지만, 이런 내가 나도 싫은데.. 난 진짜.. 눈치가 없어. 그러니까, 애인이랑 친구한테 표절과 배신을 동시에 당하지.

해 수 (지는 게, 속상한) ?! (그러다, 칠판 보며, 읽는) 둘이 딥 키스했니? (재열 보며, 속상한, 버럭) 넌 남의 상처가 재밌어?! 글로 쓰게!

동민, 수광 ?!

재 열 (진지하게, 화를 참으며, 말하는) 내 상처도 팔아먹고 사는데, 남의 상처쯤이야.

해 수 ?

재 열 그쪽이 정신과에서 배운 지식을 나 같은 사람한테 적용하며 살 듯, 나도 내가 보고 듣고 겪은 경험들 팔아먹고 살어. 프로거든. (하고, 칠판에 '넌 남의 상처가 재밌어?! 글로 쓰게!' 하고 쓰고, 해수 보며, 강하게) 맘에 들어, 대사가. 그리고, 난 집에서 나갈게.

동민, 수광, 해수 ?

재 열 4일만 줘, 집 옮기는 데 드는 시간이야. (동민에게, 아무렇지 않게) 그리고, 집 빼요. 병원도.

동민(놀라, 딸꾹질하는), 수광(뭐가 뭔지 모르겠는) ??

해 수 (동민에게) 무슨 소리야, 집 빼라니?

동 민 (버럭) 우리가 안 친해 말을 못 했네, 내가! 이 건물이 다 재 거야!

해 수 ?!

재 열 (수광 보며) 넌 카페 말고 다른 일자리 찾아야겠다. 그것도 내 거거든. 자, 이제 끝났죠. 나가! (하고, 문을 더 활짝 열고, 고갯짓으로 밖으로 나가라고 하는)

해 수 (당황했지만, 애써, 웃으며) 나갈라고 했거든. (하고, 가는데, 사태가 심각하단 생각이 드는, 난감한)

동 민 (비굴한 웃음 지으며) 저기 나랑 말 좀 하지. 장 작가.

재 열　싫은데요.
동 민　그럼 나중에 하지 뭐. (하고, 수광 끌고 나가며) 나가, 나가, 나가!
재 열　(문 닫고, 포스트잇에 무언갈 끄적이다, 직직 긋고 떼어내는데, 마지막 장이다, 서랍 열어 보면 포스트잇 여분 없는, 옷 들고, 창가 보고, 우산 챙겨 나가는)

씬 6. 동민의 집 거실, 밤.

재열, 계단 내려오고, 동민, 해수, 수광, 앉아 있는,

재 열　(나가며, 무심히) 비 올 거 같애요, 마당에 빨래 걷어요.
해 수　비는 무슨...

그때, 우르릉 쾅 하고 번개 치고, 비가 오는,
세 사람 동시에 비를 보고, 마당에 널어놓은 수건과 빨래를 보는,

동 민　(구시렁) 이 새끼가 이거 무당이네, 무당이야! (해수 보며, 버럭) 이제 어쩔 거야, 이제! 성질이 나면 넌 왜 주첼 못 해?! 최호랑 문젤 왜 장재열이한테 돌려! 걔가 모르고 했다 그럼 믿어야 할 거 아냐! 눈치 없대잖아! 장재열이가 지 스스로, 지 입으로! 눈치가 없대잖아, 지는! 집 어쩔 거야?!
해 수　(보며, 차분히) 진정해. 계약 기간 얼마 남았어? 계약 기간 안에 세입자 못 내쫓아, 내가 법 좀 알잖아.
동 민　아, 니가 법을 많이 아니? 이 집은 4개월, 내 병원은 일주일도 안 남았다! 여기가 근처 집값에, 70프로밖에 안 돼! 어쩔 거야!
수 광　형님한테 전화해봐요?
해 수　맞다! (미안하지만, 아무렇지 않게) 그룹 회장 아빠랑, 사장 하는 형한테 전화함 되잖아, 집 얻게 돈 달라고?
동 민　(화나, 전화하고, 순간 부드럽게) 여보세요. 형님? (하고, 전화기를 해수 듣게 하면)
동민 형　(E, 버럭) 내가 왜 니 형님이야, 이 새끼야! 이 밤에 니가 감히 나한테!

동 민　(전화 끊고, 버럭, 해수에게 화를 내며, 분에 차) 우리 사이가 이래! 아주 나빠!
해 수　그러게 사이좋게 지내지, 왜 부모 형젤 재산 분쟁으로 고솔 해!
동 민　울 아빠가 회사 직원들 산재 처릴 안 하잖아! 나는 하란 외과 안 하고, 정신과 한다고 미워해 재산도 안 주고! 그리고 내가 돈 받아 나 가질라 그러냐! 산재 처리 못 받은 사람들 줄라 그러잖아! 그리고, 니네 엄마 가게 내는 데 내 돈 오천 빌려가고! 우리 애는 미국서, 굳이 굳이 미술 개인 레슨을 받는다 그러고, 여편넨 비싼 대학 가고!
수 광　(아무렇지 않게) 나 돈 있는데?
동 민　(안 믿지만, 묻는) 얼마?
수 광　(맑게) 천! (생각하다) 팔백? (생각하다) 아닌가? (해수 보며) 사백인가?
동 민　(뒤통술 탁 치며, 버럭) 아주, 이 김에 너랑 나 따로 살어, 따로 살어!
해 수　일단 침착해봐.
동민, 수광 (보면)
해 수　(진지하게, 둘을 보며) 하늘이 무너져도 솟아날 구멍이 있다. 우리 다, 중지를 모아보자.
수 광　중지? (하며, 가운데 중지 손가락만 들어 보이고)
동 민　(수광의 뒤통수를 치며) 아우!

씬 7. 편의점 앞, 밤.

재열, 가게 안에서 포스트잇 색깔별로 사서, 나오며, 호주머니에 넣고, 우산 쓰고 가는데, 누군가, 휙 하고 입바람을 부는,
재열, 돌아보면, 소녀와 몇 명 여학생이다, 비 맞고 선,

소 녀　(비를 맞고 걸어오며, 5천 원을 주며) 담배 하나 사줘요, 나머진 아저씨 우윳값. (하고, 멀리 떨어져, 서 있는, 재열에게 고갯짓으로 편의점 들어가라 하는)
재 열　(돈을 얼결에 받아들고 서서, 어이없는, 한숨 쉬고, 이내, 편의점 들어가는)

*** 점프컷 》**
재열, 검은 봉지를 소녀의 손에 쥐어주고,

재 열　이쁘게 생겼네. (하고, 가는)
소 녀　(웃고, 걸어가며, 봉지 속 보고, 굳는)
친구1　왜? (하고, 봉지 속 들여다보고, 봉지를 쏟으면, 흰 우유만 여러 개다) 뭐야?
소 녀　누가 우유 빨고 싶댔나? (침 뱉고) 아, 썅!

씬 8. 동민의 집 앞, 밤.

재열, 문 열고 들어가면,
카메라, 뒤로 가면, 최호, 술 취해 비틀비틀 걸어오는 게 보이는, 그리고는, 초인종을 누르는,

씬 9. 동민의 집 거실, 밤.

해수, 인터폰을 보고 있는, 굳은,
재열, 들어오다, 초인종 소리에 인터폰을 보면, 최호다, 그냥 스쳐지나 제 방으로 가는, 초인종 소리 계속 나는, 동민, 방에서 나와,

동 민　(인터폰 보는) 누구야?!
해 수　...
동 민　누구냐고?!
재 열　(동민 지나쳐, 방으로 가며, 무심히) 양다리요.

초인종 소리가 계속 나고, 해수, 인터폰만 보는,

동 민　들어오라 그래.
해 수　..
동 민　가라 그래, 그럼!
해 수　(초인종만 보는)
동 민　(화나 보다, 스위칠 빼버리고, 보며) 머릴 써? 대충 해, 대충! 이혼한 사람도

있는데, 자지도 않고 헤어진 것들이.. (하고, 방으로 가는데)

해 수 (제 방으로 가는)

최호, 문을 쾅쾅 두드리는,

동 민 (가는 해수 보며) 해수야!

해 수 (가며) 문 열어주면 죽어.

수 광 (방에서 나와, 동민 방으로 가는)

동 민 넌 내 방엘 왜 들어가!

수 광 비가 무서워.

동 민 아이고, 내 팔자야. (하고, 문 쾅 닫고 들어가는)

씬 10. 동민의 집 앞, 밤.

최호, 문을 두드리며, '해수야, 지해수!' 하는,

씬 11. 해수의 방 안, 밤.

해수, 샤워한 얼굴로 나와, 손수건으로 닦으며 '수건은 왜 비 오는 날 빨고 난리야' 하며, 침대에 눕는,

최호, '해수야, 지해수!' 하며 문 두드리는 소리 나는,

씬 12. 재열의 방 안, 밤.

재열, 컴으로 글을 쓰다가, 최호의 문 두드리는 소리에 예민해지는, 짜증나지만, 참고, 글을 쓰려다가, 안 되는, 일어나 나가는,

씬 13. 복도, 밤.

재열, 나와, 해수 방 앞에 가서, 노클 하려다가, 참고, 돌아서서, 다시 제 방으로 가는데, 해수, 방에서 나와, 재열 아는 체 안 하고, 일층으로 가는, 재열, 방으로 들어가는,

씬 14. 재열의 방 안, 밤.

재열, 컴으로 글을 쓰려다가, 문 열리는 소리에, 귀가 쫑긋하는, 다시 글을 쓰려다가, 밖이 궁금해서, 일어나, 창가로 가는,

＊점프컷, 집 앞》
해수, 우산 쓴, 문 열고 밖으로 나가, 문 닫는,

＊점프컷, 방 안》
재열, 문 닫는 소리에 맞춰, 창을 열어두고, 얼른 벽에 붙어 밖을 보는,

씬 15. 동민의 집 앞, 밤.

해수, 우산 쓰고, 최호를 담담히 보는,
최호, 해수 보고, 슬픈, 화도 나는, 복잡한,

최 호　해수야..
해 수　(맘 아프지만, 참고, 보는)
최 호　민영이가, 일방적으로 날 좋아했어. 한 달 전 회식 자리에서 술 먹고.. 집에 바래다주다.. 그날 딱 하루야. 담날... 나는 해수를 사랑한다, 실수였다, 그러니 끝내자고 그랬고, 민영인, 알았다 그래 놓고, 가끔 뜬금없이, 들이댔어.. 장재열이 그걸 본 거고. 쌍방합의가 아니라, 들이댄 걸 뿌리치던 찰나였다고.

씬 16. 재열의 방 안, 밤.

재열, 벽에 기대 별스럽지 않게 구시렁 '진짜?' 하며 가볍게 고개 끄덕이는,

씬 17. 동민의 집 앞, 밤.

최 호 (속상한) 난 너랑 못 끝내.

해 수 (맘 아파도, 담담히) 나는 끝내. 너란 인간, 스토커 짓 할 성격은 못 될 거고... 내가 반응 없음 곧 지쳐서 끝내게 될 거야. 매너 있게 사라져줌 더 고맙고. 상처 준 건 너면서, 마치 상처받은 것처럼 행동하는 거, 내가 젤 혐오하는 자세야. (하고, 돌아서서 들어가려 하면)

최 호 (해수를 돌려세워, 키슬 하는)

해 수 (우산 놓치고, 당하다가, 밀치며, 뺨을 치는, 속상한)

최 호 (이때 휘청이다, 우산을 밟는)

씬 18. 재열의 방 안, 밤.

재 열 (보고, 고개 저으며, 저건 아니지 싶은) ..

씬 19. 동민의 집 앞, 밤.

해 수 (짐짓 냉정히, 소매로 입 닦고, 우산 찾아 들고, 펴려는데, 안 되는)

최 호 (그런 해수를 속상해 보며) 남자가 사랑하는 여자랑 300일 동안이나, 잠자릴 안 하는 게 ..얼마나 힘든 일인 줄 알어?

해 수 (우산만 펴려 하지만, 안 되는)

최 호 같이 술 먹고 놀고 여관 가서 너는 침대, 나는 바닥! 한두 번도 아니고, 열 번 스무 번을... 참았어! 널 사랑하니까!

해 수 (우산을 펴려 하지만, 안 되는, 속상한 맘도, 이 상황도 싫은)

최 호　길 가는 남자새끼들한테 물어봐?! 사랑하면서도 같이 안 자는 니가 정상인지, 내가 정상인지!

해 수　(우산을 집어던지며, 버럭) 물어보긴 뭘 물어봐! (최호 보며, 버럭) 니가 정상인지 나도 아는데! 비정상은 난데!

최 호　(맘 아픈, 미안한) 해수야.. (다가서면)

해 수　(뒷걸음치고)

최 호　(서서, 맘 아프게 보면)

해 수　(손바닥으로 눈물 닦고, 맘 아프지만, 침착하려 하며) 내가 부탁했지? 나는 엄마가 아빠 아닌 딴 남자랑 20년 넘게 불륜 하는 걸 봐서... 섹스는 나쁜 거란 생각을 하는, 정말 이상하고도 끔찍한 병을 앓고 있다고!

최 호　(맘 아픈)

해 수　남들은 사랑할 때 가슴 떨리는 게 좋다는데, 나는 그게 술 취해 토할 때처럼 싫고, 너랑 키스가 가능해진 것도 나는 수없이 맘속으로 괜찮다, 괜찮다를 다짐해서 하게 된 거라고! 키스는 되는데, 아직도 섹스는 생각만 해도 가슴이 벌벌 떨리고, 무섭다고! 그러니까, 니가 나 좀 봐달라고! 힘들어도, 도와달라고, 나도 이 기분 더러운 병에서 벗어나고 싶다고, 내가 울며 빌며 말했었지!

최 호　(무릎 꿇고) 미안해.

해 수　(눈물 닦지만, 계속 눈물이 나는)

씬 20. 재열의 방 안, 밤.

재열, 맘이 짠한, 조심스레 창문을 닫고, 화장실로 가는,

씬 21. 동민의 방 안, 밤.

동민, 수광 창문 조금 열어놓고, 창문 밑에 쪼그려 앉아 맘 아픈,

수 광　나쁜 자식..

동 민　(담담히) 조용히, 듣자.

씬 22. 동민의 집 앞, 밤.

해 수 (눈물 닦다, 최호 보며, 맘 아픈, 애써 담담히) 30년을 뛰어넘고 싶었어.. 환자들이 엄마를 미워하다 사랑하고, 죽이고 싶던 남편을 이해하고 그렇게 자신들의 병을, 상처를, 뛰어넘을 때, 수십 년 어두웠던 얼굴이 한순간 빛처럼 환해지는 걸 보면서.. 과연, 그 기분이 뭘까, 정말 알고 싶었어. 너랑 같이. (맘 아픈) 넌, 민영이랑 하룻밤이었지만, 나는 이제 너랑 키스할 때마다, 민영이가 떠오를 거야. 엄마만 보면 그 아저씨랑 입 맞춘 게 떠오르는 것처럼! (왈칵하는) 300일이 아깝니? 난 평생 그날을 기다렸다! (맘 아파, 울다, 눈물 닦고, 맘 아픈 것, 참고) 오늘이, 너랑 마지막이야. (울며, 들어가는)

최 호 (우는)

씬 23. 복도 + 해수의 방 안, 밤.

해수, 비를 뚝뚝 흘리며, 맘 아프게, 방으로 들어가는,

씬 24. 재열의 화장실 안, 밤.

재열, 수건장을 열고, 정리된 수건들을 뚫어지게 보고 있는, 그러다, 수건장 닫고 나가려다, 다시 돌아와 수건장을 열고, 빤히 보는,

씬 25. 해수의 방 안, 밤.

해수, 창가로 가 내려다보면, 최호, 일어나, 비틀거리며 가는,
그때, 노크소리 두 번 나는, 해수, 창가만 보는, 노크소리 안 나, 해수, 가만 최호를 보다, 나가는,

씬 26. 해수의 방 앞, 밤.

해수, 나와 밖을 보면, 아무도 없고, 발밑을 보면, 수건이(색깔별로) 쌓여 있는, 재열의 방을 보고, 가만있다가, 수건을 들고, 제 방으로 들어가는,

씬 27. 몽타주.

1, 집 근처, 아침.
해수, 조깅을 하는, 그때, 앞을 보면, 재열, 조깅을 하며 오다, 말없이 해수를 스쳐 지나가는, 해수, 뛰며, 무심히 뒤를 돌아보며 뛰다, 전봇대에 부딪치는, 아파하고, 그 소리에 재열, 뛰며, 돌아보고, 해수를 보고, 그 자리에서 제자리 뛰기를 하면, 해수, 쪽팔려 재열 안 보고, 가던 길 절뚝이며 가는, 재열, 해수가 안전한 걸 확인하곤 갈 길 가는,

2, 병원 안, 낮.
영진, 해수, 회진하고, 레지1, 레지2, 인턴 뒤에 있는,

해 수 (양수빈에 대해 말하는) 현재 총 5회차 ECT 치료 중입니다, 썰트랄린(Sertraline; 항우울제) 투약 중이구, 불면증 증상, 현재 30프로 정도입니다.

영 진 (수빈의 등 쓸어주며) 선생님도 말했겠지만, 환자의 의지가 젤 중요해요. 우리 한번 잘해봐요? (가며, 해수에게) 엄마랑 말은 해?

해 수 아직.. 나한텐 어제 처음 못난 자기가 죽음 엄마가 편할 줄 알았대. 자살 충동은 일시적인 거 같은데, 엄마에 대한 죄책감은 오래된 거 같아요.

영 진 (속상한) 그누무 죄책감이 늘 문제지.

해 수 그래도 엄마가 적극적으로 표현하고 있어서, 잘 될 거예요. 믿어보자구요. (하고 가다, 한쪽에 환희가 그림 그리는 걸 보는, 답답한, 가는)

3, 동민의 집 앞, 낮.
재열, 차에서 내리다, 발소리에 고개 들어 보면, 강우(사복 입은), 뛰어가며,

강 우 제가 쓴 새 소설이에요, 재밌게 읽으세요! 작가님도 새 소설 써서 이풀잎한테 어서 복수하세요! (하고, 밝게 손 흔들고 가는)

재 열 (보고, 웃고, 우편함을 보면, 원고 봉투가 있는, 그걸 들고 문 열고 들어가서, 문 닫는, 이내 재열, 뒤에 올 해수를 위해 문 열어놓고 들어가는)

해 수 (멀리서 걸어오는 게 보이는)

4, 재열의 방 안, 밤.

알람 소리가 나는, 재열, 자다 만 얼굴로 화장실에서 나와 깨끗이 정리된 침대에 놓인 핸드폰을 보면, 알람 작동 없는, 계속 알람 소리가 나고, 그때 문 소리가 나, 방을 나가 보면, 해수, 졸린 얼굴로 나와 한쪽에 놓인 촛대의 초를 (거의 다 탄) 켜는, 그리고는, 쪼그려 앉아 무릎 잡고 한 3초간 졸듯 묵념을 하듯 하고, 제 방으로 들어가는, 재열, 가는 해수를 졸린 눈으로 보고, 초를 보는,

씬 28. 동민의 집 전경, 아침.

도마질 하는 소리가 나는,

씬 29. 주방, 아침.

재열, 야채를 썰어, 볶음밥을 프라이팬에 볶는 모습, 국을 끓이고, 간을 보고, 하는 모습이 컷컷이 현란하게 보여지는, 계란탕도 끓이는, 식탁에 네 개의 그릇을 놓고, 국도 놓는, 그때, 해수, 머리 감고 수건 뒤집어쓴 채, 아래로 내려오며, 재열, 물을 따라, 해수에게 주고, 제 할 일 하는, 해수, 물 마시고, 식탁을 보고, 재열을 보며, 이게 뭐지 싶은, 동민, 수광, 방에서 나오며,

동 민 이게 다 뭐야?

수 광 (식탁 보고) 밥이네? (재열을 보는)

재 열 (편하게) 앉아서들 식사하세요. (하고, 앉아, 먹는)

동 민 (웃으며) 화해의 제스처? 그지 그지, 사이좋게, 이렇게, 아이고, 맘이 넓으시네. 우리 재열이.. 아니, 우리 재열 씨가... 우린 그냥 아침밥은 있는 거 대충 찾아서 입에 넣기 바쁜데, 이렇게 홈메이트들을 위해서, 식사 준빌 해주시고? 그래서 하는 말인데, 저, 재열 씨, 우리 며칠 전 했던 집 얘긴 없던 걸로,

해 수 (어이없이, 동민 툭 치면)

동 민 (해수 치는 팔 뿌리치며, 해수를 보며, 인상 쓰며, 말은 부드럽게) 얜는 신경 쓰지 마, 내가 선배고, 내가 이 전셋집의 주인이라 끗발이 세. 그리고 얜 돈도 없어. (재열 보며) 그러니까 우리 그냥 이렇게 사이좋게 살자고, 서로서로 밥도 해줘가며 인간답게, 넷이 오손도손.

수 광 (싫은, 동민에게) 형님,

동 민 (버럭) 삼백만 원도 낼모레 적금 타야 있는 넌, 가만있어! 그저 여자들한테 돈 쓰고 다니느라 눈이 벌게서.. 집 나와 돈 번 지가 언젠데, 삼백밖에 돈이 없어!

재 열 (밥만 먹으며, 편하게) 아침식산, 굿바이 선물이에요.

해 수 (물 마시다) ?!

재 열 (물 마시고, 싱크대로 그릇 가지고 가며) 설거지는 놔둬요. 내가 할게. 굿바이 선물로 풀 서비스. (하고, 방으로 가는)

해 수 (답답한, 밥을 먹는)

동 민 (재열 보다, 해수 보며) 넌 지금 밥이 들어가!

수 광 (밥 먹다가) 나, 삼백, 누나가 삼천 있고, 형님이 이것저것 다 정리하면 몇억 있다며? 그럼 우리 셋이 살 방 세 개짜리 아파트 전세, 아니 살 수도 있잖아요. 뭐가 문제야?

동 민 내 병원은! 병원은! 방 세 개짜리 (손가락으로 해수와 수광, 자신을 가리키며) 너 쓰고, 너 쓰고, 나 쓰면, 병원은 아파트 베란다에 차려! (밥만 먹는 해수 보며) 마당 있는 집을 선호해서 인간관계 불편한데 내 집에 들어오신 지해수 선생. 이제 어쩔 거야? 이 김에 나랑 헤어져서, 넌 지하방 가고, 난, 병원 폐업하고, 수광이랑 니 언니 윤수는 직장 짤리고, 다 떼거지 돼?!

해 수 (밥만 먹는)

동 민 어떻게 할 거야, 방 얻어? 베란다 큰 걸로? 말을 해, 자식아?! 니가 어제 (손가락 중지를 치켜들며) 중지를 모으자며?! 새 집 얻냐고?!

해 수 (아무렇지 않게) 무슨 새 집을 얻어, 그 돈 갖고? (밥만 먹는)

동 민　(이상한, 기대에 찬) 당당하네, 기 안 죽고, 너 뭔가 생각이 있구나?

수 광　대출?

동 민　얘 아버지 병원비랑, 지 학자금 대출받은 것도 못 갚았거든? (하고, 해수 보면)

해 수　(밥을 다 먹고, 수저 놓으며, 편하게) 기자. 개처럼.

동민, 수광 ?!

해 수　저 인간한테 가서, 누가 길지, 정해. 안 내면 술래다.

동 민　콜!

셋이 동시에 가위바위보 서너 번 같은 거 내다가, 결국은, 해수가 가위를 내진, 수광, 동민, '와!' 하며 소리 지르며, 좋고, 모두 일제히 밥 들고 자리를 떠버리는,

해수, 멍하니, 가위를 낸 제 손가락을 보다가, 손을 목에 대고, '콱!' 하며 자르는 시늉하는,

씬 30. 재열의 방 앞 + 방 안, 아침.

해수, 난감하게 손톱을 물어뜯으며 서 있는,
동민, 그런 해수를 보며,

해 수　(노크하려다 말고, 동민 보며, 애교) 선배가 해줌 안 돼?

동 민　지하방 갈래? 해수야, 남자는 말이다, 일단 여자가 강아지처럼 꼬릴 막 흔들고 기면,

해 수　(보며, 같잖다는 듯) 그쪽은 내가 전문이야.

동 민　남잘 300일이나 만나놓고, 잠도 안 자본 게, 무슨 할 말이 있다고?

해 수　잠 안 자고, 300일 관계 지속이 웬만한 테크닉으로 되는 줄 알아? (하고, 바로 노크하는)

동 민　(웃고, 가는)

해 수　(노크하는, 왜 안 열지 싶은, 다시 노크하려는데)

재 열　(문 열고, 왜 하는 표정이다) ?

해 수　(조금 긴장해, 웃으며) 저기.. 할 말이 있는데.

재 열　(원고 뭉치 든, 강우의 소설이다(재열의 입장에서는 들었지만, 해수의 입장에서 보면 아무것도 안 든 상황이다, 재열이 그냥 손만 흔들며, 얘기하는 것처럼 보이는, 각자의 시각에서 찍을 것), 그때, 벨소리 나는(재열에게만 들리는 상황), 방 안쪽 보고) 들어와요. (하고, 먼저 들어가, 전화 받으며) 여보세요? (화나는, 숨 고르는)

해 수　(뭐야 싶은, 재열의 상태 모르고, 들어와, 칠판 보다, 포스트잇 판을 보는)

＊점프컷, 포스트잇 》

〈빗속에서 싸우기〉란 포스트잇 보는,

해 수　빗속에서.. 싸우기?

＊플래시백 》

앞 씬에서 비 오던, 최호와 해수가 싸우던, 장면,

＊점프컷 》

해수, 화나는 거 참고, 옆의 포스트잇을 보고, 작게 읽는,

＊점프컷, 포스트잇, 내용 》

해 수　배신 – 믿음을 헌신짝처럼.. 버리는 것,

＊플래시백 》

빗속에서 울던 최호,

＊점프컷, 현실 》

해 수　믿음 – 상대의 배신이 이유가 있다고.. 생각해주는 것, 그도.. 나처럼 힘들었다고.. 생각해주는 것.

＊플래시백 》

빗속을 비틀비틀 걸어가던 최호의 뒷모습.

*점프컷》

해수, 믿음에 대한 해석에 맘이 뭉클한, 재열 보면, 재열, 화난 얼굴, 그러나 참으려 하며 가만있는,

강 우 (E) 왜 말씀 안 하세요, 제 소설이 재미없으세요, 작가님?

재 열 너 이 소설을 쓴 의도가 뭐야?

해 수 (보면) ?

재 열 너, 그동안 나 쫓아다닌 의도가 고작 이거야? 내가 범인인 걸 밝히겠다? 형이 아닌, 내가 범인이다?

해 수 (고개 돌려, 재열 안 보고, 다른 것 보는 척하면서, 얘기 듣는) ?

강 우 (E, 기죽은) 그건 그냥 소설인데..

재 열 (화 참고) 기껏 6개월 넘게 쓴 소설이 이거냐? 상상력이라곤 털끝만큼도 없고, 내 지난 기사 전부 주워다 나열하고, 결론은, 형에서 나, 아니, 장재열로 범인만 바꾼 게! 너 나한테 다신 연락하지 마! 이쁘다 이쁘다 하니까, 자식이.. 뭐하는 거야, 대체! (하고, 원고 뭉칠 책상에 던지고, 전화를 확 끊는)

해 수 (다시 고개 돌려, 재열을 보며) 누구야? 그쪽이.. 범인이란 소린 또 뭐야?

재 열 (기분 나쁘게 보며, 비아냥) 소설 얘기예요, 실제가 아니라?! 주인공 이름이 장재열. 그리고, 말꼬리 끊지 말고요.

해 수 (어색하게, 웃으며) 우리 동갑인데, 말 놓자.

재 열 용건은?

해 수 (순간 당황하는) 그게... 음.. 그게.. (생각하다, 문득 떠오르는) 내가 소설을 읽다가, 주인공 심리가 잘 이해가 안 돼서, 환자들 진료할 때도 필요할 거 같아서, 자문을 얻을까 싶어서, 그래서,

재 열 (보면)

해 수 어떤 여자가 나이는 내 정도... 근데, 그림을 그리는데, 성기만 그려. 얼굴은 땅콩만 하고, 팔다린 (팔을 폈다 오므리며) 도마뱀처럼 짧고, 성기만 (손동작하며) 이따만 하게, (얼굴 찡그리며) 그것도 아주아주 디테일하고, 징그럽게.

재 열 (아무렇지 않게) 근데?

해 수 성기만 그린다니까?

재 열 그게 뭐 어때서?

해 수 이상하지 않아?

재 열 (컴을 끄고, 책상 앞의 펜들(색깔별로 일렬로 선) 하나씩, 필통에 넣으며, 대수롭지 않게) 성기 그리는 게 뭐 나빠? 그림인데.. 안창홍 화가 그림 본 적 있어? 성기를 아주아주 디테일하고 적나라하게 그리지, 근데, 그것 때문에 인간이 얼마나 안쓰럽게 느껴지는지 몰라. 한번 볼래? 인터넷에 있는데? (하고, 해수 보는)

해 수 (생각하는(환희 생각을 하는, 나쁘단 편견이 깨지는 듯한), 멍한, 재열 보며)

재 열 (물잔을 보며) 왜 또 이거 붓게?

해 수 (보며, 멍한, 순간, 번뜩하는, 혼잣말처럼 재열 보며, 말하는) 그래 안 나쁘지, 그게 뭐가 나빠, (재열에게 말하듯) 사람을 죽인 것도, 다치게 한 것도 아니고, 그냥 그림인데? 야, 자기.. 괜찮다? (하고, 재열 팔 툭 치고, 웃으며, 부리나케 나가는)

재 열 뭐야..?

해 수 (문득 다시 들어와) 이런 환자, 아니, 여자의 심리적 배경은 뭘까?

재 열 ?

해 수 아직 어려 남녀관계 없고, 홀엄마지만, 이 엄만 되게 착하거든? 자식에 대한 애정도 많고, 성실하고, 전혀 상처 줄 사람이,

재 열 착하고, 성실한 사람은 자식한테 상처 안 줘? 천사 같은 울 엄마도 가끔 나한테 상처 주는데?

해 수 (멍한, 맞다 싶은) !!.. (문을 쾅 닫고, 가는)

재 열 (이해 못하겠는, 고개 젓고 할 일 하는)

씬 31. 해수의 방 안, 낮.

해수, 서둘러 장을 열어 옷을 입으며, 전화하는,

해 수 어, 김 선생, 환희 상담 잡아, (사이) 환희가 누구냐니? 본드 흡입으로 들어온.. 야, 성기 그리는 애가 뭐니? 이름 놔두고?! 상담 잡아! (하고, 전화 끊고, 옷을 입는) 쓸 만한데, 장재열. (하고, 서둘러 가방 들고 뛰어나가는)

씬 32. 재열의 방 안, 낮.

재열, 옷을 입는데, 해수, '선배 나 출근해!', 동민, '집 얘긴?', 해수, '나중에 얘기해!' 하는 소리 들리고, 후다닥하는 발걸음 소리에 얼굴 찡그리고, 나가려다, 전화 오고 보면, 강우다, 끊고, 원고를 보고, 강우 생각에 화나, 서랍에 넣고 나가는, (나중을 생각해, 서랍을 정확히 보여줄 것)

씬 33. 강우의 집(허름한, 농가의 주택) 안, 낮.

포스트잇(재열의 색깔과 같은, 낡은 오래된) 등이 벽에 붙여진, 오래된 컴퓨터가 보이고, 강우(사복 입은), 벽에 기대앉아, 속상한, 눈가 붉어, 속상해, 바닥을 주먹으로 쿵쿵 치는,

씬 34. 카페 안, 낮.

재열, 와서, 수광에게 '아메리카노, 투 샷'을 주문하고,
수광, 뾰로통하게 가고, 윤수, 재열 보며 웃으며 인사하는,

윤 수 안녕하세요, 장 작가님. 전 여기 매니저 지윤수예요, 해수 언니.
재 열 아..
윤 수 맨날 양태용 사장님만 뵙다가, 장 작가님 뵈니까, 너무 반갑네요, 매니저 맡겨주셔서 감사하고, 카페 운영은 걱정 마세요, 제가 직영점 도움받아, 잘하고 있으니까. 참, 전 팬이에요, 참, 내 동생도 팬인데,
재 열 ?
윤 수 전에... 장 작가님 추리 말고 연애 심리물 쓰실 때,
재 열 아.. (수광이가 커피를 퉁명스레 주면, 꼬나보며, 들고, 윤수에게, 편하게) 얘 잘라요.
수 광 카페가 여기밖에 없는 줄 알어?
재 열 말 까지 마, 쥐맞기 전에. (하고, 나가는)

수 광 (화나고) 쳐, 쳐봐!
윤 수 야, 조용히 해, 손님 와! 근데, 무슨 소리니?
수 광 몰라! (하고, 자리 뜨는)

씬 35. 카페 밖, 낮.

재열, 차를 타려 하면, 누군가, 팔을 잡는, 보면, 태용이다,
재열, 어이없게 보다, 편하게 팔을 풀고, 다시 차문을 열려 하면,
태용, 속상한,

태 용 재열아, (하고, 다시 팔 잡으면)
재 열 (커필 차 위에 놓고, 순간적으로 태용을 치는)
태 용 (넘어져, 입가 터지고)

*점프컷》
동민, 병원에서 내려다보다, 놀라는, '헉!'

*점프컷》
태 용 (일어나, 미안한, 입가 닦고) 미안하다.
재 열 (속상하게 보다, 한숨 쉬고, 차 위에 놓았던 커피를 마시는)
태 용 내가.. 널 위해 모든 게 다 되는데.. 이상하게 풀잎이는,
재 열 (말꼬리 자르며) 풀잎이가 너 사귄대?
태 용 (고개 숙이고) 곧 미국 간대, 글 쓰러. 부모님이 고안 싫다고,
재 열 (말꼬리 자르며, 버럭) 무슨 글을 써, 걔가?! 걘 그냥 너 이용하는 거야. 걘 돈이 좋고, 인기가 좋은 거야! 작가가 아니라 연예인이고, 표절가라고! (답답하고, 속상하게 보며) 고아라 부모님이 싫어해? 지가 너 싫은 게 아니고?!
태 용 안 물어봤어...
재 열 (속상하고, 어이없게 보며) 이걸 진짜.. (버럭) 니가 고안 게 뭐 어때서! 맨날 기죽어 좋아하는 여자한테 들이대지도 못하고, 여자들이 너 이용하는 줄 알면서, 번번이 여자들한테 당해! 절대 안 괜찮으면서, 괜찮다고 떠나라 그랬

지, 또! (속상한) 쪼다, 진짜, (차를 타고 가버리는)

태 용　(가는 재열 보며) 재열아, 엄마한테 갔다 왔어, 엄마 잘 지내셔! 내가 자주 가 볼게, 넌 글 쓰니까! 전화할게!

재 열　(운전해 가며, 속상한)

씬 36. 달리는 태용의 차 안, 낮.

태용, 운전하고, 동민, 그 옆에서 가는,

태 용　(애원조) 형님.

동 민　안 돼, 오늘만이야, 딱 오늘만. 야, 나 바빠, 진짜로! (재범 흉내 내며) 발리 가봤어요? 야자나무에 야자가 진짜 열려요? 공짜야? 따 먹어도 돼? 계속 그래, 계속! 장재범 상담하기 힘들어. 상담의 의지가 없어.

태 용　그래도, 절 봐서,

동 민　내가 상담받겠다는 청소년 수감자들도 상담할 시간이 없어. 돈은 벌어야지, 수감자는 넘쳐나지, 그리고 그 사람 곧 밖에 나온다며? 그냥 냅둬. 참, 근데, 장재범하곤 어떤 관계야? (문득) 혹시, 장재열하고, 장재범,

태 용　(부정하는) 아니에요! (속상한) 그냥 성이 같은 거뿐이고, 재범 형은 제, 은인. 엄마 만들어준.

동 민　?!

태 용　더는 말 못 해요.

동 민　(고민하는, 창가를 손가락으로 탁탁 치며) 좋아.. 일단 두어 번 더 해보지 뭐. 그리고.. 이건 딜은 아닌데,

태 용　(좋다가, 뭔가 싫은) ?

동 민　아까 말한 거, 병원이랑 집 문제,

태 용　재열인 한 번 한다면 하는 성격이에요.

동 민　그거 안 좋은 성격인데, 사람이 이럴 수도 있고 저럴 수도 있지, 초지일관, 젤 골치 아파, 그거? (웃으며) 설득해봐, 왜, 사이가 별로야?

태 용　(강한 부정) 아뇨, 좋아요. 우린 형제니까.. (답답한) 그냥, 제가 무이자로 돈 빌려드릴게요, 됐죠?

동 민　아, 나, 지금 집이 정말 좋은데, 어떻게 안 돼?

씬 37. 병원 야외 일각, 낮.

해수, 환희의 그림을 보고 있는,

환 희　(비아냥) 말씀드렸죠, 전에, 선생님 건 젤 크게 그려드린다고? 맘에 드실려나 모르겠네. 왕 크게 그렸는데?

해 수　(환희가 그린 그림들을 보고 있는, 담담한, 얼굴(무표정한, 어두운, 디테일한, 잘 그린)은 작고, 성기들은 큰, 얼굴과 작은 팔다리만 화면엔 보여주는)

재 열　(E) 성기 그리는 게 뭐가 나빠? 그림인데..

해 수　(그림을 보며, 편한, 웃음 띤, 환희 보며, 진심) 자세히 보니, 그림 잘 그렸다야, 화가 해도 되겠어.

환 희　(맘이 움직이는, 해수의 행동이 이상한)

해 수　(주머니에 넣고) 선물 고마워.

환 희　(이상한, 어깰 으쓱하고 가는)

해 수　(등 뒤에 대고) 참 사과할게, 며칠 전에 니 엄마 사정만 이해한 거.

환 희　(돌아보면) ?

해 수　니 사정도.. 있을 건데,

환 희　(맘이 흔들리는, 이해받은 것 같은)

해 수　그림을 안 그리면 잠도 못 자고, 불안하고... 너도 힘들 건데 미안해. 근데 한 가지만 묻자. 본드 흡입은 왜 한 거야? 갑자기 집을 나가, 친하지도 않은 애들이랑?

환 희　(뭔가 맘이 움직이는, 가만있다, 불쑥) 그거야, 그림 안 그릴려고..

해 수　(조심스레, 그러나 편하게) 성기 그리는 게 어때서, 그냥 그림인데?

환 희　(한쪽 벤치에 앉는, 퉁명스런, 눈가 붉어) ...엄마가.. 우니까..

해 수　(옆에 앉아, 편하게, 관찰하지만, 안 그런 척하고) 계기가 뭐니?

환 희　(해수 보고, 눈가 붉어, 힘들게) 울 엄만 나쁜 사람은 아녜요.

해 수　(따뜻하게) 착한 사람도 상천 주지.

환 희　(가만있다, 힘들게, 해수 안 보고) 엄마가.. 애인이랑..... 옆방에서, 자는 걸

봤어요... 내가 자는 줄 알고.. (두 손으로 얼굴 가리고, 힘들게, 흐느껴 우는)

해 수 (가슴이 쿵 하는, 순간 눈가 붉어지는)

*플래시컷》

키스하던, 해수 모와 김 사장,

*점프컷》

해 수 (담담하려 하고, 주머니의 휴지를 꺼내 앞에 주며, 맘 아픈) 음.. 많이 놀랐겠다?

환 희 ... (화나고, 속상한) 엄마가.. 날 버리고.. 떠날 거 같아서, 두려웠.. (하고, 말을 못 하고, 그냥 일어나 가는)

해 수 (맘 아픈, 보는)

씬 38. 교도소 운동장, 낮.

동민, 재범, 벤치에 앉아 말하는, 동민, 답답한, 재범, 진짜 궁금해 인상 쓰며 말하는,

재 범 나는 진짜 그게 궁금하다고? 지구가 진짜 돌아? 빙빙?

동 민 (뭐야 싶다, 물 마시는)

재 범 빙빙 도는데, 왜 발리, 치앙마이, 몰디브 계속 여름이야? 돌면, 여름 됐다, 봄 됐다, 해야지? 왜 사계절이 없냐고? 그린란드는 계속 겨울이고?

동 민 (이상하게 보면) ?

재 범 (비웃으며) 내가 그린란드 아는 게 놀라워? 발리, 치앙마이, 몰디브 영어하는 게 놀랍지? 나도 책 봐? 여행책, 교과서, 기타 등등. 여긴 책밖에 없거든.

동 민 (답답하지만, 웃으며, 참고) 내가 여기 온 건 장재범 씨.. 이런,

재 범 (굳은, 말꼬리 자르며) 이런 쓸데없는 얘길 들으러 온 게 아니다? 이게 쓸데없는 얘기 같아?

동 민 ?!

재 범 (비웃고, 의자에 몸 기대고) 나는 진짜 궁금해서 묻는 거야! (진지하게 화내

는) 뉴튼이 사과가 떨어지는 걸 보고 중력을 발견했다, 지구엔 중력이 있다, 근데 내 발은 (하고, 발을 하나 올리며) 왜 땅에서 이렇게 들리냐고, 중력이 있는데, 안 붙고, 나는 진짜 궁금해, 그게?! 감방 와서 할 일 없어서 중력에 관한 책을 읽었는데, 이해가 안 가서, 잠이 안 와, 내가! 상담 끝! 오지 마. (하고, 일어나 가다가, 다시 와 동민을 보며) 야, 니가 하는 말은 다 쓸데 있고, 내가 하는 말은 다 쓸데없냐?

동 민 (가방 챙기다) ?!

재 범 새끼가... 알면 갈쳐주면 되지, 몰라 묻는데, 사람 무시하고.. 너, 첨에 와서 널 친구처럼 생각하고 편히 말하라고 그랬지?! 그래서 내가 널 친구처럼 생각하고, 중학교 중퇴해 무식한 거 쪽팔리지만, 참고 물어보는데, 왜 말 안 해! 나쁜 새끼! (하고, 가는)

동 민 (순간, 뭔가 생각나 쫓아가는)

씬 39. 교도소 일각, 낮.

재범, 교도관과 가는,

동 민 장재범 씨!

재 범 (돌아보면)

동 민 내가, 담 주에 당신이 물었던 거 전부 쉽게 설명해줄게, 또 보자, 우리?

재 범 (꼬나보며) 싫어, 새끼야!

동 민 (웃으며) 에이, 친군데.. 삐지다가도 풀려야지.. 야, 아깐, 그래, 내가 잘난 척 좀 했다.. 난 니가 진짜 그렇게 무식한 거 모르고 니가 날 놀리나 싶어서.. 미안해, 또 보자. (하고, 가며, 좋은, 구시렁) 좋다, 친구 한번 돼보자, 너랑 나랑.

재 범 뭐래, 저 새끼.. (하고, 가는)

씬 40. 라디오 스튜디오 안, 해 질 녘.

재열, 감독의 사인 받으며, 음악을 내리고,

재 열 지금 들으신 곡은, 1976년, 잭 니콜슨의 연기가 우리에게 강렬한 인상을 남겼던 영화 〈뻐꾸기 둥지 위로 날아간 새〉에 삽입된 ***곡이었습니다. 정신병자를 가장해, 정신병동에 스스로 갇힌 수감자. 그리고 그 속에서 만난 숱한 환자들 간의 우정을 그린 영화죠.

씬 41. 달리는 버스 안, 해 질 녘.

해 수 (방송을 듣는, 골똘한)

재 열 (E) 주인공 맥 머피는 처음 정신병동으로 와, 환자들을 보면서, 그들과 자신이 절대로 다르다고 생각합니다. 철저히 무시하고 비웃죠. 영화를 보는 우리 관객도 예외가 아닙니다. 우린 그들과 다르다, 저들은 미쳤고, 나는 멀쩡하다, 여깁니다.

해 수 ..

재 열 (E) 하지만, 시간이 가고, 극이 진행되면서, 우리는 혼란스러워집니다. 이상하고, 음울하고, 기괴하고, 미쳤다고 생각한, 등장인물들이 귀엽고, 아프고, 안쓰럽게 느껴지기 때문이죠.

해 수 (작게 웃으며) 어쭈.. 감성이 제법이네.

씬 42. 라디오 스튜디오 안, 밤.

재 열 시간이 더 흐르면, 역으로, 우린, 정상이라고 믿었던 간호사가, 의사가, 교도관이, 환자의 보호자가, 환자들만큼이나, 아니, 그 이상 더 미쳐 있는 건 아닌가, 의심하게 됩니다.

씬 43. 달리는 버스 안, 밤.

해 수 ....

재 열 (E) 우리가 쉽게 손가락질했던 정신과 환자들, 그러나 결국 그들의 사연을 알게 되면, 너무나 특별하게 느껴지는 그들의 아픔.

해 수　후... 그러게.

재 열　(E) 정신과 의사들은 말합니다. 우리 모두 환자다. 감기를 앓듯, 마음의 병은 수시로 온다. 그걸 인정하고, 서로가 아프단 걸 이해해야 한다. 그러면, 세상은 지금보다 좀 더 아름다워질 것이다.

해 수　(문자 오고 보면)

동 민　(E) 해수야, 집 어쩔 거야?

해 수　(문자 하는)

씬 44. 라디오 스튜디오 안, 밤.

재 열　많은 사람들이 각자 다른 생각을 갖는 걸, 우리는 그가, 그 사람이 나와 다르니까, 틀렸다고 생각합니다. 무서운 오류죠. (무음으로 온 문자 보면)

해 수　(E) 오늘, 나랑 술 한잔 어때?

재 열　(웃고, 전화기 놓고, 말하는) 〈뻐꾸기 둥지 위로 날아간 새〉를 보면, 그 오류가 얼마나 끔찍한 결과를 낳는지 알게 됩니다. 생방송으로 진행한 오늘 장재열이 선택한 영화는 여기까지입니다. 끝으로, ***의 ***을 들으시겠습니다. 굿나잇, 나의 친구들. (음악 틀고, 문자 보며, 조금 설레는, 문자 넣는, E) 집 구할 시간도 부족할 텐데, 나랑 술 마실 시간이 있나? 어쨌든, 술이라면 언제든 콜. (하고, 웃으며, 일어나며) 수고하셨습니다! (하고, 음악에 맞춰, 몸을 흔드는)

씬 45. 달리는 버스 안, 밤.

해 수　(어이없는, 문자 보며) 하! 깐족, 깐족, 이걸 그냥 콱!

씬 46. 비어집 근처, 밤.

재열, 걸어가며, 시계 보는, 그때, 누군가, 등을 딱 쳐, 놀라, 보면, 동민이다,

재 열 ?

동 민 니가 술 산댔다며? (하고, 가며)

재 열 (서서, 동민 보며, 뭐야 싶은, 해수만이 아니라 실망하는, 옆에 서서 가며, 별스럽지 않게) 설마, 수광이도 와요?

동 민 왜, 지해수랑만 단둘이 보고 싶었어?

재 열 그렇게 다 오면, 집은 누가 구해요?

그때, 해수, 옆으로 오며,

해 수 집을 왜 구해, 안 나갈 거야, 우리?

재 열 ?!

해 수 소송해, 세입자가 집을 점거하고 안 나간다고! 판결까지 한 1년 걸릴걸. (하고, 동민의 어깨동물 하고 가며) 1년 안엔 무슨 수가 생겨도 생기겠지, 그지, 선배?

동 민 (웃으며) 아마도..

재 열 (뒤에 서서 어이없는 웃음 짓고, 멈춰 서서, 전화하는) 변호사님이죠?

해수, 동민 (돌아보면) ?!

재 열 내가 소송 건이 있는데,

해 수 (놀라, 전화길 확 뺏는)

재 열 정중히 사과해. 그리고, 오늘 술값도 니가 내고.

동 민 (해수에게) 난 먼저 간다. 우리 집 연장 계약서, 도장 찍게 하고! (하고, 도망가버리는)

해 수 (재열 보고, 다짜고짜) 미안.

재 열 (어이없어, 웃는) 겨우, 고작, 미안?

해 수 난 최선이야. 니가 그랬지, 오늘 라디오에서, 상대와 내가 다르다를 틀렸다고 생각하면 안 된다고? 난, 너랑 다르고, 이게 최선이야. (하고, 윙크하고, 팔짱 끼면)

재 열 ?

해 수 이건 서비스... (하고, 재열, 끌고 가며) 가자 가자, 가자, 술 먹자!

재 열 (싫은 내색하려 해도 웃음이 나는, 끌려가며) 얼버무리지 말지, 놔, 놔봐..

해 수 웃었다? 웃었다? 웃었다?

재　열　안 웃었거든요.. (하며, 끌려가며, 싫지 않은)

씬 47. 비어집 앞 야외, 밤.

재열, 수광, 동민, 해수, 술을 마시는,

수　광　(술 오른, 화나는) 말이 돼? 차 안에서 할라 그랬다고, 나보고 변태라고 말하는 게?

동민, 해수 말 안 돼.

재　열　(웃으며, 술을 마시는)

수　광　나는 여자랑 안고 잘 때, 왜 꼭 그 장소가 방이어야 하는지가 이해가 안 가? 차 안, 해변, 골목, 세상에 사랑할 수 있는 장소가 얼마나 많아? 사람들이 보이는 데도 아니고, 단둘이만 있다면.. 다양한 장소에서 다양하게 하면 뭐, 안 돼?! 내가 왜 변태야!

동민, 해수 정신과적 견해로 동의!

재　열　(웃으며, 손바닥 들고) 나도 동의, 잘 헤어졌어!

수　광　(맘에 드는군, 하는 삐기는 얼굴로, 손바닥을 내밀면)

재　열　(하이파이브 해주는)

해　수　오늘 내가 본.. (생각하다, 동민 보며) 영화는,

동　민　(환자 얘긴 줄 알 것 같은) 내용이, 어땠는데?

해　수　잠자리에서 남자가 혁대와 수갑과, 끈을 사용해.

동　민　(재열 보며) 이 남자 변태 같아, 정상 같아?

재　열　(동민 보며) ?

＊점프컷, 상상 》
동민, 웃통 벗고 혁대를 두 손으로 잡아서 짝 소릴 내고, 침대에 여자(얼굴 안 보이는) 누워 있는,

＊점프컷, 상상 》
동민, 이번엔 수갑을 들고, 여자 보고 씩 웃으며, 다가가, 수갑을 손목에 채우는,

＊현실 》

재 열　(물을 마시며, 동민 보며) 아이, 그건 변태죠!

해 수　노! 사랑을 위해, 다양한 도구와 다양한 장소를 선호하고,

동 민　(말꼬리 자르며) 그게 상대와 자신을 해치지 않는다면, 그는 변태라고 볼 수 없지, 그냥 뭐 자유로운 영혼 정도? (하고, 술잔을 해수에게 디밀면)

해 수　(술잔을 부딪치며) 역시! (재열 보며) 난, 그 영화의 여주인공이 병증이 있다는 걸 알아챘지. 반드시 둘 다 씻고, 반듯하게 침대에 누워, 늘 같은 체위로, 말하지 않고, 조용하고도 조신하게 남녀 간의 일을 치러야 한다는, 강박! 상담을 받아야 한다면, 상담받을 사람은 남자가 아닌 여잔 거지. (동민 보며) 난, 정신과가 이럴 때 좋아, 세상의 편견을 깨잖아.

수 광　나도!

재 열　(술 마시고, 무심히) 난 생각이 다른데?

해수, 동민, 수광　왜?!

재 열　(해수 보며) 병증의 기준이, 장소와 도구의 문제야? 포인튼 남자가 잠자리할 때, 여자의 동의를 구했냐지! 혁대 사용해도 돼? 수갑 사용해도 돼? 물어야지?

해 수　?

재 열　그래서, 여자가 싫다 그럼 안 해야지? 싫다는데도 했다면, 변태지! 안 때렸다고, 변태가 아닌가?

해 수　(아무렇지 않게) 나, 화장실 좀 다녀올게. (하고, 전화기 들고 가는)

동 민　(해수 가는 거 보고, 재열 보며 재열의 의견이, 호감이 가는) 얘가 얘가 통찰력이 있네. (하고, 술병 들고)

재 열　(잔을 들고, 술 받고, 술 따르며) 형님도.

수 광　(샘나는) 치.. (하고, 가는)

씬 48. 비어집 뒤편, 밤.

해수, 레지1에게 전화한 듯.. '알았어, 김 선생 고마워' 하고, 전화 끊고, 전화번호를 누르는, 다급한, 잠시 후,

해 수　아, 네, 이선미 씨? 오늘 상담한, 한국대 병원 지해수예요. 아 네, 제가 너

무 늦었죠.. 그게 제가 오늘 상담 내용을 점검하다가, 궁금한 게 있어서.. 혹시 남편분이 잠자리에서 혁대나 도구 등을 사용하실 때, 본인의 동의 구했나요? (사이, 아차 싶은) 아, 안 구했구나.... 때리진 않아도.. 동의 구하진 않았구나.. 그럼 제가 남편분을 좀 상담하고 싶은데, 같이 오실 수 있나요?

씬 49. 비어집 화장실 앞, 밤.

수광, 여자화장실에서 벽에 기대 기다리는,
여자, 나오면,
수광, 여자 앞을 가로막으며 매너 있게 웃으며,

수 광 　저, 전화번호 좀. 좀 전에, 들어가시는 걸 봤는데.. 내 스타일이라.. 지금은 일행들이 있으신 거 같으니까... (자기 폰을 주며) 전화번호만?
여 자 　(싫지만, 이내 웃으며, 전화번호를 찍어주는)
수 광 　(좋은, 여자 보는)

씬 50. 비어집 앞 야외, 밤.

해수, 동민, 재열, 술 마시는,

동 민 　(해수에게) 야, 내가 최호 같아도 그래! 사랑한다면서 성인 남녀가 뭐야? 애들 소꿉놀이도 아니고, 잠도 안 자고, (하고, 감자칩을 손에 드는)
해 수 　갠 이무기야, 100일 중 하룰 못 기다려서 용이 안 되는,
동 민 　너랑 자면 용이냐?
해 수 　내가, 이번엔 진짜,
동 민 　(해수에게 칩을 디밀고) 줄라다가 (빼고) 말라다가,
재 열 　(술을 마시며, 뿜으며, 웃는)
해 수 　(재열 보며) 웃기니?
재 열 　(웃으며) 안 웃기니, 그럼?

동 민　(해수 입에 칩을 대고) 내가 이렇게 너한테 이걸 줄라다, 말라다, 줄라다 말라다 그럼, 넌 기분이 어떨 거 같애? 사람 염장 지르는 것도 아니고, (칩을 입에 댔다 말았다 하며) 이렇게 줄라다 말라다, 줄라다, 말라다,

해 수　(동민의 손가락을 확 잡아 무는)

동 민　악!

수 광　(웃으며, 앉으며) 아싸, 나 한 건 했지롱? 여자 번호 땄다? (하는데)

누군가, 수광의 뒤통술 탁 치는,
모두, 보면,

재 열　?

해수, 동민 (이상한) 당신들 뭐예요?

떡대 좋은 남자1이다, 그 뒤로, 남자2와 여자가 오는,

남자2　(수광 일행 보며) 새끼들이.. 술 마시러 왔음 곱게 술이나 마시지, 내 동생 전화번홀 왜 따? 기집애까지 옆에 끼고. (하고, 테이블을 뒤엎는)

해수, 동민 (놀란) 악?!

재 열　(굳어서, 앉은 채, 남자들을 보는, 뭐냐 싶은)

수 광　(여자 보고, 사태 파악이 되는) 저, 저, 그게.. 동생분이 넘 이쁘셔서.. (하고, 일어나면)

남자1　(수광의 뒤통술 확 치는)

해 수　(놀라) 어머!

동 민　(화난) 아, 썅!

수 광　(순간, 참지만, 참아지지 않고, 발작이 나는) 저.. 썅! (그러나 참고 싶은, 이마를 치는)

남자들　뭐야, 이거?

동 민　(수광에게) 너, 저리 가! (하고, 웃옷 벗고, 땅에 버리고) 뭐야, 니들?

해 수　(동민을, 말리며) 왜 그래!

수 광　(남자들에게, 침착하게, 말하려는) 나, 나는... 니 동생이 이뻐서! 너 789.. 35! 씨..

여 자　어머, 또라인가봐?

남자1　(웃으며) 뭐야, 이 병신.. (하고, 수광을 다시 치려 하면)

재열, 어느새, 일어나, 발로 남자1의 팔을 탁 치고,

남자1　(재열 보면) ?!

재 열　(남자1 보며) 내가 팔보다 다리가 길어서.. 그리고 (여자 보며) 내 친군 또라이가 아니라, 뚜렛증후군. 무식하면 말을 하지 마.

여 자　(기막힌) 어머머머?

해 수　(버럭) 뭘 놀래, 무식하다는데?!

*점프컷 》
수광, 속상해, 울며, 발작하는,

남자1　이것들이.. (하고, 옆의 병을 들어 치려 하면)

해 수　악! (하며, 주저앉고)

재열, 남자1의 팔을 비틀어, 병이 떨어지게 하고, 벽에 밀치고,
그사이, 남자2, 놀라, 재열 치려 의자 들면, 동민, 얼른 의자 들어, 남자2를 까고, 남자2, 아파하다, 일어나, 동민의 멱살 잡고, 주먹으로 치려 하면,
동민, 피하고, 여자, 동민을 가방으로 치면, 동민, 아파하는, 해수, 얼른 일어나, 여자의 머리챌 잡고, 여자, '악!' 하고 소리치고, 재열, 그쪽을 보면, 남자1, 재열을 주먹으로 치고, 그사이, 남자2, 해수의 팔을 잡는데, 재열, 남자1을 주먹으로 치고, 남자1을 밀쳐, 해수의 팔 잡은 남자2에게 밀치는, 남자1, 2 둘 다 넘어져, 다치고 아파하는, 여자, '사람 살려요!' 하고,

*점프컷 》
그 소리에 멀리 있던 경찰들 호루라기 불며 달려오고,

*점프컷 》
재열, 주머니에서 돈 꺼내, 테이블에 놓고, 해수의 팔 잡고, 아파하는 동민에

게 소리치는,

재 열　형님, 수광이 덱고 튀어요! 경찰 떴어!
동 민　(놀라, 수광의 손 끌며) 가자!

* 점프컷 》
재열, 해수 손잡고, 뛰고,
동민, 수광 손잡고 뛰고, 수광, 발작하다, 경찰 보고, 발작 멈추고, 뛰는, 남자1, 2, 여자, '저것들 잡아요! 깡패야!' 하며 쫓고,

* 점프컷 》
재열, 해수, 죽어라 뛰는,

해 수　(뛰며) 근데, 왜 뛰어? 쟤들이 먼저 시비 붙었는데?
재 열　(뛰며) 너 다쳤어?
해 수　안 다쳤어.
재 열　쟤들 다쳤어, 그리고, 내가 나름 유명인사야! 방송 타!
해 수　어머, 맞네! (하고, 뒤돌아보고) 어머, 쟤들 쫓아와! (죽어라, 더 뛰는)
재 열　(뛰며, 해수가 귀여운, 웃는)

* 점프컷 》
남자2, 죽어라, 동민과 수광을 쫓고,

동 민　(뛰며) 아이고, 저 새끼가 산삼을 처먹었네, 엄마 나 죽네, 아이고, 심장이야!
수 광　(동민에게) 형님 우리 찢어져서 달려, 쟤, 못 따라오게. (하고, 다른 길로 가는)

남자2, 동민을 쫓아오는,

동 민　(뛰며) 아이고, 쟤한테 가! 아이고, 가슴아!

* 점프컷 》

재열, 해수, 손잡고, 파란불일 때, 횡단보도를 달리고,
남자1, 여자, 뛰다, 빨간불에 못 뛰고, 경찰도 못 뛰고,
재열, 해수, 서로 마주 보고 재밌단 듯 웃고, 뛰는데, 느린 그림,

씬 51. 강우 집(불 켜진) 전경, 밤.

강우 부, 소리 들리는, '이 새끼, 내가 너 오늘 죽여버린다!' 하고, 패는 소리 들리는, 강우, '때리지 마요, 때리지 마!' 하고, 밀치는 소리 나고, 강우 부, 넘어지며, '악!' 하고, 강우(교복 입은), 맨발로, 죽어라 뛰어나오는, 피멍 든 얼굴이다, 울상인, 죽어라, 뛰는, 반사경에 강우의 모습이 비치는,

＊점프컷, 교차씬 》
행복하게 웃으며 뛰는, 재열과 울며 뛰는 강우의 모습 교차되는,
강우, 팔을 맞았는지, 아파하고,

씬 52. 재열의 오피스텔 전경 + 엘리베이터 안 + 복도, 밤.

재열, 해수(술기운에 앉은) 엘리베이터를 타고 있는,
재열(O. L), 팔을 폈다 오므렸다 하고, 주먹을 쥐었다 펴는,

해 수　(재열 보며) 팔 아파?
재 열　(편하게, 주머니에 손 꽂고) 괜찮아.
해 수　딱 맥주 두 병만 마시고 난 간다?
재 열　꼭, 반드시, 맥주 두 병만 마시고 가라.
해 수　너... 이상한 애 아니지?
재 열　(어이없이 작게 웃고, 보고, 엘리베이터 열리면 나와, 현관문을 열어주고)
해 수　(조심스런, 하지만, 웃으며) 뭐... 너도 나름 유명인사니까, 괜한 일은 안 만들겠지. (하고, 들어가는)
재 열　(문 닫는)

씬 53. 재열의 오피스텔 안, 밤.

해수, 창가에서 공사 중인 건물 보며,

해 수　시끄러웠겠군.. (하며, 주변을 둘러보면, 현재 집 안과 모두 같은, 화장실 버튼 키도 보이는, 책만 다르게, 군데군데 빈) 집이 홍대 집이랑 거의 똑같네.

재 열　(냉장고에서 맥주 두 병을 가져와, 해수 한 병 주고, 주변 보며) 인정해, 나는 자기들 정신과에서 말하는, 강박, 편집, 집착 뭐 그런 거 같애.

해 수　(별스럽지 않게, 작게 웃고, 술 마시는, 조금 취한)

재 열　근데, 그게.. 왜 싫어?

해 수　(보면) ?

재 열　전번 날 최호랑 너무 크게 말을 하더라고? 힘들어, 그게?

해 수　(침대 맡에 앉아, 술 마시며, 편하게 집 구경을 하듯 주변 보며, 조금 취한) 너 같은 바람둥이 인간들은 절대 이해 못할 거다?

재 열　(옆자리에 앉으며, 보면) ?

해 수　그래도 지금은 좀 나. 전엔 키스, 잠자리, 뭐 그런 생각만 해도 가슴이 뛰다 못해, 숨이 가쁘고, 두통이 깨지듯 오고, 약까지 먹었었어. 10년 전. (보고, 편히 웃으며) 지금은 꽤 괜찮아. 난 의사고 스스롤 치료해서 얻은 결과지. 수백 번 머릿속에서 시뮬레이션을 돌리지. 사랑하는 걸 상상하면서, 키스는, 남녀 간의 사랑은 나쁜 게 아니다, 아름다운 거다, 마인드컨트롤도 하고! 진짜, 사랑하는 사람을 만나면, 기막힌 사랑을 하게 될지도 모르지. 기대 중이야.

재 열　(작게 웃고, 따뜻하게 보며) 뭘 그걸 상상하고 상상하고, 다짐하고 다짐해, 그냥 하면 되지? 가볍게?

해 수　(어이없는) 그냥, 가볍게, 어떻게 하니?

재 열　(편하게) 왜 못해, (하고, 해수의 입에 입을 맞추는)

해 수　?!

재 열　(잠시 입을 대고 있다, 떼며, 해수를 보는)

해수, 멍하게 보는, 재열, 해수를 담담히 보는, 그런 두 사람에서 엔딩.

4부

니가 30년 동안 사랑을 못했다고 해도,

300일 동안 공들인 사랑이 끝났다고 해도, 괜찮다고.

다시 사랑을 느끼는 건 한순간일 테니까, 친구.

씬 1. 재열의 오피스텔 안, 밤.

해 수 수백 번 머릿속에서 시뮬레이션을 돌리지. 사랑하는 걸 상상하면서, 키스는, 남녀 간의 사랑은 나쁜 게 아니다, 아름다운 거다, 마인드컨트롤도 하고! 진짜, 사랑하는 사람을 만나면, 기막힌 사랑을 하게 될지도 모르지. 기대 중이야.

재 열 (작게 웃고, 따뜻하게 보며) 뭘 그걸 상상하고 상상하고, 다짐하고 다짐해, 그냥 하면 되지? 가볍게?

해 수 (어이없는) 그냥, 가볍게, 어떻게 하니?

재 열 (편하게) 왜 못해, (하고, 해수의 입에 입을 맞추는)

해 수 ?!

재 열 (잠시 입을 대고 있다, 떼며, 해수를 보는) ..

해 수 (멍하게, 이게 뭐야 싶게, 재열 보는)

씬 2. 길가, 밤. (3부 연결)

강우(교복 입은), 울며 뛰어가는, 누가 쫓아오는지 확인하기 위해, 뒤를 힐끗거리며 죽어라 뛰는,

씬 3. 재열의 오피스텔 안, 밤.

둘이 가만, 마주 보고 있는,

재 열　(담담히, 고갤 살짝 옆으로 돌리는데)
해 수　(어이없이, 보며) 많이 맞아봤나보다?
재 열　세보진 않았지만, 한 서른.. 번?
해 수　(있는 힘껏 뺨을 치는)
재 열　(턱이 돌아가는, 너무 세다 싶어, 어이없어, 웃음이 나, 보면)
해 수　(어이없게 보며, 화난) 이제, 서른한 번. (하고, 어이없이 보다, 집에 가야겠다 싶어, 일어나는데, 비틀하는)
재 열　(일어나, 해수의 팔을 잡아, 벽에 밀치는)

그 바람에 해수의 가방이 떨어져, 그 안에 있는 여권이며, 핸드폰이 떨어지는데, 핸드폰 배경 화면이 윤철과 해수의 어깨동무 사진이다, 아무도 못 본 상황, 화면에만 나온,

해 수　(얼결에 벽에 밀쳐져, 재열을 보는, 화도 나고 당황스런, 가볍게) 더, 더 맞을래?
재 열　(순간, 벽에 있는 스위치를 눌러, 불을 끄는, 암흑이다)

어둠 속에서 두 사람의 말소리만 들리는,

해 수　(버럭) 뭐하는 짓이야, 너?!
재 열　(다시 불을 켜고, 해수 귀엽다는 듯, 따뜻이 보는) 옛날 어떤 마을에 깊고 깊은 동굴이 하나 있었어. 그 동굴에는 천년 동안, 단 한 번도, 빛이 든 적이 없었지.
해 수　(얼떨떨한, 조금 두려운, 들키지 않으려 하며) 무슨.. 개소리야?
재 열　천년의, 어둠이, 쌓인, 깊은, 동굴.. 사람들은 그 어둠을 무척이나 두려워했지. 지금 너처럼.
해 수　(짐짓 태연한 척) 굴 파는.. 소리 하고 있네..

재 열 (순간, 다시 불을 끄는) 사람들은 모두 천년의 어둠을 걷어내기 위해,

해 수 (두려운) 장재열, 뭐해, 너?

재 열 천년의 시간이 걸릴 거라고 생각했어. 하지만, 빛이 드는 건, 지금처럼 ...한 순간이야. (하고, 라이터를 켜면)

해 수 ?!

해수(O. L), 숨이 멎을 듯 놀라 앞을 보면, 재열의 입술이 해수의 입을 맞출 듯, 가까이에 있는,

해 수 (심장이 멎을 것 같은) ?!

재 열 (귀엽게 보고, 깔깔대고 웃으며, 편하게, 벽에 기대, 해수 보며, 라이터를 켰다 껐다 하며 친구처럼 가볍게) 니가 30년 동안 사랑을 못했다고 해도, 300일 동안 공들인 사랑이 끝났다고 해도, 괜찮다고. 다시 사랑을 느끼는 건 (해수의 입술에 제 입술을 대려다 말고) 한순간, 일 테니까. 친구. (하고, 웃으며, 술을 마시며, 불을 켜는)

해 수 (가슴 떨리고, 화도 나는) 친구는.. 무슨.. 왜 그렇게 웃어? (주르륵 주저앉으며, 화나고, 복잡한) 깐죽깐죽, 대체 그 깐죽은 어디서 배우니?

재 열 (웃으며, 옆에 앉으며, 보고, 아무렇지 않게) 대부분의 남자들은 뺨 맞고 배워.

해 수 (보는, 어이없는) ?

재 열 담에 사랑을 하면, 그냥 느껴봐. 계획하지 말고, 다짐하지 말고... 생각보다, 입술이.. 촉촉하드라. (하고, 해수 머릴 슬쩍 흩뜨리고)

해 수 (어이없이 보며, 맥주를 콸콸 마시는)

그때, 재열, 해수의 여권을 들고,

재 열 여권을 왜 들고 다녀?

해 수 (뺏고) 언제든 떠날라고.

재 열 (해수의 핸드폰을 보고, 윤철의 사진을 보는, 핸드폰 집으며, 무심히) 이건 또 뭐야?

해 수 (핸드폰을 뺏는) 건들지 마, 내 남자야.

재 열 (순간, 신기한, 어이없는 웃음 짓고) 뭐야, 남자가 또 있어?
해 수 (술병 놓고, 어지러운) 말 시키지 마, 토할 거 같애. (하고) 웩! (하며, 화장실로 달려가는)
재 열 (순간 놀라, 해수의 입을 틀어막고 문 쪽으로 가며) 야야야, 삼켜, 여긴 안 돼, 내 집이야! 삼켜, 로비 가자, 로비!
해 수 (입이 틀어막혀, 괴로워, 재열의 손을 떼려 하지만, 안 되는)

그때, 문을 두드리는 소리가 나는,
재열, 문 쪽 보는, 뭔가 싫은,

씬 4. 재열의 오피스텔 복도, 밤.

재열, 해수(거의 죽을 지경이다)의 입을 제 손으로 틀어막고 데리고 나오는,
재열, 한쪽 보면, 강우, 맨발에 얼굴이 여기저기 피멍이 생겨, 한쪽에 서서, 재열 보고, 부끄럽지만 환하게 웃는,
재열, 강우 보고,

재 열 (강우에게) 뭐야, 너?!
해 수 (재열을 눈 동그랗게 뜨고 보는) ?
재 열 너한테 한 소리 아니야. (턱으로 강우 가리키며) 저놈한테 하는 거야.
강 우 (웃으며, 해수 보고) 누나, 이뻐요! 전, 작가님 친구예요!
해 수 (강우 쪽을 보는, 그러다, 구토하려 하는)
재 열 야야, 그냥 삼키라니까! (하고, 엘리베이터 세우고, 해수 안으로 밀며, 강우에게) 공원 가서 기다려!
강 우 (웃으며, 다른 엘리베이터로 가는)

씬 5. 재열의 오피스텔 안, 밤.

해수, 문 열고 들어와, 힘들게 정신을 차리려 하는, 그러다, 가방을 챙기며,

자문자답 혼잣말하는,

해 수　지해수, 집에 가자, 집에.. 너 집에 혼자 갈 수 있지?.. (기운 빠지는) 아니....미치겠네, 가자니, 불안증인지, 술이 취한 건지.. 정신이 몽롱하고... 자자니, 키스나 훅훅 해대는, 장재열을 믿을 수가 없고.. (하다, 핸드폰을 보고) 오케이. (하고는, 침대 맞은편, 책장을 보고, 까치발을 해, 핸드폰을 동영상 모드로 하고, 올려놓으며) 털끝만 건드려라.. 죽 쒀서 개 주는 꼴은 절대 안 당할 테니까.... (하며, 다시 웩 하고, 구토하며, 앞으로 쓰러지는)

씬 6. 재열의 오피스텔 건물 밖 + 거리, 밤.

재열, 두리번거리며 나와, 멀리 공원 쪽을 보고, 뛰어가는,

씬 7. 공원, 밤.

재열, 뛰어와 헉헉거리며 두리번거리며, 주변을 살피면, 강우가 어디에도 없는, 재열, 답답한데, 강우의 말소리 들리는, 강우, 벤치에 앉은 채, 환하게 웃으며,

강 우　작가님.
재 열　(어이없어, 화난, 강우의 발을 보면, 피가 나는, 얼굴엔 피멍이 든 걸 보며, 한숨 깊게 쉬고, 지갑에서 돈을 꺼내, 벤치에 던지고) 병원 가. (하고, 가는)
강 우　(미안한) 작가님. (하며, 가서, 재열의 팔을 잡으면)
재 열　(팔을 빼고, 순간 확 강우의 가슴을 밀쳐, 넘어지게 하는)
강 우　(미안하고, 속상한) 작가님.. 저는,
재 열　너 뭐야? (버럭) 너 뭐야, 자식아! 발에서 피가 나면, 얼굴을 처맞았음, 약국이든 병원이든 가야지, 나한테 왜 와?! 너, 쇼해? 나한테 니가 맞은 꼴 보라, 그거야?! 동정심 유발이야?!
강 우　(서운한) ..

재 열　도망가랬지, 아버지가 때리면, 도망가랬지!

강 우　엄마가,

재 열　엄마 데고 도망가면 되잖아!

강 우　(미안한, 일어나, 애써 편하게, 웃으며) 저.. 새 소설 쓰고 있어요.

재 열　(화나, 답답하게 보며) 이번엔 뭐냐? 내가 널 죽이냐? 아님 니가, 날 죽이냐?! (하고, 가는)

강 우　(소매로 눈물 훔치고, 맘 아픈) 그냥, 제 얘기.. 작가님이 써보라고 하신... (그러다, 손가락이 아픈지, 접었다 폈다 하는) 작가님, 작가님.. (기침하는, 애써 참고) ...작가님.

재 열　(맘 아파도, 모질게 가며) 웃기고 있네, 자식.. 스토커 같은 놈.

씬 8. 공원 앞 길, 밤.

재열, 걸어가다가, 멈춰 서서, 뒤를 보면, 아무도 없는, 다시, 길을 가다가, 강우가 걱정스런, 속상한, 제 성질에 못 이겨, '아우!' 하고 소리 지르고, 잠시 생각하다, 전화하며 가는,

재 열　(사이) 태용아. 자냐?

씬 9. 재열의 오피스텔 안, 밤.

재열, 문을 열고, 들어오면,
해수, 바닥에 널브러져 자고 있는,
재열, 어이없게 보다, 다시 귀여운 듯 보고, 해수에게 다가가며 웃옷을 벗는,

씬 10. 공원 앞, 밤.

태용, 차에서 내려 공원으로 가는, 그러나 아무도 없는, '한강우! 한강우! 난

장 작가 친구다, 한강우!' 하지만, 없는, 태용, 뭐야 싶은 얼굴로 돌아가려다 한쪽 보면, 벤치에 돈만 있는, 태용, 돈을 들어 보며, 이상한,

씬 11. 재열의 오피스텔 엘리베이터 1층 + 건물 앞, 낮.

엘리베이터 열리면, 해수, 허겁지겁 뛰어나와 밖으로 나가, 거리에서 택시를 부르지만, 안 서는, 전철역 쪽으로 죽어라 달리는, 머리가 산발이고, 얼굴은 안 씻은 듯하고, 위의 셔츠는 삐죽이 나온,
카메라, 위로 올라가면, 재열, 잠시 후, 창가로 와, 가는 해수를 보며, 웃는, 귀엽단 생각이 드는,

재 열 볼수록 귀엽네.. (웃는, 돌아서는)

씬 12. 재열의 오피스텔 안, 낮.

재열, 창가에서 떨어져, 방을 보고, 침대를 정리하고, 가려다, 무언가 본, 책장 위로 가면, 해수의 핸드폰이 보이는, 집어서, 보면, 배터리가 없는, 뭐지 싶은, 들고, 그냥 가는,

수 광 (E) 안 들어왔다니까, 어제!

씬 13. 카페 안, 낮.

수광, 커피를 동민에게 주고,
동민, 커피를 마시기만 하는,

수 광 형님, 누나가, 어제, 장재열이랑 집에, 안 들어왔다구요?!
동 민 (귀찮은, 보며) 그래서?

수 광　(눈 부라리며, 어이없는) 그래서? 지랄하네, 그것들이 미쳤나, 악을 써야지, 그래서는 무슨 말이야?

동 민　(아무렇지 않게) 해수가 재열이랑 뭐 그러고, 그랬을까봐?

수 광　당근이지!

동 민　해수, 불안증, 돈 안 들고 병 고쳤네, 그럼. 뭐가 문제야?

윤 수　(손님들에게 주문을 받기만 하는)

수 광　(어이없는, 윤수에게) 누나도 아무 느낌이 없어? 걱정 안 돼? 동생이 잘 알지도 못하는 바람둥이랑 집에 안 들어왔다는데?

윤 수　난 둘이 아주 이 김에 뭔 일이 났음 좋겠다. 최호랑도 끝났다며? (하고, 가며) 한창 좋을 나이에, 혼자 뭐하는 짓이야, 수절도 아니고?!

수 광　(윤수 밉게 보고, 동민에게, 눈을 동그랗게 뜨고) 겁탈이면요?

동 민　(커피 마시다, 보면)

수 광　장재열이, (동민의 옷을 막 벗기려 하며) 술 취한 누날 이렇게 이렇게,

동 민　(커피를 흘리고, 짜증난, 수광을 패며) 아이고, 아이고, 아이고!

수 광　(아파하며) 그럴 수도 있잖아요?!

동 민　해수가 행여, 행여, 그 꼴을 당할 기집애겠다! 그리고 재열이가 뭐가 아쉬워, 해수를.. (수광의 옷을 벗기려 하며) 이렇게, 이렇게 하겠어, 뭐가 아쉬워서, 뭐가 아쉬워서!

갑자기 수광, 들어오는 재열을 발견하고 앞으로 가서,

수 광　(재열 보며, 화난) 어제 둘이 어디서 잤어?

재 열　(아무렇지 않게) 내 오피스텔에서, 왜? (하고, 카운터로 가는)

수 광　(나가려는 동민에게) 들었죠? (재열에게, 다가와) 어제, 우리 누나한테 무슨 짓 했어?

재 열　(아무렇지 않게) 같이 술 마시고, 키스했어.

동민(가다, 돌아보면), 수광　?!

재 열　(아무렇지 않게) 그리고, 뺨 맞았고. (하고, 조금 멀리 있는, 윤수에게) 아이스커피 하나 주세요!

수 광　(멍한, 얼음처럼 굳은) ?!

동 민　(재열 보고) 장재열, 자세한 얘긴 밤에 듣자, 어?

재 열　(웃음 띤 채) 네, 형님.

동 민　(하고, 가며, 웃음 띤) 아.. 상여르자식.. 저거 선수네.

재 열　(동민을 보고 웃다, 전화 오면 받는) 어, 태용아. (하고, 윤수에게 커피 받고, 눈인사하고, 가는)

윤 수　(재열 이쁘게 보는)

씬 14. 출판사 사장실 안, 낮.

태용, 책상에서 전화하는, 재열 모, 시집을 구경하는,

태 용　벤치에 있던 돈, 니가 준 거야?

재열 모　(보는) ?

태 용　아니 그러면 너한테 온 목적이 돈도 아니고, 대체 걘 너한테 바라는 게 뭐래?

씬 15. 재열의 방 안, 낮.

재열, 전화하며 들어오며, 커튼 치고, 창문 열고 환기하는,

재 열　(답답한) ..친구.

씬 16. 출판사 안, 낮.

태 용　(버럭) 친구 좋아하네.. 니가 몇 살인데, 지랑 친구야!

재열 모　(시집 보다, 태용 보고)

태 용　그거, 완전 또라이 아냐. 야, 맘 약해지지 말고, 걔가 아버지한테 맞는 거, 가난한 거 다 구랄지 몰라, 니가 본 것도 아니잖아? 너, 맘 약한 거 이용하는 거라구?!

씬 17. 재열의 방 안, 낮.

재 열　(답답한, 전화 듣고, 컴퓨터를 켜고, 의자에 앉으며) 너처럼?

씬 18. 출판사 안, 낮.

태 용　엄마 바꿀게. (전화 주며) 나, 신간 확인하고 올게. (하고, 나가는)

재열 모　(웃으며) 왜?

씬 19. 재열의 방 안, 낮.

재 열　(웃으며) 형이 좋아, 내가 좋아? 그게 무슨 쓸데없는 소리야? 반드시 해야 할 소리지? (하고, 문소리가 들려, 일어나 나가는)

씬 20. 출판사 안, 낮.

재열 모　(답답한, 그러나 너무 싫지 않은, 친구처럼) 왜 가긴, 보고 싶어 가지... 너는 여자도 많고, 친구도 있고.. 재범인 누가 있어, 나밖에.... 아, 끊어, 엄마 갈래. (서운한) 걔가 나 안 만나주는 게 한두 번이야. 상처 안 받어. 아이, 왜 이럴까. 엄마 형 보고, 와서, 집에서 고추 따야 된다고, 끊어.

씬 21. 동민의 집 거실, 낮.

재 열　(계단을 내려오며) 그누무 고추는.. 조심해 다니고, 사랑한다. 많이. (하고, 앞을 보면)

최 호　(들어서다, 재열 보고, 싫은)

재 열　?

씬 22. 다인실 병실 안 + 복도, 낮.

영진, 해수, 레지1, 레지2, 인턴, 회진하는,
여 환자(아기를 안고 있는 듯한, 좋은), 남편은 그 옆에서 슬픈,

여 환자　선생님 우리 애기 정말 이쁘죠?
남　편　(속상한) 애기가 어딨냐, 애기가! 아우.. (하고, 나가는)
여 환자　애기가 왜 없어, 눈이 뼜나보네. (하고, 팔 보고, 웃으며) 그지, 영아? 자, 선생님 안녕 해. 안녕. 아고, 잘하네, (의사들 보며) 선생님 인사해주셔야죠?
영진, 해수, 레지1, 2　(애기한테 하듯, 웃으며) 안녕.
인　턴　(그들이 그러는 게 이상한)

하고, 돌아서들 가며,

해　수　(레지2에게) 어제 응급으로 왔다고?
레지 2　네. 애기가 안 보인다고 불안해해서 어제 남편이,
해　수　환자랑 남편, 히스토리 테이킹(History Taking; 병력 청취) 해.
인　턴　근데, 다들 인살 왜 해요? 마치 애기가 있는 것처럼?
해　수　(아무렇지 않게, 멈춰 서서 보며) 우리 다 봤는데, 못 봤어?
인　턴　?
영　진　아직 멀었다, 쟤가 애길 볼려면.. (하고, 해수와 가는)
인　턴　(레지1에게) 무슨 소리예요?
레지 1　(차트로 때리며) 환자 입장, 환자 입장, 환자가 보인다면, 인정해주는 게 의사! 정신과 인턴 그만둬, 그만둬!
인　턴　(아파하면서도 묻는) SAD(Separation Anxiety Disorder)예요, 분리불안장애?
레지 1　극심한 애도 반응에서 오는 급성 단기적 정신증(Brief Psychotic Disorder; BPD, 단기 정신병적 장애)이야. 흔한 경우지.

* 점프컷 》
해수, 영진, 가는,

영 진 (커피를 뽑으며) 또 무슨 슬픈 사연이냐?

해 수 (뺏어서, 마시며) 그러게요. (하다, 놀란)

그때, 임박 처(실내복 차림에 슬리퍼 차림, 삼십 대의 젊은, 이쁜), 그들을 가로막는, 영진, 해수, 조금 놀란,

해 수 어머... 언니?

임박 처 (영진만 보며, 다짜고짜) 언니, 내 남편 조루 좀 고쳐줘요.

해 수 (커피 마시다, 캑캑하는)

영 진 (임박 처 빤히 보는, 놀라지 않는, 차분한)

해 수 난 갈게.

임박 처 (해수 잡으며) 같이 들어, 해수 씨도. 내 남편이 영진 언니가 첫사랑이라 상담 못 받겠다 그럼, 자기라도 해줘야지.

해 수 (영진 보면)

임박 처 (영진 보며, 속상한) 이혼도 못 해주겠다, 정신과 치료도 못 받겠다, 3년 전부터 한 달에 한 번 간신히 하더니, 1년 전부턴 섹스리스야.

영 진 진미 씨, 일단 비뇨기과,

임박 처 (속상한, 버럭) 야동 보곤 잘 되는데, 무슨 비뇨기과야! 맨날, 나 몰래, 야동 보며 해결한다고 그 인간은! 어제도.. 내가 오죽하면 집 치우다, 이 꼴로 여길 왔겠어!

해 수 (걱정) 저기, 언니 소리가 너무 커. 우리 장소 옮겨서... 편안히 (하고, 주변에 누가 안 듣게 막아서다, 임박을 보고, 굳는) ?!

임 박 (화나, 임박 처에게 와서, 팔 잡고 끌며) 당신.. 이리 와.

임박 처 (안 끌려가려 하며, 뿌리치며) 집에선 안 잡더니, 여기선 왜 잡니? 당신은 환자야! 당신이 진료 안 받음, 나, 진짜 법정 갈 거야. 내가 못할 줄 알어?! (하고, 가는)

임 박 (속상해 보며) 밝히긴... (영진 보고) 밝히는 것도 병이지?

영 진 사랑하지 않으면 이혼하고, 사랑하는데 안 되면, 나한테 치료받자.

임 박 사랑하고, 섹스하고, 무슨 상관이야?

해 수 (커피 마시며, 둘 애길 흥미롭게 듣는, 주변 살피고)

영 진 대한민국 법으로도 부부간의 섹스는 보호받아. 정당한 사유 없는 섹스리스,

이혼 사윤 거 몰라? 어린 12살 띠동갑 데려다, 생과부 만들고,

임 박 (답답한) 나, 환자 아냐?

영 진 왜, 칼잡이라 수술대에 누운 환자만 환자니, 넌? 치료받는 게 쪽팔려? 그럼 내가 한번 니 수술대에 누워주면, 진료받을래? (하고, 가는)

임 박 (가는 영진 속상해 보는데)

해 수 (영진 보다, 임박 보며, 조심스레) 영진 선배, 그 분야 최고예요.

임 박 (무섭게 보면)

해 수 참고하시라고요. (하고, 영진 옆으로 가는)

영 진 (가며) 정신과 무시하는 외과 의사 놈... 정신과의 위대한 맛을 보여주지, (주먹을 흔들며) 불끈! 불끈!

해 수 (낄낄낄 웃으며, 가는)

씬 23. 수광의 방 안, 낮.

최호, 방에서 책을 몇 권 꺼내 가방에 넣는, 벽에 기대, 재열, 그 모습을 지켜 보며,

재 열 잠깐만, 잠깐만.

최 호 (짜증나, 보면) ?

재 열 잠시만요. (하고, 주머니에서 핸드폰 꺼내, 최호의 가방을 뒤져 책을 찍으며) 그러니까, 내가 나중에 방 주인이 왜 여깄던 게 없냐 물으면 알려줘야 할 거 같아서. (가방 안에 있는 옷도, 사진 찍는)

최 호 (재열이 다 찍으면, 화난 걸 참고, 물건 확 뺏어서 가방에 넣고, 나가는)

재 열 (편하게, 구시렁) 그러게 양다릴 왜 걸쳐, 가랑이 찢어질라고.. (하고, 따라 나가는)

씬 24. 동민의 집 마당, 낮.

최호, 성큼성큼 와서, 빨랫줄에 걸린, 옷 중 제 옷을 골라, 가방에 넣는, 그

때, 재열 와서 보는,

재 열　그건, 지해수 씨가 입던,

최 호　(가방에 넣으며) 내 거예요.

재 열　(알겠다는 듯) 아....

최 호　(속옷 중, 제 속옷을 고르는, 옆에 해수의 팬티와 브래지어도 걸린)

재 열　... (보며, 어이없는) 커플로 속옷을 입으셨나.. 보네. (전화 오는, 받으며 아무렇지 않게) 어, 해수야.

최 호　(보면) ?

재 열　(전화기 가리며, 최호 보며) 동갑이라 말을 트기로 해서.. (안 보고) 어, 말해, 전화기? 니 거? 나한테 있지, 우리 집 책장에 뒀드라. 어제 많이 취했나봐. 귀엽더라, 너?

최 호　?

씬 25. 대학병원 일각, 낮.

해수, 전화하고, 근처에 인턴 있는,

＊플래시백 》
재열이 입 맞추던,

＊현실 》

해 수　(화나는, 맘 다잡고) 또 ..맞고 싶나봐?

씬 26. 동민의 집 마당, 낮.

재 열　(웃으며) 용건은?

씬 27. 대학병원 일각, 낮.

해 수　퀵 불러서, 병원으로 내 전화기 좀 가져다 줘. (하고, 끊고, 전화 인턴에게 주며, 머리 흩뜨리며) 고맙다.

＊플래시백 》
오피스텔에서, 해수 머릴 흩뜨리며 웃던, 재열,

＊현실 》
해 수　(순간, 인턴의 머릴 탁 치는)
인 턴　(맞고, 뭔가 싫은) 아!
해 수　(그냥, 가며, 혼란스런) 자꾸 뭐야.. 훅훅....
인 턴　저 변태.. 진짜..

씬 28. 동민의 집 마당, 낮.

재 열　(전화하는 척하며) 어어... 그래, 밥 먹고 일하고, 어, 알았어, 전화기 갖다 줄게, 그래. (하고, 끊고, 최호를 보면)
최 호　(무섭게 보다, 일어나, 나가는)
재 열　근데 아까 넣은 빨간 팬티 당신 거 맞아(요),
최 호　(확 돌아서는, 화나는) 너, 뭐야, 새끼야!
재 열　(지지 않고, 뭐야 싶게 보는) .. 빨간 팬티.. 니 거 맞냐는데, 새끼가 왜 나와?
최 호　(화나 보며) 너, 지해순 몇 달짜리냐?
재 열　?
최 호　내가 너 모를 줄 알어? 너, 배우, 작가 지망생, 니 팬이라고 떠드는 여자들까지, 지금껏 몇 명 건드렸어?
재 열　(빤히 보며) 안 세봤어.
최 호　(주먹을 날려버리는)
재 열　(순간, 피하고)
최 호　(보며, 경고하는, 속상한) 너, 지해수, 건드리지 마라. 해수, 너 같은 놈이, 함

부로 넘볼 만한 그런 여자 아냐! 니가 지금까지 만났던 3개월, 6개월짜리들,

재 열　(말꼬리 자르며, 진지하게, 불쑥) 내가 지해술,

최 호　?!

재 열　오래 보면 어쩔래? 두고.. 두고, 오.. 래. (하고, 집 쪽으로 가는)

최 호　(화난, 속상한) 민영이랑 난, 이미 끝난 사이야, 걔가 일방적으로, 나한테 달려드는,

재 열　(돌아보며, 어이없는) 관심 없어. 둘 사이.

최 호　?

재 열　근데, 너 지해수가 상처받은 건 아냐?

최 호　..

재 열　알면, 깔끔하게 잊어주는 게 예의고, 우선이지. 여기 가져다놓은 자잘한 짐들, 챙겨 가는 것보다. (하고, 집으로 가는)

최 호　니가 뭐라든, 난 지해수랑 절대 이렇겐 안 끝내! 그러니까, 지해수, 건드리지 마! (하고, 집 밖으로 나가는)

재 열　(가며, 구시렁) 참, 말 많네, 쟤..

씬 29. 동민의 집 앞, 낮.

재열, 나와, 문을 쾅 닫고(그 바람에 문이 닫히려다, 열린) 차 타고 가면, 소녀, 걸어오다, 재열이 가는 걸 보는,

＊점프컷, 카페 안》

수광, 테이블의 잔을 치우다, 소녀를 보고, '뭐야, 저거... 뭘 보는 거야?' 하고 화가 나는, 관찰하면, 소녀, 동민의 집을 보고, 그 앞으로 가, 보면, 문이 열린, 들어가는, 수광, 심호흡하고, 따라가는,

씬 30. 동민의 집 복도 + 해수의 방 안, 낮.

소녀 아무렇지 않게 걸어서, 재열 방을 열어 빼죽 보고는, 해수 방으로 가는,

수광, 조심스럽게 뒤를 밟는, 소녀, 해수 방에서 이것저것 아무렇지 않게 뒤지는, 그러다, 팔찌를 발견하고, 차며, 좋은, 화장품 립스틱 바르다, 뒤에 수광이 화난 얼굴로 서 있는 걸 보면,

소 녀 (보고, 웃으며) 안녕. (하고, 코를 킁킁대고, 이말 치며, 수광 흉내 내는)

수 광 (순간, 손을 올리며, 속상하고, 화난) 콱! 이걸 그냥, 콱, 콱!

소 녀 (웃으며) 내가 전화 안 받아 화났구나? 안 보는 동안 잘 지냈어?

수 광 (팔찌 뺏고, 침대에 앉았다, 일어나, 다시 칠 듯) 아우, 콱, 그냥, 확 그냥, 확 그냥!

씬 31. 교도소 운동장, 낮.

죄수들, 축구를 하며, 즐거운, 운동장 한쪽에 앉아, 재범(모범수 완장을 찬)과 동민 얘기하고 있는,

재 범 (신난, 박수 치며) 아자, 아자자자자! (버럭, 두 팔 들고, 교도관 보며) 내가 중력을 알았어요! 지구의 자전을 알았어요!

교도관 (웃는)

재 범 (웃음기 가신, 진지한, 동민 보며) 그러니까, 내가 (신난, 한 발을 들며) 이럴 땐 내가 중력보다 힘이 센 거구, 나중에 내 힘이 떨어져, (발을 땅에 대며) 이러면, 중력이 나를 이긴 거고! (박수 치며, 낄낄대며, 축구하는 수인 보며) 야야, 패스 패스! (하고, 웃으며) 새끼들 궁금해 죽네, 죽어!

동 민 (웃으며) 무슨 소리야?

재 범 (보고, 웃으며) 쟤들! 내가 무식한데 의사, 인, 텔, 리랑 뭔 말을 쉬지 않고 막, 막 하나? 완전 궁금한 얼굴이잖아! 낄낄, 사실 별말도 안 하는데, 그지? (인상 쓰며) 이렇게 얘기하면 막 심각해 보이잖아. 지적이고, 쌍!

동 민 (낄낄대고, 웃으며) 근데, 머린 염색하냐?

재 범 빵에서 염색하냐? 센 거지.

동 민 ?

재 범 여기 들어와서, 딱 8개월 만에 반백. 그리고 다시 두 달 만에 올 백. 내 나이,

21살 때. 아픈 덴 없는데, 나 왜 이래? 할배들처럼?

동 민　(진지하게, 안쓰럽게 보다) 드문.. 경운데,

재 범　?

동 민　(편하게) 전에 너 같은 케이슬 본 적 있어. 외국에 공부하러 간 애가 스트레스로 머리가 반백이 됐더라고. (따뜻하게) 나한테 니 얘길 자세히 해주면, 내가 검은 머리카락이 나게 고쳐줄 수도 있는데..

재 범　(말꼬리 돌리며, 한 수인을 가리키며) 재가 원래, 살인을 했는데, 지 말로 정신분열 진단을 받고, 1년형만 받았다네. 그러며 애들을 막 겁을 줘. 지는 잘난 의사도 속인 놈이라면서, 건들지 말라고. 니들 정신과는 물이야? 범죄자랑 병자도 못 맞히고?

동 민　쟤 뺑이야. 정신분열 판단받음, 여기 못 있지, 치료감호소행이지. 내 보기에 쟨 그냥 잡범. 문신은, 방어기제.

재 범　?!

동 민　위험으로부터 자길 지키기 위한 수단. 쟤 경운, 남을 겁주기 위해, 자길 과시하는 행위라고 할 수 있지. 문신이 많을수록 겁 많은 놈이다, 그 말씀.

재 범　(놀랍다는 듯) 와... 너, 진짜 의사구나?!

동 민　니들 죄수들은 우리 정신과 진단을 받아 감형되는 게 꿈이겠지만, 과학, 의학은 절대 못 속여. 우리에겐 아미탈(Amytal; 바르비탈계의 수면제)이라는 진실의 주사약이 있거든. 만약 어떤 놈이, 살인을 하고, 정신분열증이라고 속이면 석방될 거 같아? 노. 아미탈 소디움(Amytal Sodium=아미탈)을 맞히고 물어보면.. 불지, 나는 정신분열이 아니에요 하고. (진지한) 아미탈 인터뷰의 힘이지. 진실만, 말하게 하는!

재 범　아.... 아, 미.. 탈?

동 민　(웃으며) 그래, 아미탈?

재 범　(아무렇지 않게) 야, 그거 울 엄마 맞힘 좋겠다.

씬 32. 교도소 밖, 낮.

재열 모, 한쪽에 앉아 있고,

재 범 (E) 엄마, 한 방.

씬 33. 교도소 운동장, 낮.

동 민 ?!
재 범 그리곤 잘난, 내 동생 놈 한 방, 여길 그냥 (동민 목에 바늘을 찌르는 시늉) 팍!
동 민 ..

씬 34. 도로, 달리는 재열의 차 밖 + 안, 낮.

재열, 운전하며 가는, 편한,

씬 35. 교도소 앞, 낮.

동민, 재열 모와 악수하며 있고,

재열 모 (고개를 연신 숙이고) 일도 바쁘신데, 귀한 의사 선생님이 우리 앨 위해서,
동 민 그만하시죠.. 저는 그냥 죄는 미워도 사람은 미워하지 말란 말이 좋아서..
재열 모 선생님만 믿을게요, 우리 애가 이제 곧 출소하면 정말 다신 이런 데 안 들어오게.. 선생님이 고쳐주세요.

그때, 태용, 문 쪽에서 소리치는,

태 용 (흥분한) 엄마, 형이 본대. 빨리 와, 빨리!
재열 모 (놀란) 그래.. (인사하며) 그럼.. (하고, 가는)
태 용 (재열 모 데리고 들어가며) 형님 나중에 전화드릴게요. (하고, 가고)
동 민 (둘을 보다, 돌아서며, 답답한) 엄마가 인상이 참 좋은데... 이 집안 사연이

대체 뭐냐? (고개 젓고 가는)

씬 36. 면회실, 낮.

태용, 재열 모, 재범 앉아 있는,

재 범 (태용만 보며, 있는)

태 용 형, 날 뭘 그렇게 봐, 엄마 얼굴 좀 봐봐... 형?

재열 모 (안쓰런 웃음 짓고, 따뜻하게) 놔둬.. 그리고, 고마워, 재범아 엄마 얼굴 보여 줘서..

재 범 (태용만 보는, 표정으로 장난치는)

씬 37. 대학병원 일각, 낮.

해수, 환희 모와 얘기하고 있고, 환희(일상복 차림), 화난 듯, 멀리 서 있는,

환희 모 (눈물 닦으며) 다 제 잘못이에요, 나 때문에 상처받아, 성기 그리는 걸 ..욕하고, 때리고, 미워하고, 미쳤다 그러고, 다 제 잘못이에요.

해 수 (담백한) 환희에겐 시간이 필요해요, 엄마를 이해할.. 시간이...

환희 모 성인이 돼서, 저 때문에 여잘 못 만나게 되면, 어쩌죠?

해 수 (맘이 불편하지만, 웃고) 지금은, 환희도 힘들다는 것만 이해하시면 돼요. 놀이치료 꾸준히 받게 하시구요. (하고, 가는)

환희 모 (맘 아픈)

＊점프컷 》

해수, 환희 서 있는,

환 희 (속상한, 퉁명스레) 오늘 어떤 인턴들이 난 못 고친대요. 지들끼리 그러는 거 들었어요.

해 수 (따뜻하게 보며) 아마, 그 말이 맞을걸.

환 희 (보면)

해 수 니 의지가 없으면, 이 경우, 치료도 별로 효과가 없어. 그래서 한 말일 거야.

환 희 (속상한) 내가.. 의지가 있으면요?

해 수 (웃고) 치료 가능성, 백 프로.

환 희 ?

해 수 넌 아직 어리고, 시간도 많고, 무엇보다 의지가 있는데, 뭐가 문제야? 암도 고치는 세상에? (웃으며) 게다가, 나같이 널 이해하는 의사도 있고?

환 희 (답답한) 가요, 저. (하고, 가는, 환희 모가 손잡으면, 뿌리치고, 환희 모가 팔짱 끼면, 다시 뿌리치고, 가는)

해 수 (짠해, 보는)

* 플래시백, 회상(최근) 》
해수 모, 주방에서 나물 무치다, 설거지하는 해수에게 '해수야, 이것 좀 먹어봐' 하면, 해수, 제 팔로, 해수 모 팔을 치며 '됐어' 하는, 해수 모, '야, 간 좀 봐줘', 해수, 설거지하던 걸 놓고, 가며, '싫대잖아, 귀찮게' 하고 가는,

* 현실 》
해수, 환희와 환희 모가 따로 가는 걸 보다, 돌아서는,
그때, 인턴에게 전화 오고, 인턴, '잠시만요?' 하곤 해수에게 와, 전화 주며,

인 턴 장재열 씨라네요?

해 수 (전화 받고, 가며) 왜?

씬 38. 방송국 앞, 낮.

재 열 (방송국으로 걸어 들어가며) 핸드폰 가지러 와. 소공동 사거리에 있는, SNB 방송국으로. (하고, 전화 끊는)

씬 39. 해수의 병원, 낮.

해 수　(어이없는) 야야, 야! 장재열. (전화기 보며) 이게.. 개방구리, 개닥다리! (전화기를 인턴에게, 주고, 화나 가는)

인 턴　(따라가며) 근데, 장재열이면.. 그 작가, 같이 사는? 혹시 둘이 썸 타(요?)

해 수　(갑자기 돌아서며, 팰 듯) 주둥아릴 확? (하고, 가는)

씬 40. 방송국 로비, 낮.

재 열　(들어서며, 오는 김 피디(여)에게) 공개녹화 준빈? (하며, 가서, 친구처럼 어깨 두르면)

김 피디　자기만 있음 되지, 뭐.

재 열　야, 인생 너무 쉽게 산다.

씬 41. 해수의 진료실 안, 낮.

해수와 결벽증 남자 환자(40대) 앉아 있는, 얼굴에 피부병처럼 조금 상처가 있고, 손에 낀 흰 장갑을 벗는, 해수, 환자의 손을 주시해 보면, 손에 허물이 조금 벗겨진,

해 수　처방한, 클로미프라민(Clomipramine; 강박장애 치료제(항우울제의 일종))이 잘 듣는 거 같은데.. 아직도 세수가 서른 번이면 많네...(하며, 손을 살짝 남자의 손에 대는)

환 자　(의식 못하고, 웃으며) 그래도 많이 줄었어요.

해 수　(손을 댄 채, 웃으며) 그런 거 같네요. 손을 안 치우는 거 보니까.

환 자　(놀라, 손을 떼는)

해 수　(웃고) 그럼 오늘은 좀 더 강한 행동치료 해볼까요, (자기 옆의 휴지통을 책상에 붓고) 만져요.

환 자　(두려운) 병 걸릴 거 같아요.

해 수 (휴지 만지며) 병 걸림 고쳐줄게요. 부모님 손도 못 잡고, 평생 여자 손도 한 번 못 잡고... 계속 씻다가 병 걸렸죠?

환 자 왜 만져야 하는지, 그냥 나는 이대로 살아도 되는데.

해 수 그대로 살다간, 씻다 죽을걸요. 그냥, 가볍게, 해봐요,

환 자 (만지려다 못 만지며) 어떻게 그냥, 가볍게 해요.

해 수 그냥, 가볍게,

해 수 (어이없는, O. L) 그냥, 가볍게, 어떻게 하니?

*플래시백 》

재 열 (편하게) 왜 못해,

재열, 해수의 입에 입을 맞추는,

*현실 》

해 수 (자꾸 생각나, 스스로에게 화나는) 어우!

환 자 ?

해 수 (민망한, 웃으며) 그냥 해봐요.. 가볍게,

환 자 전 지금까지 사십 년 넘게, 살면서, 한 번도 그렇게 드러운 걸 만져본 적이 없어요, 선생님..

해 수 사십 년 동안 한 번도 만지지 않았어도, 만지는 건, 지금처럼 (휴지 집으며) 한순간이에요.

*플래시백 》

재 열 (E) 지금처럼 ...한순간이야. (하고, 라이터를 켜고, 입을 들이대던)

해 수 ?!

*현실 》

해수, 자꾸 생각나는 게 속상한, 환자에게 휴지를 집어서, 손에 쥐게 해주고, 환자가 휴질 못 버리게 손을 자기가 꽉 잡으며,

해 수 느낌 어때요?

환 자　(눈 감고, 두려운) 축축해요.

*플래시백 》

재 열　생각보다, 입술이 촉촉하드라.

*현실 》

해 수　(환자 보며, 재열 생각을 떨쳐버리려 하며, 고개 젓고) 촉촉한 건, 아니, 축축한 건 드러운 게 아니죠.. 그냥 축축한 거죠.. 아주, 잘하고 있어요... 하나, 둘.. 열까지 참아요, 병 안 걸리니까. 같이 세요, 셋, 넷,

씬 42. 달리는 택시 안, 밤.

해수, 기사의 전화기로 전화를 하고 있는,

해 수　(살갑게) 어, 지금 가는 중이야, 어, 맞아, 그 건물.. (시계 보며) 한 10분 후면, 도착할 거 같애.. 어, 거기서 봐, 윤철 씨. (하고, 전화길 기사에게 주며) 정말 감사합니다, 전화비 택시비 낼 때 드릴게요.

기 사　네.

해 수　(창가 보며, 구시렁) 이 개방구리, 개닥다리 때문에 뭐야, 하루 종일?

씬 43. 거리, 밤.

택시 서면, 해수, 내려, 시계 보고, 급하게, 걸어가는, 음악이 들리고, 사람들 모여서 뭔가 구경을 하고 있는, 해수, 뭔지 모르고, 그냥 지나쳐 건물 안으로 가려는데, 순간 뭔가 이상해, 소리 난 쪽 보면,

*점프컷 》

건물의 유리창이 보이는, 녹화장, 그 안에, 재열이 음악을 틀어놓고, 앞의 사람들은 신경 쓰지 않고, 차를 마시며, 몸을 흔들고 있는,

＊점프컷, 교차 》

해 수　(뭔가 싫어, 사람들 사이로 비집고 가서, 재열을 보는)

재 열　(음악을 듣다, 볼륨 줄이고, 원고에만 집중하는) 미친 듯이 사랑한 후에, 차가운 남남이 된다는 건, 정말 가슴 아픈 일이다. 남자가 날 떠날 거 같으면, 난 먼저 헤어지자며, 구질구질한 얘길 피한다. 그렇고 그런 연애담만 하나 늘었다. 정말 사랑했는데.. (하고, 글 내용 때문에, 착잡한, 음악을 더욱 크게 하는)

＊점프컷 》

해 수　(가볍게) 정말 사랑? 니가 사랑을 아니? 개날라리.. (하고, 가볍게 웃으며, 재열 보는데, 왠지 재열이 싫지 않은, 설레는)

＊점프컷, 교차 》

재 열　(내용이 맘이 아픈지, 후 하고, 차 마시다, 해수와 눈이 마주치면)

해 수　(입 모양으로만 말하는데, 답답한) 전화기.. 내 내, 전화기.. (하며, 손짓 발짓 하다, 앞의 여자를 툭 치고)

여 자　(짜증내면)

해 수　(고개 숙이며, 진심으로) 미안합니다, 미안합니다. (하고, 재열 보고, 다시 손짓 발짓 하는) 전화기?

재 열　(해수가 친 여자를 보고, 미안하다고, 인사하고, 남들 안 보게, 알았단 신호를 윙크로 하는)

해 수　(작게, 구시렁) 미쳤나..

재 열　(스태프에게 전화기를 주는, 턱으로 해수에게 주라고, 눈짓하고, 음악을 몸으로 타며, 음악을 줄이고, 원고를 읽는) 지금까지, 영화, 뉴욕에서 온 남자, 파리에서 온 여자, 극중 메리온의 독백이었습니다. 두어 번, 어쩌면 서너 번, 남자를 만났단 이유로, 사랑하는 사람에게 늘 진정성을 오해받는 메리온. 저는 세상의 모든 사랑은 첫사랑이다. 그렇게 그녈 위로하고 싶네요. 안쓰러운 그녈 위해 오늘 제가 선택한 곡은 ＊＊＊의 ＊＊입니다. (하고, 노래 틀고, 몸으로, 음악을 타는, 해수는 아랑곳이 없는)

＊점프컷 》

구경하던, 여자들, '멋져, 어우' 하고 좋아하고,

해수, 그 여자들을 이상한 듯 보고, 작게 구시렁,

해 수 (여자들 보며) 뭐야.. 저것도 멘트야, 바람둥이 여잘 뭘 위로해, 그 여잘 사랑한 잭을 위로해야지.. 사리판단이 안 돼... (하고, 재열을 보는데, 뭔가 마음이 움직이는, 아무렇지 않은 듯하지만, 자꾸 사람들을 밀치며 보는)

*점프컷》
재열, 녹화장 안에서, 스태프들과 얘기하는, 자연스러운 모습이다,

*점프컷》
여학생들, '어머, 장재열이다', 하며, 해술 밀치고, 녹화장을 구경하려 몰려들고,
해수, 밀쳐지며, 자기도 모르게, 재열에게 자꾸 눈이 가고, 재열의 모습이 이뻐, 웃음이 나는데, 그때, 스태프가 나와, 해수 찾아, 전화기를 주는,

스태프 여기요. 이거.. 작가님이..
해 수 (받고) 감사합니다. (하고, 핸드폰의 배터릴 갈고, 문자 보면)
최 호 (E) 나, 호야. 우리 친구로라도 보자, 해수야.
해 수 (전화기 닫는데, 전화가 오는) 어, 선배? 왜? (하며, 몸 돌리지만, 재열을 보고 싶은 맘이다)
동 민 (E) 디센서티제이션(Desensitization; 탈감작, 탈감지화(행동치료의 일종))
해 수 (뭔가 싫은) ?

씬 44. 동민의 병원, 밤.

동민, 전화하는,

동 민 재열이가 너한테 디센서티제이션, 아주 강한 행동치룔 했다며? 그놈이 의사네, 그거. 탈감작을 알고! 입 맞췄다며?

씬 45. 거리, 밤.

해 수 (아까와 다르게, 싸늘히 식는, 화가 나는, 재열을 보는)

씬 46. 동민의 병원, 밤.

동 민 (엄지 검지를 붙였다 떼었다 하며) 꾸준히, 뗐다 말았다 반복적으로 하다보면, 확실히, 불안이 감소할 거다. 나는 해줄 수 없고, 장재열이랑, (사이) 해수야, 해수야, 해수야! (전화기 끊으며, 노래 부르며, 컴을 보는)

씬 47. 거리, 밤.

해 수 (화가 끓지만, 참고, 문자를 하는)

씬 48. 녹화장 안, 밤.

재열, 음악을 들으며, 문자를 보면,

＊인서트, 문자 내용 》

해 수 (E) 넌 내 불안장애가 재밌니? 인생 그렇게 살지 마. 한 번만 더 어젯밤처럼 나 건드림 죽는다.

재 열 (자신을 사납게 보는 해수 보다, 담백하게, 문자 넣는)

씬 49. 거리 + 녹화장 안, 밤.

해수, 문자 보는,

재 열　(E) 그래도, 난 어제 너 잘 때 좀 설렜는데.. 알았어.
해 수　(문자 보며) 설렜는데? 니가 덜 맞았구나.

그때, 누군가, 눈을 가리는,
재열, 그 모습을 보고, 이상한,

해 수　누구야?
윤 철　(손 떼며, 밝게) 나!
해 수　(놀란) 어머.. 윤철 씨?! (하고, 얼싸안고, 방방 뛰며, 좋아하는)
재 열　(이상한) ?
윤 철　(해수에게) 더 볼래?
해 수　아냐, 아냐, 볼 것도 없어, 가자, 잘 지냈어?!

해수, 윤철, 그렇게 가고,

씬 50. 녹화장 안, 밤.

재열, 가는 해수를 보며, 멘트 하는,

재 열　다음은 사연을 읽을 시간이네요. (하고, 노트북 보며, 편하고 작게 구시렁) 핸드폰 남자네. 최호에.. 내 남자에.. 와.. 나름 재밌게 사네. (하고, 아무렇지 않게, 사연을 읽는) 첫 사연은,

씬 51. 해수 모의 가게 앞, 밤.

해수, 윤철 포옹을 깊게 하고, 윤철, '그럼 그날 보자, 형님이랑 수광이도 꼭 델고 오고', 해수, '그래, 그날 보자' 하고, 윤철, 가고,
해수, 손 흔들고, 가게로 들어가는,

씬 52. 해수 모의 가게 안, 밤.

해수 모, 도득, 일하다, 가방 챙기는 해수에게,

해수 모 저 남잔 뭐야? 장재열 안 만나?

해 수 (어이없이 보고) 저 남잔 친구고, 내가 왜 장재열을 만나?

도 득 언니가 그러든데?

해 수 미쳐, 유언비어야. (하고, 한쪽의 아빠에게 가, 이마에 입 맞추는) 아빠, 딸 가.

해수 모 너 정말 혼자 살다 늙어 죽을래? 남자 안 만나? 최호랑도 헤어졌다며!

해 수 난, 일이 재밌어. (하고, 순간, 도득이 남은 술을 홀짝 마시는 걸 보고, 뺏고) 또 술!

도 득 (웃으며) 남은 술 버리기 아까우니까.. (일하는)

해수 모 결혼은 안 해도 연애는 해! 그게 사는 재미지, 사는 게 뭐 별 재미야.

해 수 (싫은) 엄마.

해수 모 니 아빠랑 나 봐, 얼마나 좋아, (하고 아빠의 얼굴 잡고, 볼에 입 맞추며) 아이고, 이뻐라.

도 득 처제 키스는 해봤어? 언니는 처제가 뭐 불안.. 장앤가 뭐 그게 있다든데, 진짜 남자랑 안 돼?

해수 모 (아빠 만지다, 걱정) 이게 뭔 소리야? 남자랑 안 되다니? 니가 그런 거 고치는 의산데, 그게 안 되면, 돼? 너무 안 해, 그런가, 야, 아무랑이나 해봐,

도 득 처제, 고기도 먹어본 놈이 먹는다고,

해 수 (버럭) 형부나 고기 먹어! (하고, 가는)

도 득 (놀라, 움찔하고)

해수 모 (놀라, 걱정, 문 열고) 해수야, 해수야! 엄마 걱정돼서 그래, 해수야!

해 수 (속상해, 가는) 진짜..

해수 모 (걱정되는) 만약, 그럼 큰 병인데....

씬 53. 달리는 버스 안, 밤.

해수, 자리 잡고 앉아, 가방에서 핸드폰 꺼내, 전화 온 것 확인하고 없자, 그냥 다시, 핸드백에 넣다가, 순간 생각나, 핸드폰을 켜는, 동영상을 트는,

＊핸드폰 화면 》
해수, 마룻바닥에 널브러져 자는,

해 수　(보며, 이상한) 아침엔, 침대였는데, 이렇게 자다, 침대에 올라갔나..

하고, 화면 돌리면, 재열, 들어와, 해수 보고, 웃으며, 옷을 벗으며 다가가는,

해 수　어머, 어머머머머!

사람들 다 보고,

＊점프컷, 화면과 해수 교차 》
해수, 제 입을 가리고, 사람들 아랑곳없이, 집중해 화면 보면, 재열, 옷을 벗어놓고, 누워 있는 해수를 돌리면, 해수의 입에 구토물이 나와, 뺨을 적신, 재열, 웃고, 화면 보는 해수 긴장하는, 화면에서 재열, 해술, 조심히 들어서 안고, 침대에 놓고, 주머니에서 수건 꺼내, 해수 입가를 조심스레 닦고, 바닥을 닦고, 이후, 이불을 덮어주고, 침대에 앉아, 침대 옆에 둔, 양키스 4번 모자를 쓰고, 해수를 물끄러미 보고, 발을 보다, 이불을 살짝 덮어주고, 옆에, 침대(낮은 침대) 아닌, 바닥에 누워, 웃는, 그리고, 제 핸드폰으로 음악을 틀고, 해술 보며, 몸을 까딱대는,

＊점프컷 》
해 수　(긴장한) 이게 왜 날 빤히 봐..
재 열　(E) 그래도, 난 어제 너 잘 때 좀 설렜는데..

해수, 화면 속에서 자길 보는 재열의 얼굴을 클로즈업해 보는, 느낌이 이상

한, 진심이 느껴지는,

＊점프컷, 화면 》
재열, 자는 해수 보며, 음악에 맞춰, 고갤 까닥이며, 해수를 보다, 뒤척이는 해수를 토닥여주고,

＊점프컷 》
해 수　(긴장하고) 어어, 터치 터치....

＊점프컷, 화면 》
해수, 잦아들면, 불 끄고, 음악에 몸을 움직이며, 화장실로 가는,

＊점프컷 》
해 수　(여전히 걱정스런) 이게.. 끝? (한숨 쉬는, 화면을 돌리는)

＊점프컷, 화면 》
뒤척이는 해수 보이며, 날이 밝는, 해수, 일어나는,

＊점프컷, 버스 안 》
해 수　뭐야, 끝까지.. 젠틀이네...

해수, 안도하고, 핸드폰 주머니에 넣다가, 창가 보고, '그루브는 잘 타네?' 하며 웃다가, 다시 핸드폰 꺼내 보면서, 자기도 모르게, 재열처럼 몸을 흔드는,

씬 54. 동민의 집 앞, 밤.

해수, 편하게, 집으로 들어가려는데,
동민, 뒤에서 오며,

동 민　그래서 탈감작은 좋았냐?

해 수　(보고) 고만해? (하고, 들어서며)

동 민　좋았구나?

해 수　에헤!

동 민　에헤라디어! (하고, 노래를 부르며 들어가는)

해 수　아우, 진짜.. (하고, 따라 들어가는)

씬 55. 동민의 집 거실, 밤.

동민, 해수, 들어오는데,
수광, 불쑥 나타나, 해수에게 팔찌를 보이며,

수 광　누나, (턱으로 소녀 가리키며) 저 기집애가 누나 팔찌 훔쳤어!

해 수　?! (소파에 앉아, 껌 씹으며, 웃고 있는 소녀 보는)

동 민　(소녀 보자마자, 버럭) 야, 이누무 새끼, 너 또!

소 녀　안녕, 의사 아저씨!

해 수　(이상한) 너 뭐야?

동 민　날라리야, 그냥.. 내가 아는 애, (소녀 앞에 가, 앉으며) 너 새끼야, 집단치료 왜 안 나와?

소 녀　이제부터 나갈라고? 가도 되죠? (하고, 웃으며, 일어나려 하면)

수 광　(가로막아 서며) 가긴 어딜 가! (칠 듯이) 확 씨! (해수 보며) 얘가 누나, 방에 들어가서, 립스틱 바르고, 팔찌 훔치고, 이거 완전 도둑년이야, 이거?

소 녀　(해수 보며) 그냥 껴본 거예요? (수광 보며) 나 도둑년 아니거든. 컨덕트 디스오더(Conduct Disorder), 품행장애. 날라리도 병이라고, (동민 보며) 아저씨가 전에 우리 학교에 상담 와서. 치료법은 주변 사람들이 따뜻하게 대해준다, 크크.. 그죠, 아저씨?

수 광　이 도둑년이,

동 민　(버럭) 말조심해, 자식아! 도둑년이 뭐냐, 애한테? 그냥 싸가지가 바가진 거지?! 새끼가,

해 수　(말꼬리 자르며, 소녀 보고, 어이없는) 이 집은 어떻게 들어왔니?

소 녀　열려 있었는데요, 그리고,

그때, 재열 들어오는데,

소 녀 (재열 가리키며) 아, 저 아저씨가 이쁘다고 한번 들르랬는데요?

재 열 (책을 사 들고 들어서다, 소녀 보고, 다른 사람들 보고, 이상한)

해 수 (화나 재열을 보는) ?!

수 광 (재열 보고) 거기가 얘보고 이쁘댔어? 그리고 집에 오라고, 맘껏 오라 그랬어?

동 민 장재열이가 뭐가 아쉬워, 얠 이쁘댔겠어, 뭐가 아쉬워?

재 열 이쁘다고 했는데,

해 수 (화난) ?!

동 민 (기가 차, 어이없이 보며) 눈깔은 있네.

해 수 (어이없는, 화난, 재열에게) 너, 나 좀 봐. (하고, 이층으로 가는)

동 민 (소녀에게) 감 마!

소 녀 (일어나려 하면)

해 수 (앞과 다르게 무섭게 변한, 버럭) 어딜 가!

동 민 (놀란) 아이고, 깜짝이야.

해 수 (눈치 보는 소녀에게) 앉아 있어, 너! (하고, 재열에게) 따라와, 너. (하고, 가는)

재 열 (해수 멍하게 보다, 소녀 보며, 어이없이 웃고) 집에 가라. (하고, 가는데)

수 광 (재열 막아서며, 화난) 너, 뭐야, 어디서 아무나 찝쩍대, 찝쩍대길! 얘 교복 입은 거 안 보여! 미성년자야! 어디서, 이쁘다고 수작을 걸어!

재 열 (말 다 안 듣고, 화나, 쿠션을 들어, 수광을 그대로, 몇 대 패고) 자식이, 말이라고 함부로 하고 있어.. (하고, 가는)

수 광 (속상한, 재열 보는)

소 녀 (수광을 보고) 메롱.

동 민 (뒤통수 치며, 으름장, 진지한 눈빛으로 보는) ..

씬 56. 복도, 밤.

해수, 재열, 서로 팽팽 마주 보고 있는,

재 열　이뻐서 이쁘댔고,

해 수　(어이없는)

재 열　집에 오란 적은 없고, 팔찌는 찾았고, 동민 형님, 수광이랑 아는 사이면, 다신 그러지 마라 말하고, 곱게 보내면 될걸, 대체 뭐가 문젠데?

해 수　(어이없는) 니가 문제지. 넌 애든 어른이든, 치마만 두르면, 껄떡대니? 아무나 입 맞추고,

재 열　(화난) 뺨 맞고 퉁쳤다, 그건?

해 수　(화난) 너, 눈 없어?! 아무나 껄떡껄떡, 야, 바람둥이도 정도가 있어야지, (버럭) 쟤 미성년자야! 법으로도 보호받는,

재 열　(말꼬리 자르며, 화난, 가라앉은) 입 닫어.

해 수　?!

재 열　(화난, 진지한) 난, 미성년잔,

해 수　(화나 보는)

재 열　미성년자답게 대해. (후 하고, 한숨 쉬고, 속상하고, 답답한, 머리 쓸어 올리며) 간만에 일 좀 할라 그러는데, 참 시끄럽게들 하네. (전화하고) 112죠?

해 수　(조금 놀란) 야? 잠깐. (하고, 뺏으려 하면)

재 열　(해수(재열의 카리스마에 눌린)의 팔목을 잡아, 돌리고, 무섭게 보며, 전화만 하는) 여기 팔찌 훔쳐간 도둑을 붙잡아놨는데, 좀 잡아가세요. 네, 현행범 맞아요, 집 주손 백육십구에 일입니다. (하고, 전화 끊고, 해수 팔을 확 놓고, 보는)

해 수　(당황한) 야,

재 열　사람이 말을 하면 좀 믿어? 이제 앨 경찰에 처널 생각하니까, 속 시원해? (하고, 방으로 들어가, 문 쾅 닫는)

해 수　(당황) 그러게!

재 열　(다시 방에서 나와 화나 보면)

해 수　(기에 질려, 당황해, 빠르게, 전화하며, 계단으로 내려가는) 저기요, 좀 전에 전화 장난전화예요, 169 다시, 1에서 걸려온 거.. 죄송합니다..

씬 57. 동민의 집 앞, 밤.

수광, 소녀의 팔을 잡아 밀치며, '가!' 하고, 소녀, '가!' 하고 흉내 내며, 아무렇지 않게 춤추듯, 몸을 흔들며 가는,

수 광 딴 데 가지 말고, 집에 가, 꼭!

씬 58. 주방, 밤.

해수, 설거질 하는,
동민, 물 따라 마시며, 아무렇지 않게,

동 민 저기 해수야,
해 수 (설거지만 하는) 난 싫어,
동 민 (어이없는) 얌마, 내가 뭔 말을 하려는데, 다짜고짜 싫어?
해 수 (설거지 다 하고 보며) 그 날라리 기집애 상담 안 해, 선밴 인류애가 많고, 난 싸가지가 바가지야. 그렇게 우리의 가치관 정리하자.
동 민 (어이없는) 얌마,
해 수 (가며) 물론 걔는 내가 알지 못하는 인류 모두가 이해할 만한 사연이 있겠지만, 난 알고 싶지 않아. 낼 윤철 씨 공연 가는 거나, 수광이한테 말해. 간만에 좋은 데 가서 바람 쐬자.
동 민 해수야,
해 수 (안 들으려고, 고개 저으며) 아아아아아아... (하고, 귀를 막고, 가버리는)
동 민 (가는 해수에게) 기집애, 진짜.. (하고, 방으로 가며) 저게 내가 뭔 말을 하려는지.. 입만 뻥긋해도, 다 읽어 조지네, 저게.. 귀신이네.. (하고, 가다, 핸드폰 오면 받는) 여보세요?

씬 59. 해수의 방 안, 밤.

해 수　(화장을 지우다, 문득, 거울 보며, 재열 흉내 내는) 난 미성년잔 미성년자답게 대해. (좋은) 꼴에.. 제법인 데도 있는 거지? (방 쪽 보며) 저 인간이.

그때, 쾅 하는 문소리에 놀라, 방문 열어 보면, 재열, 계단을 뛰어 내려가는 게 보이는, 해수, 뭔가 싶어, 창으로 가, 대문 쪽 보면,

씬 60. 동민의 집 밖 + 거리, 밤.

재열, 집에서 뛰어나와, 죽어라, 뛰어가는,

＊점프컷 》
해수, 내려다보며, 이상한,

씬 61. 거리, 밤.

재열, 죽어라 달리는, 강우가 걱정되는,

씬 62. 도로, 달리는 최호의 차 밖 + 차 안, 밤.

최 호　운다고요? 재소자가?
동 민　(걱정스런) 그러게 교도관 말이, 운다네, 자다 깨선 계속, 꿈을 꿨는지..
최 호　근데, 밤에 둘이 만나는 거 위험하진 않나?
동 민　착실한, 모범수야. 그러니까, 교도관이 응급으로 부르지. 속도 더 내.
최 호　네. (하고, 가는)

씬 63. 공원, 밤.

강 우　(사복, 철봉에 매달려, 몸 구르기를 하며, 신난, 웃으며) 작가님!

재 열　(오다, 멈춰 서서, 강우를 보는) ?!

강 우　(철봉에서 몸 구르기를 하며, 좀 신난, 큰소리) 제가 엄마한테 달려드는 아버질 한 대 쳤어요. 남자답게, 겁 안 내고.

재 열　(다가가 보면) ?

강 우　(철봉에서 내려, 피 난 주먹을 보이며, 의기양양, 그러나 눈가가 붉은) 아버지가, 놀라서 그냥 집을 나갔어요. 코피가 나선,

재 열　(울컥하는, 다가가, 안아주는)

강 우　이제 절 만만히 보진 못할 거예요. 제가.. 했어요, 겁 안 먹고.. 아버질,

재 열　(맘 아픈, 안아주는, 안 울려고 하며, 힘 있게) 넌 아버질 친 게 아냐, 폭력을 막은 거야, 그냥 폭력을 막은 거야..

씬 64. 교도소 면회실 안, 밤.

동민, 앉아, 재범 보며, 웃고, 면회실 창문으로, 최호, 재범을 보는,

재 범　(눈가 붉지만, 담담히) ..그러니까, 꿈이.. 진짜 현실인데.. 동생이..

＊점프컷, 회상 》
어린 재열, 의붓아버지를 찌르던,

＊점프컷, 현실 》

재 범　의붓아버질 죽이던 장면이...

동 민　(진지하게 듣는)

재 범　엄마가.. 봤는데..

＊점프컷, 회상 》
재열 모, 문을 열고, 놀라 보던,

재 범　(E) 분명 봤는데..

＊점프컷, 회상 》

검 사　장재열이, 의붓아버질 칼로 찌르는 걸 봤습니까?

재열 모　...

검 사　다시 묻습니다. 장재범은 어머니가 봤다고 하는데, 장재열이, 의붓아버질 칼로 찌르는 걸 봤습니까?

재열 모　(수인복 입은 어린 재범을 보는) ..

재 범　(E) 엄마가 검사가 묻는 말엔 대답 않고, 나만 봐요.

＊점프컷, 현실 》

재 범　그래서 나는 유죄. 자다 깨서 다시 자도 그 꿈을 계속.. (보며) 동생이 죽였어요, 의붓아버진.

동 민　.. (재범이 안쓰런) ...

재 범　아미탈.. 내가 나가면, 내 동생하고 울 엄마 아미탈 주사 줘요, 진실의 약. (동민의 손가락 걸고) 약속해요, 네? 약속해요, 형님, 네?

동 민　(진지한, 답답한) ?

씬 65. 현주의 집 앞, 밤.

재열, 강우, 현주(교복 입은, 학원 갔다 집에 가는, 16세)를 쫓는, 현주, 집으로 들어가는,

재 열　저기,

강 우　(재열의 입을 틀어막으며, 말리며) 안 돼요.

재 열　(웃으며) 야, 뭐야, 학원에서 여기까지 뒤따라와선 말도 못 하고,

강 우　(웃으며, 현주의 이층집을 올려다보며) 이제 불이 켜지고..

이층 방 창(불투명)에 불 켜지는,

강 우　(설레는) 현주가 옷 갈아입는 게 그림자로 보이고..

재 열　(그런 강우 보며, 어이없이 웃는)

강 우　(창가에서 사라진 현주를 확인하고) 잘 자.

재 열　내가 현주 얼굴 보게 해줄까?

강 우　(가며) 아뇨..

재 열　(순간, 돌을 집어던져, 창을 깨는)

현 주　(창문 열고) 누구야!

강 우　(돌아보고, 놀란)

재 열　(현주 보고 말하는) 얘 이름은 강운데, 얘가 학생 좋아한대, 무지 많이!

강 우　아씨.. (하고, 뛰어 도망가는)

재 열　(현주에게, 웃으며) 나중에 아는 척 좀 해줘. (하고, 강우에게 가며) 강우야..! (하고, 뛰어가는)

강 우　(좋고, 설레는, 뛰며) 아, 쪽팔려, 쪽팔려!

재 열　좋지! 봤지! (하고, 강우 뒤통수를 치고, 뛰어가는)

＊점프컷, 창가 》
어린 현주가 아닌, 재열 또래의 여자(상숙, 30세), 재열을 보며, 이상한,

씬 66. 해수의 방 안, 밤.

음악소리가 나는, 해수, 음악 들으며, 춤을 추며, 머리 말리다, '어떻게 췄드라?' 하고, 문득 핸드폰 켜고, 동영상의 재열을 보며, 웃으며, 재열처럼 춤추는,

씬 67. 몽타주.

1, 거리. 재열, 강우와 웃으며 앞서거니 뒤서거니 하며, 뛰어가는,
2, 해수의 방 안. 핸드폰 보며, 해수의 설레는, 기분 좋은, 얼굴,
3, 길가. 사람들 이상하게 재열을 보는, 재열, '강우야, 같이 가' 하지만, 실제

는 혼자 뛰는 걸 본,
*클로즈업 샷에선, 재열과 강우가 같이 보이고, 풀 샷에선, 재열만 뛰는, 재열, 환하게 웃으며, '강우야, 빨리 와!' 하며 가는데, 혼자다, 그 모습에서, 엔딩.

5부

너도 사랑지상주의니? 사랑이 언제나,
행복과 기쁨과, 설렘과, 용기만을 줄 거라고?

고통과, 원망, 아픔과 절망과 슬픔과 불행도 주겠지.
그리고, 그것들을 이길 힘도.. 더불어 주겠지.
그 정도는 돼야, 사랑이지.

씬 1. 교도소 면회실 안, 밤.

재 범　아미탈(Amytal; 바르비탈계의 수면제).. 내가 나가면, 내 동생하고 울 엄마 아미탈 주사 줘요, 진실의 약. (동민의 손가락 걸고) 약속해요, 네? 약속해요, 형님, 네?

동 민　(진지한, 답답한) ?

재 범　(큰절하고, 맘 아프지만, 담담하게) 전 정말 착한 애예요, 형님. 생긴 게 범죄자 같아도, 공부는 못했어도, 15살부터 공장 다니며 일했고, 돈 벌었고, 진짜 착한 애였어요. 남들은 나보고 동생한테 죄를 덮어씌우는 괴물이라지만, 아니에요. 나, 착해요. 동생은 착해 보이지만, 나쁘고.

동 민　...?

재 범　절 구해주세요, 형님. 그럼 또 뵙겠습니다. (하고, 큰절하고, 나가는)

동 민　(답답한) ?

씬 2. 몽타주.

1, 해수 방 안. 핸드폰 보며, 춤추는, 해수의 설레는, 기분 좋은, 얼굴.
2, 길가. 사람들 이상하게 재열을 보는, 재열, '강우야, 같이 가' 하지만, 실제는 혼자 뛰는 걸 보는,

*클로즈업 샷에선, 재열과 강우가 같이 보이고, 풀 샷에선, 재열만 뛰는, 재열, 환하게 웃으며, '강우야, 빨리 와!' 하며 가는데, 혼자다,

씬 3. 교도소 복도, 밤.

동민, 교도관에게, 말하는,

교도관 사건 기록이요? 선생님껜 드릴 수 있죠.
동 민 부탁할게요. 청소년 때부터 최근 것까지, 의붓아버지 살인 사건이랑, 뭐 동생 가해 사건이 있었다던데, 그거 전부 다. (하고, 가는)
최 호 (동민의 옆으로 와서) 뭐예요?
동 민 몰라도 돼.

씬 4. 거리, 밤.

재열, 뛰다가, 기침하며 고개 숙이는, 강우에게 가는,

재 열 (헉헉대며) 감기야?
강 우 (입을 막고, 웃는, 손가락 하나가 뻣뻣한) 몰라요, 자꾸 기침이....
재 열 (무심히) 손가락은 왜 그래?

그때, '아저씨!' 하는, 소리 나, 재열, 보면,
소녀, 웃으며, 건너편에서 손 흔들고 서 있는,
재열, 어이없게 보고, 옆을 보면, 강우가 없는,

재 열 (두리번거리며) 강우야?
소 녀 ?

씬 5. 해수의 방 안, 밤.

해수, 공부를 하다, 문득, 핸드폰을 보고, 뭔가 생각난, 핸드폰의 동영상을 보는, 재열을 보고, 웃다가, 조금 이상한 느낌으로, 돌려 보는,

＊점프컷, 핸드폰 화면 》

재열, 일어나, 화장실로 들어가는, 핸드폰 빠르게 돌려지고, 새벽이 되는,

＊점프컷 》

해 수 (핸드폰을 빠르게 돌려서, 다시 반복해 보다) 뭐야.. 장재열, 이날 화장실에서 잔 거야?

＊플래시백 》

화장실 문에 번호 키 있던,

＊점프컷 》

해 수 ?! (이상한, 핸드폰 놓고, 공부하는데, 문소리가 나, 재열인가 싶어, 기대에 차, 뛰어가는)

씬 6. 동민의 거실, 밤.

해수, 막 뛰어나오다, 동민 보고, 순간 실망한, 얼버무리는,

해 수 어.. 와, 왔어?

동 민 (들어서다, 보며) 갑자기 미안하네, 나라서?

해 수 (조금 당황한, 얼버무리는) 뭐, 뭔 소리야?

동 민 어, 왔어? 하는 니 목소리에 실망감이 가득하잖어, 장재열 안 왔냐? (하고, 방으로 가는)

해 수 제발 생떼 좀 쓰지 마?! 내가 무슨.. 낼 윤철 씨, 콘서트 가는 시간 잊지 말고?

동 민 (방문 쾅 닫는)

해 수 (구시렁) 신 내렸네, 신 내렸어, 곧 길바닥에 돗자리 까네, 저 인간이... (서운해, 방으로 가는)

씬 7. 동민의 집 앞, 밤.

소녀, 재열을 따라오는,

소 녀 근데 아까 아저씨 누구랑 얘기했어요?

재 열 (아무렇지 않게) 친구.

소 녀 (이상한) 친구? 혼자던데?

재 열 (어이없게 보고, 집 앞에 멈춰 서며) 안 가?

소 녀 (아무렇지 않은) 하룻밤만 재워줘요? 아저씨 집 넓잖아?

재 열 (어이없게 보면)

소 녀 진짜 열쇠 잃어버려 집에 못 들어가요. 아빠가, 한번 발동 걸려 고물 줍기 시작하면 새벽까지, 어쩔 땐 며칠도 집에 안 들어온다구요.

재 열 ?

소 녀 엄만, 세 살 때 집 나가서, 가끔 돈만 주러 오고, 집에 아무도 없어요. 참 내 이름은 오소녀예요. 이름 이쁘죠?

재 열 (돈 주고) 열쇠 아저씨 불러.

소 녀 (돈 주머니에 넣고) 담배 사 먹어야지. (하고, 벽에 기대, 주르르 앉아, 하늘 보고, 노랠(삐딱하게) 부르는) 괜히 시비 걸어, 동네 양아치처럼! 하늘을 향해, 침을 캭! (하고, 뱉다, 제 얼굴에 묻는) 에이, 썅.

재 열 (어이없이 보다, 집으로 들어가다, 멈춰 서서, 생각하다, 다시 소녀 보며) 들어와. 거실에서 조용히 자고, 아침에 나가.

씬 8. 동민의 집 복도, 밤.

재열, 방으로 들어가려는데, 해수, 방문 열고,

해 수 (조금 호의적으로) 왔.. 니?

재 열 (이상한) 왜 웃어? 이번엔 웃으면서 시비야?

해 수 (어이없는, 웃으며) 시비는.. 야, 난 웃지도 못하냐? 물론 성질을 더 잘 내긴 하지만. (하고, 촛불로 가서, 초를 갈고, 묵념하는)

재 열 그 초 뭐야?

해 수 (묵념하며) 내가 사랑하는 사람을 위한, 숭고한 기원.

재 열 (아무렇지 않게) 핸드폰?

해 수 (보면) ?

재 열 최호 사귀었으면서, 그 남잔 뭐야? 양다리였어?

해 수 (어이없단 듯, 웃으며, 가볍게) 질투니?

재 열 (아무렇지 않은) 질문인데?

그때, 거실에서 냉장고 문소리가 나고, 수저통 엎는 소리 나는,

해 수 뭐야, 이 소린?

재 열 손님이 왔어. (하고, 내려가는)

해 수 (이상한, 따라가며) 손님? 무슨 손님?

씬 9. 동민의 거실, 밤.

재열, 해수, 내려오고, 소녀, 냉장고에서 푸딩 꺼내 떠먹고 있는,

재 열 너, 조용히 안 자?

해 수 (어이없는) 뭐야, 얘?!

재 열 (해수 보며) 갈 데가 없대. 오늘 하루만이고. 이 집엔 규칙이 없잖아, 그리고, 분명히 말하지만, 이 집은 내 집이야. 하루만 재워 보내. (하고, 이층으로 가는)

해 수 (재열 보고, 어이없어, 소녀 보고, 버럭) 너 나가!

소 녀 (담백하게) 갈 데 없어요, 그리고, 여기 저 아저씨 집이잖아요. (하고, 소파에 드러눕는)

해 수 (어이없는, 재열의 방으로 가는)

씬 10. 재열의 방 안, 밤.

재 열 (컴 앞에 앉아, 컴을 켜는)
해 수 (문 열고, 진지한) 너.. 혹시, 지금 이 시간까지 재 만났니?
재 열 (의자에 몸을 기대, 의자에 앉은 채, 몸을 돌려, 아무렇지 않게, 해수 보며) 나, 일해야 돼. 부탁인데, 나가.
해 수 묻잖아, 너 지금 이 시간까지 (강조) 미성년자 만났냐고?
재 열 (말꼬리 자르며) 아니.
해 수 ?
재 열 (말하고 싶지 않은, 그냥 일하고 싶은, 깔끔하게) 딴 애, 만났어?
해 수 (지금까지 좋았던 맘이 싹 가시는, 어이없는) 딴, 애?
재 열 (귀찮다) 어, 딴 애.
해 수 (서운한, 어색하게 웃으며) 너 애가 여럿인가보다? 이 애 저 애, 딴 애? 야, 너 인생 그렇게 사니? 문자론 나한테 설렌대놓고,
재 열 (말꼬리 자르며) 그때, 그 순간! 지금 이 순간 말고.
해 수 (웃음 가시며, 알겠다는 듯) ...아~하! (하고, 굳어선, 획 돌아서서, 나가며, 화나, 문을 쾅 닫는)
재 열 (컴으로 글을 쓰는, 그 모습은 진지한) ...

씬 11. 재열의 방문 앞, 밤.

해수, 재열의 방문 앞에서, 화나 숨을 후후, 고르며,

해 수 (웃다 말다를 반복하며, 어이없는) 야, 후, 야.... 뭐? (서운하고, 설렌 스스로에게도 화가 나는) 그때 그 순간, 지금 이 순간 말고? ..야, 야...... (서운한 맘이 많이 드는) .. 그냥, 아무나, 찝쩍? 잠깐이라도 ..설렌 내가 미친년이지.. 저 개닥다릴.

재 열　(말꼬리 끊고, 순간, 문 확 열고, 보며)

해 수　(놀랐지만, 재열 빤히 보며) 뭐, 뭐, 뭐?

재 열　(화나는 것 참고) 일 좀 하자.

해 수　일해, 누가 뭐래? (하고, 계단으로 내려가면)

재 열　걔 놔둬라. 더 이상, 시끄럽게 하지 말고, 야 야. .. (하고, 내려가는)

씬 12. 동민의 거실, 밤.

해수, 내려오면, 소녀, 소파에 길게 대자로 누운,

해 수　(버럭) 야, 거기가 어디라고 드러누워?

재열, 버럭 말하는,

재 열　제발, 나도, 일 좀 하자, 좀!

해 수　(소녀에게 소리치는) 저, 개바람둥이, 늑대 같은 인간 안 보여?! 너 눈이 해태야! (소녀의 등짝 치고, 팔을 끌며) 일어나! 이 집에 그지 같은 남자들이 얼마나 많은데, 여기서.. 기집애가 대자로 드러누워!

소 녀　그럼 어디서 자요?

해 수　어디서 자긴, 어디서 자, 내 방에서 자지!

소 녀　(좋은) 와... (하고, 뛰어 올라가는)

재 열　(가는 소녀 보고, 해수 보며, 작게 웃음 띤) 야.. 이런 인간적인 면도 있었네?

해 수　(밉게 보며) 가슴 깊이 숨겨놓은 짐승 같은 면도 있는데, 보여줘? 콱 그냥! (하고, 가며) 개바람둥이가.. 어디서 개수작을..

재 열　(따라가며, 아무렇지 않게) 자꾸 개바람둥이, 개바람둥이 하지 마, 바람둥이한테도 지조가 있어.

해 수　(멈춰 서서, 돌아보며, 어이없는) 지조?

재 열　북서풍, 편서풍, 남동풍.

해 수　?

재 열　바람도 막 부는 게 아냐, 방향 정해놓고 불어. 뭘 알고나 말해. 확인시켜줘?

내 방향, 너한테로 확실하게 한번 정해볼까, 내가 얼마나 지속적으로, 훅훅 부는지, 볼래?

해 수　(어이없는, 화나는) 죽 쒀서 개 줄 일 있니? (하고, 가는)

재 열　(웃으며) 나도 너, 부담스러.

해 수　(보면)

재 열　너무 청결하셔서. (하고, 방으로 들어가는)

해 수　(어이없어 보며) 청결이 욕이 되는, 이 드런 누무 세상! (하고, 무심히 문 열고 들어가려다, 서두는 바람에 제가 연 문에 제 이마를 박는) 아! (참고, 들어가는)

씬 13. 해수의 방 안, 밤.

소녀, 침대에 누워 있는,
해수, 무섭게 보며,

해 수　인난다.

소 녀　(일어나는)

해 수　(화 참고, 장에서 평상복 꺼내 주며) 옷 벗고, 씻고, 니 잠자린 바닥.

소 녀　네. (하고, 옷을 벗는)

해 수　어디서 훌떡훌떡 옷을, 화장실 들어가, 벗어!

소 녀　(웃고) 네. (하고, 욕실로 가는)

해 수　(화 참고, 이불장을 열어, 이불을 화나, 꺼내는)

씬 14. 카페 안, 아침.

재열, 커피를 기다리며, 윤수와 말하는,

재 열　어느 순간, 그냥 싫더라구요, 연애소설이, 괜한 말장난 같고, 추리가 재밌어요.

윤 수　(웃으며) 음식도 잘하시고 참 대단하세요.. 우리 해수 같이 살아보니까, 어때요?

재 열　?

윤 수　별다른 뜻은 없고, 그냥 ..남자가 보기에 어떤가, 애가 연애할 나이에 혼자 있는 게 영,

재 열　매력 있는데, 무지.

윤 수　(웃으며) 매력 있음, 한번 해수 사귀어주지, 좀.

재 열　(웃으며) 사귈 만큼은 아니고요.

윤 수　(순간, 어이없는, 화나는, 커피 기계로 가며, 버럭) 커피 몇 잔이라구요?!

재 열　(어이없이 보고, 손가락 네 개를 올리는)

씬 15. 해수의 욕실 안, 낮.

샤워 커튼 한 채, 해수, 목욕을 다 하고, 샤워기를 걸고, 수건을 두르고, 샤워 커튼 열다, 몸서리치며 '악! 악!' 하는,

소녀, 졸린 얼굴로, 변기에 앉아, 소변보며, 씩 웃는,

씬 16. 동민의 마당 + 바깥, 낮.

동민(팬티 차림), 맨손체조를 하고 있고, 수광(의자에 누워, 눈 감은), 일광욕을 하고 있는, 그때, 재열, 커피를 들고 카페 쪽에서 오며,

재 열　커핍니다. (하고, 커피를 탁자(탁자엔 과일과 빈 밥그릇들(수광이 건 그대로)이 놓여 있는)에 놓고, 동민에게 한 잔 주고, 자기도 서서 마시는)

수 광　(벌떡 일어나, 커피를 마시며) 설탕 안 넜어?

재 열　(무섭게 보며) 내가 니 따까리냐?

수 광　(시비 걸 듯) 아니다, 왜?

동 민　아침부터 또 왜 그래?

재 열　(수광 보며, 편하게) 또 줘맞을려고, 빽쓰죠, 뭐?

수 광　언제 한번 진짜 붙자? (하고, 동민 먹던 커피를 뺏어 마시며) 형님 건, 설탕 넜네!

동 민　(커피잔 뺏으며, 수광 머릴 여러 번 때리며) 재열이랑 붙기 전에, 나한테 먼저 맞아, 나한테. 새끼가.

그때, 현관문이 쾅 열리더니, 해수, 샤워 타월을 몸에 두르고, 머리엔 수건을 두르고, 맨발로, 소녀의 귀를 잡고, 마당으로 나오는,

소 녀　아아아아..

동 민　(놀라) 뭐냐?

그때, 그 소리에 커피를 마시던 재열, 수광, 해수와 소녀를 보고, 거의 벗은 해수 때문에 놀라, 커피를 캑캑대는, 수광, '아, 뜨거!' 하고, 재열, 좀 놀랐지만, 호기심 있게 해수를 아래위로 훑는,

동 민　(소녀 앞을 막아서며) 왜 그래?

소 녀　(끌려가며) 무단침입 아니에요, 언니가 어제 나 잘 데 없다고 재워줬어요!

해 수　입 닥치고, 나와! (하고, 동민 밀치고, 대문 열고, 소녀를 밖으로 밀치고) 너, 다신 이 집에 오지 마!

소 녀　아침밥만 줘요.

해 수　(문 쾅 닫는)

소 녀　(웃고, 춤추며 가는)

＊점프컷》

동 민　야, 야, 해수야, 밥만 줘서 보내자.

해 수　(버럭) 죽을래!

재열, 수광 ?

해 수　암튼 다시, 그 누구든, 저 기집애, 우리 집에 발 들여놓게 하기만 해, 내가 다 죽여버릴 테니까! (하고, 가는)

재 열　(커피 마시며, 가는 해수의 몸을 보고)

동 민　(지지 않고, 버럭) 그래, 내가 너무 오래 살았다, 오래 살았어, 내가 죽을 때가 됐네, 내가! 그 풍파를 다 뚫고 살아온 내가 결국엔 동네 애 밥 한 끼 주다, 니 손에,

해 수　(문 열려다, 화난, 차분히 걸어와 동민을 꼬나보는) 내 말이 우스워?

동 민　(순간, 굳은) 아니.

해 수　(가다, 자신을 보는, 수광의 뒤통술 탁 치며) 어딜 봐! (하고, 가는)

수 광　(아파하며) 재열이 형도,

해 수　(가며) 걔가 인간이니?!

동 민　저, 쏘가지 진짜... 잠 재워줬음, 밥도 주면, 뭐 덧나?

재 열　(동민 보며, 아무렇지 않게) 야.. 진짜.. 반라로.. 여기, 남자가 셋인데,

동 민　해수 눈에 난, 남자도 아냐, 인간도 아니고,

수 광　(아무렇지 않게) 난 호구 정도.

동 민　근데, 넌 왜 개 대접을 받냐?

재 열　몰라요. 근데 열 받음 자주 저런 사태가 벌어져요? 반라 사태?

동민, 수광 (먹으며) 종종, 왜?

재 열　(커피 마시며, 무심히) 열 좀, 더 받게 할라고?

동 민　(먹은 걸 뿜으며, 웃고, 재열의 뺨을 치며) 야, 이, 섹시한 놈. 근데, (재열의 어깨동물 하고, 가며) 오늘 오후 너 뭐하냐?

재 열　원고 쓸 건데요?

수 광　(화초에 물 주러 가는)

동 민　좋은, 콘서트 있는데, 같이 갈래? 니 차 타고? 한계령?

재 열　뭐, 바람 쐬고, 나쁘지 않죠? 누구누구 가요?

동 민　음.. 넌 수광이도, 해수도 별로잖아, 그지?

재 열　당연히 별로죠?

동 민　(웃으며) 둘이 가자.

재 열　(가며) 근데, 아는 강우란 애가 기침을 하고, 손가락이 굳고 그러는데, 병원을 어디로 가요?

동민, 재열, 말하며, 집으로 들어가고,
수광, 화초에 물 주는, 둘을 보다 (둘이 들어간 걸 확인하며), 문을 열고, 소녀를 들어오라고, 손짓하고, 소녀 들어오면, 밥그릇을 주고,

수 광　(굳은) 꼭꼭 씹어 먹어.

소 녀　(밥 먹으며) 우리 다시 만날래?

수 광 (보며, 화나) 밥이나 먹어! (속상한, 과일 주며) 과일도 먹고!

씬 17. 길거리, 낮.

해수, 죽어라 전철역을 향해, 뛰어가는,
재열, 차 경적을 울리는,
해수, 뛰며, 재열을 보면,

재 열 차 타? 나, 니네 병원 가는 중이야? 아는 애가 아파서..
해 수 (그냥 가며, 비아냥) 이번엔 아는 애냐? 어젠 딴 애드니?
재 열 (차로 따라가며) 어제 만난 딴 애가, 아픈 애야.
해 수 (멈춰 서며, 진지한) 너, 나한테 앞으로 말 시키지 말래?
재 열 (이상한) 왜?
해 수 아무나, 그냥, 찝쩍, 고만하라고?
재 열 ?
해 수 뭐, 그때, 그 순간? 지금 이 순간 말고?
재 열 (이해 안 가는) 그 말이 뭐 어때서? 그때, 그 순간 너한테 설렌 거 진짜였어.
해 수 ?
재 열 뭘 미안해해야 돼? 내가 계속 쭉 설레지 못한 걸.. 미안해해야 되나, 지금?
해 수 ?
재 열 그렇다면, 미안.
해 수 (화 참고, 머리 쓸어 올리며, 차분히) 앞으로, 너 나한테 한마디도 말 걸지 마. 남은 계약 기간, 한 달 보름 동안, 조용히 있다, 이 집에서 나가. 그리곤 이후에 길거리에서 봐도 아는 척 말고.
재 열 (답답한, 아무렇지 않게) 알았어, 뭐 그렇게 원하신다면..
해 수 (화난, 차분한, 진지한) 한마디도, 한마디도! 지금 이 순간부터, 쭉, 한마디도 걸(지 마!)
재 열 (말 끝나기도 전에 차를 몰고 가는)
해 수 (화난) 야! (하는데)

그때, 동시에, 뒤에서 "악!" 하는 비명에 해수, 소리 난 쪽 보면, 목공소 앞에서, 여자(애기 업고), 주저앉아, '사람 살려요!' 하는,
해수, 놀라, 뛰어가, 목공소 안을 보면,

씬 18. 목공소 안, 낮.

남자(30대 후반), 땀을 흘리며, 주저앉아 있는, 팔이 한 쪽 없고, 피 묻은, 목공소 절단기 보이고, 바닥에, 잘린 팔이 놓인, 해수, 놀란, '전 의사예요' 하고, 다가가는,

씬 19. 달리는 재열의 차 안, 낮.

재 열 (편하게) 저 여자 맘은 도대체 알다가도 모르겠네, 설렌대도 화를 내고, 안 설렌대도 화를 내고... (하고, 멈추고, 빵빵 경적 울리면, 강우가, 한쪽에 서 있다, 타는) 많이 기다렸어?

씬 20. 동민의 병원, 낮.

동민, 전화를 받고 있는, 긴장한,

동 민 뭐? 뭐라고?

씬 21. 교도소 전화하는 곳, 낮.

재 범 (제 머릴 긁으며, 골똘히) 아무래도.. 제가.. 제 결백을 증명할 방법을 생각해보니까, 아미탈을 엄마랑, 동생보다, 제가 먼저 맞는 게 낫겠더라구요. 그럼 형님이 절 더 믿으실 거 같아서.. 사실 지금은 제가 좀 의심스럽잖아요, 형님도?

씬 22. 동민의 병원, 낮.

동 민　(생각하는) ...

씬 23. 교도소 전화하는 곳, 낮.

재 범　제가 어쩌면 출감 전에 귀휴를 나갈지도 모르겠어요. 저한테 주소 알려주세요. 귀휴 나감 형님한테 곧장 갈게요. 잠시만요. (하고, 종이와 몽당연필 꺼내 쓰며) 서교동 백육십..

씬 24. 동민의 병원, 낮.

동 민　그럼 그때 보자.. (하고, 전화 끊고, 다시 전화하는) 교도관님, 장재범 자료 언제 돼요?

씬 25. 교도소 화장실 안, 낮.

재범, 동료, 청소하는,

동 료　귀휴? 귀휼 어떻게 나가?

재 범　(일만 하며) 나갈 거야, 출소 전에.. 반드시.. (하고, 교도관(앞의 교도관과 다른) 오면) 저기 교도관님, 저 오늘 운동장 청소 제가 하고 싶습니다.

교도관　(호의적으로) 맨날 니가 하잖아. 착하게.

재 범　(아이처럼 웃고) 저, 세탁실의 빨래도 다 제가 하고 싶습니다. 당번들 놀게 하십시오. (하고, 일하는)

교도관　(보며, 웃으며) 바라는 게 뭐야?

재 범　(일하다, 보며) 출소 전, 귀휴요.

씬 26. 해수의 병원 수술실 복도, 낮.

남자(절단 환자, 사지가 묶여, 고통스레 소리치는), 침대에 누운, 의사들, 수술실로 침대 밀어서 들어가는, 해수(옷에 피 묻은), 같이 가며, 아내 울며, 쫓아오며,

아 내 (아이 업고) 어떻게, 자기 팔을 잘라, 어떻게! (하고, 주저앉고)

해 수 (수술실 안에서 나온, 의사에게 인계하며) 절단 환자예요. 이리터블(Irritable; 흥분한) 상태라서, 세데이션(Sedation; 진정)시켜야 돼요.

의 사 알았어.. (하고, 침대 밀고, 들어가는)

해 수 (숨을 헐떡이고, 아내를 보는)

임 박 (E) 같이 협진하자.

씬 27. 병원 야외, 낮.

영진, 해수(가운 입은), 레지2, 임박, 얘기하는,

영진, 해수 ?

임 박 (맘에 안 들지만, 말하는) 앰뷸런스에서 난 팔이 싫다, 내가 일부러 잘랐다, 악을 썼다며? 그럼 자핸데, 니네 과 맞잖아. 같이 협진해.

영 진 (해수 보며) 심한 바디 디스몰픽 디스오더(Body Dysmorphic Disorder; 신체추형장애)이거나 스키조프레니아(Schizophrenia; 조현병 또는 정신분열병) 같지?

해 수 (답답한) 네..

임 박 그게 다 뭐야?

해 수 자기 몸의 일불 자기가 아니라고 믿거나, 극단적으로 싫어하는 경운데, 자기 얼굴 싫다고 담뱃불로 지진 사람은 봐도.. 팔을 자른 경운 첨 봐요. (맘 안 좋은) 어려운 사람들 같던데? 애기가 내 조카 또래야. (한숨) 후.. (레지2에게) 가서, 케이스 좀 찾아. 공부 좀 하자.

레지2 (기록하다) 네. (하고, 가고)

영진, 해수 (가려 하면)

임 박 (영진에게, 어색하게) 이 교수, 나 좀 보자? (하고, 멀리 가는)

영 진 ?

해 수 (순간 보고, 영진 귀에 대고, 작게) 혹시, 조루,

영 진 (말꼬리 끊으며) 어디서 수다야?

해 수 (획 하고, 가는)

영 진 (임박한테 가고)

씬 28. 병원 야외 일각, 낮.

영진, 임박, 서서 말하는,

영 진 (담백하고, 편하게 웃으며) 대단하다, 니가 나한테 조언을 구하겠다고 하고.

임 박 (답답한, 보고) 니들 말하는 지지요법이냐? 편들어주는?

영 진 (편하게) 아낼 위해, 쪽팔린 거 아무나 이겨? 조동민이 할 거 같애? 평생 조루로 살 놈이지.

임 박 (웃고, 이내 답답한, 두 손으로 얼굴 부비고) 차트에 남기지 마.

영 진 의사 아닌 친구로 답할게, 그럼.

임 박 (화가 나고, 쪽팔리지만, 말하는) 3년 전, 첫애 낳고, 큰 수술 한 다음에 한 잠자리에서부터였던 거 같애. 그날따라 시간이 좀 걸렸는데, 갑자기 (보며, 열을 받으며, 격앙되는) 아내가 짜증을 내면서, '아, 짜증나, 이것밖에 안 돼? 옛날엔 멋있었는데' ..그러는 거야, 야, 그게 말이냐? 옛날이랑 내가 같애! 나도 늙어! 나는 진짜 그날 안 하고 싶었어, 피곤해 죽겠었다고, 근데, 지가 하고 싶다, 그래서 해줬는데, 사람이 못할 수도 있지! 나라고 뭐 맨날 잘해? 내가 변강쇠야! 열두 시간씩, 수술하고도 거뜬히 하게! (버럭) 사람이 피곤하면 못할 수도 있지! 내가 못함 지가 좀 잘하지! 지가 잘해서 날 도와줌 좀 좋아!

영 진 (가만 보며, 편하게) 도와달래봤어?

임 박 (답답한, 버럭) 니가 그 여잘 몰라 그래! 내가 도와달람, 날 더 비웃을걸! 맨날 지가 좀 어리다고, 늙었네, 꼰대네 그러는데, 무시당할 일 있냐, 내가!

영 진 (담담히 보며) 너랑 애 낳고 산, 니 부인은 그런 여자야?

임 박　뭐?

영 진　남편이 수술을 해 피곤하든 말든, 잠자리나 밝히고, 도와달라면 도와주긴커녕, 무시하는 그런 여자냐고? 그렇담 헤어져. 그런 여자랑 살아서 뭐해?

임 박　넌 의사가 뭐 그런 말을 그렇게 쉽게 해.

영 진　여기 진료실 아니잖아. 친구로서 말하는 거야, 의사가 아니라.

임 박　(말꼬리 자르며) 애가 있으니까,

영 진　이혼 부모 밑에서도 애는 잘 자라. 근데,

임 박　?

영 진　니가 도와달란 그 말 한마디 하기 싫어서, 니 아낼 섹스나 밝히는 천박한 여자로 취급하는 건 아닌가, 곰곰 생각해보면 좋겠다. 조동민과 나처럼, 말하기 귀찮고 쪽팔려 헤어지지 말고. (하고, 가는)

임 박　(영진 답답하게 보다, 가는)

씬 29. 해수의 병원 로비, 낮.

강우, 데스크에서, 진료 신청하려고 줄 서 있고,
재열, 한쪽 의자에 앉아 있는,
강우, 재열에게 오는,

강 우　3층으로 가래요. 일단, 내과 가서 상담받고, 신경과는 나중에.

재 열　감기보다, 손가락이 걱정인데, 난. 가보자. (일어나 먼저 가는)

강 우　(좋은, 따라가는)

씬 30. 해수의 병원 복도, 낮.

환자(4부, 아기 환상 보는, 급성 단기적 정신증), 애기를 안은 듯하고 창가 보며, 좋은, 그 옆에서, 남편, 답답하게 보고 있는,

환 자　저기 봐, 저기.. 저기 산 보이지, 꽃 보이지, 나무 보이지? 이쁘지? 이쁘지?

레지2 (맘 아픈, E) 일주일 전쯤 애기가 한 돌 막 지나, 걷고 길 때, 환자가, 커피 물을 끓인다고 전기 커피포트를 켜놓고, 잠깐 마트를 갔는데, 자고 있던 애기가 커피포틀 발로 차서,

*점프컷 》
해수, 레지1, 2, 인턴, 환자를 보며 서서 얘기하는,

레지2 전신 화상으로 죽었대요.
해 수 (담담하게) 그때 남편은 어딨었어?
레지2 몇 번 물었는데, 대답을 안 해요. 부인은, 면담만 하려고 하면, 불안증셀 보이고, 처방하신 약도 안 먹겠대요.
레지1 이런 경운 약물 유발 인터뷰가 필요할 거 같은데, 어떠세요?
해 수 (남편을 보는, 속상한)
인 턴 (레지에게) 그걸 하면, 환자가 정말 죽은 아일 안 보게 돼요?
레지1 좋은 예후들이 많아. 근데, 완벽하게 애기가 죽은 걸 인정하게 되면, 심한 우울증에 빠질 수도 있는 게 문제지.
인 턴 (환자 안쓰레 보며) 그럼, 행복한 환잘 불행하게 만드는 일을 우리가 하는 거네요.
레지2 지금 환자의 행복은, 불안을 바탕으로 한 거니까, 순간 그렇더라도 치료해야지.
해 수 (레지1에게) 계속 면담 거부 시엔 약물 유발 인터뷰가 필요할 거 같다. 남편한테 설명해드리고, 이후, 과정도 상세히 설명해. 나, 오후 진료 오픈 거 알지?
레지1 네. (가고)
해 수 (환자 보는데)

*점프컷 》
재열, 강우랑 가다, 해수를 보고, 강우에게,

재 열 먼저 가 있어.
강 우 (웃으며) 꽂혔죠, 저 누나한테?
재 열 (가란 뜻으로, 좀 험악하게 보면)

강 우　(웃고, 가는)

재 열　(해수 보고) 지해수!

해 수　(돌아보면) ?

재 열　얼굴빛이 별로 안 좋다? 무슨 일이야?

해 수　(밉게 보면)

재 열　(생각난 듯) 아 참, 말 걸지 말랬지, 미안, 잊었다. (하고, 가는)

해 수　(뭐야, 싫은) 깔짝깔짝, 꼴 보기 싫어. (하고, 전화 오면 받으며) 어, 선배, 어디야? 나, 지금 나갈 수 있어. 차트만 정리하면 돼.

씬 31. 해수 병원 진료 대기실 앞, 낮.

재열, 강우, 앉아 있는,
간호사, '조향 씨?' 하면, 환자, 기다리다 들어가는,

재 열　(시계 보며) 넌 왜 안 부르냐?

강 우　(좋은) 부르겠죠, 곧.

재 열　(시계 보다, 간호사 보면)

간호사　(컴 보다, 재열 보고 웃으며) 어머, 장 작가님이시죠?

재 열　(간호사에게) 저기 한강우 씨 진료는 언제 봐요?

간호사　(보고, 좋은) 저 라디오 팬인데,

재 열　(웃으며) 고맙습니다. 근데 (턱으로 강우 쪽(이때, 카메라 안 보여주는) 가리키며) 저기 한강우 씨가 진료 신청한 지가 한참인데, 진료받으란 말씀이 없으셔서..

간호사　(재열이 가리킨 쪽 보면, 아무도 없는, 재열 보는) ?

재 열　저기, 한강우. 진료 신청했는데.

간호사　(컴 보고, 이상한) 한강우 씬.. 진료 신청 안 했는데?

재 열　무슨 말이에요, 아까 내가 하는 거 봤는데.. 강우야, (하며, 이상한, 강우 있는 곳 보면, 강우가 없는) 앤 또 어디 갔어? (하고, 간호사에게) 죄송합니다. (하고, 가며) 강우야!

간호사　(가는 재열 보며, 이상한) ?

씬 32. 해수 병원 주차장 일각, 낮.

재열, 강우를 찾다 오며, 전화를 해보지만, 안 받는, 전화기 내리며,

재 열　치료가 무서워, 도망갔나.. 참, 뜬금없는 놈이네, 이거.. (하며, 차로 가, 타고, 가는)

＊점프컷 》
병원 쪽에서 해수, 나오는 게 보이는,

씬 33. 병원 근처 도로, 낮.

동민(심각하게, 전화를 하는), 수광, 기다리고 서 있는,
재열, 와서, 차 멈춰 서서, 내리는,

재 열　넌 뭐야?
수 광　콘서트 갈라고, 나도 윤철이 형, 해진 누나랑 친해.
재 열　(동민(예예, 하며 전화를 하는)에게) 뭐예요?
동 민　(잠시 기다리라고, 손짓하고, 전화기에 대고, 답답한, 달래는) 손님이 전과자랬다고, 일자릴 그만두면 어떡해! 니 부모가 너 일자리 구했다고 얼마나 좋아했는데, 원규야, 원규야! (전화 끊긴, 끊고, 재열 보며, 답답한) 학교 폭력으로 소년원 갔다 나온 앤데, 애가 삼촌한테 맞을 땐, 다들 무관심하더니. 전과자 되고 나자, 부쩍 관심을 갖고 미워해. 폭력은 방관, 단죄할 땐, 칼을 들고, 우리의 홈메이트들처럼, 다정한 사회는 진짜 없는 건지!
재 열　(답답한) 세상 다 그렇죠. 나도 겪은 일이고,
동 민　?
재 열　(다시, 편하게) 근데, 둘이 가는 거 아니었어요? 나한텐 둘이,
동 민　(쌩까며) 나, 거짓말 잘하잖아, 몰랐나? 둘이 안 가, 넷이 가. (하고, 오는 해수 보고) 해수야, 타!
재 열　(해수 보고, 뭐야 싶은) ?

해 수 (멈춰 서서, 어이없고, 뭔가 싫은) 내가 그 찰 왜 타?

재 열 그럼 넌, 버스 타고 와. (하고, 차에 타면)

동민, 수광 (해수 밀며) 일단 타고, 얘기해, 타고! 타, 타!

해 수 (버티며) 싫어, 내가 이 찰 왜 타!

동 민 (버럭) 말어, 그럼! (하고, 차에 타려다, 해수 보며) 뭐가 불만이야! 재열이가 힘들게 운전해준다는데, 고마워는 못할망정, 대체 뭐가 싫다는 거야! 해진이가 임신 중이라 약 못 먹고 버티는 게 힘들대며! 그래서, 우리 다 위로차 가자고 니가 그랬지! 그래서 내가 바쁜데도 시간 냈는데, 뭐가 문제야!

해 수 내가 장재열 차 타고 가잤어!

수 광 그냥 타, 공짜 차잖아! 윤철이 형, 해진 누나가 중요해, 장재열 미운 게 중요해!

해 수 너, 가만 안 있어!

동 민 (말꼬리 자르며, 버럭) 셋 센다. 안 갈 거면 너 집에 가, 괜히 길거리서 지랄 떨지 말고!

해 수 (화나, 보면)

동 민 하나, 둘, 셋! (하고, 수광과 그냥 차에 타며) 재열아, 가자!

해 수 (화나지만, 참고, 조수석에 타는)

씬 34. 재열의 차 안, 낮.

해 수 (화난 채, 안전벨트 하는)

재 열 (어이없이 보며) 왜 버스 타지?

해 수 (보면) ?

동 민 그럴 걸 버티긴, (재열에게) 미안하다 야. 나 때문에 장거리 운전까지 하는데, 이런 지랄을 보여서.

재 열 지랄을 뭐, 형님이 보였나요. 신경 쓰지 마세요. (하고, 차 몰아 가는)

해 수 (재열 보고, 화나는, 한숨 쉬는)

씬 35. 고속도로, 낮.

재 열 (무심히, E) 근데, 오늘 콘서트, 가수가 누구예요?

동 민 (E) 해수가 무지 좋아하는, 핸드폰 배경 사진에 있는 남자.

수 광 (E) 그럼 뭐해, 유부남인데?

씬 36. 달리는 재열의 차 안, 낮.

재 열 (해수 보며) 유부남 사겨?

해 수 (보며, 답답한) 총각도 머리 아픈데, 유부남을 사귀겠니, 내가? (하고, 창가 보며) 말 시키지 마.

동 민 (어이없는) 니가 말을 마, 니가!

해 수 이 인간이 말을 시키(잖아),

동 민 (말꼬리 자르며) 니가 언제 남 말에 고분고분 대답했어! 진짜, 웃기네, 얘가.

수 광 윤철이 형은, 클럽의 가수라 팬으로 만난 사이. 우리랑도 친하고. 진짜 매력 있는, 형. 여친 없었음 누나가 대시했을걸, 아마. 그지, 누나?

해 수 주둥아리 닫어.

수 광 (아랑곳없이, 재열에게) 완전 섹시. 완전 남자. 여자가 스키조, 정신분열인데도 결혼했어, 잘사는 집안에서 쫓겨나면서까지.

재 열 ?!

해 수 (화난) 야!

동 민 놔둬, 지금 친구 얘기 하는데 화를 왜 내!

해 수 선배!

동 민 우리한테 해진이가 환자냐, 친구지, 임마! 친구끼리, 친구 얘기할 수도 있는 거지. 뭘, 그걸 갖고 숨겨? 해진이랑 윤철이는 누구 앞에서나 당당한데. (재열 보며) 이게 웃겨요, 암이다, 다리가 잘렸다, 그런 환자나 장애인들은 위로나 동정이라도 받는데, 정신증은 죄다 사람들이 이상하게 봐. 못 볼 벌레 보듯. 큰 스트레스 연타 세 방이면, 너도나도 전부 걸릴 수 있는 게 정신증인데. 마치 지들은 죽어도 안 걸릴 거처럼, 편견이 무지 심해요. 그래서 해수가 그래. 이해해라!

해 수　(못마땅한, 재열 보며) 너, 내 친구들 이상하게 보기만 해, 가만 안 둘 테니까.

재 열　난 이 세상에서 니가 젤 이상해.

해 수　(눈 흘기고)

재 열　(동민에게) 근데, 결혼까진, 대단하네요?

수 광　애기도 가졌는데, 뭐?

재 열　애기?

해 수　(보며) 뭘 놀래, 너 같은 남편만 아님 애 갖는 거 아무 문제 없어!

재 열　(꼬나보면) ?

동 민　(해수에게) 니가 문제네, 니가! 재열이 우리랑 말하잖아, 근데 니가 왜 자꾸 껴들어, 운전하는 우리 재열이 머리 산란하게 해!

해 수　(비아냥) 우리 재열이?

동 민　그래, 우리 재열이, 착한 재열이! 얘가 말을 안 하고 생색을 안 내 그렇지, 얼마나 착하냐! 소녀도 재워줘, 우리 집도 줘, 오늘도 우리 이렇게 데리고 먼 데 가줘! 너 탈감작도 시켜줘!

해 수　그만 안 해!

동 민　(말꼬리 자르며, 이정표 보고, 순간적으로, 버럭) 재열아, 휴게소, 들어가!

씬 37. 휴게소 밖, 낮.

동민, 재열, 차를 마시고 있는,

동 민　약은 안전하고, 약 먹음 에피소든 일어나지 않아. 당뇨, 고혈압도 왜 약만 꾸준히 먹음 괜찮잖아, 그렇게 생각하면 돼. 근데, 임신 12주까진 태아 때문에 좀 그렇지. 그래도 먹을 순 있는데, 본인이 태아 때문에 거부하네.

재 열　(차 마시며, 취재하듯) 그럼 어떻게 되는데요?

동 민　불안하지, 에피소드, 망상도 올 수 있고. 이 병이 백 프로 유전병은 아닌데, 본인은 백 프로라고 생각하는 거지. 해수가 주치의라.. 맘 낸 거지. 나도 수광이도 걱정되고, 콘서트보다, 위로차 가는 거야. (하고, 전화 오면, 받고, 버럭) 얌마, 너 아까 전화 왜 끊었어! (하고, 화장실로 가며, 갑자기 따뜻하게)

울지 말고!

재 열 (동민 보다, 차로 가려 하면)

수 광 (막아서며) 형이라고 부를게.

재 열 (아무렇지 않게) 그냥, 너라고 불러라. (하고, 가려 하면)

수 광 (막아서며) 형이라고 부를게, 소녀, 카페 일 시켜줘. 어차피 일이 많아, 애 하나 써야 한다고? 형이라고 부를게.

재 열 얌마, 소녀 걔, 미성년자야,

수 광 (화난, 참으며) 안 사겨, 안 사겨. (화난, 꼬나보듯 보며) 난, 장애인이고, 뚜렛을 모르는 무식한 사람들한텐 미친놈이니까. 그러니까, 형이라고 부를게, 소녀 일 시켜줘. 좀 더 맘이 난다면, 여잘 어떻게 사귀는지도 좀 알려주고.

해 수 (옆에 오며, 재열에게) 좀 알려주라, 선수잖아, 너?

재 열 (가는 해수 보며) 그렇잖아도, 그럴려고 그래.

해 수 (가며, 어이없이 웃고)

수 광 키스한 지가 까마득이다. 여자 어떻게 사겨, 말해봐봐?

재 열 (귀엽단 듯 웃고, 가는 해수 보며) 버려, 그냥. 얻을려면 잃을 것이고, 잃을 걸 각오하면 (수광 보며) 얻을 가능성이 커지지. (하고, 가면)

수 광 (심각하게, 옆에 오며) 무슨 말이야? 여자를 돌 보듯 해라? 그 말이야?

재 열 (가며) 생긴 대로 살어, 그냥.

수 광 형이라고 부를게, 좀 갈쳐줘봐봐!

씬 38. 호텔 주차장, 낮.

재열의 차, 세워지면, 동민, 수광, 내리는,
음악소리 들리는,

동민, 수광 어어, 벌써 시작했네.. (하고, 야외 콘서트장으로 뛰어가는)

재 열 (나와, 조수석을 열어주면)

해 수 (가방 챙기다, 보면)

재 열 문 열었다, 시비 건 게 아니고? (하고, 가는)

해 수 (나와, 문 닫고, 가는)

씬 39. 콘서트장, 낮.

윤철, 통기타로 노래 부르고, 해진, 그 앞 좌석에 앉아 있고, 동민, 수광, 사람들을 '미안해요' 하며 비집고 들어가, 해진 뒤에서 안고, 해진, 놀라 보면, 서로 반갑게, 말은 작게 하며, 웃고, 안고 하는,

*점프컷 》
재열, 해수, 사람들 사일 비집고, 한쪽에서 노래 듣는, 앞까지는 사람이 많아, 못 가겠는, 상황이다,

해 수　(노래하는 윤철과 눈 마주치고, 웃고, 손 흔들고)
재 열　부인이 누구야?
해 수　(턱으로 밝게 웃는 해진을 가리키는)
재 열　(갸웃하며) 전혀, 환자 같지 않네.
해 수　(해진을 보고, 부러 더 환하게, 웃고, 재열에게 담담히) 왜, 정신분열 환잔 괴물 같을 거 같았니?
재 열　(해진 보며) 글쎄, 그냥 의외야. 너무 평범해서.
해 수　(맘 짠해, 해진 보며) 드라마랑 영화랑 달리, 일반인과 정신분열, 정신증 환자의 범죄율을 조사하면, 일반이 훨씬 높은 거 아니?
재 열　(의외인, 해수 보면) ?!
해 수　근데도 내 친구들은 무식한 편견 때문에, 위험한 사람들로 오해받아. 수광인 끊임없이, 여자한테 채이고, 해진 씬, 세상에 친구라곤 우리 홈메이트랑, 윤철 씨밖에 없어.

*점프컷 》
해진과 수광의 즐거운 얼굴,

재 열　(둘을 편안하고, 안쓰레 보는)
해 수　(그림 위로, E) 대부분 저렇게 밝고 이쁜데, 약 안 먹을 때 어쩌다 1년 중 한 번, 때론 몇 번 일어나는 에피소드(Episode; 삽화) 때문에, 사람들은 그냥 저들을 뚜렛(Tourette's Disorder; 뚜렛증후군(틱장애의 일종)), 스키조

(Schizophrenia; 정신분열병)라고 불러. 남을 해치지도 않고, 자신들이 아프고 상처받는데, 동정이나 위로는커녕, 범죄자 이상으로 취급받지. 난 그게 화가 나.

재 열　(해진 보며, 진지한) 해진 씬 왜 정신분열에 걸렸어?

해 수　중학교 시절에 심한 왕따, 하지만, 백 프로 그게 이윤 아냐. 의학적으로도 원인이 명확하진 않아. 해진 씨, 너무 이쁘지?, 저 미모에만 지지 않았어도, (윤철을 가리키며) 저 남잔 내 거였는데,

재 열　(웃고, 사람들이 밀면, 해수 어깰 잡아, 챙기는)

해 수　(보면)

재 열　(모르는 척, 노래 끝난 것에 박수 치는, 크게) 앵콜!

해 수　(이내, 박술 치는) 앵콜, 앵콜!

윤 철　(웃고, 다시 신나게, 노래하는)

재열, 해수 (뛰며, 박수 치며, 노래를 같이 하는)

재 열　(뛰는 해진을 보는)

씬 40. 호숫가, 낮.

윤철, 해진, 해수 어깨동무하고, 위로하며 가는데, 해진, 조금 불안하게 듣는, 해수, 윤철에게, 같이 있으라고 하고, 가는,

씬 41. 산속 펜션 일각, 낮.

재열, 동민(서성이며, 전화하는, '알았어, 알았어.. 내가 지금 곧 갈 거니까, 직장 때려치지 말고, 일단 참고, 근무하고 있어, 진짜지, 그럼 간다고?' 하는), 수광, 재열의 차 앞에 서 있는,
재열, 시곌 보는데,

수 광　이제 가야 하는데... 누난, 왜 안 오지?

그때, 해수 오면,

동 민　그래, (하고, 전화 끊고, 해수 보며) 해진이가 많이 그래?
해 수　난 오늘.. 여기 있어야겠어.
재 열　?
해 수　해진 씨가 감정 기복이 심하네, 좀 많이 불안해.
동 민　니가 말해도 진정이 안 돼?
해 수　어어, 나도 알아, 하고 대답은 하는데.. 눈동자도 불안하고.. 안정되질 않아. 다들 올라가. 난, 오는 길에 병원에 낼 근무 오프 냈어.
동 민　나도 있고 싶은데, 원규가 귀한 직장을 때려친대서 말리러 가야 돼. (해수에게) 수고해라. (차 타고)
수 광　누나, 수고. 윤수 누나 낼 비번이라, 아침부터 일이 많아. (하고 차 타는데)
재 열　나도 같이 있고 싶은데,
해 수　사양.
재 열　땡큐. (하고, 차에 타고 가는)

그때, 소리 들리는,
윤철, '여보! 해진아!'
해수, 놀라, 소리 난 쪽, 보는,

씬 42. 호숫가, 낮.

재열, 운전하다,

수 광　(버럭) 어, 저거 뭐야?
재 열　(앞 보고, 놀라, 차를 급히 세우며)
동 민　해진이네, 해진이! (하고, 나가는)
재열, 수광 (급하게, 나가는)

*점프컷 》

호수에 해진, 겁에 질려, 윤철을 보고, 무서운 걸 본 듯, 놀라, 도망가듯, 마구 수영을 해, 가는,

윤철, 해진과 많이 떨어진 호수 안에서 수영을 못하는지, '자기야, 자기야' 하며 물에 꼬르륵거리며 빠지는,

해 수 (멀리서 뛰어오며) 윤철 씨!

재 열 (상황을 보고, 웃옷 벗고) 119 전화해!

해 수 (뛰어오며) 했어!

재 열 (동민에게) 윤철 씨 저 사람 수영 못해요, 잡아! (하고, 물로 뛰어들어, 해진에게로 가는)

해 수 (물로 뛰어들며) 윤철 씨! (하고, 잡는데, 윤철이 버둥대, 힘이 달리는) 도와줘, 나 혼자 안 돼!

재 열 (가다, 뒤돌아보고, 앞 보면, 해진이가 막 가는, 맘 다잡고, 그냥 해진에게로 가는)

수 광 (놀라, 물로 뛰어들면)

동 민 (말리며) 너 수영 못하잖아!

수 광 놔봐!

동 민 (수광의 허릴 잡아, 바닥으로 밀쳐 넘어뜨리면)

수 광 (넘어져, 일어나려다, 순간, 발작 일어나는) 오, 859, 씨.. 37602, 젲! 바바바, 653,

동 민 (그런 수광 보고, 그냥, 물로 뛰어들고)

윤철, 허우적대고, 해수, 동민, 윤철(울며, '해진아!' 하며 소리치는) 잡고, 허우적대는데,

재 열 (해진에게로 가는) 해진 씨!

*점프컷 》

동민, 해수, 윤철 끌고 나가고, 윤철, '자기야! 자기야!' 하고, 울부짖고, 동민, '진정해!' 하며 윤철을 안고, 진정시키려 하는,

해수, 물을 먹고 토하는, 그러다, 재열을 보면,

*점프컷 》
재열, 죽어라, 수영을 해, 도망가는 해진의 목을 팔로 잡는데, 순간 허우적대는 해진이 물에 머리가 잠기는,

해 수 안 돼!
재 열 (발버둥치는, 해진을 물에 넣으려 하며) 이렇게 안 하면, 못 데리고 나가! 힘이 너무 세!
해 수 임신 중이야! 폐에 물 들어가면, 절대 안 돼!
재 열 (놀라, 팔을 풀면)

그때, 해진, 순간, 붕 뜨듯 해, 재열의 머릴 잡고, 물속에 처넣는,

*점프컷, 호수 안 》
재열, 물을 먹고, 허우적대는,

*점프컷 》
해 수 장재열! 장재열! (하고, 뛰어 들어가는)
동 민 (윤철 안고, 속상한) 해수야!
수 광 (물가에 앉아, 괴롭게 울고)

*점프컷 》
재열, 물을 먹고, 발버둥치는 해진이 물에 안 빠지게 해진의 다릴 부여잡고, 어떻게든, 밖으로 나가려는, 그러다, 고개 내밀면, 해진, 재열의 뺨을 막 치는, 재열, 그래도, 안 놓고, 죽어라, 밖으로 나가는(해수와는 많이 떨어진, 건너편),

해 수 (걱정스런, 수영해 가며) 장재열!

*점프컷 》
재열, 해진의 다릴 안고, 찗어지듯, 가는, 해진, 매달려 '악악!'거리며, 재열의 뺨이며(그 바람에 재열의 얼굴에 흉터가 작게 생겨, 피가 나지만, 재열, 아랑

곳없는), 등을 때리지만, 재열, 아파도, 묵묵히 맞는,

＊점프컷 》
해수, 수영해 가는,

＊점프컷 》
재열, 해진에게 맞으며, 물가로 가는, 순간, 때리던 해진, 기절하고, 재열, 땅에 무릎을 꿇고, 앞으로 쓰러지는,
해수, 죽어라, 수영을 해서, 물가로 와선, 해진의 코와 가슴에 귀를 대보고, 재열을 걱정스레 보며, 해진에게 가슴 압박을 하고, 해진, 순간 물을 토하며, 콜록대고, 해수, 재빠르게, 재열에게 가서, 걱정스런, '장재열' 하며 재열의 몸을 돌리면, 얼굴에 피를 흘리며, 웃는,
해수, 안도하고, 옆에 눕는,

재 열　(헐떡이며) 좀 더 있을걸 그랬나, 마우스 투 마우스 하게?
해 수　(숨 헐떡이며, 재열 보고, 무심히 상처를 만지며) 그러지, 왜?
재 열　(웃고) 만지지 마. 이상해..
해 수　(손 놓고, 웃으며) 이 마당에 느껴?
재 열　입 닫어.
해 수　(웃고, 옆에 누운, 숨을 헐떡이는, 해진을 다독이는)
재 열　(버럭, 기분 좋은) 내가 사람을 구했다!
해 수　(재열 보고, 이쁜)

씬 43. 산속 펜션 안, 밤.

해진, 누워 울고, 해수, 누워, 그런 해진을 안고, 달래는,

해 수　(맘 아픈, 따뜻하게) 해진 씨, 울어, 더 울어, 더..

＊점프컷, 펜션 밖 》

재열, 그런 해수와 해진을 보고 있다. 앞을 보면, 동민과 윤철, 얘기하고 있고, 119 차 서 있는,

윤 철 (속상한, 눈가 붉어) 죄송합니다, 형님. 간만에 즐겁게 지내고 싶었는데.
동 민 (칠 듯이) 새끼, 진짜! 남이냐, 우리가! 죄송은?
윤 철 다, 내 잘못이에요... 산책할 때, 내가 애기 지우잔 말만 안 했어도,
재 열 나라도 그랬을 거예요.
윤철, 동민 (보면)
재 열 아내가 힘들어하면.. 나라도 그 말 해요. 이렇게 될 줄 몰랐잖아요. (하고, 앰뷸런스로 가는)
동 민 (가는 재열 보며) 내가 할 말을 가로채고, 잰. (하고, 윤철 보며, 안고, 등 쳐주고) 힘내! 니가 우리한테 지켜줄 의린 힘내는 거야, 알지?
윤 철 네. (하고, 밝게, 주먹을 내밀면)
동 민 (주먹 치며, 웃고)
윤 철 (가고)
동 민 (윤철 뒤에 대고) 2주 남았다, 딱 2주! 아자! (하고, 앰뷸런스로 가, 조수석 안의 수광일 보며, 앞에 서 있는 재열에게) 낼 요양소 차 올 때까지, 수고다. (하고, 차 타는)
재 열 네, 형님. (하고, 조수석에 풀죽어 앉아 있는, 수광에게) 아직도 슬퍼?
수 광 (안 보는)
재 열 이제부터 날, 너라고 부르지 말고, 형이라고 불러?
수 광 (보면) ?!
재 열 (진지하게 보며) 소녀 앞에선 너라고 부르고, 뻐대 나게.
수 광 소녀 카페에서 일해?
재 열 걔한테 불쌍해 일자린 주지만, 좋아한다고 착각하진 마라, 그래.
수 광 (진지하게 보며, 끄덕이는) 얻을려면 버려라, 그거지?
재 열 알면 됐어, (머리 흩뜨리며) 나중에 내가 수영 가르쳐줄게. (동민에게) 형님 가요! (하고, 가는)
수 광 (어색하게, 웃고) 형이라고 부를게! (차 가고)

씬 44. 펜션 밖, 밤.

재열, 해수, 라면을 먹는, 재열, 배고파 거의 흡입하는,

해 수　(재열, 먹는 걸 귀엽고, 어이없게 보다, 주머니에서, 반창고 꺼내 재열에게 주는)

재 열　(고개 젓고) 근데 발작이 나면.. 뭘 보는 거야?

해 수　(반창고 뜯어, 붙여주며) 저마다 달라, 누군 뱀을 보고, 누군, 집이 무너지지, 해진 씬 왕따 한 친구들이 욕을 하면서 달려오고.. 커피 마시자?

재 열　넌 내가 있어, 좋겠다. (하고, 라면 다 먹고, 가는)

해 수　(웃는)

*점프컷, 시간 경과 》

재열, 해수, 종이컵의 커피를 마시는,

방 창 너머로 윤철과 해진이 앉아서, 서로 안고, 윤철 노랠 불러주는 모습이 보이는,

해 수　(창 너머로 둘을 보다) 난 첨에 둘 결혼은 반대했어.

재 열　(둘을 보다, 커피 마시고 보는) ...?

해 수　친구로 보라 그랬어. 그랬더니, 연락을 뚝 끊드라.

재 열　그런데 결혼해서 애길 가졌다고 온 거야, 너한테?

해 수　어.

재 열　애긴 왜 가지지 말랬어, 넌 의사면서?

해 수　(커피 마시고) 이런 상황, 사랑만으로 견디기엔 너무 힘드니까.

재 열　(보면)

해 수　(집 쪽 보며) 난 사실 아직도 둘이 영원할 거란 거 안 믿어. 그래도 응원은 하고 싶드라. 저들이 정말 잘 살면, 나도 사랑을 믿게 될까 싶은 기대도 있고. 그래서, 저들을 위해 난 집 안에 초를 켜지. 도와주세요, 누구라도, 저들을. (재열 보며) 정말, 사랑이 저들을 구할까?

재 열　(진지하게 보며) 그럼.

해 수　(어이없이 보며) 너도 사랑지상주의니? 사랑이 언제나, 행복과 기쁨과, 설렘

과, 용기만을 줄 거라고?

재 열 (말꼬리 자르며, 진지하게 보며) 고통과, 원망, 아픔과 절망과 슬픔과 불행도 주겠지.

해 수 ?

재 열 그리고, 그것들을 이길 힘도.. 더불어 주겠지. 그 정도는 돼야, 사랑이지.

해 수 (맘에 들지만, 내색 않고, 차 마시며) 그건 또 누구한테 배웠니?

재 열 사랑한테 배웠지, 어떤 한 여잘 미치게 사랑하거든. 그녀 이름은 엄마. (커피 마시며, 방 쪽 보며) 둘이, 키스한다?

해 수 (방 쪽 보면)

*점프컷, 창가로 본 방 안 》

윤철, 해진(정신을 차린, 눈가 붉은)과 입을 맞추고, 이마에 다시 입을 맞추는, 그러다, 꼭 안는,

재 열 (E, 가볍게) 아... 나도, 사랑하고 싶다.

*점프컷 》

해 수 (방 보다, 재열 밉게 보면)

재 열 (해수 보며) 이상하게 보지 마. 남녀가 사랑을 하면서, 인생의 미묘한 법칙들을 얼마나 많이 배우는지, 알아?

해 수 (어이없는) 알고 싶지 않아.

재 열 (손가락을 꼽으며, 진지한) 첫 번째, 기분이 좋아.

해 수 (어이없게 보는) ?

재 열 두 번째, 인낼 배우지.

해 수 여자가 넘어올 때까지겠지?

재 열 셋째 배려,

해 수 무슨 배려?

재 열 남녀가 같이 느낄려면, 얼마나 ...관두자.

해 수 (어이없는) 왜 더 하지? 내가 정신과 의사니까, 쿨하게 듣는다, 진짜... 어디서, 아우... 성희롱도 아니고, (가며) 개바람둥이.

재 열 (막아서며) 개바람둥이도 지조가 있댔다. 편서풍, 북서풍, 남동풍! 한 방향!

최호 같은 양다리랑은 차원이 달러.

해 수　넌 안 그런다고?

재 열　나 여자 말 잘 들어, 그렇게 안 보이겠지만, 의외로 수동적이고, 의존적이야. 여자가 하지 마, 그럼 절대 안 해.

해 수　(깔깔대고 비웃는)

재 열　(일어나며) 지금 비웃어? 날 사귀어보지 않았음 말을 말어. 나, 사겨봄 진짜, 깜짝 놀랄걸? (하고, 가는)

해 수　어디 가?

재 열　(가며) 자러. 같이 잘 것도 아니잖아.

해 수　차 안에서 잘 거야?!

재 열　(가는)

해 수　(가는 재열 보며, 웃으며) 수동적? 니가? .. (가는 재열 보고) 그렇게 나한테 능동적으로 입을 맞췄으면서.. 수동적 좋아하네.. (싫지 않게 보고, 웃는, 펜션 쪽으로 가며, 전화하는) 자기들아, 그만 키스해, 나 들어간다.

씬 45. 펜션 전경, 아침.

요양원 차가 온, 윤철, 해수, 해진, 서 있는,
해수, 해진을 안다, 떼내며, 웃으며, 기분 좋게 말하는,

해 수　기분 어때?

해 진　(미안하게 웃으며) 이길 거야. 반드시. 윤철이랑 나 닮은 애 날 거고,

윤 철　(해진 안고, 볼에 입 맞추고)

해 수　요양원 가기 싫어하는 거 알지만, 약 못 먹는, 2주만 가 있자? 애기 위해서?

해 진　(미안한 웃음) 늘 고마워.

해 수　(맘 짠해, 안고, 몸 떼내고, 윤철을 안고) 기운 내, 친구야!

윤 철　(환하게 웃고, 몸을 흔들며, 몸을 떼내고) 나중에 우리 애기 나면 니가 받아 주라!

해 수　당근이지! 가.

윤 철　니 남자친군?

해 수 그 인간은 신경 쓰지 마, 차 안에서 자고 있겠지, 가.
윤철, 해진 (웃으며) 한번 사겨봐, 괜찮던데?
해 수 (밀며) 가, 가.

윤철, 해진, 요양원 차 타고 가고,
해수, 가는 차 보고, 손 흔드는,

해 수 전화해! (하며, 차를 보다, 뒷길(공터가 있는)로 가는) ..장재열.. (부르며, 가는)

씬 46. 동민의 병원, 낮.

동민, 환자(아줌마)와 상담을 접는,

환 자 그럼 또 봬요, 선생님.
동 민 (웃으며) 네, 네, 약 잘 드시고, (환자 나가면) 공황장애가 왜 이렇게 많아.
간호사 (들어와, 봉투 놓으며) 퀵 왔어요, 선생님. 이유진 환자 10분 늦는대요. (하고, 나가는)
동 민 어. (봉투 뜯어보고, 놀란) 뭐야, 이거... 장재범 동생이.... 장재열? (놀라, 자료 놓고, 인터넷 들어가면, 1부에 나왔던 사건, 재범과 재열 사건 기사가 뜨는, 걱정스런) 뭐야?

씬 47. 펜션 근처, 화장실 안, 낮.

재열, 자는 얼굴만(O. L, 화장실인 건 모르겠는) 보이는, 힘든, 땀이 나는,

***플래시백 》**
어린 재범, 의붓아버질 찌른 칼을 들고선, 땀이 흥건한 채, 어린 재열을 보는,

어린 재열 (놀란, 두려운) 형. (재범이 말한, 앞의 상황과는 반대인)

*현실》
재열, 땀만 흘리는,

씬 48. 뒤 공터, 낮.

해수, 걸어와, 차로 가, 문을 열려다, 보면, 문이 잠긴, 운전석에 재열 없는, 이상한, 해수, 둘러보며 '장재열!' 하는,

씬 49. 산속, 낮.

해수, '장재열, 장재열!' 하며 부르며 다니는, 그러나, 아무 데도 없는, 해수, 이상한, 그러다 다시 아래로 내려가려다, 뭔가 이상해, 뒤돌면, 간이화장실이 보이고, 해수, 그냥 지나쳐 가는, 그러다, 멈춰 서서, 화장실 앞으로 가, 아랠 보면, 재열의 발이 보이는,

해 수 (편하게) 장재열? 볼일 봐? 장재열?

해수, '뭐야?' 노크를 하는, '장재열, 뭐해?' 하는, 소리가 안 나는, 해수, 순간 걱정스러워, 문을 확 열면,

*점프컷, 화장실 안》
순간, 재열, 바닥에 쪼그리고, 양변기에 기대, 자다, 땀을 흘리며, 헉 하며 숨을 토해내는,

*점프컷》
해 수 ?!
재 열 (숨을 토하며, 해수를 멍하게 보는) ...

*플래시백, 회상 》
1, 핸드폰, 화장실로 가던 재열,
2, 화장실의 버튼 키,

*현실 》

해 수　(놀랐지만, 짐짓 편히) ....나와. 가자. (하고, 가는)
재 열　(당황스런, 얼굴을 두 손으로 부비고, 나가는, 들킨 게 참담한)

씬 50. 산길 + 달리는 재열의 차, 낮.

씬 51. 달리는 재열의 차 안, 낮.

해 수　(괜히 노래 부르며, 가는)
재 열　(운전해 가며) 왜..
해 수　(보면)
재 열　(편하게) 왜, 안 물어? 나, 화장실에서 자는 거 보고, 놀랐을 건데?
해 수　전에 만난 여자들은 놀랬나봐?
재 열　두 명한테 들켰지. 첫 번째 여잔 첨엔 날 이해한다드라고, 그리곤, SNS에 내가 이상하다며 친구들과 수달 떠는 걸 목격해서 내가 찼고, 다른 한 여잔, 다음 날부터, 그냥 연락 두절.
해 수　(재열의 맘 편히 해주려, 아무렇지 않게) 내가 아는 강박증 환잔, 개집에서도 자.
재 열　(보고) 여기 내가 좋은 데 아는데, 잠깐 내려, 산 탈래?

씬 52. 산길, 낮.

해수, 재열, 산을 타는, 땀이 조금씩 난,

* 점프컷 》

해수, 재열, 산을 힘들게 타며, 얘기하는,

재 열　(말은 편하게, 몸은 힘들게 산을 타는) 자연 좋아해?

해 수　무지무지, 사람보다 더 좋아.

재 열　나는 사람만큼 좋은데.

해 수　휴.. 힘들다.

재 열　(그냥 가며, 아무렇지 않게, 편하게) 15살부터야.

해 수　(멈춰 서서 보며) 말하지 않아도 돼.

재 열　(가며, 말하는) 그때 난 순둥이였는데, 형이랑, 의붓아버지가 빽함 날 팼지. 의붓아버진, 그냥 내가 미워 패고, 형은 의붓아버지한테 맞는 내가 등신 같다고 패고,

해 수　... (편하게 가는)

재 열　그날은 의붓아버지였어.

씬 53. 재열의 어릴 때 동네 거리, 회상, 낮.

어린 재열(맨발로), 집을 나와, 죽어라, 뛰는, 의붓아버지, '너 거기 안 서!' 하며 멀리서 쫓아가는,

재 열　(E) 도박한다고 돈을 달라는데, 학교 등록금이라 줄 수 없었거든. 난 죽어라 달렸지.

씬 54. 산길, 낮.

재 열　(산을 타며) 근데, 젠장, 시골 동네에 도망갈 데가 없는 거야.

해 수　(들으며, 힘들게 산을 타는)

씬 55. 재열의 어릴 때 동네, 회상, 낮.

어린 재열, 죽어라 뛰는, 돌아보면, 멀리서 의붓아버지 쫓아오는 게 보이는, 놀라, 다시 코너를 돌며 뛰다, 멀리 산 아래, 재래식 변솔 보고, 달려가는,

재 열　(E) 그러다, 동네 산 밑에 있는 공동변솔 봤지,

씬 56. 산길, 낮.

해수, 걸어가며, 물 마시고 재열 주는,

재 열　(물 받아 마시고, 웃으며) 그리곤, 내가 어떻게 했을 거 같애.

해 수　(보면)

재 열　그대로 풍덩.

씬 57. 재래식 변소 안, 회상, 낮.

어린 재열, 변소를 보다, 울먹이며, 뛰어드는,

씬 58. 변소 밖, 회상, 낮.

의붓아버지, 화나, '재열아, 이 새끼! 너 어딨어!' 하며, 변소를 지나쳐 가는, 카메라, 변소 밖을 보여주는,

씬 59. 산길, 낮.

재열, 깔깔 웃으며, 산을 타며,

해 수 (멈춰 서서, 앞의 재열을 안쓰레 보는)
재 열 (앞만 보고 가며, 해수가 보는 것 못 느끼고, 웃으며) 진짜, 웃기지.. 그 더러운 곳에.. 풍덩이라니. 그때부터였어, 나한텐, 변소가 화장실이, 가장 안전한 곳처럼 느껴진 게.. 이후, 난 방에서 잔 적이 없어. 내 방의 침댄, 남 보기 좋으라고, 가져다놓은 거야. 니들이 말하는, 트라우마(Trauma; 정신적 외상)지. (하고, 멈춰 서서, 돌아보면)
해 수 (재열을 안쓰레 보다, 놀라, 산을 타며, 무심히) 가자.
재 열 (산을 타는, 해수를 보는)

씬 60. 아름다운 계곡 위, 낮.

해수, 재열, 숨을 헉헉대며 올라오는,

해 수 (시원한, 숨을 몰아쉬는) 야.. 너무 좋다! (시원하게) 악! 와후!
재 열 (웃고, 숨 몰아쉬는, 물 마시고) 좋다, 진짜... 근데 나 큰 병이야?
해 수 (아무렇지 않게, 물을 마시며) 내 병이 큰 병이지, 성인 여자가 돼서 남자랑 잠자리가 안 되는데.
재 열 (물 마시다, 깔깔대며, 웃는)
해 수 나, 치료 잘하지? 생각의 환기! 웃으면, 생각이 가벼워지지, 나 쓸 만한 의사지 않냐?
재 열 (이쁘게 보는) 조금.
해 수 너무 불편하면 약 줄게. 약, 잘 들어.
재 열 그냥 살래, 악몽을 꾸긴 하지만,
해 수 (악몽이란 말에, 보면) ?!
재 열 아주 못 자는 건 아니고, 약 먹음 글 쓸 때 지장 있다고, 전에 어떤, 의사가 그러드라고.
해 수 (가볍게) 집중력이 약간은 흐려지지, 그래, 그냥 살아. 인구의 80프로가 뉴로시스(Neurosis), 간단한 신경증은 거의 다 가지고 살거든. 글보다 편안한 잠이다! 스스로 그런 결론이 나면, 약 먹어. 상담도 하고. 오케이?
재 열 (시원시원한 해수가 맘에 드는, 웃고) 나랑 다이빙할래, 여기서? (하고, 물을

마시며, 보면)

해 수　죽어도 안 해. 딱 좋아, 지금 이 순간. 딱!

재 열　그냥 해보지? 오늘 내가 너한테 그냥 훅, 내 비밀을 말해버린 거처럼, 그냥! 아주 가벼워질 건데?

해 수　난, 그냥 안 돼. (하고, 돌아서면)

재열, 해수의 팔목을 잡아, 돌려 안고, 물속으로 그냥 떨어지는,
해수, '악!' 하는,

씬 61. 계곡물, 낮.

재열, 해수, 풍덩 빠지고, 잠시 후, 재열, 물 위로 얼굴 디밀고 올라와, '악!' 하며 시원하게 머릴 터는, 그러다, 웃으며, 주변 보는,

재 열　해수야? (주변에 없는, 놀란) 지해수? (하며, 해수 찾아, 수영을 하는)

＊점프컷 》
그때, 해수, 물속에서 튀어나오며, '어머!' 하고, 깔깔대며 박장대솔 하고,

＊점프컷 》

재 열　?

해 수　(재열 보며) 야, 그냥 된다! 야, 그냥이 ..그냥이구나! (하고, 물을 튕기며) 악! 너무 좋다! (하고, 시원하게 소리치는)

＊점프컷 》
재열, 해수 쪽으로 오며, 웃는 해술 보는,
해수, 계속 웃긴, '야, 난 진짜 그냥이 뭔지 몰랐거든, 근데, 그냥이, 그냥이 네!' 하는데, 재열, 해수의 얼굴을 잡아, 입을 맞추는, 그러다, 다시 입을 떼고, 해수 보고, 해수, 무언가 말하려 하면, 입을 더 맞추는, 해수, 숨이 멎을 거 같은, 눈을 감고, 두 손으로 재열의 얼굴을 잡고, 키스하는, 그 모습에서

엔딩.

6부

사막에 유목민들은 밤에 낙탈, 이렇게 나무에 묶어두지.
근데, 아침엔 끈을 풀어. 그래도 낙탄 도망가지 않아.
나무에 끈이 묶인 밤을 기억하거든. 우리가 지나간 상처를 기억하듯.
과거의 트라우마가, 상처가,
현재의 우리 발목을 잡는단 얘기지.

씬 1. 아름다운 계곡 위, 낮.

재 열　그냥 해보지? 오늘 내가 너한테 그냥 훅, 내 비밀을 말해버린 거처럼, 그냥! 아주 가벼워질 건데?

해 수　난, 그냥 안 돼. (하고, 돌아서면)

재열, 해수의 팔목을 잡아, 돌려 안고, 물속으로 그냥 떨어지는,
해수, '악!' 하는,

씬 2. 계곡물, 낮.

재열, 해수, 풍덩 빠지고, 잠시 후, 재열, 물 위로 얼굴 내밀고 올라와, '악!' 하며 시원하게 머릴 터는, 그러다, 웃으며, 주변 보며,

재 열　해수야? (주변에 없는, 놀란) 지해수? (하며, 해수 찾아, 수영을 하는)

*** 점프컷 》**
그때, 해수, 물속에서 튀어나오며, '어머!' 하고, 깔깔대며 박장대솔 하고,

* 점프컷 》

재 열　?

해 수　(재열 보며) 야, 그냥 된다! 야, 그냥이 ..그냥이구나! (하고, 물을 튕기며) 악! 너무 좋다! (하고, 시원하게 소리치는)

* 점프컷 》

재열, 해수 쪽으로 오며, 웃는 해술 보는,

해수, 계속 웃긴, '야, 난 진짜 그냥이 뭔지 몰랐거든, 근데, 그냥이, 그냥이네!' 하는데, 재열, 해수의 얼굴을 잡아, 입을 맞추는, 그러다, 다시 입을 떼고, 해수 보고, 해수, 무언가 말하려 하면, 입을 더 맞추는, 해수, 숨이 멎을 거 같은, 눈을 감고, 두 손으로 재열의 얼굴을 잡고, 키스하는, 그러다, 하다 말고 순간, 해수, 재열을 밀치고, 뺨을 치고는, 돌아서서 나가는데, 당황스럽고, 혼란스런, 심장이 두근대는(목과 이마에 땀이 나는, 두근대는 소리가 해수 귀에만 조금 크게 들리는, 불안장애 증상 발동한, 본인이 느끼고 자제가 가능할 정도), 내가 무슨 짓을 했나 싶다, 어지러운 느낌이다, 걸어가며 스스로를 치료하는, 숨을 짧게 들이마시고, 깊게 내뱉는,

재열, 그런 해수를 어이없게 보고 웃는, 조금은 당황스럽게 뭐가 뭔지 모르겠는 느낌으로 보다, 시간을 주자, 생각을 정리하고, 편하게,

재 열　우리.. 시내 내려가서, 옷 사자.

해 수　(불안장애 때문에, 정신없는) 뭐?

재 열　(안 보고, 가며) 옷이 어제도 젖고, 오늘도 젖고, 찝찝해.

해 수　(불안장앨 들키고 싶지 않은, 자기의 행동을 무마하고 싶은, 걸어가며, 맘에 없는 말을 괜히 거칠게 하는) 오, 옷은 무슨 말려 입음 되지,

재 열　(휙 돌아, 해수 보는, 담담한)

해 수　(그냥 가는데, 복잡한, 스스로 후후 숨을 뱉으며, 호흡치료를 하는)

재 열　(가는 해수 보고, 작게 웃으며, 가며, 구시렁) 저런 걸.. 불안장애라고 하는 건가..

씬 3. 실내운동장 안, 낮.

태용, 한쪽에 전화하며 앉아 있고, 동민, 심판 보고, 청소년들(소년원에서 나온)과 최호, 족구를 하며, 신난,

태 용 (동민 눈치 보며, 전화 받고 있는) 그게 형, 동민이 형님이 좀 바빠.
동 민 (코치하며) 원규야, 반칙하지 마!

*점프컷》
원 규 (족구하는) 반칙 아니에요, 공 안 닿았어!
동 민 (버럭) 안 닿긴, 내 눈은 해태냐! 내가 사 온 햄버거 그냥 가져갈까?!
재 범 (서운한, E) 아, 형님이 바빠? 알았어, 그럼 형님한테 나 금욜 귀휴 나가는 거 꼭 말하고..

씬 4. 교도소 안, 낮.

재범, 전화하고 있는, 조금 긴장한, 동료, 옆에 서 있는,

재 범 아미탈.. (생각하다, 생각난 듯) 이, 인, 터뷰 꼭, 하자 그래. 그래, 그날! (하고, 전화 끊고, 가며, 옆의 동료에게) 내가 부탁한 거 안 잊었지?
동 료 벌써 밖에 애들한테 부탁했어.
재 범 (동료 어깨동무하며, 신난) 잘했어!
동 민 (E, 버럭) 내가 지금 그것 땜에 화내냐!

씬 5. 실내운동장, 낮.

동민, 화난, 태용(죄지은 듯)과 서서 말하고 있는,

동 민 (답답한, 화난, 버럭) 재범이가 재열이 형인 거 알아서?! 뭐, 재범이 놈이 착

해? 너 보육원에서 패던 애 패주면 어떤 짓을 해도 착한 거냐?! (옆에, 서류, 태용에게 들고 흔들며) 여깄는 자료가 거짓말해! 절도, 노인 폭행, 애들 폭행, 미성년자 강간 미수!

태 용　강간 미수는 억울해요, 사귀는 애였는데, 헤어지니까, 홧김에 거짓말한 거라구요!

동 민　(화나) 좋다, 다 그렇다 치자, (하고, 서류 안의 사진 꺼내, 태용에게 보이며) 그럼 이건 어떻게 설명할래?

* 점프컷, 자료사진 》

16세, 어린 재열, 만신창이 되어 팬티 입고 찍은, 전신사진,

동 민　이때 장재열이 나이가 16살이야!

씬 6. 산길, 낮.

재열, 해수, 산을 내려오는,

재열, 궂은 길을 내려오는데, 해수, 그 뒤에서 길이 험해 조금 당황한,

재 열　(보다, 손 내밀면)

해 수　됐거든! 나도 잘 가. (하고, 혼자 내려가려 하고)

재 열　(작게 웃으며) 자주적이라 좋네. (하고, 가는)

해 수　(내려오다, 미끄러지고, 재열 보고, 툭툭 털고 일어나는)

동 민　(E) 16살짜리가 어린애가 전치 10주 외상이면, 반죽음, 초죽음이야! 장 파열에 갈비뼈 부러지고!

씬 7. 실내운동장, 낮.

동 민　(속상한, 화난, 사진 내리고) 어린애한테 겁준다며, 석율 사다 전신에 뿌리고, 임마, 오죽함 엄마가 지 자식을 경찰에 고발해! 법원 자료 보니까, 의붓

아버지도 지가 죽였네, 이 새끼가! 그러고 동생을 범인으로 몰아?!

태 용　그래도, 개과천선하면,

동 민　(진지하게 보며) 눈곱만치도 죄책감이 없는데 무슨 개과천선! 이런 놈한테 필요한 최고의 치료, 사회 격리, 감방행이야! 죄책감이 있는, 살려고 애쓰는 쟤들(청소년들 가리키며)하곤, 질적으로 달라!

태 용　(속상한) 맞습니다, 재범 형님은 가망 없습니다.

동 민　?!

태 용　지금도 나오면 재열이 죽인다고 생떼 쓰고, 근데 그런 재범 형을 믿는, 엄마를 재열일, 포기시킬 수가 없습니다. 미치겠습니다, 진짜, 저도! (하고, 가는)

동 민　(가는, 태용 답답하게 보는) ?!

＊플래시백, 회상, 4부 》

재열 모, '선생님만 믿습니다' 하며 굽실거리며 인사하던,

＊현실 》

동민, 머리 긁으며 답답한, '아! 짜증나!' 하는,

최 호　(동민에게로 걸어오며) 형님 무슨 일이에요?

동 민　넌, 몰라도 돼!

씬 8. 옷가게 안, 낮.

해 수　(곰곰 생각하는, 작게 호흡으로 자가 치료 하는)

＊플래시백 》

해수, 두 손으로, 재열의 얼굴을 잡아 키스하던, 재열의 뺨을 치고 돌아서던, 재열의 당황스런 얼굴,

＊점프컷 》

해 수　(내가 미쳤지, 싶은, 답답한, 눈을 감는데)

재 열　(E) 뭐해?

해 수　(소리 난 쪽 보면) ?!

재 열　(피팅룸에서 옷 입고, 나와, 거울 보는, 담담히 안 웃고) 너도 옷 하나 사 입고 오라니까, 왜 거깄어?

해 수　(안 보고, 답답한(자신의 병증을 들키는 게 싫은)) 돈이 썩어나니? 옷도 다 말랐는데. (그때, 전화 오면, 받으며 나가는) 어, 김 선생.. 해진 씬 요양원 갔어. 나 오늘 진료 못 한단 말은 들었지?

재 열　(가는 해수를 보다, 귀엽단 듯 웃고, 편하게, 직원에게) 여기, 여자 옷은 어디에 있나요?

씬 9. 옷가게 앞, 낮

재열, 해수(옷을 갈아입은 상황) 매장에서 나오는,

해 수　뭐한다고 돈을 써? 시키지도 않는 짓을 왜 그렇게 하니, 넌? 서울 가, 갚을게. 명세서 있지?

재 열　(담담히, 차로 가, 문 열어주며) 난 키스한 여자한텐 돈 안 받아.

해 수　(어이없이 보면) ?!

재 열　키스한 여자한테 돈 안 받는 게 이상해? 돈 받는 게 이상하지?

해 수　(삐죽한) 키스, 키스, 하지 마라. 일방적으로 니가,

재 열　(더는 못 참겠다 싶은, 굳은) 일방적?

해 수　(화나는, 더 단호한) 그럼 쌍방이니? (하고, 차에 타려 하면)

재 열　(팔 잡아, 못 타게 하고, 정말 궁금해 묻는, 담담히) 너, 불안장애 있다더니, 그 반응이야, 지금? 그럼 내가 이해하고.

해 수　(숨기고 싶은, 조금 화나는, 일부러 더 단호한) 불안증은 이 상황과 상관없거든. 당황했냐고? 그런 상황에서 누구라도 당황하지, 그럼, 안 당황해?! 물에 빠져 기분 좋게 노는데, 갑자기 입을 맞추고, 한 번도 아니고, 두 번씩이나!

재 열　(말꼬리 자르며, 단호한) 두 번짼, 너도,

해 수　(불안감에 삐죽하게) 나도 뭐?

재 열　(해수 눈을 똑바로 보며, 진지하게) 싫지 않았어. 나처럼.

해 수 (당황하고 혼란스런, 애써 무마하려는) 내가 싫다면 싫은 거지, 니 생각이 다 맞아? 내 생각은 없어?

재 열 (단호한, 진지한) 니 생각 말고, 느낌은?

해 수 (당황함을 감추려 일부러 더 단호한) 싫었어. 분명히 말하지만, 난 너 싫어. 아무나, 그냥, 찝쩍대는,

재 열 (말꼬리 자르며, 단호한, 강조하는) 아무나가 아니라, 느낌 있는 사람한테,

해 수 ?

재 열 그냥이 아니라, 그 순간만큼은 진심으로! 찝쩍이 아니라, 좋아서 키슬 한 거야.

해 수 (어이없단 듯 웃으며, 편하게) 좋아, 내가? (어이없는, 웃음이 나는) 솔직해져, 장재열! 너, 아까 즉흥적이었잖아, 날씨는 좋고, 자연도 좋고, 기분도 좋으니까, 즉흥적으로?

재 열 (편하게) 맞아, 즉흥적인 건.

해 수 (어이없게 웃으며 보며) 그건 인정하네? 어이없어, 내가.

재 열 (보며) 뭐가 어이가 없어? 그럼 넌, 키슬 계획적으로 하는 놈이 좋아? 잔머리 굴려가며 이 여자가 어느 포인트에 나한테 넘어올지 계산해서, 계획적으로,

해 수 (말꼬리 자르며) 관두자, 관둬. (하고, 차에 타려 하면)

재 열 나랑 사귀자, 생각할 시간 줘?

해 수 (단호한) 아니, 필요 없어.

재 열 (가만 보다, 작게 한숨 쉬고, 심플하게) ..좋다, 관두자. (하고, 앞의 차문 열려 하는)

해 수 (뒷문 열려 하면)

재 열 (뒷문 다시, 닫고) 나, 니 기사 아니다? 앞에 앉아. (하고, 운전석에 타는)

해 수 (어이없단 듯 웃고, 조수석에 타, 안전벨트를 하며) 너, 진짜 마지막 경고다, 다시 한 번만 나한테 계곡에서처럼 그럼,

재 열 (말꼬리 끊으며) 다신 그럴 일 없어. 걱정하지 마.

해 수 (놀리듯, 창가 보며) 고맙다, 빨리 끝내줘서! (하며, 가는데, 맘이 불편한, 아까 느낀 불안증이 싫고, 내가 왜 키스할 때 재열의 얼굴을 잡았을까 하는 생각이 떠나질 않는)

씬 10. 고속도로, 낮.

달리는 재열의 차 보이고, 문자 오는 소리 나는,

씬 11. 달리는 재열의 차 안, 낮.

해 수　(문자 보면)

최 호　(E) 너한테 보내는 다섯 번째 문자다. 해수야, 우리 친구로라도 보자. 그냥 전처럼 만나 밥 먹고, 영화 보고. 답 없으면 계속 문자 넌다. 그렇게 알아.

해 수　(가만 보다, 문자 하는)

씬 12. 실내운동장, 낮.

최 호　(문자 보는)

해 수　(E) 그래, 친구로 만나자. 연락할게. 몸조심하고.

최 호　(좋은, 아자! 하고, 동민에게 달려가는)

씬 13. 재열의 차 안, 낮.

해 수　(창가 보며, 담담히) 최호랑 친구로 다시 보기로 했어.

재 열　(운전만 하며, 앞만 보며, 담담한) 알아서 해.

해 수　휴게소에서 차 세워. 배고파.

재 열　(안 보고) 배고픈 건 니 사정이지. (하고, 운전만 하고 가는)

해 수　(어이없는)?

씬 14. 재래시장, 낮.

수광, 시장을 보는, 소녀, 교복을 입은 채, 졸졸 따라다니는,

수 광　시금치 얼마예요?

주 인　2천 원.

수 광　하나 주세요. (하고, 지갑을 열면)

소 녀　(지갑을 훔쳐보는)

수 광　(지갑을 안 보이게 하고, 소녀에게) 콱, 뭘 봐! 남의 지갑을? 왜 훔치게?! (하고, 돈을 꺼내 주인 주고, 시금치 받아 가는)

소 녀　(편하게, 따라가며) 밥 사줘.

수 광　(멈춰 서서 보며, 진지하게) 나 봉 아니다? 내가 한때나마 널 이뻐한 거 잊어버려! 너한테 수시로 무시당하고, 돈만 뜯기고 나서, 나 이제 정신 차렸어! 장재열이가 내가 원한다면 널 카페 알바로 쓰라고 했지만, 아니, 난 그렇게 안 할 거야, 왜냐, 난 이제 정신 차렸거든! (하고, 가는)

소 녀　(웃고) 우리 집 가서 라면 먹자?

수 광　(돌아보며) 뭐?

소 녀　따라와, 내가 널 위해 라면을 끓여주지. (하고, 가며, 앞만 보고) 후회 말고 따라와라! 어서!

수 광　(가려다, 따라가며) 내가 너 좋아 가는 게 아니라, 지금까지 너한테 돈 쓴 게 아까워, 라면이라도 얻어먹어야 원한이 풀릴 거 같아, 가는 거야, 좋아한다 오해 마라.

소 녀　(웃고, 팔짱 끼고)

수 광　교복 입고, 미쳤냐! (하고, 팔 빼고 가며) 학교 짤려놓고, 교복은 왜 입고 다녀, 또라이!

씬 15. 산동네, 허름한 빌라 지하방 앞, 낮.

소녀, 수광, 가는,

소 녀 (집으로 가, 문을 키로 여는)
수 광 너 전번 날 우리 집에서 잘 때 열쇠 잃어버렸단 거, 쌩구라지?
소 녀 (웃으며) 어. (하고, 들어가는)
수 광 (어이없는) 진실성은 눈곱만치도 없는 기집애. 정떨어져. (하고, 되돌아가려는데)
소 녀 (E) 아, 아!
수 광 (멈춰 서서, 놀라, 집으로 가며) 뭐야? 야, 너 다쳤어?! (하고, 문을 열어보는)

씬 16. 소녀의 집 안, 낮.

수 광 (들어서서, 어두운) 야, 불 좀 켜봐! 안 보여!

불 켜지면,
방 안이 전부, 바닥부터 천장까지, 온통 쓰레기 더미다,

수 광 ?!
소 녀 (쓰레기 더미에 넘어진, 무릎 다친) 야 ..또 쓰레길 산더미처럼 쌓아놨네... 울 아빤 이 쓰레기가 돈이래. 라면 끓일게. (하며, 쓰레기 더밀 지나쳐 주방으로 가, 설거지 더미에서, 냄비를 찾는)
수 광 (주변 보며, 속상한) 넌 이런 집구석에서 라면이 먹히냐!

씬 17. 도로 + 동민의 집 전경, 밤.

재열의 차 와서 서고, 재열, 해수, 내리는,
재열, 집으로 들어가는, 해수, 가는,
재열, 문 열고, 들어가, 문 쾅 닫는,
해수, 들어가려다, 놀란, 어이없는, 웃으며,

해 수 어이가 없네, 내가, 진짜, 어이가 없어. (하고, 가방을 뒤지며) 안 좋아해준다

고 삐졌다 이거냐? (하고, 열쇠 찾아, 문 열고 들어가는)

씬 18. 동민의 거실, 밤.

동민, 재범의 사건 자료 심각하게 보고 있고, 수광, 설거질 하는,
그때, 재열, 들어와,

재 열 다녀왔습니다.
동 민 (보고, 자료 넣고) 어, 왔냐? 밥은?
재 열 별로 생각 없어요. (주방으로 가서, 물을 마시는)
해 수 (주방으로 와, 재열 보며) 라면 먹을래? 내가 끓여줄게.
수 광 (해수 보며) 물 끓여? (재열 보며) 물 끓여?
해 수 (재열 보며) 해물라면 먹을래? 그냥 라면 먹을래?
재 열 (어이없게 보는)
해 수 (웃으며, 보며) 왜 내가 말 거는 것도 이젠 화나니? 말도 걸지 마?
수 광 왜 그래, 둘이 분위기가?
동 민 (와서 둘을 번갈아 보며) 뭐야, 둘이? 어제까지 희희낙락하드니, 오늘 갑자기 왜 이렇게 쎄해? 밤사이, 둘 사이에 뭔 일 있었어? 말해봐, 싸웠냐?
재 열 (화나지만, 물잔 놓고, 가며) 별일 아니에요.
수 광 (재열 보고, 해수 보며) 왜 그래, 장재열?
해 수 (냄비를 찾으며, 말꼬리 자르며) 이해해줘. 걔, 오늘 나한테 키스했다가, 빰맞아 저러잖아.
재 열 (가다, 멈춰 서는)
수광, 동민 (해수 보고, 재열 보는) ?
재 열 (동민을 보며, 담백하게) 사실이에요.
해 수 (냄비에 물 받고, 재열 돌아보며, 주방에 기대, 놀리듯) 야, 그 자센 멋있다, 쪽팔림을 무릅쓰고, 화끈하게 인정하는 그 자세!
재 열 (보며, 담백하게) 인정 못할 게 뭐 있어? 있는 그대로 사실인데? (동민 보며) 좋은 감정으로 키스했어요, 내가 지해수한테. 키스한 그 순간은, (해수 보며) 걔 괜찮았거든요, 지금은 아니지만. (하고, 가는)

동민, 수광 ?!

해 수　(가는 재열 보며, 놀리는) 좋은 것도 즉흥적, 포기도 즉흥적, 즉흥이 몸에 뱄네, 아주!?

재 열　(돌아보며, 진지한) 너, 진짜 못 느꼈어? 우리 아까 서로 느낀 감정 정말 해프닝이야?!

해 수　(답답한, 참고, 불편한) 고만해라.

동 민　고만하긴 뭘 그만해, 웃기는 애네, 얘가! (재열에게) 야, 너 물러서지 말고, 더 따져봐! 둘이 뭐야, 대체?!

수 광　맞아, 나도 이대론 궁금해 잠도 못 잘 거 같애. 따져.

재 열　(해수만 보며, 차분히, 진지한) 진짜, 못 느꼈어?!

동 민　(재열 보다, 해수를 진지하게 보는) ..

해 수　열 번 물어도, 대답은 노야!

재 열　(화나, 말 끝나기 무섭게 그냥 가는)

동 민　(재열의 진심을 본 듯한)

해 수　(미안하지만, 그 감정 감추고, 어이없단 듯, 가는 재열 보며, 구시렁) 쳇, 똥뀐 놈이 성낸다고, 뭐하는 짓이야, 지가, 잘못해놓고, 성질내는 거는 어디서 배운 못된 버릇이야! (냄비 물을 렌지에 놓다가, 속상한) 아, 라면 맛 떨어져. (하고, 제 방으로 가며, 답답한, 한숨 쉬고, 속상한, 머리 쓸어 올리며 가는)

동 민　(해수가 당황하고, 복잡한 얼굴로, 머릴 쓸어 올리며 가는 모습을 관찰하듯 눈으로 따라가며 보는)

수 광　(가는 둘을 보며) 뭐야, 싸울라면 끝까지 싸우지! 지해수답지 않게! (문득 생각나는, 동민 보며) 지해수답지 않죠, 지금? 만약, 해수 누나가 성추행을 당했다면,

동 민　(진지하게, 생각하며) 재열인 지금쯤 저승열차 탔지. (하고, 해수 방으로 가는)

수 광　(따라가며) 뭔가 있다, 이거, 그죠, 그죠, 그죠?

씬 19. 해수의 방 앞, 밤.

동민, 문을 노크하는,

해 수　(E) 나, 씻을 거야. 가!
수 광　(가려 하면)
동 민　(진지한 얼굴로, 문을 더욱 세게 쾅쾅대는)
수 광　문짝 부서져요!
동 민　(문을 쾅쾅 두드리는)
재 열　(문 열고, 보며, 담백하게) 형님, 좀 조용히 살죠, 소리가 너무,
동 민　(재열 보며, 해수 들으라고 부러 더 화난 듯, 버럭) 입 닥쳐! 성추행한 놈이 무슨 말이 많아!
재 열　?!
동 민　해수 내 친동생이나 다름없어! 자식이.. 니가 집주인이면 (다야!)
재 열　(진지하게 보다, 말꼬리 끊고, 문을 쾅 닫는)
수 광　(쾅 소리에 놀라고)
동 민　(재열, 화난 듯 보는데) ?!
해 수　(문 열고, 답답한, 길게 호흡을 하고, 머리 쓸어 올리며) 들어와.
동 민　(들어가다, 들어오려는 수광을 말리고) 넌 빠져. (하고, 문 닫는)
수 광　어씨.. (하고, 가려다, 문에 귀 대는)

씬 20. 해수의 방 안, 밤.

동민, 들어와, 벽에 기대선,
해수, 벗은 옷을 정리하며,

해 수　(답답한, 안 보고, 짐짓 아무렇지 않은 척, 짜증내는) 그냥 넘어가, 나도 화는 나지만, 남자들 그럴 때 있잖아, 순간적으로. 선배 말처럼 추행이다 뭐다, 그렇게 말할 정도로 심한 건 아냐.
동 민　(해수, 관찰하듯, 진지하게 보며, 단호한) 장재열이랑, 느꼈지, 너?
해 수　(보며, 답답한) 선배까지, 왜 이래, 진짜!
동 민　(안 웃고, 진지한) 짜증내며 방어기제 쓰지 말고, 선수끼리.
해 수　(어이없단 듯) 참내.. (하며, 등 돌리면)
동 민　방어기제 쓰지 말랬다, 등 돌려서 나 봐, 내가 우스워?

해 수　(마지못해, 동민 보고, 속상하게 보면)

동 민　(답답한) 방어기제 팍팍 쓰며, 너한테 좋은 감정 느낀 사람 하나, 성추행범으로 몰면서, 니가 지키고 싶은 게 뭐냐? 니가 평생 떨쳐내고 싶었던 불안증?

해 수　(보면, 속상한) !

동 민　선배로서가 아니라, 의사로서, 니 슈퍼바이저로서 묻는 거야. 키스할 때 엄마 생각 났어, 안 났어.

해 수　(외면하는, 작게 한숨 쉬고) ..

동 민　(버럭) 났어, 안 났어!

해 수　(머리 쓸어 올리고, 답답한, 한숨 쉬고, 포기하듯 인정하는) 안.. 났어..

동 민　(깔끔하게) 첨이네. 최호 때랑은 할 때마다 났잖아. 느낌은, 좋았어? 싫었어?

해 수　(속상한, 안 보고, 혼란스런) 싫지.. 않았어.

동 민　애매하게 말하지 말고. 좋다, 싫다, 깔끔하게 말해.

해 수　(속상한, 자기도 모르게, 눈가 살짝 붉어지는, 포기하듯, 어렵게) 좋았.. 어.

동 민　(순간, 맘이 짠한, 작게 한숨 쉬고, 해수를 빤히 보는)

해 수　(안 보고, 스스로에게 답답한) 근데, 잘 모르겠어.. 이런 감정.. 당황스럽고, 왜 하필 이런 감정을 내가 저런 개바람둥이한테, 느껴야 하는 건지도 이해가 안 가고,

동 민　(친구처럼 그냥 어깨 툭 치며, 깔끔하게) 자라. (하고, 나가는)

해 수　(복잡한, 뭐가 뭔지 혼란스런, 머리 쓸어 올리며, 생각 많은)

수 광　(E, 담담한) 나, 울 뻔했어.

씬 21. 복도, 밤.

수광, 해수 방에서 좀 떨어진 벽에 기대 생각 많은, 동민, 따뜻하게 수광 보는,

동 민　(수광 보면) ?

수 광　(안 보고, 고갤 끄덕이며, 담담히) 누나가, 키스할 때 엄마 생각 안 났단 말할 때랑, 좋다고 인정했을 때.

동 민　(안쓰런, 따뜻하게 웃으며) 많이 부럽구나?

수 광　(편하게, 보고) 나도 장애 넘고 싶다. 여자랑 키스하고, 잘 때, 단 한 번만이

라도 발작이 안 남 얼마나, 좋을까. (하고, 가는)
동 민 (안쓰런, 수광 보고, 해수 방 보고, 따뜻하게 웃고 가는)

씬 22. 재열의 방 안, 밤.

재열, 세수한 얼굴로 거울 보는,

*플래시백 》
3부, 해수와 손잡고 뛰던,

*점프컷 》
재열, 후 하고 한숨 쉬고, 로션 바르는,

*플래시컷 》
1, 5부 호수에서, 둘이 보고 웃는데, 제 상처 만지던 해수,
2, 5부 산에서, '내가 더 큰 병이지' 하던 해수,
3, 물에 빠진 후, 웃던 해수, 입 맞출 때, 해수,

*점프컷 》
재열, 거울 보고 생각 많은데, 알람 소리 들리는, 복도 보는,

씬 23. 복도, 밤.

해수(목욕한 후), 나오는데, 재열, 촛불을 갈고 있는,
해수, 그런 재열 보고, 조금 미안하게 보면,
재열, 느낌이 이상해, 보면, 해수다, 일어나 가며,

재 열 (담백하게) 알람 소리가 시끄럽더라고. (하고, 방으로 가는)
해 수 (가는 재열을 좀 미안하게 보고, 담담히 방으로 들어가는)

씬 24. 마당, 낮.

재열, 동민, 빨래를 널며 얘기하는,

동 민 (담담히) 엄마의 불륜을 애가 봤단 건 생각보다, 큰 상처거든. 그때부터 해수한테 사랑, 키스, 섹스는 배신이고, 몹쓸 거가 된 거지. 일종의 공포증이야. 널 대하는 까칠함도, 싫은 게 아니라, 아픈 상처에서 온 방어기제야.

재 열 (물을 마시고) 알고 있을게요,

동 민 내가 해수에 대해 이런 말까지 하는 건, 진심 아니면, 해수 갖고 장난치지 말란 뜻이다.

재 열 (조금 화나 보면)

동 민 넌 생긴 게 오해 사게 생겼잖니, 개바람둥이같이. (빨래통 들고 들어가려는데, 문 쪽의 해수 보고, 움찔하며) 아우, 깜짝이야, 기집애!

해 수 (운동하고 온, 동민에게, 어이없단 듯, 구시렁) 참 입 싸다! 고새 나불나불.

동 민 이제 알았냐? 나 그런 거? (하고, 들어가는)

재 열 (담담히, 옆에 놓인, 물 마시려 물잔 잡으려 하면)

해 수 (물잔 뺏어 마시며, 담백하게) 인정할게, 어젠 나도 살짝 너한테 그랬어. 근데, 그때 그 순간이 끝. 더 진행할 맘 없다고. 프로니까, 이해하지?

재 열 (담백하게) 내 방 노크 세 번. 아님 전화벨 세 번.

해 수 ?!

재 열 나랑 더 진행할 맘이 있으면, 넌 그것만 해. 내가 싫으면, 가만있어, 지금처럼. (하고, 물잔 뺏어, 가는)

해 수 (어이없게 보며) 뭐니, 쟤?!

동 민 (창 쪽에서 내다보며) 너 그거 아냐, 넌 병증보다, 성질이 문젠 거!

해 수 (화나 창 쪽 보면) ?!

동 민 환자가 의지가 없는데, 병을 어떻게 고쳐! 저러고도 지는 의사라고, 환자한테 의지를 가지세요, 어떠세요 하겠지! 새끼! (하고, 문 닫는)

해 수 (답답한, 집으로 들어가는)

씬 25. 병원 일각, 낮.

임박, 영진, 말하고 있는,

영 진 (진지하게) 그러니까, 니 말은 니 부인이 잠자리에서 너한테 자꾸 못한다 그러고, 일부러 기죽여서, 널 조루로 만든 건 다 니네 엄마에 대한 복수였다, 그거야?

임 박 (어이없어, 웃고) 그렇다 그러더라고, 지가. 나쁜 여편네.

영 진 (담담히) 빌민 니가 제공했다며?

임 박 (보면)

영 진 시어머니가 부인한테 병원 안 차려준다고 욕설하고 간 날, 너한테 속상해 상의했는데, 니가 잠이나 자자면서 싫단 부인 잠자리 강요한 건 왜 말 안 해?

임 박 ?!

영 진 니 마누라 어제 만났어.

임 박 야, 그날은 내가 정말 마누라가 좋아서, 하고 싶어서,

영 진 섹스는 심리야. 너 잠자리에서 마누라의 응원이 있음 잘한댔지, 니 마누라도 그래, 열심히 살았다, 별난 울 엄마 땜에 니가 고생한다, 미안하다 그러면 남편이 잠자리 못해도 그거 짜증 안 나? 우리 나이에 그게 전부 아니잖아! 니 맘의 상처 위로받고 싶음, 너한테 상처받은 마누라 맘 먼저 이해해. 그리고 어머니한텐 부부 사이 끼시지 말라고 단호하게 말씀드리고!

임 박 난 엄마한테 그런 말 못해! 차라리 마누랄 다시 얻지! (하고, 가는)

영 진 다시 얻은 마누라도 떠날걸!

임 박 (보면)

영 진 (그냥 가는)

씬 26. 병실 안, 낮.

절단 환자(팔에 붕대 감은), 옷 입고, 앉아 있고, 환자 처(아기 업고) 울며, 짐을 챙기는,

레지1 (E) 오철종 환자. 히스토리 테이킹(History Taking) 해보니까, 사정이 정말 안됐어요. 조실부모하고 어렵게 자라, 결혼식도 못 올리고 사는데, 하는 일마다 안 되고, 최근엔 몇 달 월세도 못 냈대요.

씬 27. 병원 다른 일각, 낮.

해수(차트를 보는, 속상한), 영진, 레지1, 레지2, 인턴, 서서 얘기하는,

레지1 본인은 팔에 암이 있다고 생각해요. 그런데, 병원에서 팔을 안 잘라주고 정신과 가보랜다고, 화가 나, 스스로 팔을 잘랐대요.

해 수 (생각하며, 답답한) 통증장애, 망상장애, 적응장애, 디프레션(Depression; 우울장애)까지.. (영진 보며) 복잡하네요.

영 진 소심한 사람이, 팔을 잘라, 책임감과 죄책감을 무마하려고 했네. 알콜릭 환자들이 모든 문젤 술로 도피하는 것처럼.

해 수 (답답한, 생각 많은)

레지2 최근에, 아내가 둘째를 원했대요. 소심한 사람이 나는 싫다 갖지 말자 말도 못하고, 그게 결정적인, 부담으로 다가온 거 같아요.

인 턴 (영진 보며) 팔이 없으면.. 일도 못할 건데.. 퇴원 말려야 되는 거 아니에요?

영 진 (해수 보면) 주치의 생각은?

해 수 (답답한, 창가 보면, 멀리 아래 가는 절단 환자와 아내가 보이는, 속상한)

영 진 지해수 선생, 의견 어떠냐고?

해 수 (답답한, 제 상황 같은) 없어요, 의견. 환자의.. 의지가.. 없는데, 우리가 뭘 어떻게 해요..

영 진 (레지들과 인턴에게) 가.

레지들, 인턴 (답답하게 가는)

해 수 (창가에서, 가는 환자를 보고 있는)

영 진 (같이 환자들을 보며) 에효.. 난 저 사람 첨 볼 때 (해수에게) 니네 아버지 생각나드라. 목수에 고안 것도 그렇고. 아버지 사고 나실 때 저 정도 나이셨겠다?

해 수 (창가로 가는 환자를 보기만 하는) 애가 너무 어려.. 속상하게..

영 진 (답답하지만, 맘 접고, 깔끔하게) 이혼 기념 파티 날 올 거니?

해 수 (창가만 보며) 그냥 둘이 해, 그런 건.

영 진 (속상한) 나도 그러고 싶다. (하고, 가는)

해 수 (환자만 보고)

재열 모 (E) 진짜, 진짜야?

씬 28. 출판사 안, 낮.

재열, 재열 모, 앉아 얘기하는,

재열 모 (눈치 보며) 형 보는 거 안 싫어?

재 열 (차 내려놓고, 재열 모 짠하게 보며) 난 엄마가 좋음 다 좋아.

재열 모 (짠하게 보다 웃으며, 얼굴 만지고) 착해.

재 열 형 오는 게 좋아?

재열 모 (재열 짠하게 보고, 웃으며) 좋지. 자식이 그 험한 데 있다, 모범수가 돼서, 잠깐이라도 나오는데..

재 열 (짠해 보며, 애써 밝게) 형 귀휴 잔치, 거하게 차려, 돈 팍팍 써서!

편집장 (들어와) 자기야, 신간 회의하자? (하고, 나가는)

재 열 어. (재열 모에게) 형 오면 전화해. (하고, 이마에 입 맞추고 나가는)

재열 모 (웃고, 일어나, 사람들과 웃으며, 회의하는 재열을 보는, 맘 짠한)

동 민 (답답한, E) 그냥 나쁜 놈이라고 치부해버리기엔..

씬 29. 동민의 병원, 낮.

동민, 재범의 사건을 다룬 인터넷 기사를 골똘히 보고 있는,

동 민 (구시렁) 뭔가 걸리는데.. 이 정도로 머리가 센 걸 보면, 얘가 분명 극심한 스트레스를 받고 있단 건데.... (그러다, 핸드폰 하는) 태용아, 재범이 덱고 와. 내가 만나보고, 가족들과 만나는 게 좋을지 안 좋을지 판단해보자. (하고, 끊

는데, 환자(나이 든, 남자) 들어오면, 웃으며) 아이고, 오셨네, 요즘은 우울감이 어때요? 아직도 스스로가 쓸모없는, 무용지물 같애요?

씬 30. 달리는 재열의 차 안, 낮.

재열, 강우, 웃으며, 가는,

강 우 불안장앤 무슨 내숭이지. 그 누나, 그냥 밀당 하는 거 아닐까요? 작가님이 막 그냥 자기한테 애타게 만들라고?

재 열 (웃으며, 어이없는) 신났다, 아주? (하다가, 달려오는, 폭주족 차 서너 대를 피해, 놀라, 핸들 꺾고, 멈추고, 차문 열어, 가는 폭주족에게) 야, 니들 뭐야!

강 우 쟤들 또 저러네!

재 열 (걱정스런) 야, 너 이 길로 위험하게 자전거 타고 다니지 마. 사고 나겠다. 뭐야, 위험하게.. (하고, 운전해 가는, *나중에 사고 암시입니다, 신중하게 촬영 부탁합니다)

강 우 (놀리듯) 근데, 싫다 그러는 여자 쫓아다니지 말고, 딴 여자 만나지, 그냥!

재 열 (운전하며, 어이없게 보며) 그 정도가 아닌 게 문제지, 임마. 진짜, 매력 있거든. 뭐랄까, 음... 음..

강 우 (웃으며, 관찰하듯 보며) 내 영혼을 구할 것 같은 그런 느낌? 우리 현주처럼?

재 열 (어이없이, 웃고) 현주랑은 어때?

강 우 (창가 보며) 별로요. (웃으며) 글 쓰는 데 집중할라고?

재 열 에라이, 자식아... 못났다, 진짜! 요즘도 집 앞에서 얼굴만 봐?

강 우 네. 걘 진짜 갈수록 이쁜 거 있죠?

재 열 근데, 진짜 너 병원 안 갈 거야? 아직도 손가락이 이상한 거 같은데?

강 우 괜찮아요. 진짜 아프면 말씀드릴게요. (하고, 손가락 주무르고, 밖 보다) 어, 다 왔다, 우리 집?

재 열 (서고, 앞을 보며) 어디야?

강 우 (멀리 집 가리키며) 저기요. (하고, 내리고) 또 봐요, 작가님. (하고, 뛰어가는)

재 열 (가는 강우 보며, 웃고) 소설 공모 마감까지, 글 부지런히 쓰고, 담엔 만나서,

맛있는 거 먹자! (주먹 쥐고, 흔들며) 데뷔, 데뷔!

강 우　(밝게, 주먹 흔들며) 데뷔, 데뷔, 한강우 소설가, 데뷔! 형님 잘 만나시고요, 이번엔 화해하세요!

재 열　(밝게, 웃으며) 그래, 홧팅!!

그때, 집에서 술 취한 강우 부와 강우 모, '사람 살려!' 하며, 뛰쳐나오는 게 보이는,

재 열　?!

강 우　(웃다, 그 소리에 돌아보며) 엄마!

강우 부, '어딜 가, 이년아!' 하며 강우 모의 머리챌 잡는,
강우, 뛰어가 말리며, '그러지 마요, 그러지 마' 하는,
재열, 차에서 뛰쳐나와, 달려서, 강우 부의 멱살을 잡아, 치는,
강우 부, '뭐야, 넌 이 새끼!' 하며 재열을 몸으로 들이박고, 재열, 논두렁 물에 처박히는, 강우 부, 일어나, 우는, 강우 모의 머리챌 다시 잡아, 땅에 부딪치는, 강우, 울며, '사람 살려요!' 하고 소리치는, 그러다, 옆에 있는 돌을 드는, 재열, 그런 강우 보고, 놀란,

*플래시백 》
어린 재범과 의붓아버지, 멱살 잡고 실랑이하고 있고,
어린 재열, 두 사람을 보고, 바닥에 떨어진, 과도 잡는,

*점프컷, 현실 》
재열, '강우야!' 하고, 잡아, 정신 차리게, 얼굴을 주먹으로 치고, 멱살을 잡아,

재 열　(맘 아픈, 버럭) 넌, 니 엄마 데리고 튀어, 어서!

강 우　(정신 차리고, 강우 모 손을 잡고) 엄마, 가자, 엄마, 가자! (하고, 뛰고)

강우 부　어딜 가! (하고 쫓아가면)

재 열　(강우 부를 돌려세워, 주먹으로 쳐, 논두렁에 빠지게 하는)

강우 부, 정신 못 차리면, 재열, 논두렁에 들어가, 강우 부의 멱살 잡고, 주먹으로 때리는, 강우 부, 재열을 때리고, 재열, 정신없이 맞는,

＊점프컷, 회상 》
재열 모, 의붓아버지한테 머리챌 잡혀, 벽에 부딪히는 모습과 교차되는,

＊현재 》
재열, 눈가 붉어, 강우 부를 잡아, 넘어뜨리고, 강우 부를 죽기 살기로 패는, 강우 부, 도망가면, 다시 잡고, 맞고, 또 패는, 재열의 주머니에서 작은 명함지갑이 빠지는, 카메라, 멀어지면, 멀리 CCTV가 보이는,

해 수 (E) 장재열, 진짜 복 없다.

씬 31. 동민의 주방 안, 밤.

해수, 밥하는, 동민, 퍼즐 하는 수광과 TV 보는,

해 수 내가 간만에 맛난 밥 하는데, 못 먹으니, (거실에 대고) 장재열한테 전화해 봐, 언제 오냐고?
수 광 (퍼즐 하며) 누나가 해, 벨 세 번.
동 민 내가 해줘? 따릉, 따릉, 벨 세 번?
해 수 (어이없는) 하기만 해, 콱 그냥! (그제야, 수광 보며) 넌 그 꼬라진 뭐야?
동 민 (수광 보며) 뭐긴, 장재열 짝퉁 컨셉이지. 왜 병원 가 얼굴도 오리고 다리도 분질러 키도 맞추지! 자식이 아으.. 진짜. 자존감이 없어.
수 광 (동민 보며, 서운한, 버럭) 내 자존감은 이 집 식구들 땜에 떨어져! 나름 큰돈 썼는데, 빈말이라도 좀 멋있다 그럼 안 돼!
동 민 (말꼬리 자르며) 임마, 나도 눈깔이 있어! 내 눈깔을 파리?
해 수 (수광에게) 야, 난 니가 나! (밥하며) 장재열 개바람둥이보다, 누가 봐도 니가 훨 백배 낫지.
수 광 (어이없는, 동민 귀에 대고) 저 말이 과한 건 나도 알어, 쟨 이미 장재열 거야.

해 수　(일하며) 단언컨대, 난 장재열하고 절대 안 엮인다, 알아둬. 내가 지금까지 어떻게 지킨 순결인데, 그걸 그런 개바람둥이한테 줄 일 있니?
동 민　(버럭) 주지 마라, 그럼! 아주, 그 순결, 저승까지 싸 가져가! 안 그러기만 해 봐! 꽉 그냥!
해 수　(웃으며, 대수롭지 않게) 그럴라 그런다, 그렇잖아도. (하고, 자기도 모르게 시계 보면, 9시다)
수 광　(시계 보는, 해수 관찰하고, 동민 귀에 대고) 지해수, 시계 봤어. 장재열 언제 오나 애타나봐?
동 민　(수광 귀에 대고) 아주 지랄 내숭이다, 그지? 좋으면서 싫은 척!
해 수　(밥하며, 다시 시계 보고)
경찰1　(이상한, E) 양수리 119

씬 32. 경찰서 안, 밤.

재열, 얼굴이 많이 터진, 맘에 안 들게 경찰을 보는,
경찰1, 2, 그런 재열을 답답하게 보며,

경찰1　(이상한, 경찰2 보며) 의 7번진 빈집인데? 그지?
경찰2　혹시, 또 인근 불량배들 거기 모여 담배 피고, 술 마시는 거, 아냐?
재 열　그 집은 빈집이 아니라, 남자애, 엄마, 폭력을 행사하는, 아버지가 사는 집이에요. (수첩과 볼펜 꺼내며, 두 사람 옷에 있는, 이름을 적는) 두 분 이름 기억해두죠. 내가 오늘 가정폭력 신고한 거 반드시 어떻게 처리되나, 확인할 겁니다. 또 연락합시다. (하고, 가는)
경찰1　(이상한) 뭐지, 진짜 그 빈집에 사람이 사나?

씬 33. 달리는 재열의 차 안, 밤.

재 열　(핸즈프리로 통화하고 있는, 그러나, 핸드폰은 꺼져 있는(시청자만 아는))
강 우　(E, 편하게) 너무 걱정 마세요, 일단 이모네로 왔어요. 이모네가 새로 이사해

서, 아버진 이 집 몰라요.

재 열　(안도하는) 알았어, 그래, 끊자, 일단 엄마 진정시키고, 어.. (하고, 가는)

해 수　(E) 왔어?

씬 34. 동민의 거실 안, 밤.

재열, 얼굴이 터진 채, 들어가는, 해수, 설거지하다,

해 수　간만에, 내가 밥했는데, 밥 먹어? (하고, 재열 보면, 얼굴이 터진)

재 열　(그냥, 이층으로 가는)

해 수　(설거지 놓고, 가며) 야, 장재열, 너 얼굴이 왜 그래?

씬 35. 재열의 방 안, 밤.

재열, 웃옷 벗는(런닝 차림), 잠긴 문이 덜그럭거리다, 문 두드리는 소리 나는,

해 수　(E) 장재열, 문 좀 열어봐, 장재열.

재 열　(한숨 쉬고, 별일 아닌 듯, 문을 열고, 담백하게) 우리 신혼 노크 세 번인데, 일곱 여덟 번은 무슨 뜻인 거지?

해 수　(걱정스레 보다, 자기 방으로 가는)

재 열　(화장실로 들어가는, 문 열어놓은)

씬 36. 해수의 방 안, 밤.

해수, 서랍에서 구급함 가지고 나가는,

씬 37. 재열의 방 화장실 안, 밤.

재열, 세수를 하는,
해수, 문 열고 들어오며,

해 수 (걱정되지만, 차분히) 나와. (하고, 얼결에 앞을 보면, 커튼이 쳐진 욕조가 보이는)

재 열 (수건 꺼내, 힘이 든, 변기에 앉아, 얼굴 닦으려 하면)

해 수 (수건 뺏어, 던지고) 상처 나.

재 열 괜찮아. 니 방 가.

해 수 (구급함에서 소독 솜을 꺼내며) 치료받지 않을 거면, 의사한테 이런 꼴 보이지 말았어야지. (하고, 상처 난 곳을 닦아주는, 차분히) 무슨 일이야?

재 열 ...아는 애가 아버지한테 맞았어. 강우라고 내가 이뻐하는 놈인데,

해 수 (아무렇지 않게, 치료해주며 듣는) ..

재 열 (담담한) 아버지한테 맞는 걸 보고, 참을 수가 없었어.

해 수 (상처만 보고, 껴들며) 너도 참 성질 별나다, 남 가정사에 왜 껴들어?

재 열 내가 엄마가, 의붓아버지한테 맞을 때도 사람들은 그랬지.

해 수 ?

재 열 남의 가정사니까, 아무도 껴들지 않았어. 그래서 우리 집은 결국 세상이 시끄럽게 아주 큰 일이 났지.

해 수 (약 바르며, 맘이 안쓰럽고, 불편해지는, 말없이 상처에 약을 발라주는)

재 열 내 화장실에 여자랑 있는 거 첨이야. 이렇게 내 얘길 하는 것도 별로 익숙하지 않은 일이고.. 근데, 편하네, 숨길 게 없으니까.

해 수 (입가 상처에 약만 바르는, 그러다 재열 어깨의 상처를 보는, 이상한, 짐짓 차분히) 이 상천 뭔데 안 꿰맸어?

재 열 너한테, 화장실에서 자는 모습 보이고, 난 계곡에서 많이 진지했다. 내 식대로겠지만.

해 수 (상처에 약만 바르는)

재 열 (해수 손잡아, 내리면)

해 수 (설레고, 어색한, 손을 빼고, 약상잘 챙기는)

재 열 (일어나, 담담히, 커튼을 휙 걷는)

해 수 (보는)

*인서트, 욕조 안》
벽면의 책과 낙타 그림 두 장,

*점프컷》
해수, 쿵 하는, 사진 속의 색감들이 확확 눈에 들어오는, 책장의 색들과 같은, 담담히, 시선 내려, 욕조를 보면, 이불이 깔린, 재열이 웅크리고, 땀을 흘리며 자는 모습이 나타났다, 사라지는, 맘이 아픈, 눈 돌려, 약상자를 챙기고,

해 수 자. (하고, 가려는데)
재 열 (욕조에 앉아, 해수 보며) 이 낙타 그림이 뭔 줄 알어?
해 수 (뒤돌아, 낙타 그림 보면)
재 열 (그림 보며, 하날 가리키는, 사막의 밤에 낙타가 목에 줄을 매고, 나무에 묶인) 사막에 유목민들은 밤에 낙탈, 이렇게 나무에 묶어두지.
해 수 …
재 열 (다른 그림 가리키는, 사막의 낮에 낙타의 목줄이 없지만, 여전히 그대로 서 있는 낙타) 근데, 아침엔 끈을 풀어. 보다시피. (해수 보며) 그래도 낙탄 도망가지 않아. 나무에 끈이 묶인 밤을 기억하거든. 우리가 지나간 상처를 기억하듯.
해 수 (그림만 보는, 짠한)
재 열 과거의 트라우마가, 상처가, 현재의 우리 발목을 잡는단 얘기지. 난 화장실. 넌 불안증. (하고, 서글프게 웃고) 가라. 니가 알다시피 내 침실은 여기거든.
해 수 (가만 그림을 보다, 구급함 놓고) 아침엔, 니가 발라. 덧 안 나게. (하고, 나가는)
재 열 (편안하게, 가는 해술 보다, 욕조에 눕는, 눈 감는)

씬 38. 재열의 방 안, 밤.

해수, 텅 빈, 정갈한 침대를 보고 서 있는, 맘이 짠한, 나가는,

씬 39. 해수의 방 안, 밤.

해수, 침대에 누워, 불을 끄려다가, 스탠드 앞에 놓인, 핸드폰을 보고, 동영상을 보는,

*** 인서트 》**
동영상 속의 웃으며, 춤추는, 재열,

*** 점프컷 》**
해수, 재열을 보는데, 맘이 짠해, 웃는, 동영상 끄고, 벽에 기대 생각 많은,

*** 플래시컷, 회상 》**
1, 앞씬에서, 해수 손을 잡아 내리던 재열,
2, 4부, 재열 오피스텔에서 라이터를 켜며,

재 열　너무 걱정하지 마. 사랑을 느끼는 건 한순간일 테니까. 친구. (하고, 해수 머릴 흩뜨리고 웃던, 느린 그림)

*** 점프컷 》**
해수, 불을 끄고, 눈 감고, 뒤척이다, 스탠드 대를 노크하는, 세 번, 그리고 쉬고 다시 세 번, 쉬고, 다시 세 번, 재열에게 갈까 말까 생각 많은,

씬 40. 동민의 집 안, 낮.

동민, 수광, 재열, 음식 만들기에 여념이 없는,

동 민　그래서, 강우는 엄마랑 안전한 데 있는 거야?
재 열　네.
동 민　가정폭력이 문제다, 진짜.. 나한테 오는 애들, 그 문제가 정말 심각해... (땀을 흘리며, 연어샐러드를 한 다라이 뒤적이다) 아고, 힘들어, (수광 보며, 때

릴 듯) 확 그냥! 연얼 좋아해도 그렇지 두 캔만 까라니까, 뭐한다고 이렇게 많이 까고 지랄이야!

수 광 지랄이 내 장기다, 왜?! (하고, 샐러드 먹는)

재 열 이혼 파틴 몰라도, 이혼 기념 파틴 첨 듣네.

동 민 그냥, 이렇게라도 아님 영진이랑 볼 날이 없잖아. 성격이 이상해 친구도 없는데, 내가 놀아줘야지. 시집이라도 감 좋겠구만. (샐러드 버무리다, 짜증나는) 아이고, 이누무 게 왜 이렇게 안 버무려져! (재열에게) 야, 야야, 니가 이거 해! (하고, 방으로 가며) 샤워 좀 해야겠네.

재 열 (샐러드 버무리며, 수광에게) 소녀는 카페 일 잘하냐?

수 광 (짜증, 버럭) 오늘 첫 출근인데, 내가 어떻게 알어?!

재 열 (어이없게 보며) ?!

수 광 형이라고 부를게, 내 짜증 참아줘. 내가 진짜 형이라고 부를게, 건드리지 말고. 내가.. (일하며) 맘이 안 좋아, 아무리 생각해도, 소녀 걘 내 게 안 될 거 같애. 그래서 그래, 짜증나서. (보며) 형이라고 부를게, 이런 얘기도 좀 들어주고, 어? (하고, 일하는)

재 열 (수광 귀엽게 보고 웃으며, 물을 따라 마시며) 근데 머리랑 옷 은근 잘 어울린다.

수 광 (보며, 진지한) 사랑한단 말은 안 할게, 그래도 내 맘 알지?

재 열 (웃고, 일하는)

수 광 해수 누나랑 요즘 진짜 말 안 해?

재 열 어.

씬 41. 한강, 낮.

해수 모, 해수 부(한쪽 휠체어에 누워, 기분 좋은), 도득, 윤수, 한편이고, 동민, 재열(윤수의 애기 안은), 수광, 영진 한편이 돼서, 윷놀일 하는, 멀리, 해수, 화난, 해수 모와 재열을 보며 맥주를 마시며, 그들 하는 양을, 속상하고, 답답해, 보고 있는,

동 민 (윷 들고) 자자자자, (던지며) 윷이다, 윷!

수광, 재열, 영진, 기대에 찬, '윷윷윷!'
그러다, 결과는, 걸이다,
동민, 재열, 수광, 영진, '아우, 짜증나!' 하고,

해수 모 편　아우, 신나라! 아자자!
동　민　(말판 놓으며) 자, 다 업자! 인생 뭐 있어, 한 방이다! (하고, 말판 세 개 위에, 하나의 말판을 업는)
영　진　(업은, 말판 뺏으며) 미쳤어, 그냥 가! 번번이 왜 이렇게 업는 걸 좋아해!
재　열　맞아요, 형님, 업지 말고, 나와!
수　광　맞아, 도망가! 업다 다 잡혀!
윤수, 해수 모　왜 그래, 냅둬! 업게!
동　민　인생 한 방이야, 업어, 업어!
도　득　맞습니다, 인생 한 방, 형님 업으세요!
재열, 수광　안 되는데..
영　진　하지 말랬다.
동　민　에헤! 나만 믿어, 이 오빠만 믿어! (해수 모에게) 자, 이번엔 어머니!
해수 모　윷이면 우리도 한 방 있다! 윷으로 니들 다 잡고, 걸로 나오고!
도득, 윤수　윷윷윷윷!
수광, 재열, 영진　개개개, 도도도, 걸걸걸.
해수 모　(술을 마시고, 오징어 질겅질겅 씹고)
해　수　(밉게 보면)
해수 모　자, 던진다! (던지며) 윷이다, 윷!

윷 보면, 윷 나온,
해수 모, '와' 하며 박수 치며, 신나고,

도　득　(얼른 말판 하며) 잡았다!
영　진　(순간, 동민, 뒤통술 팍 치는) 야 봐, 잡혔잖아! (하고, 말판 뒤엎는)

모두, 영진을 어이없이 놀라, 보는,

영 진　진짜.. 벌써 몇 번이야? (지갑에서 2만 원 꺼내 해수 모 주며)

해수 모　(돈 받고, 입 맞추고) 고마워! (하고, 돈을 해수 부에게 보이고, 좋은) 여보 돈 벌었다, 마누라! (하고 볼에 입을 쪽쪽 맞추는)

해 수　(해수 모가 추태처럼 보이는)

영 진　(동민에게) 계속 하지 말란 짓을 하면서, (하고, 해수에게 가, 앉으며) 사람 열 받게.

해 수　그러게 거길 뭐하러 껴들어, 성질만 더러워지게.

영 진　(답답한) 아… (하고, 옆에 맥주 마시다, 가며) 나, 간다! (하고, 가는)

해 수　(동민에게 가서) 좀 따라가봐!

동 민　에이, (하고, 따라가는) 영진아!

해 수　엄마 우리도 가자.

해수 모　뭘 벌써 가! 아직 음식이 얼마나 남았는데.

해 수　(싫은, 그러나 재열 때문에 참는)

재 열　(일어나, 해수 부의 휠체어를 잡고) 그럼 전 잠깐, 산책 좀 아버님이랑 같이 해도 되죠?

해 수　산책은 무슨 갈 건데.

윤 수　(말꼬리 자르며) 너무 고맙죠, 우린!

도 득　너, 생긴 것보다 인정 있다?

해 수　왜 반말이야, 언제 봤다고?

해수 모　재열이가 그러래. (재열 보고) 니가 그러랬지?

재 열　네.

해 수　(싫은, 일만 하는)

해수 모　(술 마시고, 재열 보며) 야, 너 우리 남편 잘 모셔!

재 열　(애기 안고, 휠체어 밀고 가며) 네!

수 광　아우, 배 아퍼 너무 먹었네. (하며, 화장실 가고)

도 득　(술 마시고, 일어나며) 같이 가자. (하고, 가는)

윤수, 재열을 사진 찍는,
해수, 가는 재열 보고, 해수 모 보며,

해 수　엄마, 술 그만하고, 가.

해수 모　싫어! 더 마실 거야!
해　수　(밉지만, 참고, 주변 정리하는)

* 점프컷 》
동민, 가는 영진의 팔을 잡아 세우며,

동　민　잘 놀다, 너 왜 그래?
영　진　너 나랑 단둘이 보는 게 그렇게 싫으니?
동　민　?
영　진　그렇게 싫어서, 에브리바디 온 동네 사람 다 불렀어? 야, 그렇게 나랑 만나는 게 싫음 이혼 기념 파티 오늘부로 쫑내?
동　민　너, 진짜 싸가지 없다? 암마, 내가 해수 엄마네 부른 게 그렇게 화가 나냐? 해수 아버님 이런 때 아님 맨날 방구석, 가게 안이야! 해수 엄마, 윤수도 남한테 가게 맡기고, 여기까지 온 건 다 아버님 때문인데,
영　진　(버럭, 속상한) 내가 해수 아버님을 왜 꼭 우리 이혼 기념 파티에서 번번이 봐야 하는데! 다른 날 다 놔두고!
동　민　이혼 기념 파티서 좀 봄 어때? 너랑 나랑 둘이 만나, 뭐 할 얘기 있냐!
영　진　맘에 안 들어, 진짜.
동　민　그래서 이혼했네! 뭐가 문제야!
영　진　(가며, 속상한, 구시렁) 미련이 남아, 문제다, 새끼야, 왜!
동　민　쏘가지 진짜.. 보기만 하면 성질내고. 보험 들었지, 아주, 평생 화낼 사람 하나 만들었지, 아주! (하고, 재열에게 가며) 재열아, 같이 가자.

* 점프컷 》
해수 모, 술 마시고, 윤수, 멀리 재열의 모습을 사진 찍는, 해수, 옆의 어질러진 물건들 치우며,
해수, 재열이 신경 쓰이는, 재열은 모르고, 애기를 하늘로 올렸다 내리며 놀고 있는, 해수, 복잡한, 일하는데,

해수 모　(좋은, 해수 얼굴에 얼굴 디밀며) 말해봐봐, 너 진짜, 장재열 맘에 없어? 어?
해　수　(일만 하며) 고만해.

해수 모 (술 취해, 눈치 없이) 너 실은 재 좋지, 야, 저런 애가 안 좋음 대체 누가 좋냐, 너 튕기는 거지, 그지, 그지?! 말해봐봐, 기집애야!

해 수 (버럭) 그만 좀 해! (하고, 가는)

윤 수 (사진 찍다, 가는 해수 보고, 걱정스런)

해수 모 (일어나, 보며) 야, 너 왜 엄마한테 짜증이냐, 맨날, 너, 돈 버는 유세냐?

해 수 (가는)

윤 수 (속상한, 달래는) 엄마 그만해! 가자, 가!

해수 모 (버럭) 너만 돈 벌어, 나도 돈 벌어!

윤 수 엄마..

＊점프컷 》

멀리서, 해수 부와 같이 있던, 재열, 소리 난 쪽 보는,
동민, 옆에서 '에우' 하고, 해수 부 데리고, 다른 데로 가는,

＊점프컷 》

해수, 동민, 재열 스쳐 지나가는, 머리 쓸어 올리며 한숨 쉬며 가는,

＊점프컷 》

해수 모 (해수 보며, 크게 소리치는) 하루 이틀도 아니고 애미만 보면 짜증을 내고! 학생 땐 공부한다고 짜증, 커선 의사질 한다고 피곤해서, 짜증! 나는 뭐 아픈 니 아버지 보면서 짜증나는 일 없어, 짜증을 안 내는 줄 알어, 이 기집애야! 말해봐봐, 돈 번다고 유세냐! 가게 차려줬다고 유세야!

윤 수 (속상한, 버럭) 고만해요, 좀!

＊점프컷 》

재 열 (애기 안고, 가는 해수를 보는)

＊점프컷 》

해수 모, 멀리 가는 해수 보며,

해수 모 (속상해, 소리치는) 야, 기집애야! 니 엄마도 이러고 사는 거 정말 힘들어!

윤 수 (눈가 그렁해, 머리 쓸어 올리며, 답답한, 속상해 말하는, 해수는 안 들을 정도의 목소리) 해수, 나, 엄마랑 김 사장 관계 알아.

해수 모 (보면) ?!

윤 수 그래서, 해수가 저래, 알아? (하고, 울며, 속상해 가는)

해수 모 (멍한) ?! (가는, 윤수 보고, 가는 해수 뒷모습 보고, 멍한, 망연자실 눈가 붉은)

씬 42. 동민의 마당, 밤.

해수, 씻은 얼굴로 맥주를 한 캔 마시며 나오다, 한쪽을 보면, 재열, 벤치에 앉아, 별을 보고 있는 걸 보고, 옆에 앉아, 안 보고,

해 수 (술 마시고, 안 보고, 아무렇지 않게) 오늘 우리 콩가루 집안 사람들, 구경한 느낌이 어때?

재 열 (편하게 안 보고) 콩가루는 무슨.. 니가 몰라서 그렇지, 니네 집은 준수한 수준이야. 참고로 난 너무 집안 좋고, 편한 애들 보면, 짜증나.

해 수 (어이없게 웃으며) 짜증날 건 뭐 있니, 부러우면 몰라도.

재 열 (보며) 내가 옛날에,

해 수 (담담히, 맥주 마시며 보는)

재 열 (아무렇지 않게 편하게, 보고) 진짜 괜찮은 집 애를 만난 적이 있어, 집안 좋고, 부모 형제 사이좋고,

해 수 (아무렇지 않게) 맑고 순수한 영혼이었겠네?

재 열 어, 근데 그때 알았지. 너무 맑고 순수하고, 긍정적이기만 하니까, 무지.. 지루하더라고, 그게.

해 수 (순간 어이없어, 허 하고 웃고, 보면) ?

재 열 (보며, 담백하게) 진짜. 사람이 인생의 쓴맛 단맛을 알아야, 성숙해지고, 연애도 재밌지, 단맛만 아는 애.. 진짜, 매력 없어. (하고, 해수 마시던 술을 한 모금 마시는)

해 수 (웃고, 조금 편해져, 재열 보고 작게 웃고 하늘 보며) 니가 개바람둥이만 아님, 나도 너한테 맘이 아주 없는 건 아닌데..

재 열 (보면)?

해 수 (안 보며) 유머도 있고, 능력도 있고, 뭐 생긴 것도 괜찮고, 살짝 필도 있고,

재 열 (무슨 말을 하려나 하고, 담담히 보면)

해 수 (보며, 편하게) 근데 넌 너무 개바람둥인 거지. 장난처럼 연애하는 십대라면 몰라도, 서른 살 내가 만나기엔, 너무 위험한. (하고, 맥주 마시는)

재 열 (편하게 보며) 사겨보고 말해, 사겨보면 진짜, 내 매력에 깜짝 놀랠걸.

해 수 (맥주 마시다, 푸 하고 작게 뿜고, 웃는)

재 열 (안 웃고) 웃긴.. (하고, 핸드폰으로 음악을 틀어주고) 내가 요즘 꽂힌 음악인데, 듣고, 핸드폰은 내 방 앞에 놔주라. (하고, 가는데, 딱딱딱 하는 소리가 나는, 돌아보면)

해 수 (혼자 음악을 들으며, 손가락을 탁탁 튕기며, 재열을 놀리듯 보며, 술 먹는, 그리고, 안 보고, 다시 손가락을 튕기는)

재 열 (어이없게 웃고, 안으로 들어가는)

씬 43. 병원 전경 + 진료실 안 + 참관실, 낮.

영진, 해수 옆에서 치료하는 과정을 지켜보고, 해수, 환자(애기 보는 망상 있는)에게 아미탈 주사를 수액에 넣는,
창 너머, 레지들, 인턴, 보고 있는,

인 턴 (레지1에게) 선배님도, 아미탈 인터뷰(Amytal Interview; 아미탈 소디움(Amytal Sodium)을 서서히 정맥주사 하여 긴장을 이완시켜 유사 최면 상태에서 면담을 진행하는 방식) 해봤어요? 저거 맞으면, 환자가 진짜 애기 죽은 걸 인정해요?

레지1 (해수만 보며, 진지한) 조용. 좀 배우자.

*점프컷》

환 자 (슬픈, 눈가 그렁한)

해 수 (주사액을 환자에게 넣으려, 조절기를 조절하며, 따뜻하게) 미영씨, 이제, 주사액이 들어갈 거예요, 천천히, 10부터 거꾸로 같이 세봐요.

환 자 (슬프지만, 졸린) 네. 10, 9, 8,
해 수 10, 9, 8, (하고, 조절기로 주사액을 넣으며, 같이 세는)

씬 44. 거리 + 달리는 태용의 차 안, 낮.

태용의 차 와 서면, 재범, 차창 열고 손 내밀면, 남자 서 있다, 뭔갈 재범에게 주는,

남 자 근데 형님, 왜 이게.. 필요해?
재 범 (웃으며) 나중에 보자. (차 가는)
태 용 뭐야? 쟨 누구고?
재 범 (운전석 옆에 있는 핸드폰 집으며) 이거 내 거지. 넌 엄마 집에 가 있어. 동민 형님 보고, 택시 타고 갈게. 참, 지금 재열인 어딨냐?

씬 45. 방송국, 낮.

재열, 녹음을 준비하는,

해 수 (E, 차분히) 이미영 씨, 애기가 사고 나던 때 기억하세요?

씬 46. 진료실 안, 낮.

환 자 (슬픈, 눈물 흐르는)
해 수 (따뜻하게) 이미영 씨, 지금 뭐가.. 생각나요?
환 자 (눈 감고, 속상해 울며) 개새끼.. 나쁜 새끼..
해수 외, 갤러리들 (걱정, 긴장해 보는) ?!
해 수 (진지하고, 조심스런) 누구죠, 지금 말하는 사람이?
환 자 남편.. 내가 마트 간 사이... 애기가 뜨거운 물에 데어서.. 우는데, 지는 옆방

에서 ..자.. 술 취해서...... 개새끼.

*점프컷, 진료실 밖 복도 》
남편, 맘 아프게 가만있는,

환 자 (E) 애기가 죽는데도 모르고... 나쁜 새끼가.. 너무 속상해.

*점프컷 》
영진, 레지, 인턴들, 맘 아픈, 한숨 쉬는,

*점프컷, 진료실 안 》
해 수 (안쓰런, 맘 아픈) 그래요, 너무 속상하겠다,
환 자 (우는, 힘들게 말하는) 죽여버리고 싶어... 술은 왜 처먹고, 애 죽는 것도 몰라.. 죽고 싶어, 진짜! 나는 뭐야! 애미가 애 죽는 것도 모르고, 마트는 왜 가고..... 내가 무슨 엄마야.. 내가 무슨 엄마야...
해 수 (맘 아픈)
환 자 (울며) 근데, 안됐어..
해 수 누가.. 요?
환 자 남편. 애기 죽고 나서, 화장할 때.. 얼굴이...
해 수 어때요, 남편 얼굴이?
환 자 ...
해 수 이미영 씨?
환 자 기죽었어... 내가 뭐랄까봐... (울며) 지도 그날 술 먹은 게 미안해 죽고 싶은 얼굴이야... 근데, 나한테 마트 간 건 뭐라고 안 해. 지도 속상하고.. 내가 원망스러울 건데...
해 수 (따뜻해지는, 눈가 붉어) 남편이 이미영 씰 많이 사랑한다 그죠?
환 자 (울며, 고개 끄덕이는)
해 수 (손잡아주고) 이제 내가 말을 멈추면, 짧지만, 단잠이 드실 거예요. 자고 나면.. 맨 처음 남편 얼굴이 떠오를 거예요. 미영 씨한테 참 많이 미안해하던, 그리고 미영 씰 정말 사랑하는 남편 얼굴이. 미영 씨, 이 불행 이겨낼 수 있어요. 남편이 있으니까. 애기는 좋은 데 갔어요, 믿으세요... 이제 좀 자요.

(하고, 손잡은 손, 꽉 잡아주고, 맘 아픈)

씬 47. 동민의 병원 안(의료품 있는), 밤.

동민, 약장의(열쇠로 봉해져 있는) 아미탈(Amytal) 약병을 보는,

씬 48. 동민의 진료실 안, 밤.

재범, 침대(수액이 달려 있는)에 누워, 팔을 내놓고 있는, 동민, 주사를 들고 와, 옆에 앉는, 재범, 일어나, 동민이 가져온 주살 집으려는데,

동 민　(얼른 집어, 재범 보는) ..
재 범　(불쑥) 목말라요.
동 민　?
재 범　목말라. (하고, 캑캑하는)
동 민　(답답한) 기다려, 물 떠 올게.

하고, 일어나, 주사길 들고 나가려면, 재범, 의잘 탁 밀고,
동민, 순간, 의자에 부딪쳐 넘어져, 주사길 놓치고, 아파하면,
재범, 사이, 얼른 떨어진 주사기를 잡아, 주머니에 넣는,

동 민　(놀라, 재범 뒷덜밀 잡으며) 야, 너!
재 범　(웃으며, 얼른, 주머니의 주사길 바꿔 다른 주사길 동민 주며) 만져만 봤어요, 그냥! 아씨... (하고, 침대에 올라앉으며) 어차피 내가 맞을 건데, 만져보지도 못하나! 나, 진짜 아미탈 맞을 거야!
동 민　(답답한, 참고) 물 줄게. (하고, 나가려면)
재 범　(불쑥, 아무렇지 않게) 물 말고, 아메리카노.
동 민　(어이없는)
재 범　그거 커피 맞죠, 먹고 싶어! 먹고 맞을래.

동 민　(답답한, 손에 든 주사기, 주머니에 넣고, 나가는)
재 범　(웃고, 손가락을 접으며) 원, 투, 쓰리, 포, 다섯! (하고, 조용히 문 열고 나가는)

씬 49. 동민의 병원 밖, 밤.

동민, 커피를 가지고 나와, 병원으로 가려다, 뒤를 보면, 멀리, 재범이 가는,

동 민　야, 너 어디 가!
재 범　(코너를 획 도는)
동 민　(순간 이상해, 빠르게 병원으로 들어가는)

씬 50. 복도 + 동민의 병원 의료품 있는 곳, 밤.

동민, 서둘러 와, 의료품 있는 방을 보면, 열쇠가 두텁게 잠긴, 서둘러 주머니의 열쇠로 열고, 방을 들어가 보면, 약장이 그대로인, 한숨 쉬고,

씬 51. 거리, 밤.

재범, 주사길 손에 쥐고, 걸어가며, 구시렁,

재 범　소공동, 소공동 방송국, 방송국.

씬 52. 해수의 병원 진료실 안, 밤.

남편, 들어와, 비몽사몽 자는 환자 손잡고, 우는,
환자, 깨서, 남편 보고, 얼굴 만지며, 우는,

남편, '미안해, 여보, 애기 좋은 데 갔다, 착한 애잖아. 사랑해, 여보' 하며 우는,

레지1　(맘 짠한, 걱정, E) 환자가 아일 잃은 걸 완벽하게 기억해냈으니까, 당분간은 좀 더 힘들어지겠죠?

＊점프컷, 복도 》

해수, 영진, 레지, 인턴들 안쓰런,

영　진　(맘 아픈) 두 사람에겐 사랑이 있잖니? 우리가 있고.
레지2　(맘 아픈, 해수에게) 남편한텐 뭐랬어요?
해　수　아내가 마트 간 거 많이 미안하게 생각한다고. 사랑한다고.
인　턴　원망한단 건, 말했어요?
영　진　불필요한 진실은 굳이 말 안 해도 되지 않을까? (가는)
레지1　저 사람들이 이 불행을 정말 잘 이겨낼까요?
해　수　(재열 생각하며) 그럼.. 사랑이... 불행을 이길 힘을 줄 테니까,

＊플래시컷, 회상 》

재　열　(말꼬리 자르며, 진지하게 보며) 고통과, 원망, 아픔과 절망과 슬픔과 불행도 주겠지.
해　수　?
재　열　그리고, 그것들을 이길 힘도 더불어 주겠지. 그 정도는 돼야, 사랑이지.

＊점프컷 》

해　수　가자. (하고, 주머니에 손 넣는데, 핸드폰이 만져지는, 보는) ?
레지1　(결심하는, 편하게 호기롭게) 좋다, 나도 김 간호사님께 고백이다, 오늘! (가는)
레지2, 인턴　(박수 치며) 그렇지, 사랑은 표현이지! (레지1을 응원하며, 나가는)
해　수　(핸드폰을 보고, 잠시 생각하다, 결심하고, 재열에게 전화를 하는, 벨이 한 번 울리는, 초조한)
영　진　(그때, 돌아와서) 해수야, 나랑 저녁 같이할래?

해 수 (하면, 두 번 울릴 때, 후다닥 끊고, 보며, 결심한) 아니. 나, 약속 있을 거 같애. (하고, 나가는)

영 진 (서운한, 핸드폰 보며, 조동민을 찾아, 머뭇대다 가는)

씬 53. 라디오 스튜디오 안, 밤.

재열, 음악을 틀어놓고 정리하고 있던 중에 전화기 울린 걸 알고, 전화길 보는, 지해수 부재중이 떠 있는,

재 열 (이상한) 전화벨이 울렸는데, 세 번이야, 두 번이야? (하고, 전화를 하려다, 말고, 다시 정리하는데, 다시 징 하며 핸드폰이 진동하는, 보면서 긴장해, 맘으로 세는, 한 번 더 핸드폰이 진동하는)

씬 54. 병원 밖, 밤.

해수, 급하게 가며, 전화기 든 채 벨소리 세는, 세 번째 벨 울리는 소리가 나면, 끊고, 서둘러 문자 하고, 서둘러, 가는, 설레서 자기도 모르게 기대에 찬 웃음이 조금 나는,

씬 55. 라디오 스튜디오 안, 밤.

재 열 (문자 보는, 웃음 참고 보는)

해 수 (E) 전화벨, 세 번 울린 거 들었어? 나, 지금 곧 집으로 가는 117번 버슬 탈 거야.

재 열 (환하게, 웃고, 시계 보고, 서둘러 뛰쳐나가는) 자자자, 다들 담 주에 봐! (하고, 후다닥 나가는)

씬 56. 방송국 밖, 밤.

재열, 건물에서 나와, 주차장으로 가려다, 두리번거리면, 차가 너무 많은, 시계 보고, 그냥 길을 달려가는, 재범, 택시에서 내려, 재열을 쫓는, 재열, 택시 타면, 재범, 뒤 택시 잡아타는,

씬 57. 몽타주, 밤.

버스 안, 해수, 조금은 설레고 긴장한, 입술을 씹으며, 한숨 쉬고, 재열 생각하며 좋기도 한, 그러다, 버스정류장(집 근처)에 서면, 내리고, 주변 보면, 재열이 도로 맞은편에서 택시에서 내려 밝게 손 흔드는 게 보이는, 해수, 못 보고, 시계 보는, 재열, 웃으며 가는데, 그때, 갑자기, 누군가, 몽둥이로 재열의 다릴 치고, 재열, 헉 하고, 무릎을 꿇으면, 재범, 뒤에서 재열 목을 잡고, 주사기를 꽂는,

재 열 (눈가 붉어, 정신없는)
해 수 (무심히 재열 쪽으로 돌아보는데)

그 모습에서 엔딩.

7부

만약 내 형이 진짜 위험한 사람이라면
3년 전 포크로 날 찔렀을 때 어깨가 아닌 목을 찔렀겠죠,
이번에도 주사기가 아니라, 칼이었겠죠,
안 그래요?

씬 1. 병원 근처, 정류장 앞, 밤.

해수, 시계 보며 부지런히 걸어가다, 정류장에 세워진 버스를 보고 '잠깐만요!' 하며 뛰어가, 타는, 설레는, 기사에게 '고맙습니다, 고맙습니다' 하는,

씬 2. 달리는 택시 안, 밤.

재열, 설레는 맘이다, 자기도 모르게 나오는, 웃음을 참고, 핸드폰을 보는,

해 수 (E) 전화벨, 세 번 울린 거 들었어? 나, 지금 곧 집으로 가는 117번 버슬 탈 거야.

* 점프컷 》
재열 뒤의 택시 안으로 가면, 재범, 앞차를 보며, 덤덤한, 주머니의 주사길 꺼내 보고, 씩 웃는,

동 민 (E) 도대체가 종잡을 수가 없는 놈이네, 이거.

씬 3. 동민의 진료실 안, 밤.

동민, 가운을 벗다, 빈 침대를 보며, 구시렁대는,

동 민　주살 맞겠다 그러다, 도망가는 건 뭐야? 아... 진짜 별놈이 다 있네.. (하고, 사 온 커피를 마시고, 내려놓고, 주머니에서 주사길 꺼내 주삿바늘을 분리하다, 이상한, 놀란, 재빠르게 약장이 있는, 진료실로 가는)

씬 4. 다른 진료실 안, 밤.

동민, 서둘러 들어와, 열쇠로 약장 문을 열고, 주사길 꺼내 손에 든 주사기와 비교하면, 상표도 다르고, 바늘의 크기도 다른,

＊플래시컷, 6부 》
재범이 자신을 치고, 주사길 잡았다, 다시 건네주던,

＊점프컷 》
동민, 화나, 순간, 재범을 맞히려던 주사길 내던지고, 침대를 발로 차며,

동 민　이 새끼, 이 쓰레기 같은.. 새끼..

그때, 영진 문 열고 들어와, 어이없는,

영 진　(이상한) 뭐해? 나 컨설트 있어 왔는데?
동 민　(아랑곳없이, 태용에게 화나 전화만 하는, 버럭) 양태용, 너 지금 어디냐!?
영 진　왜 그래?
동 민　(영진에게, 버럭, 손짓하며) 가, 가, 가, 나중에 얘기해, 나중에! (전화하는) 왜 긴, 자식아, 장재범이가 지금 일 쳤어! 대체 이 녀석,
영 진　(화나, 말 끝나기 전에, 문 쾅 닫고, 나가는)
동 민　(영진 나간 문 쪽 보며) 어딨는 거냐?!

씬 5. 달리는 버스 안, 밤.

해수, 조금은 설레고 긴장한, 입술을 씹으며, 작게 한숨 쉬는, 그때 정거장 안내방송 나오면, 자리에서 일어나 나가는,

씬 6. 재열이 탄 택시 안 + 정류장 반대편 횡단보도 쪽, 밤.

재열, 시계 보고, 지갑에서 돈 꺼내 주며,

재 열　잔돈 놔두시구요, 저기 사거리, 횡단보도에서 세워주세요.

그때, 핸드폰의 진동음(뒤쪽의 재범의 핸드폰) 소리 들리는,

＊점프컷, 달리는 재범의 택시 안 》
재범, 핸드폰을 보고, 받는,

재 범　누구?

씬 7. 동민의 병원 안, 밤.

동 민　(화난, 버럭) 너 뭐야, 자식아?! 너, 당장 나한테 와, 어서!

씬 8. 재범이 탄 택시 안, 밤.

재 범　(아무렇지 않게) 이 주사는 나한테 필요한 게 아니라 내 동생 놈이랑 엄마한테 필요해, 당신한텐 미안. (하고, 끊고, 재열이 앞에서 내리는 것 보고, 기사에게) 세워. (하고, 내리는)

씬 9. 도로, 재열이 있는 곳 + 해수가 있는 곳, 밤.

재열, 택시에서 내려 웃으며, 맞은편 정류장 쪽에 서 있는 해수에게 밝게 손 흔드는, 해수, 못 보고, 시계 보는, 재열, 웃으며 가는데, 그때, 갑자기, 누군가, 몽둥이로 재열의 다릴 치고, 재열, 헉 하고, 무릎을 꿇으면, 재범, 뒤에서 재열 목을 잡고, 주사기를 꽂는,

재 열 (눈가 붉어, 정신없는)

해 수 (무심히 재열 쪽으로 돌아보는데(누군가 뒤에 있는 것 같은), 여자가 서 있는, 서운한, 다시 재열을 기다리는, 재열에게 전화를 하자 싶어, 핸드폰 꺼내 재열 번호 찾아보다가, 그냥 좀 더 기다리자 싶은, 주머니에 핸드폰을 넣다가, 다시 전화하는, 초조하고, 설레는, 눈으로는 계속 주변을 살피는)

재범, 무릎 꿇은 재열의 목을 끌고, 골목 쪽으로 들어가는, 그때, 재열의 핸드폰이 울리지만 못 받는,

재 범 (한 팔로 재열의 목을 잡고, 한 손으로 주사길 재열의 목에 찌르며, 주사약(?)을 넣는, 덤덤한) 안녕, 잘난 동생. 나는 니 형.

재 열 (목이 졸려, 얼굴이 붉은 채, 끌려가는, 해수가 멀리 보이는, 주머니 속에서 전화벨이 울리는)

씬 10. 길거리, 밤.

해수, 전화벨 소릴 들으며, 주변을 살피며, 재열을 찾는, 벨소리 들리는,

씬 11. 달리는 태용의 차 안, 밤.

태용, 혼자 운전해 가는, 전화벨이 울리는, 핸드폰 보면, 엄마라고 적힌, 안 받는,

태 용 (울상) 미치겠네, 진짜! 이 인간 이번에 사고 침 진짜 감방에서 인생 종칠 건데 어떡해, 이거!

씬 12. 도로, 밤.

재범, 땀을 흘리며, 재열을 골목으로 끌고 가, 주사약(?)을 다 넣고, 주사길 빼, 재열의 몸 곳곳을 찌르고, 재열이 힘들어할 때, 주사길 버리고, 이 앙다물고, 재열을 발로 짓밟으며, 재열의 핸드폰 울리는,

재 범 (눈가 붉어) 어때, 옛날 생각나지?

＊플래시백, 회상 》
어린 재범, 도망가는 어린 재열(이미 많이 얻어터진)을 '거기 서!'하며 쫓아가서 주먹으로 쳐, 쓰레기 더미에 넘어지면, 발로 짓밟으며,

어린 재범 이, 빙신 같은 새끼, 이 등신 같은 새끼!

＊점프컷, 현재 》
재 범 (발로 짓밟으며, 덤덤한) 다신 이렇게 안 맞을 줄 알았겠지, 그지? 근데, 다시 옛날로 돌아간 기분이 어때? 짜릿해?
재 열 (눈가 붉은, 졸렸던 목과 맞느라 정신이 없는, 힘든)

＊플래시백, 회상 》
어린 재범, 어린 재열을 밟으며, '이 새끼, 형이 서라면 서야지, 형을 보고 도망을 왜 가, 이 미친 새끼! 형을 형으로 안 보는 이 나쁜 새끼!'

＊점프컷, 현재 》
재열, 눈가 붉어, 몸도 맘도 힘든데, 일어나려 하면,
재범, 순간적으로 재열의 허릴 잡고, 밀어, 재열 뒤의 작은 미용실 안으로 달려가는, 둘이 유리창을 깨고 넘어지는, 재열의 핸드폰 울리는,

＊점프컷 》
해수, 그 소리에 멀리 소리 난 쪽을 쳐다보지만, 안 보이는, 해수, 전화를 끊고, 다시, 길가를 보는, 그러다, 핸드폰의 4부에 나온 재열의 동영상을 찾아, 보며, 웃는,

＊점프컷 》
재열의 전화벨이 울리는데, 재범, 정신없는, 재열의 머리채 잡아, 벽에 부딪히게 하고, 재열, 무릎을 꿇고, 재열, 정신이 없는, 재열, 순간, 일어나, 재범을 치는,

＊플래시백, 회상 》
어린 재열, 울며, 어린 재범을 안고, 넘어져, 어린 재범을 마구 패는,

어린 재열 형이면 다야, 형이면 다야! 왜 때려! 사람을 왜 때려! 너도 맞으니까, 아프지! 아프지! 이, 괴물아!

＊점프컷, 현재 》
재열, 재범을 마구 패는데, 재범, 맞으며, 정신없는, 순간, 재열을 보며,

재 범 (서글프게 웃으며) 나는 정말 괴물이냐?
재 열 (순간, 재범의 얼굴을 주먹으로 치는)
재 범 (얼굴을 돌리며, 코피가 터지는)

＊플래시백, 회상 》
어린 재범, 어린 재열에게 결정적인 주먹을 맞고, 코피 나고, 코피 흘리며 낄낄대고 웃다, 일어나, 어린 재열의 뒤통술 확 치며,

어린 재범 (웃으며) 주먹 쓸 줄 아네, 이 새끼! (재열의 너덜너덜한 허름한 신발 보고, 웃으며) 신발 꼬락서니 하고는, 그지 같은 새끼! 콱!
어린 재열 (움찔하면)
어린 재범 (새 신발을 벗어주고, 가며) 너, 다시 엄마랑 사는 인간한테 그렇게 처맞음 나

한테 진짜 죽는다. 사내놈이 맨날 처맞고. (하고, 침을 캭 뱉고, 가는)

어린 재열 (재범이 벗어놓고 간 신발을 멍하니 보는)

*점프컷, 현재》

재열, 그 기억에 맘 아프게 재범을 때리다, 순간 멈춰, 재범을 보는데, 재범, 재열을 발로 차고, 재열, 넘어지면, 돌려세워, 엎드리게 하고, 등 뒤에 올라가, 재열의 목을 꺾는, 재열, 고통스런, 맘 아픈,

재 범 (덤덤한) 재밌었어? 나 감방 보내고 엄마랑 단둘이.. 니들끼리만.. 사니까, (비웃으며, 비아냥) 신나대? 근데, 정말 내가 죽였어, 그놈을?

재 열 (고통스럽고, 너무 맘 아픈)

재 범 (덤덤한, 비아냥) 약이 모잘라? 말을 안 하네? 어차피 13년 넘게 너 때문에 빵에서 썩은 거, 그냥, 내가 죽인 걸로 할까? 재열아? (하고, 재열의 목을 확 꺾는)

재 열 (고통스레) 악!

그때, 외출했던 여주인이 와, 그 모습을 보고, '악!' 하고, 놀라, 소리치면, 주변 사람들 모여 와, "뭐야, 뭐야", 하는,

재 열 (그들을 보고, 순간, 놀라, 재범을 밀치고(그 바람에 재범이가 머릴 책상 같은데 부딪히는), 일어나며, 사람들을 진정시키려는) 죄송합니다, 돈 줄게요, 형제끼리 그냥 좀 다툰 거예요!

재 범 (덤덤한, 맞아, 정신없는) 일타이피? 나랑 그놈이랑 한꺼번에.. 엄마랑 둘이.. 짰지? (하고, 넘어진 채, 옆의 병을 들어 치려 하면)

재 열 (주먹으로 치고, 안고, 재범 귀에 대고 작게) 가만있어. 형, 너 이번에 감방 가면 다신 못 나와.

재 범 ? (순간, 놀라, 주변 보는)

재 열 ('경찰에 신고해' 하는, 사람들 보고) 변상할게요, 부탁해요, 신고하지 마세요!

재 범 (놀라, 주인 보고, 아기처럼 무서운 듯 재열을 안고, 소리치는) 신고하지 마세요! 우린 형제예요! 난 나쁜 사람 아니에요! 내 동생이 돈 줄 거예요! 내 동생 돈 많아요! 잘못했어요! 돈 줄게요!

재 열　(재범 안고, 주인에게) 죄송합니다, 정말 죄송합니다. (그때, 다시 전화 오면 받으며) 어, 태용아. 나 좀 데리러 와.

씬 13. 길거리, 밤.

해수, 서 있는, 조금 기다리는 게 지치는데, 그때, 전화 오고, 반색하고 핸드폰 보는데, 조금 실망스럽지만, 받으며, 짐짓 밝게 말하는, 시선은 재열을 찾는,

해 수　이게 누구야?

씬 14. 미용실 안 + 밖, 밤.

재범, 굳은 얼굴로 미용실과 떨어진 곳에 앉아 있고, 재열, 담담하게 미용실 안에 서 있고, 미용실 주인(짜증스런), 동네 남자들, 집기를 세우고, 집기들을 보며, 구시렁대는, '많이도 깼네, 많이도..'

재 범　(구경하는 주변 사람들에게, 협박하는) 가! 사람을 버러지 보듯, 썅!
사람들　(싫어라 하며, 가는)
재 범　콱 그냥.. (하고, 침을 뱉고, 머리 긁는)

＊점프컷, 미용실 안 》
주인, 집기들 만지며, 동네 주민들, 집기를 화나, 정리하고,

주 인　아니, 왜 형제들이 쌈질을 해, 그것도 남의 장삿집에서! 이거 얼말 받아야 돼, 이거.
재 열　죄송합니다. 넉넉히 변상할게요.

씬 15. 번화한 거리 + 음악 시디점 앞, 밤.

해수, 걸어가다, 멈춰 서서, 한쪽을 보면, 환희(백팩을 멘), 친구와 음악 시디점 앞에서 음악에 맞춰, 춤을 추는, 환희, 춤추다, 해수를 발견하고, 친구의 등을 쳐주고, 해수를 모르는 사람처럼 지나쳐 그냥 가는, 해수, 환희와 떨어져 걷는, 환희, 가다가, 뒤돌아보면, 친구가 춤추다 가는 게 보이는, 그제야 해수를 보며,

환 희 (편하게) 미안해요, 친구가 누구냐고 물으면 할 말이 없어서. 친구들이 정신과 치료받는 거 아는 거 싫거든요.

해 수 (편하게) 이해해, 우린 늘 당하는 거니까, 신경 쓰지 마. 정신과 치료받는다 그러면 전염병 환자 보듯 하는, 편견에 휩싸인 세상에서 진실을 말하긴 쉽지 않지. 평생 지들은 맘 아픈 일 안 겪을 거처럼, 난리들이니까.

환 희 (웃고)

해 수 근데 웬일이야? 나한테 전활 다 하고,

환 희 따라와요. (하고, 가는)

해 수 (따라가면) 왜, 나 맛있는 거 사줄 거니?

씬 16. 미용실 밖, 밤.

태용의 차 와서 서고, 태용, 내리자마자, 재범(앉아 있는)을 보며, 소리치는,

태 용 (속상해, 재범 보며, 소리치는) 미친다, 내가!

재 범 (일어나, 가며) 배고파! (하고, 가는)

태 용 (막아서며) 지금 배가 고프냐! (하고, 재범의 멱살을 잡아, 벽에 밀치며) 여깄어, 그냥! 동민이 형님이 형 여기 안 있음, 경찰에 신고해, 전국 수배령 내린단다! 감방에서 인생 종칠래!

재 범 (짜증) 새끼, 침 튀기고 있어! (하고, 태용의 뒤통술 치는) 콱!

태 용 (재범의 뺨 치고) 뭘 잘했다고, 니가! 날 쳐! 형이라고 봐주니까!

재 열 (오며, 태용에게) 왔냐?

태 용 (재열에게 가, 목에 난 주삿바늘 상처에서 피가 나고, 얼굴 깨진 걸 만지며 보며) 어떡하냐, 어떡하냐! 이걸, 어떡해!

재 열 (손 치우며) 괜찮아. (하고, 발소리에 돌아보면)

그때, 동민, 어느새, 달려와(집이 가까운 설정, 뛰어서, 온 상황) 재범의 멱살을 잡아, '이 새끼!' 하며, 그대로 주먹으로 치는,

태 용 (놀라, 동민의 허릴 잡고) 아이고, 형님... 참으세요, 참으세요!

재 열 (뭔가 싫은) ?!

재 범 (일어나, 툭툭 먼지 털며, 아무렇지 않게, 동민에게) 내가 (재열을 턱으로 가리키며) 쟤 주살 맞혔는데, 쟤가 말을 안 해? 왜 그래? 그거 진실을 말하는 약 맞어?!

재 열 ?

동 민 (버럭) 내가 새끼야, 널 뭘 믿고, 약을 줘! (재범에게 달려들려 하며) 이 새끼, 그냥, 확!

태 용 (잡으며) 형님, 참으세요, 형님, 절 봐서, 재열일 봐서...

재 범 (동민에게 다가서며, 화난) 그게 약이 아님 뭐야?

태 용 (버럭) 뭐긴 뭐야, 수액, 물이지! 동민 형님이 선견지명이 있으셨지! 이런 일이 일어날지! 미쳤어, 진짜! (재열 보며) 재열아, 미안하다, 내가 엄마랑 너 위한다고, 동민 형님한테, 형 상담을, 부탁했는데,

동 민 (자기 허릴 잡은, 태용의 손을 풀며, 버럭) 재범이 데고, 다른 데 가 있어!

태 용 네, 형님. (하고 재범이 멱살을 끌고 가며) 가자, 가자, 우린 저기 빵집 가 있자!

재 열 (사태 파악이 되는, 답답한, 재범을 보는)

재 범 (태용을 밀치고, 화나, 동민을 꼬나보며) 뭐, 물? 너 나 속였냐?

태 용 (재범 끌고 가려 하며) 조용히 가자, 주둥이 닫고!

재 범 (화난) 너, 의사 새끼가 구랄 쳤냐, 지금?!

동 민 (꼬나보며, 가라앉은) 너 한마디만 더 해! 내가 바로 (핸드폰 꺼내 보이며) 경찰 불러줄라니까!

재 범 (웃고) 이게 의산 줄 알았는데, 완전 양아치네!

태 용 (재범 등짝 때리며, 말리며) 미쳤냐?! 미쳤어! 그러다 형님이 신고함 형 인생만

끝나!

동 민　(재범 답답하게 보면)

재 범　(동민을 보며, 진심 없이) 잘못했다, 용서해라. 빵으로 보내줘. 난, 또 나옴 그뿐이니까. (재열 보며) 우리 안 끝났다, 재열아? 두 달 후 그땐 끝장내줄게, 내가. (하고, 빵집으로 걸어가는)

동 민　(답답한, 보는)

재 열　(재범 보고, 답답한, 그때, 전화 오면, 재열 모다, 한쪽으로 가며, 전화 받는, 맘 아프지만, 짐짓 담담히) 어, 엄마.. 형? 만났지.... 근데, 못 갈 거 같애.

동 민　(가는 재열을 보며, 답답한)

씬 17. 재열 모의 집 안, 밤.

재열 모, 음식이 차려진 상을 보며, 서운한, 조금 이상하지만, 짐짓 편하게 말하는, 아줌마들, 음식을 챙기며, 분주한, '우리는 이제 가자', '좀 작작 챙겨' 하며 말하는,

재열 모　둘이 만났는데, 집엘 왜 못 와?

동네 사람들　(보면) ?

재열 모　(사람들 안 듣게, 한쪽으로 가며) 야, 조 선생님이랑, 아무리 술을 마셔도 그렇지, 엄마가 하루 종일 동네 아줌마들까지 불러 음식 해놓고 니들 기다리는 줄 뻔히 알면서.. (이상한, 조심스런) 재열아, 너, 뭔 일 있어?

씬 18. 길가, 밤.

재 열　(걸어와, 벽에 기대며, 맘 아프지만, 짐짓 편하게) 일은 무슨 일이 있어, 내가 일이 있음 이렇게 전화를 받겠어.

동 민　(재열 앞으로 와, 재열의 상처 난 곳을 손으로 만지며, 여기저기 보는, 답답한)

재 열　(동민 손 치우고, 맘 안 좋지만, 담담히) 진짜, 아무 일 없어. 그냥, 술자리가 길어져서.. 엄마, 더 묻지 말래? 나중에 내가 만나서 자세하게 얘기할게, 어?

씬 19. 재열 모의 집 안, 밤.

재열 모 (사진(주방에 붙여진, 재열 1살, 재범 3살, 재열 모의 밝은 사진)을 보며, 가슴이 쿵 하지만, 참고) 일 있네.. 그렇게 말하는 거 보니까.. 알았어, 더 안 물어. 너 별일 없음 됐어. 음식 괜히 많이 했네. 끊어. (하고, 끊으며, 걱정스런)

동네 사람들 왜 그래, 애들 안 온대?

재열 모 (웃으며) 술자리가 있다고.. 새벽녘엔 오겠죠, 뭐. (그릇 가져와, 음식을 챙기며) 이거 더들 가져가요, 더들 가져가, 내가 손이 너무 커서, 음식이 넘 많다.

동네 사람들 (말리며) 됐어, 많어.

재열 모 되긴 뭐가 돼, 더 가져가.. (하며, 음식 담는데, 속상한)

씬 20. 빵집(조금 멀리, 재열의 시선 안에 있는 곳), 밤.

재범, 진열대 앞에 서서, 음식들을 보며, '이거, 이거, 이거' 하며, 진지하게 먹을 걸 고르는, 태용, 어이없게 보는,

동 민 (E) 지난 한 달 이상 니 형 장재범을 상담하면서 느낀 게 뭔 줄 아냐? 놈이 아주 위험한 놈이란 거야.

씬 21. 거리, 밤.

재열, 동민, 서서 말하는,

재 열 (속상하고, 화나 보는) ?!

동 민 (속상한) 자신에게 손해를 주거나, 불리한 입장에 선 사람들한테 지금 같은 복수를 서슴지 않는, 복수형 인격장애자야. 이번 일 대충 덮을 게 아냐? 당장 경찰에 신고해.

재 열 (동민에게, 화난, 참고, 냉정하게) 형, 지금 교도소로 돌려보낼게요, 됐죠, 그럼? (하고, 가려 하면)

동 민　(팔 잡으며, 좀 큰 소리로) 재열아!

재 열　(팔을 뿌리치며, 진지하지만, 담백하게) 집안일이에요, 무관심해주세요.

동 민　(답답하고, 격앙되는) 이게 무관심할 일이냐?! 오늘 내가 만약 이런 사탤 대비 못하고, 재범이한테 약을 줬다 이런 일이 일어났음 니가 지금 어떻게 됐을지 그 누구도 장담 못해! 걸레처럼 축 처진 널 이리저리 개 끌듯 끌고 다니다, 차 사고라도 났으면, 그땐 살인미수야!

재 열　(차갑게 보며, 차분히) 별로 안 다쳤어요, 맞은 내가 괜찮다는데, 뭐가 문젠데요?

동 민　(버럭, 답답한) 재열아,

재 열　(화난, 조금은 격앙된) 내가 사람들의 관심이 필요했을 땐, 지금이 아니라, 내 엄마가, 16살 어린 내가, 의붓아버지한테 맞을 때였어요! 그리고,

동 민　?!

재 열　(맘 아픈, 격앙되는) 19살 미성년자 내 형이 14년 전, 분명한 정당방위였음에도 불구하고, 절도, 폭력 전과가 있단 이유로 정상참작, 상황참작 없이 살인죄로 11년 중형을 선고받았을 때였어요! 지금이 아니라!

동 민　감정적으로 대응 마, 재범이, 니가 생각하는 것보다 아주 위험해.

재 열　(차가운, 그러나 격앙되는) 만약 내 형이 진짜 위험한 사람이라면 3년 전 포크로 날 찔렀을 때 어깨가 아닌 목을 찔렀겠죠, 이번에도 주사기가 아니라, 칼이었겠죠, 안 그래요?

동 민　?!

재 열　그리고 정말 내 형이 위험한 사람이라면, 지금도, 우리가 신고할 게 무서워, 시키는 대로 (빵집의 재범을 보며, 속상한, 맘 아픈) 저기서, 저렇게 애처럼 앉아, 빵이나 먹고 있진 않겠죠!

동 민　(재열의 시선을 좇아서, 재범을 보면)

* 점프컷 》

재범, 우적우적 빵 먹고, 주스 마시는, 태용, 다시 빵을 가져다 앞에 놓으면, 그걸 다시 우적우적 먹는, '맛있다' 하며 웃는, 태용이 주스를 주면, 아이처럼 마시는,

재 열　(E, 맘 아픈, 격앙되는) 내 형이 진짜 있고 싶은 곳은 감방이 아니에요. 내가

사는, 엄마가 사는, 지금 이곳이지. 형이 나오면, 시간을 가지고 오핼 풀어주고 싶어요. 부탁합니다, 형님. 형을 조용히 그냥 교도소로 보내주세요.

씬 22. 길가, 밤.

재열, 동민(재범을 보는, 맘이 움직이는, 안된, 복잡한), 얘기하는,

재 열 (재범 보며, 맘 아픈) 형님 말대로 내 형은 증언한 동생을 끝까지 복수하는 복수형 인간일지도 몰라요.

동 민 (보면, 맘 아픈, 흔들리는) ?

재 열 (동민 보며, 속상한, 격앙된) 나중엔 정말 날 칼로, 찌를 수도 있겠죠. 근데, 벌어지지도 않은 일 때문에, 내 형을 평생 감방에서 썩게 할 순 없어요.

동 민 ?!

재 열 (속상하고, 맘 아픈) 나중에 그런 일이 벌어지면, 그때 부탁할게요, 신고해달라고. (하고, 빵집 쪽으로 가는)

동 민 (속상하게 보다, 뛰어가, 재열의 팔을 잡아, 돌려세우고, 속상하지만, 진심으로 말하는) 내가 니 형 데려다줘. 이것만은 내 말 들어. (하고, 가는)

재 열 (가는 동민 보고, 빵 먹는 재범을 보고, 속상한, 맘 아프게 돌아서서 가는)

씬 23. 길거리 벽화 앞, 밤.

해수(기특하고, 감동스런), 환희와 골목에서 벽화를 보고 있는,
벽에 그림이 아주 멋지게 그려진, 꽃 그림이다, 괴기스러워도 밝은 색이 보이는,

환 희 (쑥스럽지만, 자랑하듯) 내가 성기 말고 최초로 그린 그림이에요. 선생님한테 꼭 보여주고 싶었어요.

해 수 (짠하게 보며, 작게 웃음 짓고, 가볍게) 제법이다, 너?

환 희 선생님이 하신 말씀, 병을 나으려면 약보다도, 내 의지가 중요하다, 그 말을

기억했죠.

해 수 (짠하게 웃으며, 보는)

환 희 (가방에서, 래커 꺼내, 그림을 덧칠하며) 불안하면, 그냥 나와서, 춤추고, 그림 그리고, 학교 아직 안 가지만, 엄마랑 말도 잘 안 하지만, (해수 보며) 약도 잘 먹고, 상담 치료도 받고, 나름 잘 살고 있어요. (그림 그리며) 평범하게 살겠단 의지를 갖고.

해 수 (맘이 짠한, 웃으며) 부럽다.

환 희 (보면) ?

해 수 (환희 손에 든 래커를 잡아서, 환희 뿌리던 곳에 뿌리며, 진심이지만, 가볍게) 사실 내가 약간 사랑에 대한 불안증이 있거든. 그래서 오늘 그 불안증을 이길려고 나도 의질 냈지. 괜찮은 남자한테 신호를 보낸 거지, (뿌리던 걸 멈추고, 환희 보며) 만나자. 근데 결관 까였네. 니 불안증은 너 혼자만 의지를 가짐 해결되지만, 내 불안증은 상대가 맞장구를 쳐야 치료가 가능하거든. 결론은 너보다 내가 더 불행하다? 그러니까, 오늘은 니가 날 좀 위로해주라.

환 희 (웃으며, 농담조) 왜, 남자가 싫대요?

해 수 만나자 그러고, 전화까지 했는데, 연락 두절.

환 희 또 해보지? 통화될 때까지? 그래서 왜 안 왔냐? 차가 막혔냐? 진짜 내가 싫으냐? 물어봐요?

해 수 됐어, 존심 상해. (하고, 그림 그리는)

환 희 (웃으며, 그림 그리며) 그럼 그렇게 살아요, 의지가 없네, 뭐.

해 수 (어이없게 보며) 뭐?

환 희 (그림 그리며, 편하게) 나도 이 그림 한 번에 그리게 된 거 아니에요, 그리다보면 성기 같고, 그리다보면 또 성기 같고, 근데 그걸 내가 의지를 갖고, 또 그리고 또 그리고..

해 수 (기특하지만, 어이없단 듯 보는, 그때 문자 오면, 보면)

윤 수 (E, 따뜻하게) 해수야, 전번 날 일 엄마한테 사과해. 언니가 부탁할게, 착한 동생, 언니 말 들어줄 거지?

해 수 (답답한, 핸드폰 닫으려는데, 다시 문자 오는)

윤 수 (E) 참 보낸 사진, 장재열 씨한테 전해줘.

해 수 (뭔가 싫어, 사진을 열면)

＊인서트, 핸드폰 사진 》

한강, 재열이 해수 부 앞에서 조카를 두 손으로 번쩍 들어, 높이 했다 받으며, 밝게 웃는, 사진이 파노라마처럼 찍혀 있는, 해수 부의 웃는 얼굴, 재열의 환한 얼굴, 조카의 웃는 얼굴이 자세히 담겨 있는,

＊점프컷 》

해 수 (사진 보며, 재열에게 맘이 가는, 자기도 모르게 피식 웃음이 나는, 핸드폰을 보고 닫는, 작심하는) 야, 나, 가야겠다.

환 희 같이 밥 안 먹어요?

해 수 너 혼자 먹어. 그리고, 너 잘난 척 그만해.

환 희 (보면) ?

해 수 니 그림 아직도 한참 이상하거든. 너 다 난 거 아니다. 이제 시작이야. 또 보자. (하고, 빠르게 가며, 핸드폰 꺼내, 재열에게 전화하는데, 받는, 서운한, 이상한) 뭐야, 전화 받네? 너, 죽을래?

씬 24. 길가, 밤.

재열, 걸어가며 전화를 받는,

재 열 (미안한, 작게 웃음 띤, 짐짓 밝게 말하는) 말하는 거 봐라, 살벌하게. (사이) 그게, 내가.. 형을 만났는데, 좀 맞았네..

씬 25. 달리는 태용의 차 안, 밤.

태용의 차에, 동민, 재범(창밖만 보며, 아이처럼 구경하는), 타고 가는,

씬 26. 택시정류장 앞, 밤.

재열, 벤치에 앉아, 생각 많은, 해수 기다리는,
그때, 택시 조금 멀리 서고, 해수, 내리고, 가다가, 벤치에서 생각 많게 있는, 재열을 보고, 가슴이 쿵 하는, 짐짓 괜찮은 척 걸어가, 앞에 서서, 손으로 재열의 얼굴을 들어 상처를 이리저리 보는, 걱정스런,

재 열　(조금 놀라, 해수 보고, 짐짓 밝게) 괜찮아, 많이 안 맞았(어).
해 수　(말 끝나기 전에, 순간, 재열의 머릴 안고, 등을 손으로 쓸어주는)
재 열　(눈 감고 가만있는, 따뜻하고, 울컥하는) ...야, 지해수한테 이런 면도 있었네.
해 수　... (안고, 가만있는, 맘이 짠해지는)

씬 27. 다리 위, 밤.

달리는 태용의 차,

동 민　(E) 태용아, 차 세워.

씬 28. 태용의 차 안 + 다리 위, 밤.

태 용　(차 세우고, 보며) ?
동 민　(차 밖으로 나가, 재범 쪽 차문을 열어주고) 나와.
재 범　(이상한, 주변을 두리번거리고, 무슨 수작이 있다 싶은, 다시 동민 보면)
동 민　나와서, 너 하고 싶은 대로 해.
재 범　(동민 보다, 이때다 싶어, 나와, 그대로 다리 위를 달리는, '악!' 소리 내며, 옷을 벗으며, 달리는)
태 용　(나와, 동민을 보고, 속상한) 미쳤어요? (하고, 재범을 보고 뛰며) 장재범, 거기 서!
동 민　(달려가, 태용 잡는)

태 용 (답답한, 소리치는) 왜요?! 저러다 그냥 내빼면 어쩔라고?
동 민 (재범만 보며) 내뺄 놈이면 벌써 내뺐어! (차로 가며) 바람이나 맞게 놔둬.

* 점프컷 》
재범, '악!' 소릴 지르며 죽기 살기로 바람을 맞으며 달리는,

재 열 (E, 차가운, 그러나 격앙되는) 만약 내 형이 진짜 위험한 사람이라면 3년 전 포크로 날 찔렀을 때 어깨가 아닌 목을 찔렀겠죠, 이번에도 주사기가 아니라, 칼이었겠죠. 안 그래요?
동 민 (차에 기대서서 생각 많게, 뛰는 재범을 보는)

씬 29. 동네 골목, 밤.

해수, 걸어가고, 재열, 해수 앞에 서서 뒷걸음질해 걸어가는,
두 사람 얼굴에 웃음기가 있는, 안 웃으려 하지만, 자신들도 모르게 설레고 웃음이 나는,

재 열 (작게 웃음 띤, 서글픈 웃음 짓고, 짐짓 편하게) 너한테 가던 중이었어.
해 수 (편하게, 웃음 띤 채) 당연히.. 그랬겠지.
재 열 벨소리 세 번 듣고, 무지 설레서, 운전도 못할 거 같아서, 죽어라 뛰어 택실 타고,
해 수 (멈춰 서며, 편하게) 그렇게 걷다 다쳐, 옆에서 걸어.
재 열 (멈춰 서며, 해수 보고, 서글프게 웃으며) 놀랬지?
해 수 (가볍게) 지금 기분은?
재 열 (해수 편하게 작게 웃음 띠고, 보며, 어렵겠지만, 짐짓 편하게 말하는) 솔직히, 조금.. 쪽팔린 느낌? 니가 우리 집을 어떻게 생각할까? 이 일로 니가 나한테 질려버리면 어떡하나? 그러지 않았으면 좋겠단 생각? 형이 지금은 그래도, 나오면, 우리 집안도 행복한 집이 될 수 있다는 희망에 찬 말도 하고 싶고.
해 수 (재열 편하게 해주려, 어이없단 듯, 편하게 웃으며) 왜 이래, 나, 매일 산전수전 공중전까지 겪는, 정신과 의사야. (하고, 걸어가는)

재 열 (말이 따뜻해, 맘이 순간 편해져, 웃음이 나는, 옆에서 걸어가며) 그 말은 무슨 뜻?

해 수 (멈춰 보며) 난, 하루에도 수십 건, 세상에 벌어지는 오만 가지 맘 아픈 사연들을 가진 사람들을 만나. 너희 집에도 사람이 살다보면 벌어질 수 있는 일이 벌어졌구나, 생각해. 오다가, 인터넷으로 과거 너희 형제 기사 봤어. 불편한 설명 안 해도 안다고. 진짜, 여자친구 제대로 잘 만났지?

재 열 (눈을 찡그리며, 너무 쿨하다 싶은, 그러나 설레고 따뜻하고, 좋은) 여자.. 친구?

해 수 (어이없단 듯, 편하게) 그래, 여자친구? 사귀기로 했으면 여자친구지, 아냐? 아까, 분명히 내 신호 듣고 설레서 달려오던 중이었다(며?)

재 열 (말꼬리 자르며, 해수의 두 뺨을 잡고, 입을 맞추는, 진지한)

해 수 (긴장한, 그러나, 눈 감는, 순간, 목에 땀이 차 오르는)

둘이 깊게 입 맞추고, 해수, 재열을 떼어내며 작게 숨을 고르고, 불안증을 내색하지 않으려 하며, 담담히,

해 수 (너무 어둡지 않게, 어색한) 그만..

재 열 (해수를 따뜻하고, 설레게 보다, 순간, 땀이 찬 목을 보고, 이상한)

해 수 (안 보고, 짐짓 편하게) 가자. (하고, 걸어가는데, 다리가 훅 꺾이는)

재 열 (조금 놀라, 해수의 손을 잡아 벽에 세우고, 해수의 목과 얼굴을 보면, 손에도, 땀이 흥건한, 걱정스런) 땀이.. 왜 이렇게 나?

해 수 (벽에 기대, 숨을 고르며, 작지만 편한 웃음 지으며, 가볍게) 가벼운 불안증세. 내 몸이 내 한계를 뛰어넘는 중이지. 몇 분 이러다 말 거야. (작게 웃음 띠고, 후 하고 숨을 내뱉는)

재 열 (따뜻하게 웃으며, 무겁지 않게) 정말 괜찮은.. 거지?

해 수 (짐짓 편하게, 작게 웃음 띤) 괜찮지, 그럼. (재열 못 보고, 고개 숙인 채) 야, 근데 나, 좀 챙피한데.. 그냥 모르는 척 가서, 문 열어줌 안 돼?

재 열 그래. (하고, 손을 놓고, 뛰어가, 대문을 열어주는)

해 수 후... (하고, 걸어와, 난간 잡았다, 재열에게 불안증을 자꾸 보이기 싫어, 놓고, 그냥 아무렇지 않게, 머릴 쓸어 올리며, 재열 지나쳐 들어가며, 편하게) 내가 너무 이상하게 느껴지는 건 아니겠지, 설마?

재 열 (설레는, 작게 웃으며) 전혀.
해 수 (가며, 편하고, 담백하게) 몹시, 땡큐.
재 열 (문 닫고, 해수 뒤에서 걸어가는, 해수가 귀엽고, 설레고, 맘이 훈훈해지는)

*점프컷 》
최호, 그런 둘을 보고 있다, 속상해, 빠르게 돌아서서 가는,

씬 30. 카페 앞, 밤.

수광, 비질을 하는데, 최호 그 앞을 지나가고, 수광, 최호 보며, '저 인간, 뭐야?' 하며 보는데, 그때, 카페 안에서 소녀(교복 입은 채), 윤수에게 '언니, 낼 봐!', 윤수, '낼은 오늘처럼 늦지 마' 하고, 인사하며 나오며, 수광에게,

소 녀 청소하냐?
수 광 보면 모르냐?
소 녀 (그때, 오토바이 탄 남자(시끄런 음악 튼) 오는 것 보고) 야, 샘! (하며, 달려가, 둘이 진하지 않게 쪽 하고, 입을 맞추는)
수 광 (비질하다, 놀라, 보는, 멍한) ?!

*점프컷 》
윤수도 소녀 입 맞추는 거 보는, 놀라는,

*점프컷 》
소녀, 샘 오토바이 타고 가며, 수광에게 손 흔드는,

수 광 (화나, 참으려는데, 안 되고, 발작이 나오려는) 읍, 썅, 789.. 미쳐, 날라리, 3508.. (하며, 하다, 치를 떨며 참고, 제 손목에 있는, 고무밴드를 여러 번 튕기며, 속상한)
윤 수 (수광 보며, 안된)

씬 31. 거실, 밤.

해수, 어색한, 먼저 들어오는, 많이 진정이 된, 주방으로 가면, 재열, 어느새 들어와, 물잔에 물을 받아, 해수 주는,

해 수　(안 보고, 받아 마시고, 머리 쓸어 올리며) 오늘은 민망한 관계로, 여기서 인사하자. 잘 자. 씻고, 반드시 약 바르고.

재 열　(해수의 맘을 알겠는, 작게 웃으며) 그래, 먼저 올라갈게. (하고, 해수의 어깨를 쳐주고, 올라가는)

해 수　(재열이 가는 걸 느끼며, 물을 마시고, 이내 재열의 방문 닫히는 소리 들리면, 싱크대에, 두 손을 대고 숨을 후후 쉬다, 주저앉는, 호흡하며, 설레는, 웃음이 나는) 후..

씬 32. 재열의 욕실 앞, 밤.

재열, 세술 하고 해수 생각에 설레는, 그러다, 동민에게 문자 오는,

동 민　(E) 재범이 바람 쐬어주고, 아침에 밥 먹여 들여보낼 테니, 걱정 마라. 낼 보자.

재 열　(맘이 따뜻해지는, 문 닫히는 소리(해수의 방)가 나, 문 쪽 보는)

씬 33. 몽타주.

1, 공원, 아침.
재열, 조깅을 하며, 거칠게 숨을 토해내며, 해수 생각에 설레고 웃음이 나는, 멀리, 강우가 자전거를 타고, 따라가는, 웃음 띤 채, 편한,

*플래시백 》
재열과 해수 키스하던,

2, 욕실, 아침.

해수, 머리 감으며, 재열, 생각에 자기도 모르게 슬몃 웃음이 나는, 웃음을 멈추고, 아무 생각 없이 물을 틀다, '앗 뜨거!' 하고, 수도꼭질 돌리다가, '앗 차거!' 하며 난리가 난,

3, 공원, 아침.

재열, 윗몸일으키기를 하며, 거친 숨을 토해내고, 강우, 자전거를 타고, 재열의 주변을 돌며, 말하는,

강 우 (편하게) 학교 이제부턴 안 갈 거예요. 선생님이 학교에선 소설 쓰지 말래서. 날 이해 못하는 선생님한테 배우기 싫어요.

재 열 (운동 멈추고, 어이없게 보며) 얌마, 아무리 그래도 학굔 가야지! (하고, 수건으로 얼굴 닦다, 강우의 팔뚝을 보고(까진, 피 나는), 걱정스런) 뭐야, 그 상천?

강 우 (편하게) 작가님이랑 우리 집 갈 때 폭주족 다니던 그 길에서. 폭주족 만나 피하다, 넘어져서, 괜찮아요, 좀 까진 정도?

재 열 (걸어가며) 참 말 안 듣네. 임마, 내가 그 길 위험하다고 다니지 말랬잖아!

강 우 (농담처럼) 나 이번 공모 떨어짐 거기서, 콱 죽을 거예요.

재 열 (화나고, 멈춰, 보고 어이없는) 뭐?

강 우 (자전거를 타고, 빙빙 돌며, 농담처럼) 그럼 사고 보험금 나오겠죠? 그럼 그거 울 엄마 줘야지. (하고, 손가락이 아픈지, 주먹을 쥐었다 폈다 하는)

재 열 (어이없는, 화난) 너, 그걸 지금 말이라고 하냐? 그리고 손가락,

강 우 (웃으며) 농담이에요, 반드시 등단을 하고 말겠단 다짐 정도로 생각하세요. 손도 괜찮아요. 또 봐요, 작가님. (하고, 가는)

재 열 (어이없이 보며) 강우야, 근데 너 이모네 있는 거 아니었어?

강 우 (자전거 타고 가며) 아빠가 집 나가서, 다시 집에 왔어요.

재 열 내가 경찰에 신고했는데, 조사 나왔어?

강 우 (가며) 아뇨. 사람들은 찌질한 우리한텐 관심 없어요, (멈춰서 보며) 작가님만 빼고. 아빤 걱정 마요, 내가 뭐 맞장 뜨면 되니까. (하고, 가는)

재 열 (가는 강우 보며) 소설 다 쓰면 연락해! (하고, 웃으며 뛰어가는)

씬 34. 가로수 길(교도소 근처), 아침.

차, 세워져 있고, 배달원, 서 있는, 세 사람이 이상한,
재범, 주저앉아, 자장면과 만두를 게걸스럽게 먹는,
동민, 태용도 서서, 자장면을 먹고 있는,
재범, 다 먹고, 양파를 입에 다 털어 넣는, 그리고, 씹으며, 트림을 끅 하는,

동 민 (밉지 않게 보며) 드럽게도 처먹네, 새끼.

재 범 (일어나, 교도소 쪽으로 가는)

태 용 (일어나, 재범에게) 어디 가, 같이 가!

동 민 (태용 잡으며) 왜, 너도 빵에 가게? 냅둬, 그냥.

재 범 (돌아보며, 동민 보며) 너 나 다신 찾아오지 마.

동 민 (자장 먹으며, 보고, 말은 거칠어도, 정이 있게) 너나, 나 기다리지 말고, 전화도 하지 마, 이 모범수의 탈을 쓴, 양아치 새끼야!

재 범 (가며, 구시렁) 의사도 아닌 새끼.

동 민 내가 환자한테나 의사지, 너 같은 양아치 새끼한테도 의살까봐, 새끼야? (하고, 그릇을 배달원에게 주고, 태용에게) 가자. (하고, 차에 들어가는)

태 용 (배달원에게 돈 주고, 재범에게) 또 면회 올게!

재 범 (말 안 듣고, 가는)

태 용 (차에 타, 동민에게, 걱정하며) 재범이 형, 안 토끼겠죠? 진짜 교도소로 가겠죠?

동 민 토낄 놈이, 밤새 이 차 안에서 쪼그려 자냐?

태 용 (가는 재범 보며) 저거, 저거, 나중에 출소해도 걱정이다, 진짜.

동 민 그때 일은 그때 가서 생각해. (태용 운전하면, 라디오 틀고, 음악을 크게 틀며) 재범이한테 인사 말고 그냥 가. 그 앞으로 슝 하고, 왜 그러냐, 묻지 마, 말하기 귀찮아. (하고, 춤을 추며, 재범을 지나쳐 가며, 노랠 부르며, 약 올리는)

재 범 (화나, 가는, 동민 보며, 뛰어가는) 새끼.. 진짜.. 야, 너 거기 서..

* 점프컷 》

동 민 (재범을 따뜻하게 보고, 웃으며, 백미러로, 재범을 보며, 구시렁) 귀여운 놈.

내가 정신과 의사의 명예 걸고, 널 반드시 치료할 거다, 요 새끼....

E (노크소리, 세 번 나는)

씬 35. 복도 + 재열의 방 안, 아침.

재 열 지해수, 아직 자? (하고, 노크하는) 출근 안 해? (시계 보고) 지금 8시 넘었(어)

그때, 문 열리고, 해수, 괜히 머리의 수건을 벗어 머릴 흩뜨리며, 수건으로 머릴 말리며, 민망함을 감추며, 아무렇지 않게,

해 수 (안 보고) 일어났어.

재 열 (이쁘단 듯, 관찰하며 보는) 아침 뭐 먹을래?

해 수 (안 보고, 머리만 말리며) 빵.

재 열 (편하게, 관찰하듯 보며) 샌드위친 어때?

해 수 (안 보고, 머리만 말리며) 나쁘지 않아.

재 열 (관찰하듯 보며) 어제.. 잘 잤어?

해 수 (안 보고, 머리만 말리며, 괜히 퉁명스레) 잘 자지, 그럼. 못 잘 이유가 뭐 있어.

재 열 (대답이 웃긴, 담백하게) 그럼.. 우리, 계속 가는 건가?

해 수 (머리 말리다, 갑자기 재열 보며, 시비 붙듯) 왜, 관두게? 내 불안증이 방해되니? 무를까? 그러고 싶어?

재 열 (어이없고, 귀여워, 웃음이 나는) 숨 쉬고 얘기해.

해 수 (안 보고, 아무렇지 않게) 이젠 니가 물러달래도 못 물러, (보며, 아무렇지 않게) 내가 여기까지 얼마나 피나는 노력을 하며 왔는데, 웃기고 있어, 넌 나한테 이미 코 꼈어. 끝까지 가. (하고, 문 쾅 닫는)

재 열 (무슨 소리지 싶은, 기대에 찬, 웃음 띤, 가며, 구시렁) 끝.. 까지?! (하다, 제 방으로 들어가는 수광(빨래를 한 아름 안고, 젖은 운동화를 들고)을 보며) 야야야야, (하고, 잡는)

수 광 (재열 보고, 팔 뿌리치며 모른 척 문 열고 방으로 들어가, 빨래를 한쪽에 놓

고, 제습기에 운동화를 널려는)

재 열 (팔 잡으며) 너, 뭐하는 거야?

수 광 (팔 뿌리치며) 소녀가 어떤 놈이랑 키스했어, 내가 아니라, 어떤 놈. 이런 나한테 운동화 말릴라고 제습기 좀 썼다고 욕할래?

재 열 (팔 놓으며) 계속해, 잘 마를 거야. (하고, 가는)

수 광 (운동화 널고 빨래 들고, 나가며, 버럭) 지해수, 너 내 방에 자꾸 니 빨래 널래!

씬 36. 해수의 방 앞, + 방 안, 아침.

수광, 빨래를 들고 가며,

수 광 누나라고 오냐오냐하니까, 짜증나게 정말. 드럽게, 팬티랑 겉옷이랑 같이 빨고, 변태같이! (하고, 문 열고, 빨래를 방 안에 던지는)

해 수 (옷을 입은 상태에서, 립스틱을 정성스레 바르는, 수광을 보며, 웃음 띤, 아무렇지 않게) 야, 빨래 좀 곱게 던져.

수 광 (호기심에 다가가 보는) 아침부터 남잘 꼬시는 그 입술은 뭐야? (하고, 립스틱 들면)

해 수 (뺏어, 자리에 놓고, 블라우스 단추를 잠그고, 흥얼대는)

수 광 (보며) 나도 남자다. 여자가 옷을 입다 남잘 봤으면 등 좀 돌려.

해 수 (어이없이 웃으며) 니가 눈을 감어, 자식아.. (하고, 옆의 가방을 메는)

수 광 (이상한, 짜증, 시비 붙듯) 아침부터 웬 콧노래? 뭐, 좋은 일 있냐?

해 수 (가방에 이것저것 넣으며, 편하게) 아니.

수 광 딱 보니까, 있구만! 뭔 일이야? 빨래 개줄게 얘기해줘. (하고, 앉다가, 순간 생각난) 장재열이 문 앞에 있던데, 혹시 ..둘이.. 진도 뺐냐?

해 수 글쎄...

수 광 (빨래 집어던지며) 야, 짜증나! 누나가, 벨 세 번 울렸지?!

해 수 (시계 보며) 어머, 늦었네. (하고, 가방 들고 나가는)

수 광 (속상한, 일어나 나가며) 아, 씨, 맨날 나만 외로워! (하고, 나가다, 빨래에 밟혀 넘어지는, 아파하는)

씬 37. 거실, 아침.

재열, 샌드위칠 만들기 위해, 야채를 써는, 해수, 내려오는 소리가 들리는,

재 열 (물을 따라 마시며) 5분만 기다려?
해 수 (주방으로 와, 재열의 물을 뺏어 마시며) 왜?
재 열 샌드위치 아직 안 됐거든. 금방 할게.
해 수 (물 마시고, 아무렇지 않게) 나, 못 먹어, 늦었어.
재 열 (어이없는, 서운한) 아까는,
해 수 (어이없어, 웃으며) 아까는 먹을라고 했지? 야, 너 혹시 사귀기로 하면, 잔소리 심한 스타일이야? 나, 그런 스타일 딱 질색인데? 그래? (전화 오면 받는) 어, 김 선생.
재 열 (어이없게 보며, 웃고, 샌드위칠 만드는)
해 수 (맨 빵을 하나 그냥 집어서 먹으며)
재 열 그거 먹을 시간 있음, 샌드위치,
해 수 (말하지 말라고, 재열 입에 손가락을 대고, 윙크하고, 재열 보며, 전화하는) 오철종 씨? 엊그제 퇴원한 절단 환자분? (재열에게만 들리게) 커피 좀?
재 열 (해수의 행동(입술에 손댄)이 과감한 게 어색하지만 싫지 않은, 옆에 있는 커피를 주고, 해수를 관찰하듯, 이쁘게 보다, 다시 샌드위칠 만드는)
해 수 (커피 받아 마시며, 걱정) 야, 나도 그분 사정이 걸리긴 하는데, 치룔 안 받겠다는 사람을 방법이 없잖아... (하다, 커피를 살짝 흘리는, 재열 보며, 닦아달라는 눈짓하면)
재 열 (어색한 웃음 짓고, 그러나 귀여운, 해수 입가를 살짝 손으로 닦아주는)

* 점프컷 》
수광, 내려오다, 그 광경 보고, 어이없게 웃는, 해수의 의도를 다 알겠는, 옆에서 샌드위칠 먹으며, 재열, 귀에 대고, 놀리듯,

수 광 전에, 최호한테도 그랬었지.
재 열 (아무렇지 않게, 웃고, 샌드위칠 만들며) 그랬겠지.
해 수 (아무렇지 않게, 전화만 하는) 뭐라고, 사진? (하고, 커피잔 놓고, 문자를 열

면, 사진1은 다섯 손가락이 절단된 걸 수술한 사진이다, 붙인 손가락이 모두 검은, 사진2는, 같은 상태의 사진인데, 붙인 손가락이 모두 하얗게 수술이 잘 된, 심각하게, 보고, 전화하며) 오케이, 자기 말 이해했어. 김 간호사님한테 내 스케줄 한 시간만 미뤄줘. (하고, 전화 끊으면, 재열, 입에 샌드위칠 물려주는) ?!

재 열 (해수 손으로 샌드위칠 잡게 하고) 가면서 먹어.

해 수 (샌드위칠 받아서, 한 입 크게 물고, 먹으며) 맛있다! (입가에 소스가 묻는)

재 열 (웃으며, 입가를 닦아주려 하면)

해 수 (웃으며, 피하며, 재열의 손을 치고, 웃음 띤 채) 왜 이래, 내가 원할 때만 해. 한 번 텄다고 두 번 세 번은 아니지, 알면서? 니가 생각하는 것보다, 아주 천천히.. (재열 보고, 웃으며, 입가에 묻은, 소스를 혀로 핥는)

재 열 (어이없고, 귀여워 웃는)

해 수 웃긴.. (하며, 재열(해수가 자기 머릴 만지는 게 이상한)의 머릴 흩뜨리고, 뺨을 톡톡 치고, 웃으며) 우리 잘해보자, 앞으로 쭉. (하고, 나가며, 전화하는) 안녕하세요, 오철종 씨, 아내분이시죠? 전 한국대병원 의사 지해순데 지금 만나 뵙고 싶어서요.

재 열 (가는 해수를 보며, 귀엽단 듯 웃고, 커피 마시는데, 웃음이 안 가시는, 수광(재열을 비웃듯(?) 웃으며 보는) 보며, 편하게) 보기보다 (해수 간 쪽을 턱으로 가리키며, 담백하게) 화끈한 스타일이야. 한번 하기로 하면, 머뭇대지 않고, 죽 가는. 매력 있어, 맘에 들어.

수 광 (웃으며) 이제 누난, 그쪽한테 아주 서운하지 않을 정도로 키스를 퍼부어줄 거야.

재 열 (웃으며, 편하게) 지해수에 대해 내가 생각하는 것보다 많이 아는구나?

수 광 만져도 줄 거야. 가끔은 그쪽 몸을 옷 위로 (눈으로 재열의 몸을 훑으며) 더듬어도 줄 거고, 그쪽 안쪽 허벅지를 베고 누워, (소파를 가리키며) 저기서 같이 야한 영화도 볼 거야. (커피 마시고, 단호한) 하지만,

재 열 (재밌단 듯, 보는, 커피 마시는) 하지만?

수 광 그게 끝.

재 열 ?

수 광 매일 밤 수시로 그쪽을 지가 가진 온갖 기술로 후끈후끈 발동 걸어놓고, 진도를 빼려 하면, 나는 모르는 일이네, 갑자기 시침 떼며... 길고 긴 300일이 가

는 거지. 꼬득꼬득 남잘 피 말리는, 눈물의 300일 대장정. 절대, 더는 없지. 절대! (재밌단 듯, 낄낄대고 웃고) 최호 300일 동안 5킬로 말랐다. 많이 먹어둬. (하고, 가는)

재 열 (웃고, 커피 마시고, 보며) 난,

수 광 (돌아보며) ?

재 열 (자신 있는 표정이다, 웃으며, 아무렇지 않게) 최호가 아냐. 난.. 장재열. (하고, 가는)

수 광 (보며, 질투 나는) 뭐야, 저 자신감은? (짜증, 버럭) 아, 맨날 나만 외로워. (하고, 가는)

씬 38. 병원 안, 낮.

영진, 레지1, 2, 인턴, 회진 도는,

영 진 (아줌마 환자에게 따뜻하게) 아이고 별게 다 걱정이네, 잠 잘 자는 것도 걱정이고.. 괜찮아요, 편하게 생각하고, 잠 오면 자요. (하고, 레지1에게) 약 줄여. (하고, 문자 와 보는)

동 민 (E) 어제 미안했다, 사과할라 그러니까, 전화 줘.

영 진 (답답한, 전화 끄고, 가며, 다른 환자에게 가서, 밝게 웃으며) 오늘은 기분이 어떠세요?

씬 39. 목공소 밖 + 안, 낮.

아내(아이를 업고), 서서, 안을 힐끗거리는,

*** 점프컷, 안 》**

절단 환자(붕대한 채) 앉아 있고, 해수, 핸드폰으로 앞씬의 사진을 보여주고 있는,

해 수 (사진(손가락 사진)1, 2를 보여주며) 그죠, 누가 봐도, 여기 절단기(깨끗한 사진)로 잘린 환자가 완치율이 높겠죠? (검은 사진) 신경은 물론, 뼈까지 뭉그러진 프레스기에 다친 환자보다?

환 자 (깨끗한 절단 사진을 가리키는, 침울한) ...네.

해 수 근데 결관 반대였어요. 이게 절단기 환자(손가락 잘린 사진을 보여주며)고, (접합된 사진을 보여주며) 이게 프레스기 환자 예후예요.

환 자 (슬픈, 비아냥) 마음이.. 몸을 지배한다는 얘긴가요?

해 수 (답답한, 이게 뭐지 싶은) ?

환 자 (비아냥) 절단기 환자는 부정적인 사람이라 치료가 안 됐고, 프레스기 환자는 긍정적인 사람이라, 치료가 잘 됐다, 뭐 그런 거잖아요? 전에 의사 선생님이 그러시드라구요. 맞아요, 난 부정적인 사람이에요. 긍정적으로 생각할 게 없으니까. 외과 치료 받아도, 팔이 잘리겠죠. 난 그걸 원해요. 외과 치룐 아내가 원하니까 하는 것뿐이에요.

해 수 (안쓰럽게, 보는) ..아내분은, 아이는, 환자분의 희망이 될 수 없나요?

환 자 (외면하는, 속상한)

해 수 (절단기를 보며) 저희 아버지도 목수셨어요. 제가 처음 쓴 침대를 만들어주셨는데... (보며) 정신과 치료 받으세요. 저희 의사들이 구청과 시청에 연계해 도움드릴 걸 알아보고 있어요. 또 봬요. (하고, 아내에게 가서, 따뜻하게) 사진 준비하셨어요?

아 내 (핸드폰 보이며) 네.

해 수 (손을 잡아주고, 따뜻하게) 기운 내세요. (하고, 가는)

아 내 (주머니에서 핸드폰 꺼내, 남편에게로 가는)

씬 40. 달리는 택시 안, 낮.

해수, 제 핸드폰의 재열 사진(윤수가 보내준)을 보는, 따뜻한 눈빛이다,
뒷씬의 환자가 보는 사진과 디졸브 되는,

씬 41. 목공소 안, 낮.

환자, 아내 핸드폰의 사진들을 보는데, 아기를 안고 있고, 아기를 목말 태우고, 재열처럼 아이를 번쩍 들고 웃는 사진들이 가득하다,

아 내 (옆에서, 아이 업고, 울며) 당신 팔이 없음 이제 우리 이쁜 애정인 누가 그렇게 안아줄 건데.. 둘째 낳자고 안 할게, 나는 당신이 이렇게 힘든 줄 몰랐어, 내가 도와줄게, 돈도 같이 벌자. 그리고. 치료받자, 어?

환 자 (사진만 보며, 맘이 아픈, 눈가가 그렁해지는, 맘이 편해지는 느낌이다)

씬 42. 병원 식당 안, 낮.

해수, 영진(핸드폰 보는, 동민의 전화 오는 걸 안 받고, 보는), 밥 먹는,

해 수 (보며, 밥 먹으며) 전화 받아요, 내가 어제 일 상황 설명해줬잖아?

영 진 (핸드폰, 주머니에 넣고, 담백하게) 해수야, 나, 조동민한테 미련 남았다.

해 수 (캑캑대고, 보는)

영 진 (안 보고, 밥 먹으며, 담담하게) 어떡하니, 나?

해 수 (단호한) 어떡하긴 참아야지, 꾹! (하고, 식판 들고 일어나 가다, 다시 와, 영진 보며) 난 좀 전 얘기 못 들은 거다, 컨설트 빌미 삼아 내 머리 아프게 하지 마. 미쳤어. (하고, 가는)

영 진 (전화 오는 걸 보는, 착잡한)

해 수 (가며, 전화 받으며) 엄마, 왜? 장재열 전화번호? 나, 몰라. (하고, 끊는, 가며) 짜증나.

씬 43. 해수 모의 가게 안, 낮.

해수 모, 가게 유선전화로 전화하는, 도득(손님 나간 테이블을 치우는), 윤수, 해수 부가 앉아 있는 창가에 재열과 해수 부, 애기가 함께 찍힌 사진과

가족사진(이혼 파티 때 찍은)도 함께 붙여주고, 윤수, 해수 부가 그 사진을 좋아하는 모습을 보며, 해수 모 폰으로 사진 찍고, 해수 모 보는,

해수 모 (전화하는) 해수야, 해수야?

윤 수 (답답한, 어이없는) ?

해수 모 이게. (하고, 전활 다시 하려 하면)

도 득 (카운터로 와, 손님에게 돈 받고, 인사하고) 또 오세요. (하고, 전화하며) 어머니 제가 수광이한테 물어볼게요,

윤 수 (뺏어, 끊고, 해수 모 핸드폰 주고, 해수 모 보며) 엄마, 제발 해수가 싫어하는 짓 좀 하지 말어, 제발! 둘 사이에서 내가 아주 미치겠다고!

해수 모 (속상한, 버럭) 내가 장재열한테 고맙단 인사하는 게 뭐 니가 미칠 일이야! 니 아버지가 그날 얼마나 좋아했는데, 내가 그거 고맙단 인사하겠다는데, 뭐 그게 싫다고 지랄들이야, 지랄이!

윤 수 (어이없어 보며) 엄마?

해수 모 (속상한) 내가 김 사장 만난 게 그렇게 상처니, 니들 다! 내가 그 사람 그때 안 만났음, 니 아버지 병수발은커녕, 벌써 죽였어! 니들 대학 둘 다 못 보냈고!

윤 수 (서운한, 속상한) 엄마..

해수 모 (속상해, 괜히 더 화가 나는) 내가 뻔뻔하다 생각하냐? 아니, 난 니들한텐 당당해. 남편, 자식새끼 건사할라면 뭔들 못할까! (하고, 테이블을 청소하는)

윤 수 (어이없는) ?!

도 득 당신은 왜, 어머니 속을 긁어, 번번이 나한텐 어머니, 이해한다고 하면서, 왜 그래?

윤 수 (속상한, 화내는) 술 먹고 보험은 왜 들어?! 해수 말대로 알콜릭이야?

도 득 (웃으며) 불똥이 왜 이리 튀냐?

해수 모 (전화 오면, 받는) 네, 김 사장님.

윤 수 (해수 모의 행동에 더 화가 나, 도득에게 소리치는) 술만 먹음 사골 치고, 면허 취소당하고도 정신을 못 차려, 왜! (하고, 나가는)

도 득 (웃으며) 낼모레 갱신이야, 넘 그러지 마라.

해수 모 (도득에게) 따라 나가.

도 득 네. (하고, 따라 나가는)

해수 모 (해수 부의 입가를 손수건으로 닦으며, 걱정) 잘 있죠, 근데 부인은 좀 어때

요? 항암 잘 이겨내고 있어? 먹는 건 잘 먹고? 아우 다행이네, 먹음 낫는다, 병이란 게..

씬 44. 출판사 안, 낮

재열, 태용(재열 눈치 보는), 편집장 직원들 앉아, 표지 디자인 견본 보는,

재 열　(여러 장을 보며) 난 이게 좋은데?
편집장　(다른 것 들며) 그럼 이거 하자. (직원에게 주며) 손 작가님께 의견 물어보고.
직 원　네. (하고 편집장이 든 견본 가져가고)
재 열　뭐야, 자기들끼리 그렇게 결정할 거면 나한테 의견은 왜 물어.
편집장　(일어나, 웃으며) 그냥 예의로. (태용에게) 사장님은 왜 그렇게 장 작가 눈칠 봐.
태 용　내가 뭘?
편집장　맨날 내가 뭘은. (하고, 나가는)
재 열　(태용 안 보고, 가방 챙기며) 방송국 간다. (가방 챙겨 들고 나가는)
태 용　(따라 나가는)

씬 45. 출판사 앞, 낮.

재열, 차를 타려 하는데, 태용, 차문 잡으며,

태 용　너 요즘 글은 써?
재 열　(어이없어, 보면)
태 용　잘 안 돼? 왜 그러지, 자꾸? 3년 전부터 글이 확확 안 나오네, 지난번 글도 되게 힘들게,
재 열　(말꼬리 끊으며) 되게 힘들게 쓴 글을.. 니가 말아먹었지.
태 용　(순간 풀죽어) 미안하다, 재범 형 일.
재 열　(담담히 보다가) ...니가 한 모든 미안한 짓은 울 엄마한테 잘하는 걸로 오래전

에 퉁쳤다, 난.

태 용 (웃으며, 짠한) 자식..

재 열 형 나오면, 기분 좋게, 내 출판사 지분 형한테로 옮겨놔. 줄 게 돈뿐이다.

태 용 (놀란, 감동) 재열아?

재 열 (그때, 문자 오고, 보면, 사진이 온, 보면)

＊인서트, 사진 》

해수 부가 오키나와 사진(해수 방에 있던)과, 가족사진, 재열이랑 함께 찍은 사진 앞에서 환하게 웃고 있는, 문자도 함께 온,

해수 모 (E) 난, 해수 엄마야. 수광이한테 전화번호 물어서, 보내. 그날 너무 고마웠어. 우리한테 잘해줘서. 나중에 우리 식당에 밥 먹으러 와. 우리 음식 맛있어. 꼭 한번 와.

재 열 (기분 좋은, 사진 확대해, 오키나와 사진을 보는)

＊인서트, 회상 》

2부, 해수 방에서 봤던 사진,

＊점프컷 》

재 열 (두 개의 사진이 같은 게 뭔가 싶은, 편하게, 핸드폰 닫는)

태 용 (재열 보며) 뭔데?

재 열 (차 타며) 나중에 봐. (하고, 차 몰고 가는)

태 용 (가는 재열 보며, 기특한) 자식.. (하고, 돌아서는데)

상숙, 서 있는,

상 숙 저기, 저 사람(차 가리키며) 혹시 장재열 작가님이신가요?

태 용 누구세요?

상 숙 (웃으며) 친구였어요.

태 용 혹시.. 너, 상숙이?

씬 46. 병원 야외, 낮.

동민과 영진, 얘기하고 있고, 수광, 그 옆에서 어색하고, 답답한,

동 민　(달래는, 답답하지만 애써 웃으며) 미안해, 하필 그날 상담 재소자가 귀휴 나와 사골,

영 진　그 얘긴 해수한테 들었어, 그래도 그따위 행동은 이해 불가야.

동 민　(얼굴 디밀며, 웃으며, 애교 피는) 잘못했어, 영진아, 우리 밥 먹자, 어? 너 컨설트 필요하다며, 사실 나도 니 컨설트가 필요하거든. 우리 밥 먹으면서,

수 광　누님 그만 화 푸시고..

영 진　둘 다 꺼져. (하고, 가는)

수 광　?

동 민　사람이 바쁜데도 여기까지 사과하러 왔음 좀 못 이기는 척 져줄 일이지, (버럭) 꺼져가 뭐냐, 꺼져가!

영 진　(돌아보며, 동민에게 와, 화난) 꺼져가 싫어? 너처럼 (손짓하며) 가가가로 해줘?

수 광　형님이 그랬어? 잘못했네.

동 민　(화난, 보며) 그래서 결론이 뭐야? 나랑 밥 안 먹는다고? 나, 꺼져? 좋다, 꺼지지 뭐. (하고, 가는)

수 광　(서서 보며) 형님!

영 진　넌 늘 이딴 식이야!

동 민　(멈춰 서며, 화나는, 돌아보면)

영 진　언제나 니가 먼저 잘못해놓고, 니 멋대로 니 식대로 사과해서 내가 안 받아주면, 가버리면 그뿐이지, 이렇게! 이혼할 때처럼.

수 광　(난감한) 그 문젠 두 분이, 따로 만나서, 나도 있는데, 왜 이혼 얘길,

영 진　니가 가면 되잖아!

수 광　(동민 보며) 그러게, 내가 안 온댔지! 괜히 날 데고 와서 둘이 싸우고 쌩난리야.

동 민　(가는 수광에게) 저쪽 가 기다려! (수광, 한쪽으로 가고, 영진, 어이없게 보며) 진짜 해도 해도 너무한다. 우리가 엊그제 이혼했냐? 넌 왜 늘 뻑하면, 13년 전 일을 어제 일처럼 말해! 꼭 내 환자들처럼! 고만해라, 좀!

영 진　(서운한, 눈가 붉어) 언제나 지만 최고지. 언제나 지 일만, 지 기분만 최우선인, 이기적인 놈. 니가 아무리 니 인생을 재소자, 수감자한테 헌신적으로 바치고, 니가 아무리 통찰력 있는 시대의 정신과 의사라 해도, 넌 나한테 늘 하질이야! (하고, 가는)

동 민　(어이없게 보다, 가려 하면)

영 진　(가다, 화나 돌아와, 동민 앞을 가로막으며) 나는 우리 친정에서 가장이었어.

동 민　(화나 보는)

영 진　근데 나보고 의살 그만두라고? 우리 집 식구들 전부 내가 전문의 딸 때만 기다리는데, 의사 때려치고, 군의관하는 니 뒷수발이나 들라고?

동 민　(참으며) 의사 때려치우란 적 없다, 레지던트 1년 쉬라고 했지.

영 진　그게 그거지! 난 전문의 따는 게 하루가 급한데, 어떻게 1년을 쉬니!

동 민　(버럭, 화난) 그래서 너 안 쉬고, 빠르게 전문의 됐네! 나랑 이혼하고! 얌마, 난 그때 정말 절실히 니가 필요했어!

영 진　난 아직도 니가 절실하다면 어쩔래!

＊점프컷 》

수광, 그 소리에 어이없는, '아, 어지러' 하고 고개 돌리고 가는,

동 민　(맘 아프지만, 차분하고, 싸하게 보는)

영 진　(속상한, 진지하게) 왜 말 못해?

동 민　(담담히 보다, 그러나 깔끔하게) ...너, 나한테 다신 연락하지 마. (하고, 가는)

영 진　(속상해, 동민 보다 뒤돌아 가는)

그때, 해수, 나오다, 영진을 보고,

해 수　퇴근해요?

영 진　(그냥 가고)

해 수　(이상해, 주변 보면, 멀리 동민이 가는 게 보이는, 구시렁대며 가며, 고개 저으며) 나는 모르는 일이네, 나는 모르는 일이야.. 궁금해 말자, 궁금해 말어. (하고, 가다, 멈추면)

최 호　(서서, 속상하게 보며) 너, 장재열 만나나보드라, 그래? (후 하고, 속상해, 눈

가 붉어, 한숨 쉬는)

해 수 (담담한, 너무 뾰족하지 않게) 지금 그 질문 단순히 친구로서 묻는 거야, 아님 미련이야?

최 호 미련이야.

해 수 (확 돌아서서, 가는, 담담한)

최 호 (보다, 속상하게 가는)

씬 47. 카페 안, 낮.

소녀, 일하고, 수광, 설거지하고, 윤수, 손님에게 음료 주고, 소녀 보고, 수광 옆으로 오며, 걱정스런,

윤 수 수광아, 나 소녀 쟤 걱정돼 잠이 안 온다. 어제 키스하던 애랑, 그러고 다니다, 일 남 어떡하니?

수 광 (일만 하는)

윤 수 쟤 학교에서 성교육은 받았을까?

수 광 (보며, 화난) 내가 과연, 그걸, 알까?

윤 수 (담백하게) 아니. (하고, 가는)

수 광 (설거지하며, 소녀 화나 보는)

씬 48. 달리는 버스 안 + 달리는 재열의 차, 교차씬 , 밤.

해 수 (창가 보며, 가다, 전화기 들어, 재열 번호 찾고, 잠시 생각하다, 전화기 접고, 다시 창가 보다, 다시 전화기를 보고, 생각하다, 전화를 하는, 신호 세 번 울리고(상대가 받으면), 말하는, 설레는 감정 숨기고, 담백하게 편하게) 나야.

재 열 (담백하게, 운전하고 가며) 알아.

해 수 뭐해?

재 열 (웃으며, 담백하게, 운전하며) 운전.

해 수 핸즈프리?

재 열　햄즈프리.

해 수　저녁은?

재 열　먹었어.

해 수　누구랑?

재 열　(아무렇지 않게 편하게) 너 모르는 사람. 넌 어디?

해 수　집 가는 버스.

재 열　밥은?

해 수　(웃음 띤, 재밌는, 담백하게) 먹었고, 반찬 뭐 먹었냐까지 꼬치꼬치 묻는 스타일 피곤하니까, 묻지 마.

재 열　(귀여운, 웃고) 더 하고 싶은 얘긴?

해 수　없어.

재 열　전화 끊어.

해 수　그래, 집에서 봐. (하고, 전화를 끊고, 손가락을 튕기며, 창가 보며, 좋은) 딱 좋아,

재 열　(웃으며, 가며, 운전대를 기분 좋게 치며) 딱 좋아,

해 수　딱 좋아. 아주 깔끔한 스타일.

재 열　(웃으며, 가는) 아주 딱 내 스타일. 아주 좋아.

씬 49. 버스정류장 앞, 밤.

해수, 내려서, 집 쪽으로 기분 좋게, 가는데, 순간, 이상해, 돌아보면, 버스정류장에 기대 재열 웃으며 두 손에 아이스크림을 들고, 해수 보며 서 있는, 해수, 재열 보고, 어이없어, 웃는,

해 수　뭐해, 여기서?

재 열　(담백하게) 애인 기다려. (하고, 아이스크림을 해수 주면)

해 수　(받아서, 핥아 먹는)

재 열　(아이스크림 먹고, 해수의 손잡고 가면)

해 수　(손을 깍지로 바꾸는)

재 열　(먹으며, 웃고 보면)

해 수　민망하다, 앞 봐. (하고, 가는)

둘이 웃으며 가는, 그 모습에서 엔딩.

8부

야비하다.. 너?

맞아, 난 야비하고 넌 잔인하지. 이렇게 분위기 좋은 데 와서,
이렇게 이쁜 널 밤새 보면서, 절대 안지 말라고 하는 건,
나한텐 진짜 잔인한 짓이거든.

씬 1. 달리는 버스 + 차 안, 교차씬 , 밤.

재 열　밥은?

해 수　(웃음 띤, 재밌는, 담백하게) 먹었고, 반찬 뭐 먹었냐까지 꼬치꼬치 묻는 스타일 피곤하니까, 묻지 마.

재 열　(귀여운, 웃고) 더 하고 싶은 얘긴?

해 수　없어.

재 열　전화 끊어?

해 수　그래, 집에서 봐. (하고, 전화를 끊고, 손가락을 튕기며, 창가 보며, 좋은) 딱 좋아,

재 열　(웃으며, 가며, 운전대를 기분 좋게 치며) 딱 좋아,

해 수　딱 좋아. 아주 깔끔한 스타일.

재 열　(웃으며, 가는) 아주 딱 내 스타일. 아주 좋아.

씬 2. 버스정류장 앞, 밤.

해수, 내려서, 집 쪽으로 기분 좋게, 가는데, 순간, 이상해, 돌아보면, 버스정류장에 기대 재열 웃으며 두 손에 아이스크림을 들고, 해수 보며 서 있는,

해수, 재열 보고, 어이없어, 웃는,

해 수　뭐해, 여기서?
재 열　애인 기다려. (하고, 아이스크림을 해수 주면)
해 수　(받아서, 핥아 먹는)
재 열　(아이스크림 먹고, 해수의 손잡고 가면)
해 수　(손을 깍지로 바꾸는)
재 열　(먹으며, 웃고 보면)
해 수　민망하다, 앞 봐. (하고, 가는)

둘이 웃으며 가는, 해수, '왜, 자꾸 웃어?', 재열, 담백하게 '니가 좋아서?', '징그러, 그런 직접적인 표현!', 재열, 아무렇지 않게, 담백하게 '많이 징그러?' 하며 보면, 해수, 어이없이 웃고, '어으, 진짜 선수 같다, 너?' 하며 웃으며 걷는,

영 진　(E, 웃음 띤) 야, 임호걸 다시 봤다, 다시 봤어,

씬 3. 술집 안, 밤.

영진, 임박 술을 마시고 있는,

영 진　(임박을 귀엽게 보며) 진짜, 니가 아내한테 무릎 꿇고 울었어? 그리고 뭐랬어?
임 박　(뻐기며, 남자답게) 내가 잘못했다, 울 엄마는 진짜 이상하다, 어떻게 니네 집에 병원을 해달라 그러냐, 말도 안 된다! 그리고 나는 이 병원이 좋다, 개인병원 할 자신도 없다! 엄마냐, 너냐, 둘 중 하날 선택하라면 난 너다, 그랬지. (진지하게) 야, 근데 그게 웃기드라. 나는 첨에 그 말할 때 솔직히 쇼였거든. 애 낳고 산 여자한테 하는 최소한의 예의로 말이나 한번 하자고 시작한 거였어.. 근데, 말을 하는데, 내 가슴이 울컥하면서... 지나간 추억이 물밀듯 밀려오면서, 아내를 내가 진짜 많이 사랑한다는 생각이 들더라. 순간, 그런 내 진심이 통했는지, 아내도 울고, 나도 울고.. (웃으며) 그날 밤, 첫 시도를 했지.
영 진　(임박 이쁘게, 귀엽게 보며, 편하게) 결과는?
임 박　(술 마시고, 담백하게) 부실했지, 뭐. 아내도 날 도와주는 게 서툴고 나도 여전히 긴장하고.. 근데, 그때 아내가 그러드라. 여보, 천천히 해, 천천히.. 야, 그 말

이 그렇게 섹시하대?

영 진 (깔깔대고 웃는)

임 박 (웃으며) 꾸준히 시도해보게. 인내심을 갖고, 아내가 도와주니까, 되겠지 뭐.

영 진 어머닌?

임 박 (맘 안 좋은) 당분간, 나한테 연락 마라니까, 자꾸 우셔.

영 진 그래도 끝까지, 넌 지금처럼 강하게 밀고 나가. 어머닌 혼자가 아니라, 아버님이 계시잖아. 부부는 부부끼리 위로받는 게 최우선이다! 이것만 안 잊어도, 세상이 훨 편해질걸. 아버님이랑 어머니 두 분 다, 한번 나한테 오시라 그러고.

임 박 (웃으며) 역시, 사실 내가 그 부탁할라고, 너한테 술 사잖니? (하고, 시계 보면)

영 진 가. 마누라랑 진도 끊길라.

임 박 더 마시게? 동민이 불러주고 갈까?

영 진 그 자식은 개자식이야. (하고, 술 마시는)

임 박 (조금 놀란 듯, 재밌게 보며) ?!

영 진 (술 마시고, 생각 많게, 구시렁) 내 인생 최고의 하질이지.

씬 4. 동민의 거실, 밤.

동민, 수광, 주방에서 앉아, 파를 까고 있는, 동민, '아, 매워' 하며 눈물을 찍는, 재열, 소파에 앉아 책을 읽는데, 해수, 핫팬츠 차림으로 머리 감고 내려와, 냉장고에서 푸딩 꺼내 먹으며, 재열에게로 가,

해 수 장재열, 옆으로.. 가봐.

동 민 아무 데나 앉어, 집 넓은데.

해 수 우리 사귀잖아, 몰라?

동 민 (구시렁) 또또 시작이네, 저게.

해 수 (재열을 톡톡 치며) 옆으로 가봐.

재 열 (조금 옆으로 가며) 앉아.

해 수 (손으로 더 가라 하며) 더, 더.

수 광 (아무렇지 않게) 소파 끝까지 가라고.

재 열 (이상한, 소파 끝으로 가면)

해 수　(재열을 보며 웃으며, 재열의 무릎을 베고 누우며) 좋았어. 아주, 편해.

재 열　(웃고, 해수, 머리 만지려 하면)

해 수　(재열의 손 딱 치고)

동민, 수광, 해수　(동시에) 에헤..

재 열　(웃고, 편하게) 담 주말 뭐해?

해 수　(푸딩 먹고) 담 주말? 대청소나 할까 하는데, 왜?

동 민　(수광 귀에 대고) 장재열 선수, 일단 배트를 한번 살짝 가볍게 휘둘러보네요. 찬스 보고 있죠?

재 열　(편하게) 우리 여행 가자?

수 광　(호호호, 놀라, 작게 웃으며, 동민 귀에 대고) 속전속결, 저런 건 진짜 배워야 돼.

동 민　(해수 보며, 구시렁) 번트 기회 보고 있죠?

해 수　(푸딩 떠먹는, 아무렇지 않게, 재열 보며) 여행은 왜, 남자들 흔히 말하는 진도 빼게?

수 광　(동민 귀에 대고, 서운한) 아, 파울이네요.

동 민　지해수, 시속 백오십 직구 좋아요.

재 열　(어이없는) 야, 여행을 무슨 진도 뺄라고 가.. 자연 보러 가지? 넌 여행 진도 빼러 가?

해 수　(일어나, 앉아, 재열 보고, 어이없단 듯 웃으며) 진짜 능글능글....말 참 잘해, 누가 작가 아니랄까봐.

재 열　니 방에 여행지 사진 어디야? 좋아 보이던데?

해 수　그냥 인터넷 사진 보고 좋아서 언젠간 울 아빠랑 같이 갈라고 붙여논 거야. 오키나와래.

재 열　아..

해 수　근데, 하나 묻자, 너 여행 가면 나.. 지켜줄 수 있어?

재 열　당연하지.

해 수　진짜?

재 열　(해수만 보며, 담백하게, 어이없단 듯) 진짜지, 그럼!

동 민　(수광 귀에 대고) 저건 아니죠.

해 수　좋아, 그럼 여기 선배랑 수광이 앞에서 약속할 수 있어?

재 열　당연하지. (동민, 수광 보며) 약속할게요, 두 사람한테. 내가 만약 여행 가서 지해술 못 지켜줌 난 두 사람한테 죽어도 마땅한 개자식. (해수 보며) 여행 가서 내가 너 지켜주는 거 보면, 너 진짜 깜짝 놀랄걸.

해 수　좋다, 콜! 담 주말에 가자. 금욜 오전 근무만 하면 되니까, 만나서 바로 떠나는 거지. (하고, 푸딩 떠먹으며 방으로 가며) 다들 잘 자, 나의 사랑스런 홈메이트들.

동 민　(가는 해수 보고, 재열 답답하게 보며) 야, 야야야야, 넌 아무리 상황이 다급해도 그렇지, 남자새끼가 돼가지고 그런 말도 안 되는 약속을 하면 어떡해, 임마! 서른 살 먹은 저거 지켜주러 뭐 힘들게 먼 데까지 여행을 가, 여기서 그냥 간단하게 지키지!

수 광　(동민 보며) 완전 병살이네요, 그죠?

재 열　(아무렇지 않게) 참내, 남자가 여자 지켜준다는데 다들 반응이 뭐 이래? 남자가 사랑하는 여잘 불의의 사건 사고나, 다른 남자로부터 지키는 건 너무나 당연한 일,

동 민　(이상한, 말꼬리 자르며) 잠깐, 불의의 사건, 사고, 다른 남자? 가장 위험한 건 넌데, 넌 왜 빼?

재 열　(아무렇지 않게) 나도 포함이에요? (어이없게 웃으며) 에이, 설마. (하고, 가는)

동민, 수광 (서로, 마주 보고, 탄성을 지르며) 아, 아, 이거 이거 뭔가요, 홈런인가요! (하고, 깔깔대고 웃는)

씬 5. 출판사 전경, 밤.

편집장　(E) 양 사장님 퇴근 안 해?

씬 6. 출판사 안, 밤.

태용, 일하고 있고, 편집장 퇴근 차림으로 들어와 보며,

태 용　먼저 해.

편집장　(와서 옆에 서며) 자기 또 장 작가한테 뭐 잘못했니?

태 용　(보면)

편집장　자긴, 장 작가한테 뭔가 잘못하면 죽어라 열심히 일하잖아. (하며, 옆에 있는 상자곽을 열어보면, 오래된 편지(딱지처럼 접은)가 빼곡한, 그중 하날 열어보면, 어린 재열이 상숙에게 어릴 때 쓴 편지들이다, 이상한, 예쁜 최근 편지를 열어보는) 이건 뭐야?

태 용　(일하며) 재열이 첫사랑이 준 거야.

편집장　(아랑곳없이, 읽는, 웃으며) 재열아, 나 기억해, 니 첫사랑, 임상숙. 지난번 밤에 어떤 남자가 우리 집 창문 깨고 갔어. 널 아주 많이 닮은.. 혹시 너였나? 크크.. 넌 절대 아니겠지. 근데, 그때부터 니 생각이 자꾸 나드라. 니가 나한테 보낸 편질 다시 너한테 보내. 글 쓸 때 도움 될까 싶어서. 잘 지내. 너의 첫사랑 상숙. (웃으며) 뭐야, 이 여잔.. (하고, 다른 편질 집으려 하면)

태 용　(일어나 편지 뺏어서, 상자에 넣고) 나가, 정신없어!

편집장　어으, 성질머리, 그러니까 모태 솔로지. (하고, 나가는)

태 용　남이사.. 모태 솔로든 말든..(하고, 앉으며, 회사 유선전화 받는) 네, 여보세요? 경찰서요? (사이, 이상한) 양수리 경찰서에서 왜 장재열 작갈 찾아요?

씬 7. 달리는 재열의 차 + 야외 국도, 낮.

해 수　(재열 보며, 눈치 살피며) 너.. 진짜진짜 화 안 났지?

재 열　(편하게) 화가 왜 나?

해 수　내가 여행 안 간대서?

재 열　(편하게) 여행 안 간다는데 화가 왜 나, 안 가면 되지? 다음에 가도 되고?

해 수　(맘에 든단 듯 웃으며) 야, 넌 진짜 내 스타일이다, 전에 최혼 여행 가자 그래서 안 갔더니, 일주일 내내 짜증내고, 투덜대고, 전화 안 받고, 난리도 아니었는데, 멋지다, 너?

재 열　(웃고, 가는)

해 수　근데 지금은 어디 가?

재 열　꽃 보러.

해 수　(떠보듯) 당일로, 그지?

재 열　(웃으며, 집 보고) 자, 다 왔다. (하고, 차를 세우고 나가 해수 쪽 문 열어주는)

나와.

해 수　(이상한) 여기가 어딘데?

재 열　(집으로 들어가며) 엄마!

해 수　(재열 모 집 보고) ?!

씬 8. 재열 모의 집 밖, 낮.

재열, 밭에 물 주고 있는,

재열 모　(E) 아, 해수 씬 몰랐구나, 여기 오는 줄.

씬 9. 재열 모의 집 안, 낮.

재열 모, 설거지하고, 해수, 차 마시며, 주방의 사진을 보는, 그리고 옆에 있는, 도종환 시집을 보고, 꽃잎 갈피가 끼워진 곳을 한번 열어보고 있는,

재열 모　내가 미안하네. 이해해요, 재열이가 지 형하고 사실 지난번에 온다고 그랬는데, 형이랑 같이 못 와서,

해 수　(조심스레 웃으며) 알아요, 그 일.

재열 모　(보며, 조심스런) 재열이랑.. 많이 친하구나, 그 일을 알고..

해 수　(웃고, 시를 보며) 이 시 넘 좋네요. 흔들리지 않고 피는 꽃이 어디 있으랴..

재열 모　난 그 뒷부분이 더 좋아요, 흔들리지 않고 가는 사랑이 어디 있으랴. 인생도 그렇고.. 사는 게 다 그래요, 그죠? (해수 보며) 재열이가 집에 여자 첨 데려와요, 없는 말 아니고, 진짜.

해 수　(어색하게 웃고) 아까, 어머니.. 음식 정말 맛있었어요.

재열 모　아이고, 고마워라, 인사성도 바르지..

씬 10. 재열 모 집 근처, 낮.

해수, 산책하고,

재열 모 (E) 산책 같이 가지, 왜, 낯선 길을 혼자 보내. 길 잃음 어쩌려고.

씬 11. 마당, 낮.

재열, 재열 모, 차 마시는, 편안한 분위기다,

재 열 (편하게 웃으며) 절대 길 잃고 헤맬 여자가 아냐.
재열 모 (작게 웃으며) 그렇겐 보이드라. (하고, 차 마시는, 얼굴이 어두워지는)
재 열 (관찰하듯 보며) 무슨 생각을 그렇게 골똘히 해, 문득문득?
재열 모 자꾸.. 생각이 나네.. 옛날 일이.
재 열 (따뜻하게 보며) 옛날 일, 뭐?
재열 모 (담담하게) 재범이가 막 소년원에서 퇴소해서, 밖에서 나돌 때였을 거야. 어느 날 파출부 일하고 집에 갔더니, 재범이 놈이 부엌에서 쪼그려 앉아 밥을 먹드라고. 우적우적,
재 열 (따뜻하게, 보는) ..배가 많이 고팠나보네?
재열 모 (맘 아픈, 그러나 편하게) 그러게.. 근데 그런 애한테 욕했어, 내가.

씬 12. 회상, 부엌, 낮.

재열 모(맞은 자국이 얼굴에 있는), 들어서자마자 쪼그려 앉아, 밥먹는 어린 재범을 보며 욕을 하는,

재열 모 (밥그릇을 뺏으며) 미친 새끼, 죄만 저지르고 돌아댕기면서, (등짝을 패며) 동생 밥을 왜 처먹어?
어린 재범 (보며) 미역국 안 끓였드라, 오늘 (턱으로 재열 모 가리키며) 생일이잖어? (밥그

릇 뺏어, 먹으며, 아무렇지 않게) 또 그 인간한테 처맞았냐?! 눈두덩은 왜 그래?

재열 모 애미한테 처맞았냐가 뭐야! 처맞았냐가! (하고, 밥그릇 뺏는)

어린 재범 (밥그릇 뺏으려 하며) 좀 줘봐!

재열 모 못 줘!

어린 재범 내놔봐!

그렇게 실랑이하다, 밥그릇이 엎어져, 쏟아지는,

어린 재범 아, 썅, 정말! 아우, (하고 밥그릇을 발로 짓뭉개는)

재열 모 (속상해, 옆의 항아리에서 물을 퍼, 어린 재범에게 붓는) 야, 이 미친놈아!

씬 13. 재열 모의 마당, 낮.

재 열 (어이없는, 안쓰런, 웃으며) 그건 너무했다, 나 같아도 열 받는다! 그땐 정말 엄마 성질도 못됐었어, 알지?

재열 모 (짠하게 웃으며) 알지.. 사는 게 힘들었으니까, 근데, 거기다 내가 한술 더 했다?

씬 14. 회상, 부엌, 낮.

어린 재범, 집을 나가는,
재열 모, 속상해, 엎어진 밥을 치우며,

재열 모 다신, 집구석에 얼씬도 마, 이 새끼! 아주 나가, 죽어!

어린 재범 (가며, 속상한, 눈가 붉은) 염병 자식한테 하는 말 봐라, 썅! 누구 좋으라고 내가 나가 죽냐!

재열 모 (부엌 치우다, 석유통 보고) 저 통은 뭐야?!

어린 재범 (가며) 석유다! 집구석에 불을 확 싸질러버릴까 보다, 썅!

씬 15. 재열 모의 마당, 낮.

재 열 석유? 웬 석유?

재열 모 그땐 나도 뭔가 싶었는데, 나중에 생각나드라. 재범이가 그 전전 준가 와서, 행패 부리며, 밥 달라길래, 내가 석유가 있어야 곤로를 켜고 밥을 하지, 이놈아! 하고, 악을 쓴 게.. 그러니까, 그 석유가 지 딴엔... 내 생일 선물이라고 가져온 거지.

재 열 (차 마시는, 속상한)

재열 모 (짠하게 재열 보며) 너, 재범이 형 남들이 말하는 거처럼, 그렇게 나쁜 애 아닌 거 알지?

재 열 (맘 아프지만, 짐짓 편하게, 재열 모를 따뜻하게 보며) 알아.

재열 모 (짠한, 작게 웃으며) 엄마가 법정에서 변호했어야 돼, 근데 엄마가 아무 말 안 한 게.. 그래서 그래, 재범이가.. 너보다 나한테 더 화가 나서..

재 열 (재열 모를 짠하게 보며, 맘 아픈) 엄만 봤으니까.. 변호할 수가 없지..

재열 모 (먹먹한)

재 열 (짠하게 보고 웃으며) 엄마, 전에 엄마가 그랬지,

재열 모 (보면)

재 열 형 때문이라도 우린 늘 행복하고 밝게 살아야 한다고, 그래야 형이 와서도 같이 웃을 수 있다고? 우리 가족한테 벌어진 모든 불행은 형 교도소 간 거로 다 끝내자고. 엄마, 그 말 잊지 마? 모든 걸 긍정적으로 생각한다!

재열 모 (머리를 만져주며, 짠한 웃음 짓고) 마냥 순둥이가 이렇게 컸네. 우리 형 오면 셋이 행복하게 살자, 여행도 많이많이 가고?

재 열 (맘 짠한, 웃으며) 그래.

재열 모 (재열 보며) 착해.

씬 16. 재열 모의 거실 안, 낮.

해수, 현관문 앞에 서 있고,
재열, 이불을 가져와, 바닥에 까는, 재열 모, 방에서 나오며, 말리는,

재열 모　아니, 얘가 왜 대낮에 이불을 깐다고 그래.

재　열　엄마 혼자 하려면 힘들잖아.

해　수　? (이상한)

재열 모　해수 씨 보잖아, 그만해.

재　열　(이불 깔며) 내가 화장실에서 자야 편하듯, 울 엄만, 거실에서 창문 열고 자야 잠을 자. 겨울에도.

해　수　?!

재열 모　(재열을 치며, 속상한) 야,

재　열　괜찮아, 다 알아. 정신과 의사라 이해심도 많고,

해　수　(어색하게 웃는, 조금 당황한, 재열 모에게) 저 먼저 나가 있을게요. (하고, 나가는데, 맘이 안된, 나가서 창가로 재열과 재열 모를 지켜보는)

재열 모　(해수 보며, 고마워 웃고, 재열에게) 재열아, 너 해수 오래 만나라?

재　열　(이불 깔며, 농담) 오래 보는 게 될까? 싫증 안 날까?

재열 모　우린 오래 봤지만, 갈수록 좋잖아, 둘도 그럴 수 있지. 진지하게 생각해봐. 맨날 이 여자 저 여자 떠돌지 말고.

재　열　(생각하며) 그래볼까, 진짜?

씬 17. 달리는 국도, 낮.

달리는, 재열의 차, 해수, 풍경 보며 심취한,

씬 18. 재열의 차 안, 낮.

해수, 창가로 풍경을 보며, 감격한 듯 작게 웃음 띤, 좀 센치해지는,

해　수　...야.. 하늘도, 바람도 너무 좋다..

재　열　(운전해 가다, 해수 보며) 많이 좋아?

해　수　(창가만 보며, 센치해지는) ..어.. 너무너무.. 아름다워.

재　열　(웃고, 운전해 가는, 담백하게) 여행 가자.

해 수　(창가만 보며, 생각하듯, 차분하게) 난 다시 태어남 여행가가 될 거야.. 세계 일주를 하는. 맘대로 훨훨 어디든 가는. 누구의 간섭도 없는 곳에서, 누구를 걱정하지도 않고, 오롯이 나 혼자... 이대로 영원히 달리고 싶다, 진짜.. 영원히.

재 열　(운전만 하며, 담백하게) 그러니까, 여행 가자.

해 수　(보며, 어이없이 웃고, 창가 보다, 다시 재열을 가만 보다, 생각하며, 차분하게) 진짜..

재 열　진짜?

해 수　(담담하게, 아직 의지가 안 선, 스스로에게의 질문이다) 그래.. 볼까?

재 열　(보며, 담백하게) 그래보자.

해 수　(보다, 손 내밀면)

재 열　(웃고, 손잡아주면)

해 수　(손 꽉 잡고, 생각하다, 손 놓고, 팔짱 끼고, 앞 보며, 진지하게) 결심했어. 나, 맘 변하기 전에 죽어라 밟아.

재 열　(좋은, 두 손으로 핸들 잡고, 속력 내며) 오오오오.. 가자!

해 수　(설레서 웃고)

＊점프컷 》

빠르게 달리는 재열의 차,

＊점프컷, 차 안 》

해 수　근데, 어디 갈 거야?

재 열　여권 있지? 전에 언제든 떠날라고, 늘 가지고 다닌다며?

해 수　별걸 다 기억해? 근데, 여권은 왜? (놀란) 설마, 외국 갈라고?

재 열　(아무렇지 않게) 오키나와 가자. 니 방 사진 속의 그곳. 나중에 니네 아빠랑 너랑 가기 전에 나랑 사전 답사.

해 수　(어이없이 웃으며, 안 믿고) 넌 무슨 말도 안 되는 소릴 말 되는 소리처럼 해. (하고, 창가 보다, 다시 재열 보며) 진짜?

씬 19. 동민의 진료실, 낮.

동민, 아줌마(60대, 속상한)와 상담하는,

환 자　내가 일부러 찌갤 짜게 끓였겠어. 어쩌다 보니까, 짜게 끓인 걸 가지고... 밤새, 잠자리에 들어서까지 사람을 멸치 볶듯 들들들.. 난 지 줄라고, 일부러 노량진 수산시장까지 가서, 우럭까지 샀는데, 사람 서운하게.

동 민　(웃으며, 조금 피곤한 듯 얼굴을 두 손으로 부비며) 그러게, 나 같아도 많이 서운했겠네, 별것도 아니고 찌개 짜게 끓인 걸로 밤새 들볶였으면. 근데요, 어머니. 담부턴, 그냥 남편이 짜다 그럼요, 그냥 암말 말고 그릇에 물을 붜줘. (펜과 종이를 주며) 자, 받아 적어봐요. 오늘의 치료. 남편이.. 짜다 그러면,

환 자　(적으며, 속상한) 그릇에, 물을 붜준다.

동 민　별표 하고, 말없이. 이게 중요해. 노량진까지 갔네, 찌개가 안 짠데 짜다 그러네, 성격이 별나니, 니 입맛도 별나네, 괜히 사람을 괴롭히네, 그런 말 절대 말고, 지금 친 별표대로. 말없이. 물을 붜준다. 찬물 말고 더운물로. 맘에 여유가 있으면, 내 입에 싱거운 게 남편 입엔 짠가보다. 아, 사람 입맛은 다를 수가 있네. 그렇게 생각해봄 더 좋고.

환 자　(속상한) 그러게.. 내가 이럼 되는데, 말이 많어, 그죠?

동 민　(웃는) 아이고, 많이 훌륭해지셨네, 어머님이 그걸 아시고.

그때, 노크소리 나고,

동 민　네.

간호사, 들어오며,

간호사　(환자 눈치 보며) 선생님 다음 환자 기다리는데..

동 민　(시계 보고) 이런 시간이 이렇게나 됐네. (환자 보고) 어머니, 그럼 다다음 주에 또 오셔?

환 자　네. (하고, 가는)

동 민　(차트 보며) 다음 환자 누구지?

간호사 벌써 갔어요. 그냥 선생님 좀 쉬시라고... 근데, 진짜, 대단하시다. 어떻게 별것도 아닌 말을 다섯 시간을 들어요.

동 민 그게 뭐가 대단하냐, 암것도 아닌 걸로 맨날 트집이나 잡는 남편이랑 삼십 년 넘게 사는 아줌마가 대단하지?

간호사 (웃으며) 선생님이 좋아요. (하고, 나가는)

동 민 꼬시지 마, 세 번 결혼하기 싫어. (하고, 컴을 보는데, 노크소리 나고, 보면)

영 진 (들어와, 앉아, 동민을 똑바로 보며, 아무렇지 않게) 언니가 형부가 의처증이라며 형부 상담을 요청해왔어. 형부랑 상담했는데, 니 컨설트가 필요해.

동 민 (냉정하게 보다, 영진을 보는, 전화 오면 받으며) 어, 최호야.

씬 20. 공항 주차장, 낮.

재열, 차 세우고, 재열, 해수, 서둘러 나오고, 재열(가방을 메고), 해수의 손잡고, 막 뛰는,

재 열 (뛰며) 늦었어, 늦었어, 뛰어, 뛰어!

해 수 (뛰며, 조금은 두려운) 야, 근데 진짜 너 일본 갈라고?

재 열 (뛰는) 어.

해 수 너 글 써야 한다며?

재 열 비행기 안에서 쓰면 돼.

해 수 우리.. 그냥 제주도 가면 안 될까? 나, 왠지 외국은...

재 열 (아랑곳없이) 안 되겠다. 나 먼저 가서 티켓 있나 볼게. (하고, 막 뛰어가다, 다시 돌아와, 손 내밀며) 여권, 여권?

해 수 (가방을 뒤지면)

재 열 (해수의 가방을 낚아채고, 뛰는)

해 수 조심해!

재 열 (뛰어가는)

해 수 내가 이게 잘하는 짓인지.. 모르겠다. (하고, 뛰어가다, 넘어져, 팔꿈치를 바닥에 찧는) 악!

씬 21. 공항 의무실 밖, 낮.

해수, 재열 나오는,

해 수 (아무렇지 않게, 깁스한 상태로 걸어가며) 금간 거 갖고, 뭘 이렇게까지 깁스를 두껍게 해.

재 열 (걱정, 답답하게 따라가며) 그냥, 여행 가지 말지?

해 수 (멈춰 서서 보며) 표 환불 안 되잖아?

재 열 (답답한, 걱정) 그 돈 내가 물어, 가지 말자.

해 수 (어이없단 듯 웃으며) 그 돈을 왜 니가 물어? 나도 돈 벌어, 월수 백 이상. 물론 그 돈이 다 내 용돈은 아니지만. 난 생계용 대출자거든, 암튼.. 여행 경빈 반반씩이고, 비행긴 캔슬 못 해. 미쳤니. 쌩돈을 날리게. 죽어도 갈 거야.

재 열 (어이없는) 팔 아프잖아?

해 수 너 다른 여자들하고 여행 갈 때도 니가 돈 다 쓰니?

재 열 (다른 여자들이란 말에 화가 나는) 여기서 다른 여자 얘기가 왜 나와?

해 수 걱정돼서 하는 말이야. 니가 얼마나 돈을 버는진 몰라도, 돈 너무 펑펑 쓰지 마라. 결혼할 여자한테면 몰라도. (하고, 표정 바꿔 재열 팔짱 끼고 가며, 기분 바꿔 웃으며) 근데, 좀 들뜬다, 그지?

재 열 (어이없이 웃으며) 넌 니가 이상한 거 아니?

해 수 (웃고) 많이 이상하니? 너만큼?

재 열 니가 좀 더 이상하거든?

씬 22. 나는 비행기 전경, 낮.

씬 23. 비행기 안, 낮.

해수, 재열, 좌석에 앉아 있는,
재열, 노트북으로 글을 쓰는,

해 수 (누워 있는 다른 사람들을 보며, 재열에게) 나도 의자, 저 사람들처럼 해줘봐봐.

재 열 (의자를 편하게 작동시켜주고, 노트북으로 글 쓰며, 안 보고) 아까 약속했지. 난 비행 시간 동안 글 쓰고, 넌 팔을 위해 자기로.

해 수 (조금 서운한) 팔 안 아픈데...

재 열 (고민하는, 글을 쓰며) 그래도 자.

해 수 너 여자랑 여행 많이 다녔니?

재 열 (글만 쓰는)

해 수 (아랑곳없이, 창가 보며) 난 컨퍼런스 땜에 프랑스랑 인도네시아 간 게 전부야. 가선 죽어라 교수님들 뒤치다꺼리만 했지. 울 아빠 목수였는데, 여행가가 꿈이었다. 나보고 해수야, 넌 아빠처럼 일만 하며 살지 말고, 자유롭게 돌아다닐 수 있는 직업을 가지렴, 그랬는데..

재 열 (글만 쓰는)

해 수 (재열 보며) 나, 적금 넌다? 나중에 혼자 배낭여행을 갈라고.

재 열 (글만 쓰는)

해 수 (미운, 담담하게) 내가 그동안 널 지켜본 결과 넌 헤비급으로 못돼 처먹었어.

재 열 (글만 쓰며) 너 땜에 글 못 썼단 말 하기 싫어.

해 수 (불쌍하게, 깁스한 팔 들며) 이렇게 아픈데?

재 열 (보고, 어이없는)

해 수 (울상, 애기 짓 하는) 아퍼. 많이.

재 열 (귀여워 웃고, 노트북을 덮으며) 졌다, 내가.

해 수 히히. (앞에서, 이미 다른 손님에게 와인을 주는, 승무원에게) 와인이요!

승무원 네. (하고, 해수에게 와인 주고, 재열에게 와인을 주려 하면)

해 수 한 잔이면, 돼요.

재 열 ?

해 수 넌 나 지켜야지. 나 팔도 아픈데?

재 열 (귀엽게 보며, 웃고)

해 수 (와인 마시고, 좋은) 캬... 너무 맛있다!

씬 24. 동민의 진료실 안, 낮.

영진, 동민 얘기하는,

동 민 (메모하고, 펜 놓으며, 담담한) 너, 역전이(Countertransference; 치료자가 자신의 과거의 중요한 인물을 대하듯 환자를 경험하는 것) 같은데? 형부 입장은 온데간데없고, 언니 입장만 이해하잖아?

영 진 (어이없는) 내가, 웬 역전이?

동 민 너랑 상담한 형부의 말을 요약하면, 형부는 언니가 자기를 잠자리에서 멀리한 게 8개월 전이고, 이후, 핸드폰의 패턴을 수시로 바꾸고, 언니가 경영하는 와인바의 씨씨티브이를 모두 철거하고, 또.. 일주일에 한 번 이상은 새벽 4시가 돼야 들어와서, 바람 피는 게 의심된다는 거 아냐.

영 진 (듣기 싫은) 그래.

동 민 이런 게 형부 입장에선 당연히 의심이 갈 만한데, 니가 형부 말에 공감을 못하는 게 이상하잖아.

영 진 형부에 대한 공감은 언니에 대한 의심이야. 난 언닐 믿고. 언니 말은 명료해. 핸드폰 패턴은 가게 애들이 만진 흔적이 있어서 그랬고, 일주일에 한 번 이상은 가게 애들하고 회식하고,

동 민 형부가 설치한 씨씨티브이 철거는?

영 진 철거한 게 뭐가 이상해? 설치한 게 이상하지? 가게 안에 웬 씨씨티브이? 그것도 홀이 아니라, 언니가 있는, 카운터에! 씨씨티브이 용도는 언니 감시 목적이라고! 형부도 인정했고, 넌 그게 안 이상해? 남자라고 남자 편드니?

동 민 물론, 씨씨티브이는 과하지, 근데, 더 과한 건 니 언니 행동이야. 남편의 의심을 해소시켜주긴커녕 의처증이라고 의심하는 게 난, 더 이상하고, 과해! 남편이 죽어라 싫다는데, 종업원과의 회식이 새벽 4시까지 이어지는 것도 과하고! 떳떳하면 씨씨티브이가 뭐 그렇게 이상한 짓이야. 이 방에도 씨씨티브이 있어. 근데, 난 괜찮아. 떳떳하니까. 언니, 형부를 떠나 객관적으로,

영 진 (할 말 없는, 가만 보는) 생각해볼게. 더 말하지 마.

동 민 (보다가, 담백하게) ...밥 먹자.

영 진 단둘이?

최 호 (노크하며, 들어와) 형님... (영진 보고, 놀란) 어, 누님?

동 민 (영진 보며) 최호랑 같이. 프로그램 때문에 우리 둘이 할 얘기가 있거든.
영 진 (일어나 가는)
최 호 ?
동 민 (따라 나가는)
최 호 ?

씬 25. 병원 밖, 낮.

영진, 속상하고, 화나, 차로 가 타려 하면,
동민, 와서 팔 잡아 돌려세우면,

영 진 둘이 좀, 한 번이라도 우리 둘이만 좀 있음 안 돼? 왜, 번번이 다른 사람을 끼어들게 하는데, 넌! 둘이 있음 내가 너 잡아먹니, 내가 그렇게 싫으니!
동 민 (속상한, 버럭) 싫음 안 보지! 내 성격에!
영 진 ?!
동 민 나도 너 같애! 나도 니가 어느 날은 미치게 필요해! 근데, 그래서 뭐 어쩔 건데? 애 있는 내가 이혼을 할 거야, 아님 니가 다시 지랄 같은 날 만날 거야. 너랑 나랑 서로 끈적하게 미련 남아 뭘 어쩔 건데, 이제 와서! (가버리는, 속상한, 한숨 쉬는)
영 진 (눈가 그렁해지는, 속상해, 차 타고, 동민 스쳐 지나가는)
동 민 (맘 아프게 가는)

씬 26. 달리는 오키나와 거리 전경 + 렌터카 안, 낮.

재열, 운전하며 바깥 풍경을 보고, 해수, 렌터카 영수증을 보며, 심란한,

재 열 (창문 열고) 야, 죽인다, 풍경!.. 해수야, 밖에 봐봐. (하며, 해수를 보면)
해 수 (영수증 보며, 맘에 안 드는) 무슨 렌터카가 이렇게 비싸. 차가 달리기만 하면 되지, 비싼 스포츠카는 뭐하러.. 돈이 썩어나지.. 야, 이 렌터카 낼 당장 소형으

로 (바꿔).

재 열 (말꼬리 자르며, 해수의 턱을 창가로 돌려, 풍경 보게 하는)

해 수 (금방 기분이 좋아지는) 아... 시원해.

재 열 (웃고, 그때, 전화 오면 핸즈프리로 받으며) 어, 수광아.

씬 27. 카페 앞, 낮.

수광, 전화하는, 조금 황당한, 눈은, 안에서 윤수와 일하는 소녀를 보는,

수 광 해외 로밍 중이던데, 뭐야? 그리고, 해수 누나 촛불을 왜 내가 갈어?

씬 28. 달리는 렌터카 안, 낮.

재 열 (담백하게) 지해수랑 내가 오키나와에 있거든.

씬 29. 카페 앞, 낮.

수 광 (어이없는) 뭐? 단둘이?

씬 30. 달리는 렌터카 안, 낮.

재 열 (창가 보며, 바람 맞는 해수 보며) 당연히, 단둘이지. 모레 보자. (하고, 끊고) 저기, 앞에 보이는 호텔이야.

해 수 (좋은) 와우...

재 열 (전화 오면, 받는) 왜?

씬 31. 카페 앞, 낮.

수 광 (답답한, 담백하게 말하는) 형이라고 부를게, 한 가지만 알려줘. 소녀가 남자가 있어. 기다려주는 게 맞아, 버리는 게 맞아?

씬 32. 호텔 앞, 낮.

차에서 내리며, 해수는 바다를 보고, 뛰어가며, '악!' 하고 신나 소리치는, 재열, 내리며, 전화하는,

재 열 (담백하게) 무조건 버리는 게 맞아. 버리곤 뒤도 돌아보지 마. 누굴 위해? 널 위해. (전화 끊고, 해수에게) 로비로 와! (하고, 들어가는)

씬 33. 카페 앞 + 안, 낮.

수 광 (전화기 접고, 안으로 들어가, 진지한, 소녀 보며) 낼 아침에 뭐해?

소 녀 자.

수 광 어디서?

소 녀 집에서.

수 광 (가만 보는)

소 녀 (수광 놀리듯) 왜, 내가 샘이랑 딴 데서 잘까봐? 너 나 싫다며? 왜, 다시 만날까? 밥 사줄래? 옷 사주고?

수 광 (꼬나보다, 말없이, 설거지하는 윤수에게 가, 설거지 돕는)

소 녀 맘 있으면 언제든 말해, 난 양다리도 오케이니까. (손님에게 주문받는) 뭐, 드릴까요?

윤 수 (수광에게) 넌 왜 밤 근문데, 벌써 나와서 그래? 같이 놀 친구도 없는 거야?

수 광 (아무렇지 않게, 말하는) 해수 누나랑 장재열이 단둘이 외국 여행 갔대. 어떻게 생각해?

윤 수 (조금 놀란) 뭐?

씬 34. 호텔 엘리베이터 안, 낮.

해수(조금 긴장한), 재열, 탄,

해 수 정말, 방이 두 개래?

재 열 그래.

해 수 만약 하나면?

재 열 나오면 되지. (하고, 엘리베이터 서면, 내리는) 왔다. (하고, 내리고)

해 수 나 방 하나면 진짜 나온다.

재 열 (방 찾아가며) 네, 그러세요.

씬 35. 호텔방 안(아주 좋은 스위트룸), 낮.

재열, 기분 좋게 문을 열고, 들어와, 창으로 가서, 커튼 치며, 전경을 보며,

재 열 (편하게) 야.. 풍경 죽인다, 그지?

해 수 (쭈뼛거리고, 조금 화난 듯(긴장) 들어와, 전경 힐끗 보고, 방을 찾아 문을 열어보면, 방이 화려한, 맘에 걸리는, 다른 방 찾아가 보면, 방이 너무 좋아서, 맘에 안 드는)

재 열 (옆으로 와, 방 보며) 이 방은 니가 쓰면 좋겠다. 난 저 방 쓰고,

해 수 방이 또 있나보드라?

재 열 (아무렇지 않게) 그러게, 세 개 같더라.

해 수 (다른 방으로 가서, 문 열고, 보고, 화난, 문 닫는)

재 열 표정이 왜 그래, 화난 사람?

해 수 (전화기로 가, 프런트 번호 누르고, 영어로) 여기 다른 방 있나요? 투 룸으로.. (웃으며) 아네.. 있어요, 곧 내려갈게요. (하고, 재열에게, 아무렇지 않게) 방 바꿨어. 내가 공주도 아니고, 니가 왕자도 아닌데, 이런 방이 왜 필요해? (하고, 나가려 하면)

재 열 (조금 화난, 해수 팔을 잡고) 그냥 묵자.

해 수 (팔 빼며) 너 지금껏 다른 여자애들하고도 이렇게 돈 펑펑 써가며 놀았니? 비

즈니스석에, 스위트룸에.. 이거 얼마야? 설마, 백 단위니?

재 열 (어이없는, 답답하지만, 참고, 차분히 말하는) 내 카드가 이 호텔에 30프로 할인이 된대. 이제 됐니?

해 수 30프로 할인돼서 얼만데?

재 열 (보는, 조금 화가 났지만, 참고) ..후.. (짐짓 가볍게) 그래, 딴 방 가자. (하고, 나가는)

*점프컷, 같은 호텔 다른 방, 낮》

투 룸인데, 방이 너무 화려한,

재열, 거실에서 팔짱 끼고, 해수, 즐겁게 방을 구경하는 양을 웃으며 보고 있는,

해 수 어, 어, 여기 너무너무 좋다... 딱이다, 딱?! 이게 25만 원이면 괜찮다, 야. (하고, 프런트에 전화하며, 영어로) 룸 넘버 2186인데, 이 방 진짜 2만 5천 엔인가요?

재 열 (해수 보다, 화나, 나가는)

해 수 (나가는 재열 밉게 보며, 전화하며) 아, 4만 8천 엔...

*점프컷, 같은 호텔방 안, 밤》

직원, 방문을 열어주고 가면,

침대가 두 개 놓인, 원룸이다,

재 열 (좋은) 야, 차라리 진작 첨부터 여기로 올걸, 그지? 룸은 하나지만, 트윈, 맘에 들어? 난 좋은데?

해 수 (가며) 다른 호텔 가자.

재 열 (팔 잡으며) 뭐, 다른 호텔? 야, 팔도 아픈데, 여기서 그냥..

해 수 (말꼬리 끊으며) 그럼 넌 여기서 자. 난 딴 데 갈게. (하고, 가는)

재 열 (가는 해수 빤히 보는, 이건 아니지 싶은)

씬 36. 가게 앞 + 달리는 렌터카 안, 밤.

재열, 주인에게 뭔가 말하고 일어로 '고맙습니다' 하고 돌아서서 차로 가는,

해 수　(재열에게) 뭐래? 싼 방 어딨는지 안대?

재 열　(답답한, 그러나 담백하게) 어. (차에 타며)

해 수　(기분 좋은, 차에 타며) 야 봐, 현지인들한테 물어보면, 다 싸게 하는 방법이 있다니까. 넌 진짜 여자친구 하나 제대로 만난 줄 알어, 누가 부인도 아닌 여자친구가 남자친구 돈 아껴줄라고, 이렇게 쌩고생을 하니? 그래, 안 그래?

재 열　(운전해 가며, 해수 보며, 담백하게, 그러나 비아냥이다) 그래.

해 수　(재열의 머릴 흩뜨리며, 웃는) 인정도 빨라, 딱 내 스타일이야.

씬 37. 민박집 앞, 밤.

재열(담담한), 해수(어이없는), 민박집을 올려다보면, 너무 허름한,

재 열　(담담한) 방 하나에 우리 돈 5만 원. 너랑 나랑 첨 오는 여행인데, 저기서 자면 정말 생에 잊지 못할 좋은 추억 되겠다. 어때, 방 두 개 얻어? 복도 끝과 끝으로?

해 수　(보다, 재열 보며) 왜 짜증이야?

재 열　(어이없는) 내가?

해 수　짜증났잖아, 지금? 그래서 말끝마다 담담함을 위장해, 은근 비아냥이잖아, 아냐?

재 열　(보고, 답답하지만, 냉정하려 하며) 그래 화났어, 나는 너랑 첨 오는 여행이니까, 돈이 좀 들어도 되도록 좋은 데서,

해 수　(진지하게 화내는) 니 돈만 드는 게 아니지, 경빈 이 분의 일인데,

재 열　지해수,

해 수　니가 낸다고 하지 마. 난, 남자한테 경제적으로 정신적으로 의존형으로 사는 여자들 정말 싫고, 혐오해. 가방 사달라, 옷 사달라, 남잘 봉으로 알고,

재 열　(버럭, 말꼬리 자르며) 그런 여잔 나도 싫어!

해 수　(버럭) 그럼 내가 맘에 들어야지, 왜 짜증이야!

재 열　지금 넌 돈 생각밖엔 안 하니까!

해 수　?!

재 열　너 여기 온 목적이 뭐야? 여행이야? 돈 계산이야? 출발부터 지금까지, 니 머릿

속에 돈 말고, 내 호의나, 내 기분이나 우리 첫 여행에 대해 단 한 번이라도 진지하게 생각한 적,

해 수 (말꼬리 자르며, 담담히) 가자.

재 열 (화난, 버럭) 어디로, 공항으로? 그 아픈 팔을 끌고, 왜, 이제 이대로 그냥 집에 가게!

해 수 (버럭) 아니! (순간 기죽어, 미안한) 다른 호텔 가게. (하고, 차로 가서 타는)

재 열 (어이없어, 가는 해수 보며, 웃고, 전화하는, 일어로) 관광공사죠, 분위기 좋은 호텔 문의 좀 하려구요?

씬 38. 호텔 근처, 편의점, 밤.

재열, 여자 속옷이며, 남자 속옷을 고르고, 양말이며, 양치도구 세트도 사는, 기분이 좋은, 계산대로 가려다, 한쪽에 콘돔 도구를 보고, 가만 보는, 살까 말까 싶은,

씬 39. 동민의 거실, 밤.

수 광 (문 열고, 들어서며) 형님, 우리 야식하자! (하고, 들어오다, 최호를 보고, 싫은) 뭐야?

최 호 뭐긴 나 몰라?

수 광 알어, 장재열한테 여자친구 뺏긴 놈. (하고, 옆에 앉아, 핸드폰으로 야식거릴 찾으며, 동민을 힐끗거리는)

최 호 (답답한)

동 민 (핸드폰으로 아내와 통화하며, 기분 좋은, 낄낄대고 웃는) 정말, 우리 시영이가 꼴등 했어?

* 점프컷, 교차씬 》

핸드폰 영상과 동민 오가는,

아 내 (어이없는) 애가 꼴등 한 게 그렇게 웃겨, 당신은?

동 민 야, 그럼 웃기지 안 웃기냐, 자기가 여기서 학교 선생님이었고, 거기서 비싼 돈 주고 애가 공부하는데 꼴등을 하면?

아 내 (웃는) 에고, 성격 좋아, 진짜. 참 자기 어머니 전화하셨드라.

동 민 (따뜻하게) 내가 아버지 고소한 것 땜에 맘 불편하시지? 자기가 말 잘해, 난 아버질 사랑해서 이러는 거라고. 훌륭한 내 아버지가, 직원들 산재 처릴 안 하면 되냐? 그거 해줌 난 바로 고소 취하야.

아 내 당신도 전화드려, 자주.

동 민 매주 한 번은 합니다요, 아버지 엄마가 안 받으시지. 사랑해. (하고 입을 내밀면)

아 내 (화면에 입을 대주는)

최 호 (동민이 부러운, 웃는)

수 광 (메뉴 신청하며, 동민에게) 빨리 끊어요, 족발 와.

동 민 그립다, 여보야. 또 전화하자. 바이바이. (하고, 끄고, 옆으로 와 앉으며) 근데, 재열이랑 해수는 왜 이렇게 안 오냐? 불타는 금욜에, 가족끼리 좀 놀게 오지. 전화해봐.

수 광 둘이 (최호 보며) 일본 갔어.

최 호 ?

동 민 (최호 보며) 넌 해수랑 친구 못 해, 수준이 안 돼.

최 호 (답답한) 친구하는데 수준은 무슨 수준이요? 말도 안 되는 소릴 해.

수 광 (퍼즐 꺼내다, 보며) 형님은 영진 누님이랑 친구 할 수준 되고?

동 민 (답답한) 안 돼! 우린, 그냥 이혼할 때 악에 받쳐 헤어진 그 상태, 그대로 다신 안 만났어야 돼! 그래서 길에서 어쩌다 서로 우연히 마주치면, 이 개, 썅, 이씨, 확! 하며 욕을 해대고 침을 퉤 뱉고 돌아섰어야 해. 괜히 영화에서처럼 지나간 연인과 친구 할라다가... 내가 이게 뭔 짓인지.... (하고, 최호 보며) 너도 임마! 딴 여자나 만나! 해수는 물 건너간 제비야!

최 호 (속상하고, 답답한) 아, 술 땡겨. 소주 있냐?

수 광 (퍼즐 하다, 화나 보면)

최 호 채인 남자한테 시비 붙을래?

수 광 나도 채였어. 사랑하는 여자가 딴 남자 만나며 양다리 하재. 소준 냉장고 하단.

최 호　아우.. 진짜... (하고, 냉장고로 가는)

동 민　(창가 보며, 편하게 누워, 뽕짝을 버럭버럭, 부르다, 최호 보며) 근데, 넌 왜 왔냐? 할 말이 뭐야?

최 호　국장님이, 프로그램을 위해서 장재범 씰 팔로우하래요.

동 민　?

씬 40. 호텔 빌라, 밤.

해수(씻은), 재열, 해수의 머릴 말려주는,

재 열　팔도 아프면서, 혼자 왜 씻어, 나보고 씻겨달래지?

해 수　(웃고, 머리 들고) 내가 다리가 부러져도 그럴 일은 없을걸. 됐어, 이제 그만해. (하고, 옆의 와인을 들고, 재열이 와인잔 들면 부딪히는)

재 열　한 모금만이야.

해 수　어. (기분 좋게 마시는) 캬! (하고, 재열의 어깨에 머릴 기대는, 편하게) 좋다. 졸리고.

재 열　(기분 좋은, 와인을 마시는데, 어깨가 아퍼, 손가락이 살짝 떨리는)

해 수　(기댄 채, 담담히) 뭐야, 그 손가락?

재 열　니가 무거운가?

해 수　(머리 들고, 재열의 잔을 놔주고, 손을 만져주며, 걱정) 포크에 다친, 어깨가 문젠가?

재 열　아니, 단순한 직업병. 근데 지금은 그것보다 너랑 단둘이 있어, 긴장돼 그런 거 같은데? (하면서도, 어깰 편하게 만지는)

해 수　(따뜻하게) 병원 가봐야겠다.

재 열　그럴게.

해 수　(제 무릎을 세우고, 거기에 얼굴을 기대고, 재열 보며) 근데, 안 씻어도 돼?

재 열　(조금 기대하는, 그러나 담담히) 씻을까?

해 수　아니, 씻지 마, 니가 씻는 사이 잘 거 같애.

재 열　(진지하지만, 가볍게 말하는) 근데, 설마.. 여기까지 와서, 진짜.. 우리.. 따로 자?

해 수 이렇게 둘이서 마주 보고만 있어도 좋지 않아?

재 열 (서운한, 애써 감추고, 술을 마시는)

해 수 (몸 바로 세우고) 장재열 우리 솔직한 토크 좀 하자. 왜, 남자들은 여자랑 자는 걸 그렇게 밝히는 거니?

재 열 (담백하게) 본능 플러스 사랑.

해 수 잠자리랑 사랑을 혼동하는 건 아니고?

재 열 (편하지만 진지하게 보며) 잠자리만큼 남녀 간의 사랑을 확인할 촌철살인의 방법이 있다면 알려줘봐? 배워보게.

해 수 니들 남자들 머릿속엔 정말 여자랑 그저 그러고 싶은 생각밖에 없는 거니?

재 열 (보는, 진지한) 아니. 우리 남자들 머릿속에 정치, 문화, 경제, 철학도 있는데, 다만 좀 더, 여자 생각이 많은 거지.

해 수 (어이없는 웃음, 술 마시고, 재열 보며) 나한테 짐승 소리 안 들을라면 곱게 자, 알았지?

재 열 (진지하고, 편하게 말하는) 인정해, 난 짐승이야, 니가 솔직한 토클 원해서 하는 말인데, 솔직히 지금 내 머릿속엔 너랑 자고 싶은 생각이 가득해.

해 수 뭐가 그렇게 당당해? (와인 마시며, 진지하게 보는)

재 열 난 그게 나쁘다, 이상하다, 생각하지 않으니까. 그건 그냥 자연스런 본능이니까.

해 수 (보며, 진지하게) 본능은 무조건 이해받니?

재 열 아니. 만약 내가 본능을 못 이기고, 싫다는 널 강제로 어쩌려고 한다면 그건 당연히 나쁘고, 법적으로도 분명한 범죄행위지. 하지만, 그냥 행위 없는 생각. 너무도 자연스런, 내가 의도하지 않아도 너무나 자연스럽게 떠오르는 생각까지, 니가 지금처럼 놀리고 조롱하고 나쁘다고 폄하하는 건, 억울하고, 부당하다고, 남자 입장에서 잔인하단 말을 하는 거야.

해 수 아... 그럼 내가 싫다면 넌?

재 열 당연히 (자기 방을 가리키며) 저 방 가, 자지. 아쉬워도 어쩌겠어, 니가 싫다는데?

해 수 그럼 가서 자. 난 싫으니까. (하고, 재열의 입에 입을 깊게 맞추는, 땀이 목에 살짝 나는, 떼고, 재열 손을 제 이마에 대며) 야, 나, 땀 덜 나지?

재 열 (키스에 빠져 있다, 어이없게 보면)

해 수 (꼭 안고, 따뜻하게) 같이 더 있고 싶은데, 졸려.

재 열 (안는 게, 참는 게 힘든, 눈 감는, 진지하게) 해수야.. 같이 자면,
해 수 (벌떡 일어나, 방으로 가는)
재 열 (힘이 든) 후...... (하고, 방을 보고, 웃고, 제 방으로 가는)

씬 41. 해수의 방 안, 밤.

해수, 옷 벗고, 가운 입고, 침대에 눕고, 편한,

씬 42. 재열의 방 안 + 욕실, 밤.

재열, 침대의 이불을 들고, 욕실로 들어와, 샤워 커튼을 치고, 이불을 던져놓고, 욕조에 앉아, 해수 생각에 서운하고, 웃긴, 그때, 노크소리 나고, 재열, 얼른 일어나 문을 열면,
해수, 가운 입은 채 서 있는, 재열, 조금 긴장해 보면,

해 수 굿 나잇 인살 안 했네, 잘 자. (하고, 볼에 입 맞추고, 가고)
재 열 (방으로 가는 해수를 어이없이 보고, 문 닫는)

씬 43. 몽타주, 낮.

만좌모(해수 부와 해수 방에 있던 사진)에 해수가 시원한 바람을 맞으며 '악!' 하고 뛰어가는, 재열, 그 모습 보며, 사진을 찍어주고, 해수, 와서, 재열의 손잡고, 뛰는,

씬 44. 몽타주, 해상 스포츠 하는, 낮.

1, 바닷가, 낮.

해수, 재열, 둘이 손 맞잡고, 걸어가는, 사람들 해상 스포츠 하는 모습이 보이는,

재 열 (부럽게 보는)
해 수 놀고 싶구나?
재 열 (아닌 척) 아니, 별로,
해 수 놀다 와.
재 열 괜찮아, 넌 못하는데. 안 할래.
해 수 여기서 보고 있을게.
재 열 (부럽게, 보며) 별로 재밌어 보이지도 않는데, 뭐.
해 수 (웃고) 셋 센다. 하나, 둘,
재 열 (손 놓고, 뛰어가며, 신나) 조금만 놀다 올게.
해 수 (웃으며) 조심해, 놀아!
재 열 (뛰어가는)

씬 45. 몽타주, 낮

1, 재열, 신나, 소릴 지르며, 패러글라이딩을 하는, 해수, 보며, 재열과 같이 소리 지르는, 즐거운 '악!',

2, 재열, 혼자 제트스키를 서서 타며, 신나게 그러나 위험하게 노는, 해수, 해변에서 그런 재열 걱정스레, 바라보며 '장재열 그러지 마, 위험해, 야, 나 그런 거 딱 질색이야!' 하고 소리치는, 재열, '괜찮아,' 하고, 소리 지르다, 물에 빠지는, 놀라, 물로 뛰어들며, '장재열!' 하는, (반드시 있어야 할 장면)

씬 46. 교도소, 낮.

동민, 재범 앉아, 서로 마주 보고 있는,

재 범 왜 왔냐?
동 민 (따뜻하게) 니가 내가 부르면 나오나, 안 나오나 볼라고.

재 범　나 갖고 노는 게 재밌냐?

동 민　너도 나 기다렸잖아.

재 범　(보는)

동 민　아님 가든가.

재 범　(일어나면)

동 민　(보며, 진지하게, 따뜻하게) 다시 시작하자, 첨부터. 너랑 나 사이. 니가 진짜 화가 나는 게 뭔지, 알고 싶다. 그래서 도와주고 싶고. 오늘 가면 난 진짜 다신, 너한테 안 올 거다. 니가 날 찾으면.. 그땐 오지. 날 만나고 싶으면 연락해. (하고 일어나는)

재 범　... (앉아, 안 보고, 아무렇지 않게) 엄마가 미워.

동 민　(보면)

재 범　(보며) 교도소 안에 말이다, 수천 수백 명의 놈들이 있어. 우린 모두 출소를 기다리지만, 꼭 그렇지도 않아. 왜냐, 세상이 무섭거든.

동 민　(앉는)

재 범　우릴 싫어라 하는 니네 세상 놈들은 수만, 수천만 명이 한편인데, 우린 나가면 달랑 혼자지. 죗값을 받았어도, 우린 낙인찍힌 범죄자야. 엄마랑 동생이, 가족이, 죄를 뒤집어씌운 나 같은 놈은 더하지. 묻자, 하나. 도둑질한 놈은, 폭력을 한 놈은, 반드시 살인하냐?

동 민　(진지한, 담담한) 반드시는.. 아니지.

재 범　그럼 착하고 순하고 공부 잘하면, 절대로.. 살인잔 될 수 없냐?

동 민　...

재 범　나, 아미탈 줘. (눈가 붉어져, 아무렇지 않게) 내가 절대 꼴통짓 할 수 없게. 여기서. 교도관들 전부 총 들고 밖에서 지키라고 하고, 내가 진짜 거짓말을 하는지, 아닌지, 니가 들어.

동 민　?

재 범　주사 안 줄 거면 찾아오지 마. (하고, 나가는)

동 민　(생각 많은)

소 녀　(E) 야, 너 진짜 청소 잘한다.

씬 47. 소녀의 집 안, 낮.

수광, 청소를 하고, 소녀, 밥 먹고 있는,

소 녀　울 아빠가 산더미처럼 쌓아온 쓰레길 오늘도 말끔히 치웠네. 하지만, 그래봤자야, 울 아빤 또 쓰레길 맘껏 어질러놀 테니까,

수 광　(일만 하는, 땀을 흘리는)

소 녀　왜냐, 울 아빤 쓰레길 모음 엄마가 올 거라고 생각하거든. 그게 돈이라나 뭐라나..

수 광　(일만 하며) 밥은 누가 했냐?

소 녀　아빠.

수 광　(일하며) 너 돈 벌어 뭐할 거냐?

소 녀　샘이랑 클럽 갈 거야. 난, 어제부터 19살, 성인 됐으니까, 잔소리 마라.

수 광　(옆에 있는 봉투를 던지며, 담담하게) 클럽 갈 거면, 이제 교복 말고 그거 입고 가.

소 녀　(봉투 열어보고, 새 옷 나오면, 너무 좋아하며) 와와와. 옷이다, 옷. 역시 내 호구야. (하고, 수광 볼에 입을 맞추면)

수 광　(밀치며) 건들지 마. 내가 오늘 너한테 온 이윤 딱 하나야. (걸레질하며) 이 드런 집을 치우듯, 내 미련을 치우는 거. (걸레를 소녀의 밥상에 던지고, 나가려는데)

샘　(문 열고) 야, 놀러 가자.

수 광　(샘 보며) 어린 기집애가 돈 벌어서, 너 클럽 데려가니까, 좋냐?

샘　(웃으며) 뭐야, 이 꼰댄. 아, (소녀 보며) 니가 말하던 뚜렛?

수 광　(소녀 보면)

소 녀　(미안하지만, 걸레 치우고, 밥 먹는)

수 광　고맙다, 완벽하게 정떨어지게 해줘서. (샘 보며) 너, 말조심해라. (하고, 앞에 다가서며)

샘　(키 때문에 기죽는) 나는.. 그냥.. 저기.. 형.. 그게..

수 광　(샘 밀치고, 나가는)

소 녀　피.. (하고, 밥 먹으며, 좋은) 야, 샘 오늘은 어느 클럽 갈래?

씬 48. 소녀의 집 밖, 낮.

수 광　(맘 아프지만, 담담히 걸어가는)

씬 49. 바닷가, 낮.

해수, 화나, 앞서 걸어가고, 재열, 뒤에서 '해수야, 해수야' 하며 따라와, 팔을 잡으면,

해 수　(뿌리치며, 화난) 내가 위험하게 놀지 말라고 몇 번을 말했어! 신나게 노는 것도 정도가 있지! 그러다 다치면 어쩔 건데! 그게 노는 거야, 자해지! (하고, 화나 가는)

재 열　(답답하고, 미안한, 뛰어가 해수를 뒤에서 꼭 안고) 다신 안 그럴게. 진짜 다신 안 그럴게, 화 풀어.

해 수　(안긴 채, 고개 돌려 보며, 화나지만, 참고) 마초 흉내 내지 마, 그런 거 딱 질색(이야, 말하다, 다친 재열의 팔(긁혀서, 꽤 많이 피가 나는)을 보고, 놀라, 재열을 치고, 몸에서 빠져나와, 버럭) 야 봐, 다쳤잖아!

재 열　(상처 보며, 해수 잡으며) 괜찮아.

해 수　괜찮긴 뭐가 괜찮아! (재열의 발을 보면, 발에도 긁혀 상처가 난, 속상한) 내가 진짜, 너 좀만 좋아했음.. 나, 이 길로 서울 갔어. 놔. (하고, 재열의 팔을 풀고, 가며, 속상한)

재 열　(웃으며, 가며) 그 말은 날 많이 좋아한단 뜻으로 들린다?

해 수　(그냥 가는)

재 열　해수야, 어디 가?

해 수　약국 가지, 어디 가!

씬 50. 야외음식점, 낮.

재 열　(맘 아퍼 짐짓 가볍고, 편안하게, 먹으며) 하루 20시간 식당에서 중노동을 하

고, 쉬는 날은 같이 사는 남자한테 매를 맞는 엄마를 둔, 15살 내게.. 글이란, 생계고, 세상에 대한 복수고, 엄마를 지키는 유일한 수단이고, 야망이고.. 그랬지.

해 수 (편하게 보려 하지만, 맘 아픈, 감추려 하는)

재 열 (다친 팔에 밴드를 한, 편안하게, 먹으며) 만약 내가 글을 못 쓴다...? 그럼 난 살아도.. 아마 죽은 걸걸. 헤밍웨이처럼... (머리에 총 쏘는 시늉하며) 피융. 할지도 모르지.

해 수 (걱정되고, 어이없어 보며) 글 못 쓰면 딴 거 하면 되지.. 죽긴 왜 죽어?

재 열 (편하게) 니가 정신과 의사가 된 건?

해 수 (먹으며, 진지하지만, 담백하게) 애들이 울 아빨 병신이라고 욕할 때, 오기로, 의사가 되리라. 결심했지. 너처럼 내게 의사란 생계 수단이고, 계급 상승이며, 야망. (먹으며, 진지하지만, 담백하게) 인간의 정신 상태가 궁금하기도 했고.

재 열 (보면)

해 수 (한쪽에 모녀가 서로 먹여주며, 사이좋은 모습을 보는, 부러운, 엄마 생각에 짠한) 엄마를 정말 이해하고.. 싶었고..

재 열 (해수의 시선을 따라가, 모녀를 보는)

해 수 내 자신을 다른 사람이 아닌, 나에게 이해받고 싶었고.. (애써, 밝게) 무슨 말이냐고, 묻지 마. (하고, 먹으며, 다시, 편하게) 근데 넌 왜 그렇게 잔인한 소설을 써?

재 열 내가 잔인한 소설을 쓰는 게 아니라, 그들에게 잔인한 상황이 주어진 거지. 인간은 아름답고, 모진 건 (손에 든 수저로, 하늘을 가리키며) 신이지! 감당할 수 없는, 끔찍한 상황을 우리에게 부과하는. (웃으며, 담백하게) 난 너랑 이런 진지한 애길 하는 게 좋아.

해 수 (웃고, 떠보듯) 왜, 다른 여자랑은 이런 말들이 안 돼? 왜, 그 여자들은 너의 무한한 매력만 칭송하는 말들을 하나? 재열 씨 멋져요, 잘생겼어요, 나를 버리지 말아요,

재 열 (말꼬리 자르며) 내가 너 아닌 다른 여자들이랑 어떤 말을 주고받았는지 알면, 너 깜짝 놀랄걸. 묻지 마. 다쳐.

해 수 (웃고, 따뜻하게) 어제도 밤새 글 쓰던데, 글은 잘 써져?

재 열 (씁쓸한, 애써 가볍게) 안 써져. 최근 들어, 왜 그런지 모르겠어. 그것 땜에 답답해, 좀.

해 수　(걱정) ?

재 열　(그때, 전화 오면(재열에게만 들리는) 받으며) 네.

해 수　벨소리 났어?

재 열　못 들었어? (사이) 어, 강우야? (하고, 자릴 뜨는)

해 수　(보다, 무심히, 먹는)

* 점프컷 》
재열, 전화하는, 걱정,

재 열　병원? 의사가 뭐래?

씬 51. 병원 앞, 낮.

강 우　(신경외과(개인병원)를 올려다보며, 눈가 붉어, 속상하지만, 그러나 밝게) 별일 없대요. 그냥 감기가 오래가는 거래요, 손은.. 그냥 글을 너무 많이 써서 그런 대요. (전화길 피해, 기침을 하는) 그건 그렇고 작가님, 해수 누나랑 진돈 나갔어요? (깔깔대고 웃는) 아, 뭐야? 선수가. (사이) 내 걱정은 말라니까, 알았어요, 진도나 나가요. (하고, 끊고, 자전거를 타고 가는데, 눈물이 나는, 웃으며, 눈물 닦고, 애써 밝은 노랠 부르며 가는)

씬 52. 길거리, 낮.

재열, 해수, 아이스크림을 먹으며, 걸어가는,

해 수　(먹으며, 재열 보며, 편하지만, 조금은 진지하게) 병원에서 괜찮다니, 다행이다? 내가 인턴 때 신경외과에서 본 환잔데, 손가락이 굳고, 기침을 오래 한 루게릭 환자가 있었거든.

재 열　?!

해 수　(웃으며 가볍게) 근데 걘 아닐 거야. 나이도 어리고, 근데, 강우랑은 언제 첨 알았어?

재 열 (짠하게 웃으며, 짐짓 편하게) 3년 전, 내가 형의 포크에 찔렸을 때. 다른 팬들처럼 날 위해 울고 있었지.

해 수 많이 친해?

재 열 그냥 놈을 보면, 어렸을 때 나 같애. 놈 생각하면 맘이 아프고. 어려서 엄마가 의붓아버지한테 맞을 때 도움받을 데가 없었던 게 생각나면서.. 나라도 이놈을 지켜주자 싶은 맘이 들어.

해 수 (진지하지만, 편하게) 너 의외로 따뜻한 남자 같다, 니가 좋아.

재 열 나도. (하고, 해수의 허리에 손을 대면)

해 수 이건 아니지... (하고, 손 빼고, 재열의 목에 팔을 두르면)

재 열 너 얄미운 거 아니?

해 수 (들이대며) 많이 얄미워?

재 열 어. (하고, 웃으며, 가는)

해 수 (장난치며) 어떻게 내가 얄미워서.. 헤어져?

재 열 (어이없지만, 진지한) 그런 말은 하는 게 아냐.

해 수 (웃으며) 어쭈 이 카리스마. (하고, 웃으며, 아이스크림 먹다, 깔깔대고 웃는)

재 열 왜?

해 수 수광이 생각이 나서.. 수광이가 스무 살 때 여자친구랑 산책을 했는데. 그 친구가, 글쎄 자기 입에 있던 사이달 수광이 입에 확 넣었댄다.

재 열 (웃고)

해 수 근데 수광인 그 사이다 땜에 코가 매워서.. 길길이 뛰고.. 여자앤 미안하고 쪽팔려 울고불고 뛰어가고.. 넘 웃기지, 않니? 수광이 첫키스? 어떻게 자기 입에 있던, 사이다를? (하고, 아이스크림을 한 입 베어 무는데)

재 열 (순간, 해수의 입을 맞춰, 아이스크림을 빼 먹고, 웃으며, 기분 좋게 가다, 웃으며, 해수 돌아보면)

해 수 (순간, 굳어) 뭐하는 짓이야? (하고, 아이스크림을 확 버리고 가는)

재 열 (가는 해수 보는) ?!

씬 53. 해수 모의 가게 안, 낮.

도득, 손님의 밥을 볶아주고,
해수 모, 재열이 보내준 핸드폰 속의 사진을 해수 부에게 보여주며 기분 좋은,

해수 부 (그걸 보며, 기분 좋은)
해수 모 아고, 좋네, 아고 좋아, 뭐가 그렇게 좋아? 해수가 (사진 가리키며) 여기 간 게 좋아, 아님 해수가 남자친구 생긴 게 좋아? 둘 다 좋아?

그때, 윤수, 들어오면,

윤 수 (해수 모 보며) 뭐해?
해수 모 (얼른 핸드폰 감추고, 손님을 받으며, 즐거운) 어서 오세요.
도 득 (밥 다 볶아주고, 카운터로 오며) 출근이 늦다.
윤 수 오전 하고 다시야.. 당신 끝나고 빨리 집에 가, 어머니 힘드시니까. (하고, 도득을 잡아끌며) 근데 엄마, 뭘 저렇게 감춰? 기분은 왜 저렇게 좋고?
도 득 재열이가 해수랑 여행 가서 사진 보냈어.
윤 수 ?
도 득 엄마 재열이랑 해수 모르게 통화 주고받어, 몰랐지?
윤 수 (걱정) ?!

씬 54. 번화한 길거리, 낮.

해수, 좌판에서 이것저것 물건을 고르고, 계산대로 가는,
재열, 한쪽에서 편하게 그런 해술 보는,
해수, 기분 좋게 나와, 재열의 팔짱을 끼며,

해 수 가자.
재 열 (팔 풀고, 편하게) 그냥 걸어.
해 수 좋아. (하고, 걸으며, 다른 물건을 보다가, 재열(다른 걸 구경하는) 보다, 다가

가) 너 내가 아까 그래서 삐졌어?

재 열 (물건만 보며, 담담한) 안 삐졌어. 다만 내 규칙을 적용하는 중이지.

해 수 규칙 무슨 규칙?

재 열 (보고) 받는 만큼 준다. 니가 허릴 주면, 나도 허릴 주고, 니가 키슬 하면, 나도 키슬 하고. 너만 일방적으로 날 만지고, 난 못하고, 그건 불공평하단 게 내 결론이야.

해 수 (어이없는) 그래서, 뭐야, 이제 너한테 손끝도 대지 마라?

재 열 나도 허락해주면, 해도 돼.

해 수 넌 선이 없잖아. 난 널 만져도 나름의 선이 있어. 근데 넌,

재 열 (말꼬리 자르며, 담백하게) 그럼 이대로 그냥 지내. 뭐가 문제야? (하고, 가는)

해 수 (답답한) 배고파.

재 열 밥 먹자.

씬 55. 스시 바, 낮.

해수, 스시를 먹다가, 재열을 주면,
재열, 받아먹고,

재 열 맛있다. (하고, 해수에게 스시를 주면)

해 수 (먹고) 맛있다. (하고, 자기 걸 먹고, 재열에게) 니 거 나 하나만 더 줘봐.

재 열 (해수가 제 것만 먹는 걸, 지켜보다) 니 거 먹어.

해 수 (어이없는) 야, 너 자꾸 그렇게 계산적으로 할래?

재 열 (담백하게) 이런 내가 싫어, 그럼 헤어져? (하고, 스시를 먹는)

해 수 (어이없어, 화난) 헤어져?

재 열 왜, 넌 헤어지잔 소리 해도 되고, 난 안 돼?

해 수 야, 다른 남자들은 이럴 때,

재 열 (진지하고, 말꼬리 자르며, 단호한) 나도 다른 여자 얘기해도 돼?

해 수 (화난, 아픈 팔 들며) 나 아퍼?

재 열 (스시 먹으며) 팔 내려, 덜 아플 거야.

해 수 ?!

재 열　오른쪽 뺨에 밥풀 묻었다?

해 수　떼줘.

재 열　니가 떼. 난 니 말대로 선이 없어서, 니 밥풀 떼다 널 넘어뜨릴지도 모르거든.

해 수　(볼에 붙은 밥풀 떼내고, 나가며, 영어로, 계산대에 말하는) 여기 각자 계산이요!

재 열　(카운터로 가서, 일어로) 각자 계산이요.

해 수　(화나는)

씬 56. 호텔 빌라 전경, 밤.

해 수　(E, 화난, 그러나 짐짓 차분히) 뭐, 이 밤에 바다에서 수영을 한다고?

씬 57. 빌라 안, 밤.

해수, 어이없고, 화나, 소파에 앉아 있고,
재열, 큰 가방에 모포며, 노트북을 챙기는,

재 열　(아무렇지 않게) 어.

해 수　(보며, 진지하게 화난) 그럼 나 혼자서 뭐해?

재 열　자.

해 수　(어이없는) 내가 혼자 자다 무슨 일 나면, 그땐 어쩔 건데?

재 열　여긴 안전한 호텔이야. 그래도 불안하면, 내가 호텔 지배인에게 말해둘게, 방 앞에서 지키라고.

해 수　(어이없어, '하' 하고 웃다, 이내 진지한) 야비하다.. 너?

재 열　(담백하게) 맞아, 난 야비하고 넌 잔인하지. 이렇게 분위기 좋은 데 와서, 이렇게 이쁜 널 밤새 보면서, 절대 안지 말라고 하는 건, 나한텐 진짜 잔인한 짓이거든.

해 수　(진지하게 화난, 보다, 물 마시고) 좋아, 가. (하고, 방으로 들어가는)

재 열　잘 자. (하고, 나가는)

해 수 (문 열고 보며) 야, 너 진짜 가?!

씬 58. 해수의 방 안, 밤.

해수, 침대에서 뒤척이는, 잠이 안 오는, 그러다, 시계 보면, 1시가 다 된, 다시 자려다 벌떡 일어나며, 옷을 갈아입는,

씬 59. 바다로 가는 길, 밤.

해수, 옷을 입고, 핸드폰 불빛으로 걸어가는,

해 수 (소심하게 부르는) 장재열.. 장재열.. (그러다, 노랫소릴 듣고, 바다를 발견하고, 물소리가 나는 걸 듣고는, 가는)

* 점프컷 》
재열, 바다에서 누워, 배영을 하며, 달을 보며, 노랠 부르는,

* 점프컷 》
해수, 그런 재열을 보며, 이쁘고, 핸드폰 끄고, 바닥에 던지는(재열이 모포를 깔아놓은 곳) 맘이 따뜻해지는, 바다로 가는,

해 수 (웃음 띤, 편하게) 야.. 진짜네, 이 인간이..
재 열 (노래하다, 해수를 보고, 환하게 웃고, 손짓해 들어오라고 하는)
해 수 내가 반 가고, 니가 반 오고. (하고, 바다로 가고)
재 열 (수영해, 해수에게로 가서, 수영 멈추고, 해수를 보는)
해 수 (재열의 머릴 만져주며, 신기한 듯 보며) 너 뭐니?
재 열 (순간, 해수를 안아 들고, 바다로 뛰어가는)
해 수 (놀라, 웃으며) 야, 하지 마, 하지 마, 하지 마!

재열, 멈추고, 해수에게 순간 입을 맞추고, 해수, 웃으며, 입을 맞추는, 재열, 해변 쪽으로 해수를 안고 나가서, 모포 앞에 무릎을 꿇고, 해수를 눕히는,

해 수　(누워, 편하게, 재열을 보며) 자유로운, 니가 좋다.

재 열　(내려다보며) 여기서.. 자자..

해 수　(누워, 재열 보다, 천천히, 재열과 입을 맞추고)

재 열　(입 맞추며, 해수의 웃옷을 벗기는)

그런 둘의 모습에서 엔딩.

| 메이킹 포토 |

괜찮아 사랑이야

Quizas

이 책의 저자 인세와 출판사 수익의 일부는
기아 · 질병 · 문맹이 없는 세상을 만들어가고자 하는
JTS에 기부됩니다.

배고픈 사람은 먹어야 합니다.
아픈 사람은 치료받아야 합니다.
아이들은 제때에 배워야 합니다.

이것은 인종과 국가, 민족, 종교, 계급, 남녀에 관계없이
모든 인간이 누려야 할 기본 권리입니다.
그러나 이 지구상에는 이 기본적인 권리마저
누리지 못하는 사람들이 많이 있습니다.

JTS는 이렇게 고통받는 사람들을 돕고자 하는
따뜻한 마음을 가진 사람이라면
누구나 각자가 가진 것을 내어놓아
서로 만나서 함께하고자 합니다.

희망을 일구어가는 사람들 JTS와 함께하고 싶으신 분들은
www.jts.or.kr을 통한 회원가입, 02-587-8995로 문의전화
해주시기 바랍니다.

JTS 는 유엔경제사회이사회로부터
특별협의지위를 부여받은 **국제 개발 및 구호** NGO입니다.

전화 02. 587. 8995 www. jts.or.kr
후원 국민은행 086-01-0339-254 (사)한국JTS

• 좋은벗들 **www.goodfriends.or.kr**
• 평화재단 **www.peacefoundation.or.kr**